THE BLOOD CROWN 逐王

鲸波鳄浪

水千丞 著

九州出版社
JIUZHOUPRESS

目录

那一瞬间，有什么东西在他身体里崩塌了，他过去信仰的所有的一切，都在顷刻间化为虚无，他眼里只有森冷的刀刃、冲天的血柱和那个再也不能见到的人。总有一天，他要将这些人生吞、活剥。就算将自己化为恶鬼，他也要看着他们堕入无间地狱，受尽业火焚烧之苦。

鲸波鳄浪

第一章 计策

二人全须全尾地归来，着实让赵傅义松了一口气，若封野在他手下出了差池，他真不知道要如何面对靖远王。

他们悉数交代了在夔州发生的一切。赵傅义听完很高兴，虽然此行并未完全达到目的，但已为夔州埋下了三个祸胎：一是鲍云勇与梁王互生嫌隙；二是杨畏期生出卖主求荣的二心；三是夔州旧部蠢蠢欲动。这三样爆发一个，就足够他们收复夔州。

此时局势对他们有利，能在此番困境之下有所突破，很是不易。

赵傅义喜道：“你二人此行有功，当赏！”

燕思空谦恭道：“多谢将军，但眼下军情紧要，日费千金，下官望留待我军大胜之日再领赏。”

赵傅义对燕思空越发赏识，夸赞了几句，梁广在一旁不大是滋味儿，毕竟自己不但无功而返，且还被囚禁，随从三人均被斩首，与燕思空一比，着实有些羞辱。

不过梁广并未表现出来，仍以大局为重，商议围城之事。

赵傅义道："却不知夔州还余多少粮草，我们大军粮草尚在路上，眼下的最多只能支撑月余。"

"夔州不过三月粮草。"燕思空笃定地说。

"哦，你如何得知？"

燕思空笑了笑："当时我以粮草激他们投降，说'夔州粮草够你们吃多久，一年，半年，还是三月？'当我说'一年''半年'时，鲍云勇和杨畏期均没有太大的反应，但说到三月时，两人同时皱了眉。"

梁广沉声道："此事事关重大，燕大人可敢确保？"

"八九不离十。"燕思空道，"下官也粗略算过，夔州人口不过四万，守城将士不过三千，按照朝廷规定，常平仓存粮不应超过二十万石，刚熬过寒冬，恐怕余粮不足十万，鲍云勇的起义军连同家眷，人数超过五万，近十万人挤在夔州城内，粮草撑不了太久的。"

"有道理，燕大人果真心思缜密，竟将粮草也摸得差不多了。"赵傅义心里有了底，"好，事不宜迟，我要通知狄将军，明日就拔师围城。"

这时，封野站了出来，主动请骑兵两千，要在荆州往夔州的路上设伏，防止梁王真的派人来援，水路他们倒是不担心，他们在上游，荆州在下游，梁王是不会蠢到派水军来救夔州的。

赵傅义准了封野，又命人快马给洛阳平叛军主帅狄嵘送去线报，趁热打铁，明日就举兵进军，合围夔州！

封野要趁夜带着伏兵先行，燕思空在他帐内，斟酒为他送行。

封野一只手拿着酒杯笑道："可不曾见燕大人神色这么紧张过，怎么，很担心吗？"

燕思空低声道："封野，你是要出征打仗，而且有可能是此战唯一真正与敌军短兵相接的人，我确有些担心。"

封野故作轻松道："如此，你该高兴才对，我伏击退了梁王，鲍云勇不堪重压之下投降，岂不是皆大欢喜？"

燕思空叹道："你知道我担心什么，我现在没有心情玩笑。"

封野轻声道："莫担心，我十一岁随父出征，早已见惯了沙场，我天生命硬，老天爷也收不走，我一定会平安回来的。"

"哪怕只有两千兵马？"

"哪怕只有两千兵马！"封野将那杯酒一饮而尽，沉声道："等我回来。"

燕思空揪住了封野的衣襟，"遇事万万不可莽撞，什么也比不上你的命，知道吗？"

"嗯。"

赵傅义营下除了自景山带来的一万兵马外，还有从两湖地区调集而来的以水军为主的一万人，而狄嵘从洛阳带来的兵马刚好也是两万人，不过这两万人均是陆军。

次日，四万大军分水陆两路，浩浩荡荡地朝着夔州城进军。

一时车马盈野，帆满横江。

四万兵马在天黑之前抵达夔州，挑选向阳高地安营扎寨，将夔州的水陆要道全部堵塞，使其彻底变成了一座孤城。

燕思空站在营房高地，看着远处的夔州，心生感慨。

十年前，他在城上，金军在城下，十万大军压境，旌旗蔽日、长枪如林，他曾吓得瑟瑟发抖，若非有元卯这个刚毅英勇的主心骨，支撑起了广宁将士与百姓的信念与斗志，必是城破人亡的下场。

十年后，他在城下，成了攻城的一方，夔州部将一半是起义的乌合之众，一半是怀有异心的旧部，恐怕有斗志的寥寥无几，夔州百姓则不过是一群懵懂的羊，跟随哪个牧羊人，并不由自己做主，夔州并没有与他们抵死顽抗的决心，在士气上已经一败涂地，收复指日可待。

隔日清晨，赵傅义派出轻骑跑到夔州城下叫阵、劝降，与当初鲍云勇拿下夔州的战术几乎一样。

即便夔州内部不生变，粮食吃完了，他们早晚也要降，鲍云勇和杨畏期但凡有些脑子，也不该将自己逼到那绝路上，毕竟夔州本也不是他们的，而围城的又是必然对百姓秋毫无犯的大晟正规军。

只是，夔州多拖上一日，对他们也是极为不利的，因为眼下他们的粮草比之夔州还要紧张，而梁王的动向又难以判定，若不能逼得夔州尽快投降，胜负仍未可知。

这一场博弈还未见血，却已赌上了几万将士的性命。

几日后，前线传来战报，封野抓住了鲍云勇偷偷派出去求援的斥候，在向斥候透露出晟军粮草充足、已做好了长期围城打算的信息后，他又假意疏忽，放此人逃跑了。

赵傅义立刻给封野又增派了两千精兵。他们围城多日而梁王并无动静，证明梁王至少在他们攻城之前，是不会出兵的。封野放这个斥候去求援，若梁王当真出兵，正好有他拦路设伏；若梁王不出兵，鲍云勇必然陷入绝境。赵傅义给封野增兵，也是寄望于梁王一旦出兵，定要一次就打疼他。

赵傅义依旧每日派人去城下叫阵，而鲍云勇依旧无动于衷，怕是还对梁王怀有一丝期待，负隅抵抗。

在放跑了斥候的数日之后，梁王竟真的出兵了。在此之前，他们多认为梁王不会出兵，而是会放弃夔州，直下取金陵。

当听到梁王出兵的消息时，燕思空心中喜忧参半，喜的是梁王缺少魄力，走错了一步棋；忧的是梁王若败得太快，他想借机将葛钟，甚至是谢忠仁牵扯进谋逆大案的计划恐怕要落空。

不过，眼下他最关心的是封野的安危。封野是他未来步入权力中心的重要助力，绝不能在这里有闪失。

幸好封野不负众望，以四千精兵设伏，在远华道拦截了梁王两万兵马，杀敌六千。当然，封野自身也折损了一半兵力，因为荆州往夔州的路上缺山少水，没有什么设伏的天然条件，封野此役也算是硬碰硬，最多占一个以逸待劳、出其不意的便宜，但终究是将梁王兵马逼回了荆州。

封野的捷报传回了大营，但他并未带兵回营，为防止梁王杀一个回马枪，他要继续驻守原地。

赵傅义大喜，但命众将对此事保密，军中人多口杂，有奸细混入也在所难免，虽然初战告捷是个振奋军心的大好消息，但眼下他要确保夔州不会得到梁王出兵的消息，将他们一步步逼入绝境。

围城一个月后，接续的粮草迟迟未到，晟军粮草告急，而鲍云勇却依旧在城内装死，两方胶着不下。

赵傅义心中焦急，面上却保持着冷静，派出一队骑兵去夔州城下练兵，叫阵的人也开始高喊梁王已经起兵南下，放弃夔州了。

此时鲍云勇已经等了梁王一个月，斥候带回的明明是梁王要出兵来援的消息，可他没有等来一兵一卒，甚至哪怕一声吆喝。军中上下谣言四起，猜测梁王骗了他们，这样的猜测随着时间的推移愈演愈烈，直到赵傅义在恰当的时机喊出梁王已南下的消息，恰好印证了很多人心中的猜想，也瞬间将鲍云勇置于绝境。

此时不单单是夔州旧部，就连追随鲍云勇从蜀地至此的起义军，也开始对他不满，敌军围城，孤立无援，谁愿意做这等死的瓮中之鳖呢?

终于，在围城第四十二日的深夜，夔州城上突然灯火通明，人头攒动，赵傅义深夜被唤醒，披甲佩剑，带兵离开大营，直奔城下。燕思空觉轻，也醒了过来，远远看着夔州城反常的异状，心知大事已成。

夜里漆黑，并不能看个清楚，但过了一炷香的工夫，有骑兵快马返营，大老远就兴奋地高喊："杨畏期提着鲍云勇的人头开城投降了——"

燕思空深吸一口气，面上涌现一抹冷笑。

夔州大局已定，接下来，就是荆州了。

天明时分，赵傅义带着兵马，雄赳赳、气昂昂地进城了，夔州百姓夹道相迎，显然是对鲍云勇及其带来的起义军憎恶已久。

赵傅义曾承诺只要投降，则既往不咎，入城之后没有缉拿任何一个起义军将领或叛变的夔州旧部，令这帮人如释重负。

鲍云勇已死，夔州城已收，从出征到现在，已过去了近三个月，狄嵘和赵傅义终于不负皇命，剿灭了困扰朝廷大半年之久的蜀地叛军。

然而，一切还没有结束，更加难缠的敌人正把守着荆州要塞，意图染指江南。

因此，他们来不及庆功。封野回来后，顾不上喝一口水，就被赵傅义招去议事。

一进屋，封野的目光就落在了面色如湖水般沉静、又如青松般俊雅的燕思空身上。

燕思空也看向他，眼中闪过难掩的喜悦。

封野单膝跪地，抱拳道："末将封野，见过将军，敌军投降的两千三百七十六名将士均已整编入营。"

赵傅义大笑："不愧是将门虎子，你小子好样的！"

"幸不辱命！"

"封野，坐！"

封野站起身，坐在了燕思空对面，偷偷对他眨了眨眼睛。

燕思空唇角微翘。

"诸位以为，起义军将领及夔州旧部该如何处置？"赵傅义召集的仅有梁广、封野和燕思空三人。

梁广道："将军既已承诺既往不咎，此时必不能食言。但是，就此放过他们，却有违圣意啊。"

"不仅有违圣意，这帮乱臣贼子不加以惩戒，何以对天下人交代、对无辜殒命的将士、百姓交代。"封野冷冷说道，"决不能放过他们。"

赵傅义点点头："我亦以为如此，才找诸位商议。"

梁广抚须道："暗中杀掉？"

封野摇头："若不能令他们当众认罪伏法，则不能起到惩戒之用意。"

赵傅义想了想，看向燕思空："燕大人，你可有好办法？"

燕思空拱了拱手："下官确有一计。"

"请讲。"

"正如世子所言，不施惩戒，何以服众，下官以为，应将他们的罪状彻查清楚，公之于众。"

“这不就有违我的承诺了？”赵傅义道，“当初粮草告急，为了令他们早日投降，不得已出此下策啊。”

“将军不必担心，我们信守承诺，罪而不诛，但要求他们戴罪立功，领兵去对抗梁王。”

赵傅义一拍巴掌：“借梁王之手杀了他们。”

燕思空点点头：“这帮人里，有几个必须除掉，比如杨畏期，还有起义军的主要将领，以及当初参与暗杀夔州守备的夔州部将，一个都不能留。如此一来，他们的罪状得以公之于天下，将军也不至于言而无信。”

“好，就这么办！其实此事并非最紧要的……”赵傅义思索道，“我刚与狄将军商议，一时还不知该如何拿下荆州。”

“不错，杨畏期还有利用价值，待到时机成熟，有的是送他们去死的借口，眼下最重要的，是梁王。”

“如今荆州局势如何？”封野问道。

燕思空沉声道：“荆州高城深堑，兵精粮足，以我军现在的兵力，即便粮草充足，也不大可能攻下来，若要打得稳妥，还是只能围。”

“梁王正在大肆扩张兵马，待到他手握重兵时，定会挥师南下，届时荆州横亘于前，我们只能眼睁睁地看着他南下，到时恐怕无力回天。”梁广叹道，“所以，我们耗不起，若不能阻止梁王南下，必负圣恩。”

赵傅义也道：“要在梁王壮大之前拿下荆州。”

屋内顿时陷入了沉默，眼下看来，他们毫无对抗梁王的实力，兵力虽然一倍于梁王，但粮草不足，眼下只能靠夔州粮草救急，这样拖下去，唯有退兵一途了。

“粮草何日能到？”燕思空问道。

“月初就该到了。”梁广沉声说，“我已连上三封奏疏催促，可大同府也在要粮，蔡尚书正在四处调粮，形势不善啊。”

古来征战，打的便是粮草。国力之强弱，自馈粮一事上就能验证出来。运粮十之去八，意为运十的粮草，四成要给运粮军路上吃，又四成要给运粮军返程路上吃，能够送到前线军手里的，仅有两成。行军打仗的每一日，都是巨大的消耗，如今大晟之国力，不足以支撑这样的消耗了。

此次议事，并未议出对付荆州的策略，赵傅义让封野回去休息。

既已入驻夔州，他们自然不用再住帐篷。

回到驿馆的屋内，封野捕捉到他担忧的目光，对他报以一笑。“我回来了。毫发无伤。”

燕思空也回以一笑，眼神恢复了沉静，轻声道：“累坏了吧？薛伯去打了水，你好好洗个澡，然后吃点东西，再好好睡上一觉。”

薛伯伺候着封野洗了个澡，为他洗去了一个多月来的脏污，换上了干净的衣物，又端来热腾腾的酒菜。

封野吃了近四十天的行军干粮，此时见着佳肴，立刻大快朵颐起来。

燕思空在一旁静静地看着封野。

封野埋头吃了半天，才猛地抬起头，催促道：“你吃啊。”

“我在营中不缺吃的，你多吃点。”

“现在尚有吃的，便要多吃些，指不定哪日就没粮了。”封野夹了一大块肉，放进燕思空碗里，“你快多吃些。”

两人将饭菜尽数扫光，燕思空倒了两盅酒，举杯道：“那日我与你喝了饯行酒，今日也要与你喝庆功酒。来，封野，祝贺你凯旋！”

封野大笑着与燕思空碰杯，豪气地一饮而尽。

燕思空问起了封野是如何击退梁王援军的，封野早已按捺不住，绘声绘色地向燕思空讲述自己的神勇。

两人聊到深夜。

封野尽管年少轻狂，但军纪从不松懈，第二日天未亮，就快马出城，去巡视大营。

待到他返回驿馆时，燕思空都还未醒来。

封野褪下外服，便去找燕思空。

燕思空睡意未醒，冲他露出一个罕见的憨笑，哑声道：“几时了？”

“都快晌午了。”

“也不早点叫我。你去哪儿了？回营了？”

“嗯，早上要巡营。”

燕思空突然吸了吸鼻子：“我闻到香味儿了，你带什么回来了？”

封野笑道：“包子，我打听到夔州城内最好吃的包子，便去买了回来，你醒得正是时候，还热乎呢。”

燕思空唇角满含笑意：“太好了，且尝尝这两湖的包子跟我辽北的有何不同。”

“照我看，这大小就很不同，这里的包子真小，我两口便能吃掉一个。”封野边说边将燕思空的衣物递了过来。

燕思空接过穿上将头发松松地绾了个髻，看起来随性而慵懒，而后下床洗漱。

封野将包子和白粥小菜一一摆在了桌上，招呼燕思空快来吃。

燕思空用布巾擦干了脸，坐到桌前，笑道：“这包子才不过辽北的一半大，确实小了些。”

“不知味道如何，”封野递给他一个，“快尝尝！”

燕思空咬了一口，只觉满口鲜香：“嗯，好吃。”

“你既喜欢吃包子，可是各地的包子都尝过了？”

燕思空笑道：“你知道吗，江南的包子更小，一锭银子大小，塞了满满的鲜肉，一口就能吃掉。”

“还有那么小的包子？”封野向往道：“我真想尝尝。”

燕思空微笑不语。

“小时候，我曾说想踏遍大晟江山，你还记得吗？”

燕思空微微一怔，点了点头：“记得。”不知为何，他越发抗拒与封野回忆少年时光，也许是因为，那会一遍一遍地逼他回忆已经“死掉”的元思空，并且提醒着他，他已经完全变成了另外一个人。

“可惜我见过的风景，也无非大同、京师与这里，倒是你，似是去过好多地方呀。”

燕思空低声道：“我那十年，四处流浪罢了。”

“定是吃了不少苦吧？”封野又塞了一个包子到燕思空手里，“放心吧，以后不用再吃苦了。”

燕思空不客气地咬了一口包子：“嗯。”

封野漫不经心地问道：“上次在你府上碰到的那个人……好像姓刘？也是你在流浪时遇到的吗？”

“嗯，我当时在进京赶考的路上，穷困潦倒，险些饭都吃不上，他接济了我。”

“在哪儿遇到的？”封野又问道。

燕思空警惕了起来，不知封野为何突然问起佘准，笑道：“怎么了？”

封野挑了挑眉道：“好奇而已。”

燕思空说：“陛下如今对你的亲事十分上心。”

提到亲事，封野不以为然：“他上心又如何，我爹是不会让他给我安排亲事的，免得因此受制于人。”

他们过去从不谈论此事，只因无论是他还是封野，婚事都由不得自己做主。

燕思空适时岔开话题：“吃饭吧。”

赵傅义忙于安顿夔州城内的大小事务，提心吊胆了好几日的起义军将领和夔州叛变旧部，终于放下心来，开始敢在城内活动。

杨畏期迫不及待地上门拜访燕思空，态度与当初燕思空为使时截然不同，甚至给燕思空送了大礼。

燕思空笑脸相迎，虚与委蛇，他知道杨畏期心中不安，想要探他的口风，他也尽力安抚，眼下他们还需要这些人老老实实地待在城中。

赵傅义命燕思空拟了一封公函给梁王，大致内容为夔州已降，劝梁王伏法，圣上仁慈，可保他后半生衣食无忧云云。这劝降虽然毫无用处，但却必须得做，以彰显皇帝的宽厚仁爱，毕竟他们要对付的，是皇上的亲兄弟，勿谓言之不预，而后动干戈，才不至让天下人诟病皇上冷酷，不顾念手足之情。

这封公函自然是石沉大海，梁王此时疯狂地招兵，以荆州要塞阻拦平叛军，听说还想拉上距他不远的赵王一起谋反，若当真被他攒足了兵马，他们根本无力阻止其南下。

一面是易守难攻的荆州城，另一面是迟迟不到的粮草，形势之危急，令人寝食难安。当然，这样机密的军情，底下的将士是不会知道的。

短短几日，赵傅义已经愁得瘦了一圈，燕思空心中也一样着急，但苦思数日，仍无万全之策，打仗没有粮，什么都是白扯。

眼下他们都在等待混入荆州的探子传回线报，来预测梁王下一步的举动。

几日后，果真传回了线报，却非梁王的兵马、粮秣情况，而是探子自己的人头。

赵傅义脸色铁青，将自己关在屋内，一日没见人，直到晚间，才将梁广、封野、燕思空和自己的亲信将领召集到一起。

燕思空心中有些忐忑，他察觉到赵傅义想动了，在明知不可为的情况下，按兵不动才是最好的谋略。

封野倒是乐观许多，开门见山地问："可是粮草有消息了？"

赵傅义点点头："粮草还有几日就能到了，但也只够一月吃食，加上夔州屯粮，若我们两个月拿不下荆州，就只能退兵。"

屋内没人吭声。

难怪盼了许久的粮草要到了，赵傅义脸上却没几分喜色。

梁广叹道："两个月……荆州粮草充足，守上两年都不成问题。"

"这荆州围不得，攻城又必然损伤惨重，难道我们就眼睁睁看着梁王扬帆南下吗？"孙凤不服气地说道。

赵傅义揉了揉太阳穴："我不远千里前来，不想半途而废，粮草耗尽之前，我无论如何要试一试。"

"将军切莫冲动！"梁广道，"明知不可为而为之，那还不如退军。"

封野道："行军打仗，变数极多，没有什么是绝对的不可为，我更相信事在人为，若就此退军，不但辜负圣望，也将陷江南百姓于水火。"

燕思空却是认同梁广的："下官以为，梁大人言之有理，将士性命不可儿戏，攻城胜算太低，万不可草率。"

孙凤哼道："还有什么比无作为胜算更低的。"

"非也，李牧隐忍十年，一战定乾坤，这十年在外人看来也是无作为，有时无作为才是大作为，胜负不可期于近前。"燕思空又拱手道："下官并非劝将军退军，而是望将军存蓄实力，不要妄动。"

封野又反驳道："燕大人太过保守了，所言兵法，过于理想，实际上真正能做到'先胜后战'的少之又少，难道所有将领都看似打不过就不打了？军情变幻无穷，有时成胜之机，就在刹那之间，不上战场，永远抓不住它，这点魄力都没有，志气上就已处于下风了。"

两方各有理据，争辩了起来，赵傅义是武将出身，心里是向战的，但见梁广和燕思空都不主战，不免也犹豫。

于是争辩许久，仍未能有个结果。

回去的路上，封野与燕思空仍在争论，一时谁也不能说服谁，最后，封野没好气地说："燕思空，也就你敢如此与我唱反调。"

燕思空无奈："我哪里是与你唱反调？我是为了大军着想，眼下确实不宜出战。"

"难道就这样无功而返？"

"我并未说要退兵，我也不愿退兵，但我们不能攻城，攻城必定死伤惨重，胜算太低，除非……能将梁王引出荆州。"

"梁王精明狡诈，怎么可能放弃坚城与我会战？何况他当时来援夔州，已经走错一步，被我伏歼了五六千人，不可能再犯同样的错误。"

燕思空道："确实很难，但事在人为。"

"莫非你有妙计了？"封野追问道，"你和梁大人真是……不叫我们妄动，又拿不出可行之计。"

燕思空摇摇头："容我再想想。"他如今亦是心焦，若不能拿下荆州，梁王南下，势必引起更大的祸端，且他也将错失手刃葛钟的机会。梁王谋反一事，是他在暗中推波助澜，他出此险招，自然早已有事态失控的准备，做什么没有风险呢，但眼下远不到自乱阵脚去攻城的地步，他之所以一再劝诫赵傅义不能妄动，而又不出计谋，并非真的无计，他心中早已有一计，但还需等一个人为他证实此计是否可行。

那个人就是佘准。

佘准先他离京，不出意外的话，必定早已在荆州城内，他出使夔州、劝降叛军一事，这些天也差不多已广播两湖，佘准一定会用什么方式联络上他，他必须等。

封野失望地叹了口气，抬头望向星空："若我爹在，会如何定夺呢？"

燕思空拍了拍封野的肩膀，轻声说道："靖远王从戎三十余载，必也是无数次进退维谷，可他都一一闯过来了。若他在此，我猜他会要你沉着冷静。封野，沉下心来，我们尚有两个月，一定会有转圜之机的。"

封野看着燕思空，勉强一笑："我确实心急了，我们拿下夔州，士气正隆，我多希望一鼓作气，收复荆州。届时我爹远在大同，也定能知道我得胜的消息。"

"会的。"燕思空握着封野肩膀的手暗自使力，"早晚有一天，你小狼王的名号会响彻大晟河山。"

封野眨了眨眼睛："你当真这么想吗？"

"当真！"

封野终于露出一个真心的笑容，他佯怪道："你这人，巧言令色，我刚才还在生你气，现在又气不起来了。"

燕思空一笑："我是否还得给你赔个不是？"

"那倒不必，以后少跟我唱反调。"

"这点，我怕是不能答应你，我身为大晟臣子，当以社稷……"

"哎哟好了好了，我说不过你。"

"那就不说了，我们回驿馆。"

要等待一个未必会到来的消息，需要极大的定力，还须扛得住重压。

赵傅义和封野这几日在谋划着从水路趁夜偷袭，将梁王主力军引到水上，来个声东击西，派大军攻城，计虽是好计，但实施起来困难重重，若梁王不上当，他们就白白损失水师。

燕思空仍旧力劝赵傅义按兵不动，幸而他不是一个人，梁广也与他意见一致，否则以他的地位，是肯定阻止不了赵傅义和封野的。

赵傅义并未放弃这个计划，但也没有计划何时出兵，他也在等待时机。

一天夜里，燕思空正在挑灯整理文书，一块石头破窗而入，险些砸到脸上。

他快速起身，捡起了那块石头，扯下其上绑着的布条，展开一看，正是佘准送来的信！

燕思空激动地一目十行地将那信读了一遍。

佘准果然早已到了荆州，但他并不知道燕思空也随景山卫戍军出征了，直到燕思空出使夔州，他才得到消息。

他在荆州潜伏月余，将梁王的老底摸了个差不多，梁王的兵马、粮秣情况与他们的斥候线报基本吻合，梁王还在大力招兵、纳贤、造船、操练水军。

佘准还打探到了一个极其重要的消息，证实了燕思空多日来的猜想，那就是梁王下一步的目标是岳阳县，若拿下岳阳，梁王将能控制洞庭湖上的数家造船厂，水军实力会大增。

最后，佘准把葛钟的关押地点告诉了燕思空。

这封密信意义重大，燕思空很是兴奋，他终于找到引诱梁王出兵的办法了。

燕思空将密信置于烛台上，烧了个干净，然后推开门，往封野的别院走去。

封野屋内还掌着灯，隔窗能看见屋内那高大的身影正独自徘徊。

燕思空叩响了封野的房门。

“谁？”

“是我。”

封野打开门痞笑道："这么晚来找我？"

燕思空往封野身后看了一眼，但见墙上挂着一幅《两湖舆图》，他笑道："你不也一样睡不着吗？"

封野顺着他的目光回头看了一眼，也无心玩笑了，轻叹一声："我看了好几天了。"他和燕思空一同走到墙边，"我现在闭上眼睛，脑子里都是荆州附近的水陆山川。"

"我也正是为此事来找你的。"燕思空仔细地看着。

封野问道："你想出什么了？"

"梁王现在正在造船。"

"嗯，当然。"

"可荆州府附近的水道，不适合造大船，江南水军厉害，他没有好船，何谈南下。"

封野点点头："当年的东吴水军雄霸一方，鼎立三国，确实不好对付。"

"你看，荆州府在这里，哪里能给梁王造出大船来？"

封野眯着眼睛，看向那幅他已经死盯了好几天的舆图："洞庭湖？"

"没错。"燕思空用手指点在舆图上一个大湖处，"这里离荆州半日可达，岳阳兵力不足，梁王若霸占洞庭湖，不仅能把控洞庭湖上的造船厂，也占据了一个重要的水路枢纽，洞庭湖上往来商船无数，便于他八方运粮，更可以给他带来一大笔赋税。"

封野拍了拍脑袋："洞庭湖，我们此前也有猜测，但不敢妄断，因为梁王若真的出兵岳阳，则背后空虚，他恐怕不会冒这个险。"

"没错，但岳阳对于梁王来说十分重要，我料他非拿不可。"

封野思忖道："所以，既要拿下岳阳，又不能给我们可乘之机，若我是梁王，就……拖！"

"对，拖。他知道我们粮草不足，只要拖下去，我们早晚会退兵，到时他再取岳阳，就无后顾之忧了。"

封野凝望着舆图上的洞庭湖，陷入了沉思。

“岳阳可能是我们唯一诱敌出城的机会了，唯有梁王出城与我们会战——无论是水路还是陆路，我们才有胜算。”

“要如何利用岳阳引蛇出洞呢？”

“先梁王一步进军岳阳。若我军分兵一万，守护岳阳，梁王将被截断水路，腹背受敌，我不信他还坐得住。”

封野喜道：“我看此计可行，我们明日一早就去找赵将军。”

燕思空转过身，看着封野：“岳阳是我们唯一的机会，但这机会也仅仅是诱敌出城罢了，梁王如今与我兵力相当，短兵相接之日，是输是赢，谁也不知道。”

封野一双眼眸狼一般杀气凛凛：“只要能将梁王诱出坚城，我定杀他个一败涂地！”

燕思空笑道：“年纪轻轻，切莫狂言。”

封野咧嘴一笑，笑得狂放不羁：“我从未攻过城，因为瓦剌没有城可攻，所以我若说我攻城必下，那才是狂言。可我十一岁便与瓦剌交战，他们是天下最凶悍勇猛的敌人，连他们我都不惧，何惧一个养尊处优的藩王？早晚叫你看看我的沙场英姿。”

燕思空颔首，目光坚定：“好，我等着看你杀敌破城，旗开得胜！”

第二章 冲出青须谷

燕思空的计策颇合赵傅义心意，但他领兵经验比燕思空丰富得多，也提出了诸多顾虑。

“自夔州下岳阳，必经荆州，梁王把持荆州水路要塞，所以我们不能走水路，若走陆路，绕荆州而行……”赵傅义在舆图前深深皱了皱眉，“岂不是要翻过南岳？”

“不错，唯翻山一途，可以绕荆州抵岳阳。”

梁广道：“不可，若要翻过南岳，我军将士必抛却辎重，短兵轻甲，只能携数日口粮，南岳深山长谷，连峰巉巉，极为险峻，若梁王在山中设伏，我军就是自投罗网啊。”

“长史大人说得在理。”参将孙凤说道，“自古只有绕城急袭取敌，没听说过绕城急袭助守的，况且翻山是何等凶险，且不说此行四百余里，翻过南岳需要多少时日，即便我军真的到了岳阳，万一梁王不出兵呢？一切岂非徒劳？”

“梁王若不想困死荆州，唯有南下，要南下，必取岳阳。”封野朝赵傅义用力拱手，“大将军可上奏陛下，从南昌府调兵与我军在岳阳会合，届时梁王听到风声，一定会狗急跳墙，赶在南昌军抵达前攻打岳阳；又或，梁王若有远见，甚至会在我军未没抵达前就出兵岳阳，到时我大军在其后攻城，断其后路，梁王大军在岳阳与我会战，梁王腹背受敌，必破之。”

梁广沉声道：“翻南岳，诱梁王，恐怕一去无回，世子的意思，就是分兵以为饵？”

“有何不可？”燕思空不卑不亢道，“唯有重兵诱之，梁王才会相信我们要赶赴岳阳的决心，才能逼得他提早出兵，弃坚城与我会战啊。”

“那谁去领这诱敌之兵！”

“末将愿往。”

“下官愿往。”

封野和燕思空齐声答道。

两人均是一怔，神情复杂地看了对方一眼，却在彼此眼中看到了同样的坚毅和无畏。

梁广和孙凤也面面相觑，其他将领亦是无言。

赵傅义沉默地盯着地图。

封野再次进言：“大将军，我军粮草渐薄，时不我待，若不放手一搏，便真的只能退兵了。”

梁广重重一叹：“我军业已收复夔州，平定寇乱，不算无功而返，粮草不济，非我军之过，世子如此好大喜功，恐置我军于绝地啊。”

封野傲然道：“不阻梁王，坐看其起势，一旦被他夺得岳阳，则祸患无穷，我若就此退兵，以何颜面面对陛下、面对江南诸城？”

梁广还想说什么，赵傅义挥手制止，他面色肃穆，沉声道：“我意已决，谁人愿随世子分兵南岳？”

一阵沉默后，王陌修出列，抱拳道：“末将愿往！”

“好，命封野为游击将军，王陌修为副将，领兵五千，翻南岳山，急奔岳阳。”

“诺！”

赵傅义看向燕思空：“起燕思空为参军随行，便宜行事。”

“诺！”

“梁大人，”赵傅义对梁广道，“请梁大人亲拟文书，一封往京师，求陛下调南昌军策应我军，并再催促粮草；另一封往南昌，要许总督整装待发。”他眯起眼睛：“这些消息，务必利用奸细透露给梁王。”

梁广拱手：“下官领命。”

赵傅义看向封野：“封野，梁王大军出兵之日，就是我攻城之时，一旦拿下荆州，我会立刻去援你，可若拿不下荆州……就指望你歼灭梁王大军了。”

封野领兵区区五千，要灭梁王大军，谈何容易，这五千兵马最重要的使命，是将梁王大军诱出荆州，分兵破之，可梁王即便分兵，也一样占据优势，因为梁王分，他们也分，谁也不知这一招走下去，究竟会如何，但他们义无反顾，唯有誓死一搏。

“封野，封野。”燕思空快走几步，追了上去，一把抓住了封野的胳膊，“封野！”

封野甩开他的胳膊，用手指狠狠点了点他，却说不出话来。

燕思空低声道：“眼下不是你我置气的时候。”

“置气？”封野咬牙道，“我上次警告你的话，你转头就忘得一干二净，你当我只是与你置气？”

“封野。”燕思空握住封野的胳膊，望着他正色道，“我知你担心我安危，我亦担心你安危，你请命去做饵赴险，我也该阻止你吗？”

“你我不一样。”

“哪里不一样？”燕思空厉声道，“就因为我是文臣你是武将？你我同朝为官，同是男儿，同有报国救民之志，怎么你上得沙场，我就上不得？”

“你……你强词夺理。”

“分明是你低看了我。”

“我从未低看过你！你一介文官，武功平平，运筹于帷幄之中就是了，何必沙场拼杀？我只是不想你以身犯险！”封野满面怒容。

“我同样不想你以身犯险！”燕思空大声道。

封野愣了愣。

燕思空黑眸闪动，一眨不眨地盯着封野：“所以我才要与你同去。此穿南岳，凶险万分，你虽是稀世将才，但年少轻狂，胆大妄为。我早知道你急于建功，一定会请命，我放心不下，既是我提出的计策，我定要你平安归来。”

封野垂下眼帘，浓密的睫毛挡住了瞳仁，掩住了翻涌的情绪。

燕思空沉默地看着他。

封野闷闷说道：“越是与你相处，我便越是欣赏你，你这人……”

燕思空也是五味杂陈。

封野欣赏他，本是好事，怕也只有十八九岁的少年郎，才敢这般毫无保留地交付信任，而他，处处都要收着。面对封野，他时常有愧于付出的不对等，却又冷静而清醒地知道，他只能给这么多了。

出兵之前，赵傅义将一切都安排妥当，也与狄嵘商议好了攻城大计。

赵傅义和狄嵘均是当世名将，在大晟国况山河日下的如今，他们已是昭武帝能够调派的最好阵容，也正因如此，燕思空和封野才敢冒险，认为只要他们将梁王大军引出荆州，此二人就能攻下城池，再不济，他们与梁王大军会战，也能削弱其兵力，总比强攻坚城胜算大得多。

出兵前夕，他们来找两个南岳当地的猎户做向导。同时，封野和燕思空二人快要把舆图看烂了。封野有一项异能，就是对地形的记忆和分析极强，他只要观察一遍地形，就能在脑海中绘制成图。同样的，他只要看上几遍地图，该处的地形、地势、地貌就尽入脑海，待到运用时，相差不超过百米。

所以燕思空说封野是稀世将才，绝非恭维之词，他观察封野许久，知道封野有怎样的天予之才，又有得天独厚的出身与背景，只要度过这冲动不羁的少年时光，必将一飞冲天。

至此，还未出征，封野已经几乎对南岳了若指掌，凭借兵法与实战的经验，最终挑选出了两条行军路线，一条作为另一条的备用。

即便如此，山中依然有避之不过的天险，行军危险不说，他们最担心的是中埋伏，可眼下也只有放手一搏了。

出征前日，燕思空求见赵傅义，开门见山地说："大将军，下官是来提醒大将军，倘若他日破城，不要急着庆功，定要先去解救被梁王囚禁的两湖官将啊。"

"这是自然，只是，不知梁王是否还留着他们。"

"自梁王谋反后，只听说葛总督等人被囚禁，并无梁王处决他们的消息传出，所以，下官认为他们应该还活着。"

听到葛钟的名字，赵傅义眼中闪过一丝异样，他道："希望如此吧。"

燕思空状似漫不经心地说道："其实，此事下官心中略有疑窦。"

"哦？"

"梁王兵权在握，还留着他们做什么呢？"

赵傅义皱了皱眉："确有些蹊跷，也许，他是想给自己留条后路吧。"

燕思空"嘶"了一声，"大将军说得有道理啊，听说那两湖总督葛钟葛大人，是谢公公极力提拔之人。"

赵傅义瞪起眼睛："燕大人，我说的后路不是指这个，是指梁王不想多遭罪孽，一旦战败，或许还能在陛下面前讨回一条命，你、你这是意有所指啊？"

燕思空慌忙起身："哎呀，误会了，下官无所指，无所指。"

赵傅义眉头更加拧成一团了，他道："此事不紧要，待我拿下荆州再说吧。"

"是……"

是夜，封野率五千将士于夔州出兵。

他们放弃了不必要的辎重，携十日口粮，轻装上阵，力求以最快的速度翻过南岳山麓。

这一战打的便是速度，只要他们抢得快，梁王就来不及设伏。

夔州至岳阳近四百里，正常行军一日四十里，也要走上十日，而他们还要翻山越岭，若是途中遇险，又或碰上疾风凄雨，这十日口粮怕是并不够吃。但封野下令只带十日口粮，背水一战，以鼓士气。

燕思空也换上了一身铠甲，他本就气质潇洒，如今兵甲加身，更将他衬得器宇轩昂、英姿勃发。

封野含笑看着他上马，二人对视一眼，都看到了对方坚定的目光。

封野长嘘一口气，道：“出发。”

传令官大喊道：“出发——”

为避人耳目，他们不敢擂鼓，人衔枚，马裹蹄，默默朝南行去。

从夔州过施州，这一路尽是坦途，封野要求一日行军百里，因为一旦进了山，速度必然要慢下许多。

两日之后，由当地向导领路，他们进入了南岳山。

山谷狭窄，大军被拉得长长的，绵延四五里有余，首尾不能呼应，封野命大军分成三段，两段相隔三四里，以防止中伏，可以互相援救。

晚间，他们择背山近水向阳之高地扎营，一路上谨小慎微，但凡易进难出、便于设伏之地，就绕道而行，行军速度虽然慢了不少，但前几日都安然度过。

进山的第四天，下起了雨。

雨势并不大，但连绵不绝，山路泥泞，马蹄多有陷入，冒雨前行，湿衣寒体，将士苦不堪言，行军速度一下子慢了许多。

燕思空坐在营内烤火，轻叹道：“封野，我看，还是休息一日吧，如此雨势，万一遇上山体倾滑，后果不堪设想啊。”

封野神情严肃地盯着帐外连珠子般往下坠的雨滴：“我们哪有一日可以休息，若就此耽误了时日，我们就只能走青须谷了呀。”

“前几日我军已倍道兼行，抢了至少三日的时间，此时休息一日，也可让将士们恢复体力，否则若是遇上埋伏，敌军以逸待劳，我军必败。”

“这荒山野岭的，就算朗朗晴空，梁王都未必找得到我们，何况是这种鬼天气。”封野道，“休息一夜，明日看看天气如何，再做定夺吧。”

“明日雨怕也不会停的。”燕思空道，“看这天象，积云不散，湿气低垂，淤结于山中，三日内可能都不会停。”

封野沉声道：“休息一夜，明日定夺。”

“封野。”

“叫将军！”封野瞪向他，“燕思空，军中无尊卑，却有上下，你不必赘言。”

燕思空拱手道：“是，将军。”

封野懊恼地嘘出一口气，朝侍卫挥了挥手：“全都下去吧，我和参军要休息了。”

为了减轻负重，精简物资，这几日封野和燕思空共用一个营帐。

封野朝燕思空招招手，燕思空走了过去。

封野低头道：“我有些焦虑，你……”

燕思空淡道：“你知道赵傅义为什么敢把兵权交给区区十九岁的你吗？”

封野轻哼道：“因为我配得起这兵权。”

“对，因为你十一岁上阵杀敌、十四岁深入敌阵、十六岁独自领兵，因为你智勇双全，因为你军纪严明。”燕思空用肩膀撞了撞封野，笑道：“所以你刚才说得对，在军中，我不该直呼你名讳，我一时情急，连世子都忘了叫，实在不应该。”

封野揶揄道：“我怎么听着，觉得你在酸我呢。”

“岂敢啊。”

封野哈哈笑道：“以你我的交情，你还有什么不敢啊？”他一手按住燕思空的肩膀，轻轻晃了晃：“你的顾虑我明白，但你没有带过兵、打过仗，体会不到行军求速的紧迫感，战机往往就在千钧一发之间，稍有贻误，都可能酿成大祸。若因为行军缓慢，而不得已走青须谷，恐怕有全军覆没的危险，兵贵神速，这一次我们抢的是时间，我们没有一日可以休息，明天视天气情况，最多休息半日吧。”

燕思空点点头：“听你的。”他看着封野的侧脸，那人目光坚毅灿若星辰，直视远方。封野一旦披甲戴盔，立于军中，就再无平日里嬉笑怒骂、率性轻狂的少年样。令行禁止，说一不二，才是他为将者的模样。

如燕思空所言，第二日，那雨依旧淅淅沥沥下个不停，封野让大军多休息了小半日，才整军出发。

山中湿冷，寒气侵体，不少将士染了风寒，就连马都接连倒下了几匹，行军速度越发缓慢，且口粮越来越少，如同身后追着个索命厉鬼，谁也不敢抱怨，只得硬着头皮往前走。

封野下令只带十日口粮时，虽然极为冒险，但若没有此计激励军心，他们必困于深山。

在这样艰险的环境之下走了三日，他们终于盼来了晴天。可即便如此，他们依然比计划中晚了足足四天，此时便陷入两难之境地，因为他们只剩下一日口粮了。

若按原路行军，他们很快就会弹尽粮绝，若想抢出时间，就必须另择近路，也就是他们极不愿意走的青须谷。

青须谷，两山夹居者也，地间狭长，易进难出，是设伏的绝佳之地，只要守住两端隘口，对入谷之人简直是瓮中捉鳖。但只要过了青须谷，就尽是坦途，可以快马行军，两日内抵达岳阳。

如果梁王已经探知他们进山，那么唯有在此处设伏，才最有可能将他们一网打尽。

“隘形者，凶险啊。”燕思空轻声念叨，目光专注地盯着地图。

“也并非没有破敌之策。”封野道，“我们来之前已经料到此地可能有埋伏，要破隘形之地，必破其一隘口。”

“要破其一隘口容易，我若是梁王，放弃入口，守住出口就行了，青须谷出口处宽不过五六丈，只要重叠布阵，前齐隘口，就有一夫当关、万夫莫开之能，就算身后无伏兵，还有头顶呢！就算头顶也无伏兵，也很难冲过去。”

王陌修重重叹息：“大雨误我啊！”

“此时抱怨也无用。”燕思空看向封野，“将军，下官建议原路行军，我们可以以稞草果腹，倍道而行，日夜兼程。”

封野眯起眼睛，摇了摇头：“人能忍饥，马能挨饿吗？就吃这些水分极多的湿草，马儿根本扛不得饿，到时人困马乏，若碰上梁王追兵，我们怕是跑都跑不掉。”

“可青须谷有死地之势啊。”燕思空道，“兵法有云，隘地若敌先居之，盈而勿从。”

“可下面还有一句：‘不盈而从之。’”封野目光灼灼，“走不走青须谷，我们都是九死一生，何不赌一把？”

燕思空叹了一口气，没有接话。

王陌修道：“参军，其实将军说得不无道理。其一，梁王未必设伏，其二，梁王设伏，也未必前齐隘口，当年韩信走那井陉口，赵军就没堵住隘口，他可是带着大军大摇大摆地过去的，而后背水一战，大破赵军，跟我们的情形何其相似……”

燕思空目光凌厉地瞪向王陌修：“行军打仗，岂能以盼望敌人犯蠢作为侥幸得胜的依凭？”

王陌修僵住，他咽了咽口水，一时心下惊叹，一介文弱书生，怎会有这般锋锐如刀子的眼神？

燕思空再次劝道：“将军，地形险隘，尤不可制于人啊。”

封野看向燕思空，沉声道：“燕参军，你我在领兵一事上，可曾有过意见统一的时候？”

燕思空愣了愣：“……有过不少吧。”

“真的吗？”封野眯起眼睛，逼近了一步，“我怎么记得你与我回回意见相左，你是欺我年少，什么也放心不下吗？”

燕思空躬身："下官不敢。"

封野深吸一口气："你的顾虑，我全都明白，我的顾虑，你明白吗？"

"下官明白，无论是走原路，还是走青须谷，都各有利弊，将军与下官性情大不同，下官保守，出的自然也是保守之计。在此一事上，遑论对错。将军若执意走青须谷，下官便献出青须谷之计。"燕思空在心中叹了一口气，他虽和封野私交甚好，可在领兵打仗一事上，就如封野所说，两人分歧极多，处处不对路，他们一个激进大胆，一个保守谨慎，已经不知道吵了多少回了。

但现在封野为主帅，他只能规劝，规劝不成，就顺从。再者，险隘之地，也并非真是死地，若出得此地，他们就逃出生天了。

"很好，你有何计，说吧。"

翌日，封野军集于青须谷外。

此时天清气爽，艳阳高照，视野非常清晰，转过这个山脚，青须谷的隘口就不远了，虽然现在还不能看见，但也可以想见，那幽深的谷地如长蛇般盘亘于这荒山之中，而他们就要进入蛇腹，殊死一搏。

等待良久，斥候跑了回来，跪匐于封野马前："将军，叛军在青须谷上方设伏。"

"埋伏多少？"

"约一千。"

"隘口呢？"

"入口未见叛军，但出口已被叛军大军堵截。"

封野挥挥手，看了燕思空一眼。

燕思空却微眯着眼睛，策马原地转了一周："很好，风向未变。"

"天助我也。"

燕思空点点头："如我们所料，时间仓促，山路难行，叛军无法将大量辎重带入山中，所以埋伏于上的少，围堵于前的多，这种情况下，此计尚可行，但……"他回头看了看身后黑压压的将士："即便能冲杀出去，我军伤亡也必定不轻。”

封野凝重道：“若绕路而行，粮草断绝，我军伤亡更难以估量，只此一途了。”

王陌修道：“将军，我愿为先锋。”

封野摇摇头，深吸一口气，高声道：“刘勇，带一千将士，攀山而上，将叛军伏兵冲散、杀退皆可，不要追击。”

“诺！”

“白尚仁，准备好马匹、艾草、火油，等我令号。”

“诺！”

“燕思空。”封野目视前方，看也不看燕思空，“带八百将士驻守于此，防止叛军断我后路，若我败退，也可接应。”

燕思空张了张嘴，还是把话咽了回去，拱手道：“诺！”

“王陌修。”

“末将在。”

封野握紧了手中长枪：“青须谷隘口狭窄，大军只能蛇形通过，不能扑涌。我为先锋，领前军冲杀，你殿后路，领后军辅助，待前军疲劳，前后军交换，分毫不可松懈。记住，我不退，谁敢退，斩立决！”

“诺！”

封野策动缰绳，意欲进军。

“将军。”燕思空轻声道。

封野顿了顿，还是回过了头。

燕思空朝他用力抱拳，沉声道：“空，镇守后路，静待佳信。”

封野回礼，转身策马而去。

燕思空紧盯着封野的背影，直到它被大军淹没。封野今年方才十九，他有预感，他这一生要看很多次封野出征的背影，大丈夫志在四方，他纵使担忧，却绝不会阻拦。

况且，他相信他和封野都是生而注定要拨弄风云之人，这里，一定不是他们绝命之处！

临近青须谷口，白尚仁领着百名骑兵走出了队伍，他们整齐划一地下马，将连夜扎好的草人绑在了马背之上，马后绑着树枝、木条，并淋上了油。

封野看着那些躁动不安的战马，想起了小时候在广宁马场度过的时光，战马乃兵之利刃，国之重器，自从丢了河套，晟朝对战马的重视超乎寻常，他当年也是因此跟燕思空结下的缘。

若不是万不得已，哪个将领愿意舍弃百匹战马呢。

封野沉声道："派士卒点燃草木，熏透青须谷。"

"是！"

几百名士卒早已将木材、艾草和战马吃的干草捆成几捆，提着油和火把，跑向隘口，他们贴壁而行，当凑近谷口时，峡谷上方未有动静，但必然是在等待他们的大军到来。

士卒们冒死深入腹地，点燃了草木，很快，烟雾弥漫，火借着风势而起，此时节草木湿润，火势并不大，但由于山谷狭窄，烟雾难散，不消片刻，整个山谷都被浓烟覆盖，目难视物。

封野大喊道："杀——"

军士齐吼，杀声震天。

百名骑兵点燃了马背上的草人，狠狠挥动马鞭击打马臀，马儿吃痛，又烈火焚身，疯狂地朝着前方奔去。

百匹战马，拖着树枝木条，奔跑起来竟有千军之势，加之身后喊杀声响彻山谷，一时没人怀疑这是大军出击了。

谷底烟雾弥漫，视野不明，叛军将领只依稀从烟雾中看到一群着火的战马冲入山谷，无暇多顾，大喊道："放——"

顿时，利箭木石从天而降，谷中声音嘈杂，人马难辨，可说是乱成一团了。

烈火焚身的战马发出痛苦的嘶叫，毫无章法地横冲直撞，有的在谷中四处乱窜，有的直奔着出口冲去，隘口处的叛军眼看着浓雾渐散，等来的不是狼狈不堪的敌人，而是一匹匹狂奔着的火球。

战马冲入敌阵，惨叫声此起彼伏。

这时，青须谷上方传来号角声，那是刘勇已经在与伏兵厮杀的信号。

封野举起长枪，直指前方，大声吼道："杀——"他狠狠一夹马腹，马儿一跃而出，转眼已经奔出几丈开外。

"冲啊——"

三千将士倾巢冲入青须谷，此时，谷中烟雾渐散，伏兵的箭石几乎耗尽，又被刘勇拖住，难以"关照"谷底的敌军，他们一路长驱直入，快马穿过谷腹。

封野一马当先，手持长枪，冲向了已经被起火的战马闯得七零八落的敌阵。

"布阵，布阵！"敌方将领大喊道。

封野目光如炬，无畏地直视前方，迎着如林长枪而上，在利刃眼看要将他连人带马扎穿时，他从马背上高高跃起，自空中翻身而下，鲜红的斗篷如一抹赤霞，伴着这有天兵之威的少年将军，落入了敌阵，他长枪横扫，利刃穿肉的声音接连响起，一排敌军已经被扫于脚下。

封野一手持盾，一手挥舞着百斤重枪，深陷敌阵而不乱，被敌围困而无惧，竟将冲杀而来的敌军不断地逼退。

"保护将军！"

后方将士很快与敌军冲撞在一起，人、马的尸体不住地堆积于不过五六丈的隘口，一方要逃出生天，另一方要死守，两军踩着敌友难分的尸身，混杀成一团，惨叫、鲜血、火光，交织成一幅残酷的画面。

前有火马冲撞，后又封野开路，隘口被生生冲出了一个缺口，敌将狂喊布阵，不住地派士卒用血肉之躯堵这个缺口，封野也同样在调集士卒用血肉之躯去撕裂它。

敌将眼看着封野如斯神勇，以一人之力竟然生生杀得士卒不敢近前。他在马上大吼："斩敌将者，赏千金，封五百户！"

重赏之下，必有勇夫，士卒再一次蜂拥而上，封野已经腹背受伤，体力难支，王陌修及时赶到："将军退，我进！"

“你先进，我再退！”封野一边拼杀，一边嘶吼。

王陌修领着体力充沛的后军接替前军，继续冲杀：“保护将军，保护将军——”

将士策马将封野围护起来，封野爬上战马，一边斩杀，一边冲着敌将大喊道：“蕞尔鼠辈，可敢与我一战！”

“世子将名在外，我当只是有个好爹。但今日一见，果真英雄出少年！可惜啊！”敌将又喝道：“今时今日，你命数已到！”

封野吐掉口中鲜血，一身狼藉却气势不减，双目赤红如野兽：“我封野从不信命数，生来就要桑弧蓬矢射四方，策马杀敌动天下，就你，还不配杀我！”他扔掉已经有些无力握持的长枪，抽出佩剑，一剑将一骑兵斩落马下，狠夹马腹，继续往前冲杀。

那敌将死死地盯着封野，额头青筋鼓起，嘶声喊道：“守住，谁也不准退！”

封野大吼道：“此路有进无退，进则生，退则死，杀——”

王陌修带领的后军接替了已经死伤惨重的前军，犹如注入新血般战力大盛，且主将悍不畏死，士卒大受鼓舞，加之他们已无退路，兵有必死之心，自当神勇万分。

在封野和王陌修的带领下，一批批的将士抵死冲杀，敌阵的缺口被越撕越大，封野见时机已到：“传令燕思空前来助阵！”

号角声自峡谷中响起，燕思空已经在马上一动不动地静默许久，听得号令，一把抽出佩剑：“杀啊——”

八百后路军也冲入青须谷，眼看前方缺口已开，一边断后，一边策应，跟着封野一举冲出了峡谷。

叛军将领眼见溃败已不能收，而敌方士气正隆，已不能交锋，只得下令撤军。

封野领兵追敌二十里，方才罢休，他并非真的要追，只是叛军损伤明显少于他们，若不追，唯恐叛军以为他们山穷水尽，再杀一个回马枪，他们就真没有应敌之力了。

此战结束后，他们盘点战损，死伤过半，虽然冲出了青须谷，但损失着实惨重，但前方尽是坦途，生机已现，这一战，他们终究是胜了！

燕思空清点完战损、安顿好将士，找到封野时，他正赤裸上身，让医官包扎伤口。

燕思空站在一旁，静静看了封野许久。封野虽年轻，但身上竟有数道清晰可见的新老疤痕，他眉头深蹙，嘴唇紧抿，额上遍布细汗，显然在隐忍痛楚，目光却始终定定地望着前方，一声也未吭。

燕思空还是有点后怕的，忍不住手有些抖，他下意识想用袖袍遮住，却发现自己身着戎装，并无宽大袖袍，只好将手背到身后紧紧握住。

眼前再次浮现出适才他带兵冲入山谷时，看到的封野满身是血、深陷敌阵的画面。

虽然后来他知道，那血大多是敌人的。

他阅人无数，但像封野这般的少年豪杰，平生仅见。

他疾步走了过去。

封野听到脚步声，抬起头，见是他，拧起的眉心顿时舒展开来："燕大人来了。"

燕思空躬了躬身，坐在他身边，仔细查看他的伤势："将军感觉如何？"

"小伤，不碍事。"封野长嘘一口气，仿佛如释重负，"燕大人没受伤就好。"

"我一直守在后方，自然无恙。"燕思空沉声道，"将军勇猛，乃我军之福，但冲锋陷阵，置己于险地，缺少为将者之智啊。"

"今日是形势所迫。"封野抬起手，遥遥指着虚无的前方，眼前仿佛出现了不久前那狼藉的山谷、狭窄的隘口和堵塞于前、层层叠叠的敌军，"人都畏死，若我不身先士卒，将士们怎能一往无前？！"

燕思空皱眉道："主帅若有闪失，则群龙无首，还谈什么一往无前呢？将军气盛，也要为将士们着想，切不可再这样涉险了。"

封野终于意识到燕思空是在忍着怒意，他看了看地上带血的衣衫，知道燕思空必然是很担心，心下温暖，便顺着他说道："若非形势所迫，我也是很惜命的，燕大人说得对，以后还需燕大人多加提点。"

"不敢当，下官只愿我大军旗开得胜，不负圣上洪恩。"

"我……嘶……"封野牵动伤口，忍不住倒抽了一口气。

医官放轻了手脚："将军忍一忍，待下官将这伤处缝合。"

"不若让我来吧。"燕思空伸出了手。

"燕大人也通医术？"

"略习得几分，这般外伤，不在话下。"

医官得到封野首肯，退了下去，燕思空轻轻捏着细如牛毛的银针，低声道："有点疼，忍一忍。"

"我不怕疼。"封野咧嘴笑了笑，"疼痛，最能磨炼人的意志，我从小崇拜关二爷，他刮骨疗毒的故事我百听不厌，这等区区皮肉伤，算得了什么！"

"若非还要赶路，我肯定把麻药灌你嘴里。"燕思空小声道，"我最看不惯你逞愚勇。"

燕思空快速将针刺入伤处，肩上开绽的皮肉被一寸一寸缝合，他已经多年不曾行医，还好手也没生疏，至少比那年轻医官麻利多了。

封野凝神看着燕思空那专注的模样，轻声道："我没想到有一天你会与我一同上战场。"

燕思空斜睨了他一眼："当初是你让我做随军文书的。"

"是啊，文书，你应该跟着大军，稳住大营，而不是被我带进深山，穿过险谷，让敌军的刀剑离你那么近。虽然你披甲的样子当真英姿勃发，但依我看，你还是更适合穿朝服。"

"天下兴亡，匹夫有责！何况我为人臣子，国家有难，责无旁贷。封野，我很感激你带我前来，让我可以一展所长。"

封野苦笑："让你一展所长，就是老跟我作对。"

燕思空也跟着笑了起来："你我是求同存异，怎么能算作对呢，虽然几次三番意见相左，但最后还是同仇敌忾，成功退敌，你说是吧？”

封野点点头，他倾过身：“小时候我便幻想，你我一文一武，内能纵横捭阖，外能兵震天下。如今，你之才学，还在我预料之上，你真是个奇人啊！”

燕思空淡道：“你太高看我了，如我这般的，翰林院比比皆是，只不过你不接触罢了。”

“我不信，即便有人学识在你之上，也不会有你的才情，更不会如你一般形貌出众。”

燕思空失笑：“你护短罢了。”

“将军。”王阳修走了过来，燕思空往一旁闪了闪身，道：“将军，伤都处理好了，穿上衣服吧。”说着抖开了衣物。

封野将手臂伸进袖子：“王将军，请讲。”

“将士们已休整完毕，将军的伤势如何了？”

“不碍事，赶路要紧。”封野站起身，“出发。”

封野领着剩下的近三千将士，星夜兼程，十日穿南岳深山，奔袭四百余里，终于赶在梁王大军之前，抵达了岳阳。

岳阳已经接到探报，叛军距此不过两三日路程，他们也只是险险抢先，听来叫人捏了一把冷汗。

封野得意地冲燕思空道：“听到没？若用你那保守之计，绕路而行，不但粮草耗尽，还可能让叛军早于我军到达。”

燕思空淡定笑道：“将军英明果决。”

封野哼了一声：“又酸我。”

他们入城扎营，以城池拒叛军。虽然岳阳城小兵力不足，但他们并不是很担心，因为赵傅义大军在后，只待梁王大军一走，就会攻城，到时叛军腹背受敌，不论是回救荆州还是直取岳阳，都必然分兵削势。

燕思空这一计，逼得梁王至少提早了数月出兵岳阳，梁王若不尽早拿下岳阳，等到援军一到，他就被困在荆州了，可他一旦出兵，也必然知道荆州危机，他唯一的出路，便是用荆州拖住赵傅义，急攻岳阳，一旦拿下岳阳，掌握洞庭湖水域，他的谋反大业就算是成了一半了。

而对于他们来说，成功翻过南岳山，也是平叛大业成了一半，另一半，便看他们能固守岳阳多久，只要守到赵傅义攻克荆州，他们就胜了。若赵傅义攻克不下，他们的脑袋落归何处，还由不得他们做主。

封野站在岳阳城上，听岳阳守将薛朗说着军备情况，他眯着眼睛看着城外旷野，突然插了一句："比起征战，我更擅守城。"

薛朗顿了顿："世子所言极是，大同防线是大晟最坚固的防线，三十年来由封家军镇守，使那蛮夷不得威胁我中原子民。"

封野笑道："瓦剌数年一次大举进攻，平日轻骑骚扰不断，我爹大多时候选择固守不出，虚耗他们，这守城，总比攻城占优势，我必守到赵将军攻下荆州！"

燕思空遥望城下，想起当年与元卯一同守广宁。广宁的条件，比之岳阳还差上不少，也硬生生守住了。只是，守得住城池，却守不住忠良之心。对于守城，他同样颇有经验，但更多的，是锥心的回忆。

封野见他面色苍白："燕大人，你怎么了，可是身体不适？"

燕思空摇摇头："城头风急，有些凉罢了。"

"那我们下去吧。"

燕思空又摇摇头："我想多看一会儿。"闭上眼睛，仿佛还能看见卓勒泰的七万大军，那如林的长枪，舞动的旌旗……

封野略一思忖，便道："薛将军，可否留我与燕大人四处看看？"

薛朗道："世子请便，下官不打扰了。"他带着侍从离开了。

封野换到了燕思空右侧，为他挡着大风："你是不是又想起广宁了？"

燕思空眨了眨眼睛，轻轻"嗯"了一声。何止是"又"，他无时无刻不在想着广宁。

"这里不是广宁，你还有我。"

燕思空挨着封野，目光远眺："说起守城，我也很擅长。"

"哦？"

燕思空指着前方旷野："当年，金国大皇子卓勒泰引兵七万，跨潢水，进辽东，誓要攻下广宁。我就站在城头，看着那黑压压的大军，吓得腿肚子发软。"

封野沉默地听着。

"广宁城小兵寡，但我爹为了全城四万百姓，誓死不降，是……"燕思空颤声道，"是我献计，他带领全城将士、百姓一同固守，我眼看着大军压境，眼看着广宁一次次危在旦夕，却都顽强地挺了过来，我见证了一切。"

广宁和元家，一直是燕思空心头的忌讳，封野从不轻易提起，唯恐触及伤心事，而燕思空也明显回避，这还是第一次，燕思空真正提起了当年的旧事，他心中忐忑不已。

燕思空深吸一口气，他每每感到压抑难忍时，总想与封野吐露些什么，这是一个人信任、依赖另外一个人的征兆，而他不能也不需要，所以他硬生生将那倾诉的欲望再次扼杀于腹内，声音也迅速恢复平静："所以，我也擅长守城，你我联手，定能叫那叛军半步难进。"言毕，他转身离去。

第三章 梁王撤兵

昭武二十七年春，梁王陈焕亲率陆军三万、战船五百，分水陆两路进攻岳阳，并留一万将士驻守荆州。

陈焕自知，生死存亡，已在旦夕之间。若他先拿下岳阳，则可弃荆州而拥兵南下；若赵傅义先拿下荆州，他便腹背受敌，必将万劫不复。

于是他兵临岳阳，毫不拖沓，安营扎寨后，即刻开始攻城，同时命水师急袭洞庭湖。

对比十一年前的广宁城战，今日的燕思空已是波澜不惊，薛朗与封野指挥守城，他在一旁协从。梁王叛军锐意正盛，进攻极为猛烈，但岳阳尚有近万兵马，粮草无忧，准备充分，第一波攻城打了足足四个时辰，打得岳阳城千疮百孔，依旧没有攻下，梁王不得已暂退。

看着城下堆垒如山的死尸，城上泼洒的黑红新血，受伤的将士们发出痛苦的哀号，残破的甲胄器具撒乱四处，战后的残局，那浓郁的血腥气和彻骨的杀气渗透于一呼一吸之间，令人头皮发麻。

燕思空沉声道："叛军来势汹汹，一次攻城不下，很快就会来第二次，我军损伤如何？"

薛朗叹道："损伤暂且不多，但我怕这城池是再禁不住木石大炮的招呼了。"

"薛将军不必担心，当年……"燕思空把嘴边的话憋了回去，"兵寡城孤犹能挡住大军的，史不绝书，岳阳兵力尚存，赶紧让将士们加固城池吧，梁王很快就会卷土重来。"

薛朗走后，燕思空看向封野，封野一动不动地站在城头，遥望着城下尸横遍野。

"世子。"燕思空走到他身边，"你是否也在和我担忧一样的事？"

封野点点头："我尚不担心岳阳失守，我担心的是陈焕的水师。"

"陈焕的水军都督是两湖有名的水师大将，若他拿下洞庭湖，便可抢掠几百艘战船，擒获上万水兵为己所用，届时还攻什么城，只需将岳阳围起来，切断城中水源，我们就不战自降了。"

封野叹道："可惜你我都不擅水战，我长这么大，仅仅乘过渡河的小舟。"

燕思空苦笑："我也不曾乘过战船。我猜陈焕会把筹码压在水师上，我们是不是该派兵增援水师？"

"现在怕是晚了，陈焕大兵压城，我们顾此则失彼，顾彼则失此啊。"

燕思空微眯起眼睛："不敢求王将军得胜，只求他别败得太快。"

两人此番对话，竟成谶语。仅两日之后，洞庭湖就传来战报，王将军的水师大败，已被叛军完全掌控了水路要道。

叛军派兵夺取了洞庭湖引水入城的水渠要地，一面填沙阻石筑水坝，一面深挖沟渠，要将水源改道。

不出五六日，叛军就能彻底断绝城内用水，陈焕已派人在城下日夜叫阵、说降，惑乱军心。

薛朗急得团团转："世子，这可如何是好啊，城中若无水，何以为继？"

封野沉声道："眼下我已被围，唯一的办法，就是等赵将军攻下荆州，前来救援。"

"可知赵将军几时能攻下荆州啊，万……万一攻不下呢？"薛朗见封野不说话，又转向燕思空："燕大人，听闻你以三寸不烂之舌平夔州叛乱，必是足智多谋，你说说看，我们……该如何啊？"

燕思空似是看不见眼前的巨浪，面色沉静如水："薛将军，世子带领我们穿南岳，出奇兵，十日急袭岳阳，阻断叛军后路，就是为了给赵将军争取时间。打，以我们的兵马，正面交锋，是打不过梁王的；守，倒是守得，正如世子所言，眼下，我们只能守，等着赵将军神威而至。"

"怎么守？"岳阳一名将领狠狠击案，"眼看就要没水了，这城中无水，别说将士们，百姓可能就先反了。"

"是啊，没有水，怎么打仗？"另一将领大声道，"前几日攻城，我军已损伤惨重，若梁王趁我干渴之时再来攻城，你、你还说'守得'？"

王陌修厉声道："大胆，世子在此，你敢乱我军心？"

"你……"

薛朗朝封野拱了拱手："世子，诸将所言有理，水源一断，军心必乱，百姓也可能造反啊。"

封野慢慢地扭过头来，狼一般凌厉的目光扫视所有将领："将士乱，则杀将士；百姓反，则杀百姓，绝不能让叛军夺取此城，雄踞洞庭湖，剑指江南！"

众将士沉默不言。

燕思空笑了笑："诸位不必如此惊慌，叛军阻得了地上的水，他阻得了那泽被万物的甘露吗？"

"燕大人是说……"薛朗皱眉道，"可老天爷下不下雨，几时下雨，还不是看他心情，做不得准啊。"

燕思空朝天抱拳："空，可向天借甘露，以解我岳阳之干渴。"

薛朗将信将疑："燕大人，还……还会这法术？"

燕思空露出神秘的笑容。

回到屋内，封野压低声音问燕思空道：“你可是能看出何时有雨？”

燕思空拭掉额角的薄汗：“这天象完全不似要有雨啊。”

“什么？”封野瞪大眼睛，“那你怎敢夸下海口？”

“你我二人只带了不足三千残兵，岳阳是人家的地盘，如今军心动荡，这形势眼看要压不住了，若不能解决水源之急，不知何时他们就要绑着我们开城迎敌了！”

封野握了握拳头：“那眼下……你真要开坛‘做法’了？”

“我先稳住他们，能拖一日是一日，若是老天有眼，看在你我赤胆忠心的分儿上，也许……”

封野瞪了燕思空一眼：“你拿这屁话糊弄谁呢？”

燕思空苦笑：“能拖一日是一日，等赵将军杀来岳阳。”

“若他不来呢？我们能撑到几时？”

燕思空按住封野的肩膀：“若他三日不到，就在议会时绑了薛朗，控制所有官将，若他七日不到，我们也只能开城投降了。”

封野沉声道：“只能如此了，我去部署。”

翌日，燕思空在城头设坛摆阵，穿着素黑道袍，一手持拂尘，一手持羊毫，在一张张白纸上留下难懂的符篆，再付之一炬，同时口中念念有词，装模作样地开始请雨。

薛朗一帮粗鄙武将，虽然没读过多少书，但诸葛孔明设坛做法请东风，还是如雷贯耳的。燕思空是两榜进士，又是太子讲师，他们虽然心下怀疑，却也不敢公然猜忌，只能看着他忙活。

燕思空请了一天一夜，天上滴雨未落。此时城中只剩下存水，已不足三日之需。

将士们实在忍不住了，上前催促燕思空，燕思空却眼也不睁，口中依旧喃喃自语，完全不理一旁的窃窃私语。

封野重重咳了一声：“不可对鬼神不敬，好生等着。”

“世子，这……这要等到何时啊？”

“燕大人不是说了吗，最多三天三夜，天必降雨。”王陌修道，“燕大人已一日一夜滴水未进，你们着什么急。”

封野看了一眼燕思空干裂的嘴唇、青黑的眼底，镇定说道：“相信燕大人，定能为我岳阳百姓请来天水！”他给王陌修使了个眼神，接着说道：“或许是我们的诚意仍不能感动上苍，薛将军，你令所有将领都登上城头，与燕大人一同祈雨。”

“这……”薛朗叹道，“好吧。”

王陌修朝封野暗暗比了个手势。

燕思空接连“请”了两天两夜的雨，岳阳城上空依旧是艳阳高照，碧空如洗，哪里有半分要降雨的征兆？

薛朗手下的将领忍无可忍，大声怒骂：“燕大人，你可是在装神弄鬼戏弄我们？”

王陌修高声道：“此事事关一城之存亡，谁敢开玩笑？”

“这眼看请了两天两夜，屁都没有，再过几天，我们就要渴死了！”

“他根本请不来雨，不如我们投降吧！”

“这样拖下去，早晚也要投降。”

“大胆！”封野厉吼一声，“你们竟要向乱臣贼子投降？也想跟着造反不成？”

将士们顿时噤若寒蝉，但面上已显犹豫。

封野一挥手：“将他们拿下。”

“世子，你要做什么？”薛朗眼看形势不对头，抬手就要抽出佩剑。

封野飞起一脚，踢在了薛朗的手背上，将那刚出鞘的利剑又给踹了回去，同时一个闪身，以铁钳般的手扣住了薛朗的脖子，将他反身按在了城墙上。

王陌修大喊一声，早已等在城下的兵士一拥而上，将毫无防备的岳阳守兵斩落数人，很快就将城头所有的将领给围了起来。

“你……世子……你……”薛朗大叫，“世子，下官绝无反心啊。”

诸将眼见刀剑抵颈，纷纷跪了一地：“世子，我等绝无反心。”

封野将薛朗交给了王陌修，然后将燕思空扶了起来，把水囊凑到了他嘴边，同时冷冷说道："很好，那就与我共同守城，等待赵将军救援吧。"

燕思空抓着水囊，狠狠地灌了几大口水，才睁开眼睛，他已两日滴水未进，面色如土，有气无力地看着封野，小声道："干得好。"

如今他们的小命，就系于赵傅义身上了，若赵傅义在他们渴死之前没能攻下荆州，他们或死或降，再无出路。

城中之水几日便耗尽了，百姓怨声载道，将士们也军心浮动，叛军未发动第二次攻城，他们已经开始从内部崩溃。

封野虽然用强制手段控制住了岳阳的将领，但毕竟不是长久之计，他们如今已是涸辙之鲋，在等待中体会到了什么叫作度日如年。

叛军在城下说降多日，都不见城上有动静，他们自己亦是时日紧迫，不得已之下，再次率军攻城。

此时岳阳城内的将士们，大多已经两三日没有饮过水，只能靠青菜瓜果勉强止渴，个个气力不济，如何能打仗？

叛军兵临城下，开始攻城，城头箭矢齐飞，却早已没了前几日的气魄。

叛军的攻势越发猛烈，他们勉强抵挡，但无论是体力还是士气，都已是非常衰弱。

一名小将再次提出投降，被封野一刀杀了，他站在城头厉吼："再有敢言降者，立斩无赦！"

燕思空看着周围将士的眼神，知道硬扛下去，不等叛军进城，他们可能就会先被乱刀砍死，便与封野唱起红脸白脸，晓之以大义，勉力安抚，并偷偷说自己亲去劝封野投降。

可叛军的箭矢木石已经将城池砸得千疮百孔，攻城车步步逼近，眼看就要跨过护城河，撞上他们的城门。

乱箭如雨般穿梭，封野在士卒的盾甲护卫下无畏地站在城头，燕思空看着他的背影，仿佛看到了当年身中流矢也半步不退的元卯，但他知道广宁与岳阳是不同的，瓦剌跟梁王叛军更不同，至少城中几万百姓性命无忧，他心中已经开始盘算该如何投降。

岳阳危在旦夕，城池摇摇欲坠，眼看着叛军如蝗虫入境般涌来，马上就要将他们吞噬得只剩下累累白骨。

燕思空爬到封野身边，拽着他的胳膊，凑到他耳边："封野，守不住了，投降吧。"

封野紧咬着牙，满脸不甘："我一生从未降过。"

"你一生才过了十九年，哪有只胜不败之将，投降吧，再守下去也是徒增伤亡。"

封野看了看燕思空，又看了看身后的将士："若是投降，陈焕会留我们性命吗？"

"你是靖远王世子，他绝不敢杀你。"

"那你呢！"

燕思空死死地盯着封野的眼睛："放心，我命不会绝于此。"葛钟那个畜生就在不远的荆州等着他，他绝对、绝对不会死在这里。

封野脸色青白："我绝对不会让他……"

突然，耳边传来一阵尖锐悠长地鸣金之声，两人双双僵住了。

"世子，梁王撤兵了！"身旁小卒大喊。

两人猛地回头，就见叛军竟如退潮般开始后撤，他们对视一眼，顿时狂喜："赵将军，定是赵将军！"

城头将士们起初还不信，但很快就开始疯狂呐喊，还有什么比绝处逢生更令人激动？

封野喊道："薛朗，带兵三千，出城追击。王陌修，带兵两千，即刻夺回水源。"

"是！"

此时叛军慌忙撤退，正是击其惰归的绝佳时刻，与赵傅义前后呼应，杀他个落花流水！

他们不久便接到捷报，赵傅义与狄嵘终于攻下荆州，即刻从荆州起兵，奇袭陈焕大营，此时正与之在长孟原交兵。

陈焕后方粮道被夺，只能向南，他很可能会退至水上，毕竟洞庭湖此时仍在他掌握之中。

那日是激战的一日、观天命的一日、九死一生的一日，那一日之漫长，许久都烙印在所有人心头。

直到晚上，封野和燕思空才见到赵傅义。

如他们所料，陈焕战败，退到了水上，正整编水兵，打算直接南下，他已经抢掠了足够的战船和水兵，虽然对荆州、岳阳的威胁解除了，但仍然没有解江南之危。

赵傅义和狄嵘同样不擅水战，只能策应两湖水军都督，幸好他们在陆地上已经折损了梁王不少兵马。

封野问起洞庭湖战况，赵傅义说他们将择日对决，自己会带兵去夹击梁王的陆军。

封野请缨出战，还未等赵傅义允他，燕思空便问道："赵将军，此时荆州城由谁驻守？"

"梁大人率三千将士驻守荆州。"

"下官以为，此时荆州仍不太平。毕竟梁王曾在荆州二十几年，根基深厚，党羽甚多，将军放心梁大人只身守城吗？"

赵傅义道："我亦是不放心，但兵马不足，封野，你带的兵多有伤残，不宜作战，便与燕大人一同去荆州驻守吧。"

封野犹豫了一下："末将领命。"

燕思空暗暗握紧了拳头，面上虽是平静，但内心已掀起巨浪。

十一年了，他终于要再次见到那个人了，他设了这样大的一个局，不惜策动藩王造反，自己都险些丢了性命，就是为了能够亲手报仇！

封野和燕思空于隔日启程前往荆州，他们走的水路，虽是逆流而上，但也比车马要快，三日便回到了荆州。

遥遥看着荆州城，燕思空站在船头，感慨道："《隆中对》言荆州'北据汉、沔，利尽南海，东连吴会，西通巴、蜀'，自古乃兵家必争之地，是天时地利人和之中的那个‘地利’，若非梁王势单力薄，雄踞荆州必成大患。”

封野道：“昔日曹孟德据荆州未稳而贸然进军东吴，致赤壁大败，其后终曹氏四代未能伐吴；关云长大意失荆州三郡，不仅自己身死麦城，也彻底断绝了蜀汉问鼎中原之路。荆州，有多少千古遗恨埋于此城。”

两人凝望荆州，不禁心潮澎湃，耳边也仿佛传来千年前的金戈铁马、战鼓雷鸣，那该是何等的磅礴与汹涌。

他们进城后，没有歇脚，急匆匆地去拜访梁广。

梁广询问了岳阳的情况，他们也打探了荆州城内的动向，几人都忧心于洞庭湖水战。

燕思空问道：“梁大人，此前梁王囚禁了一些荆州官将，此时可都解救了？”

梁广点点头：“不肯跟着他反的，大多都被他杀了，但他留下了几位重臣，其中两湖总督葛钟大人，便被他囚禁了数月。”

燕思空状似关心地问道：“葛大人被囚禁于何处，现在可安好？这荆州城被梁王折腾得民不聊生，如今百废待举，还需葛大人重振希望啊。”

“梁王大约是有所顾忌，只将葛大人软禁于其府邸，并未刁难于他，只是葛大人忧惧攻心，此时仍在病榻上，不过，大夫说已无大碍，休养几日便可康复。”

“那真是太好了。”燕思空由衷说道，他怎能看着葛钟病死？

封野道：“如今城中混乱不堪，我们可否去拜会总督大人，共商复兴之事宜？毕竟赵将军和狄将军仍在讨伐叛军，还需荆州资以粮草。”

梁广道：“我明白，明日一早，我们便一同去拜会葛大人，二位九死一生，为此战立下汗马功劳，定已十分疲惫，快去休息吧。”

两人告别了梁广，回到驿馆。

燕思空已经好几日未卸甲，身上血污都清晰可见，虽然他并未受伤，但积劳甚深，疲倦难忍，在驿馆洗了个澡便倒在榻上昏睡了过去。

睡到半夜，燕思空突然被人摇醒，他毫无意识地嘟囔了一句“封野”，转身又欲睡去。

摇晃他的手顿了一顿，却更加粗暴，同时伴随着低声的呵斥：“南玉，你给我醒醒！”

听得这个名字，燕思空顿时一个激灵。他困难地将眼睛撑开了一条缝，从模糊地视线中看到了一张熟悉的俊脸，是啊，会叫他这个名字的人，只有……

佘准一脸冰冷，将他从榻上拽了起来，嘲讽道：“睡觉都不忘唤着小世子，真是情深义重啊。”

燕思空已经完全清醒了过来，他用力抹了一把脸，哑声道：“没人发现你吧？”

“有几人能发现我。”佘准语带不悦。

“……别再叫我那个名字了。”燕思空说道。“南玉”是他当年用过的化名，直到他准备去考功名了，才告诉佘准他真正的名字。

“燕大人。”佘准将一个沉甸甸的包袱扔到了他怀里，“你应该用得着。”

燕思空打开包袱，里面是几十份手稿、公文、信函，是葛钟和陈焕的，他看着这些东西，陷入了沉思。

佘准跷着二郎腿，坐进了椅子里：“我可是为了你，才在荆州待了足足三个月，回头你要如何感谢我？”

“必有重谢。”燕思空平静说道。

佘准眼中闪过一丝怒意：“你跟那小世子久别重逢，像你这般冷酷无情的人，莫非犹豫不定了？”

燕思空揉了揉惺忪的眼睛，漫不经心道：“这么多年来，我行事何时出过差错，你担心什么？我自有打算。”

“最好如此。”佘准冷哼一声，“你可别因为他坏了我们的大事。”

燕思空道：“葛钟情况如何？真的病了？”

“是病了，但看样子死不了。”

“病死岂不便宜了他。”燕思空暗暗握紧手稿，眼眸冰冷而阴毒，“我爹当年蒙受的一切，我要他加倍奉还。”

佘准寒声道：“趁此机会，将那阉狗也一并铲除。”

“不可。”燕思空摇头，“对付葛钟一人尚且容易，但谢忠仁远在京师，且在朝中势大根深、党羽众多，若将其牵扯进来，此事一定会被彻查，到时那阉贼穷极狡辩，连葛钟都会被其证出个清白来，我便束手无策了。”

佘准面上闪过狰狞的神色，他深吸一口气：“那该如何？”

“此次只针对葛钟一人，但在信函中要透露出谢忠仁对陈焕谋反一事可能事前知情，到时那阉贼为了自保，定会对葛钟落井下石，而皇上也多少会对阉贼有所猜忌、不满。”

佘准沉默不语。

燕思空看向佘准，目光冰冷而坚毅：“佘准，我绝无可能放过谢忠仁，只是现在时机未到，不能打草惊蛇。”

佘准点点头：“听你的吧。”

燕思空下了床：“明日我离开之后，你把桌上的东西放入葛钟和陈焕的府邸。”

“葛钟的没问题，梁王府已被围，苍蝇都飞不进去，这个只能靠你了。”

“好。

佘准起身，推开了窗户，想了想，又叮嘱道：“万事小心。”

“你也是。”

佘准悄无声息地消失了。

燕思空把烛台置于桌上，将那些文稿一一摊开，从中挑选有用的字模仿，花了大半夜的时间，伪造了几封葛钟和陈焕的密信往来。

当年，葛钟凭一封伪造的李伯允信函，就定了元卯的罪，从那时起他就发誓，定要以其人之道还治其人之身，所以他苦心研习，如今仿人字迹已是信手拈来，他已经迫不及待想要看到葛钟脸上的绝望和痛苦。

燕思空忙完已是清晨，他困倦不堪，竟然伏案打起了瞌睡，直至敲门声将他唤醒。

他慌忙坐了起来，看着桌上一片狼藉，边收拾边道：“谁啊？”

“燕大人，你醒了吗？”门外传来封野的声音。

“下官仪容不整，请世子稍候。”

门外传来封野的低笑声。

燕思空赶紧把文稿都塞到了床底下，需要给佘准的则压在了烛台之下。

封野不耐烦起来：“还没好？”

燕思空这才去打开门。

封野不解地看了他一眼，步入屋内：“你忙活什么呢？”

“刚醒。”燕思空打了个哈欠。

封野环视四周，微微蹙起了眉：“可曾有别人来过？”习武之人，感官极为敏锐，他觉得屋内有些不寻常，又说不上哪里不对。

燕思空心中咯噔一下，又打了个哈欠，边用布巾擦脸，边道：“不曾啊。”

“你昨夜没睡好吗？”

“好得很，这些时日太累了，一觉到天明，只是睡一晚还不够解乏，还是倦得很。”燕思空转身去穿外衣。

封野走到床边，突然弯下腰，用手探了探床铺，凉的，他眼神一暗。

燕思空整理好衣衫，才转过身来：“你用早饭了吗？现在就去拜访葛大人？”

“……我在等你，下楼用饭吧。”封野一双漆黑的眼眸定定地看着燕思空。

“走吧。”燕思空也看着他，在等他先自己一步离开房间，否则他不安心。

两人隔空对望了一瞬，心中各有所思，才一前一后地下了楼。

吃过早饭，他们与梁广一同前往总督府。

门房领着他们步入府邸时，燕思空想着马上就要见到葛钟，呼吸一下比一下压抑，他双拳在袖袍中紧握，额上青筋暴突，每走近一步，都需要极大的定力。

“燕大人，你没事吧？”封野见燕思空脸色惨白，心中疑窦丛生，从早起到现在，燕思空的一系列举动都很不寻常。

燕思空摇摇头：“我略有不适，没什么大碍。”

十一年前，封野只有八岁，自然不会知道葛钟就是当年审理元卯一案的巡按御史，他很庆幸封野不知道，否则他反倒不好下手了。

突然，屋内走出一个两鬓斑白的男子，精瘦、鹰钩鼻，似乎身体有恙，眼窝深陷、面有菜色，整个人瘦得骷髅一般。

燕思空犹如被人当胸捶了一击重拳，身体一顿，心口震痛，脑中也出现短暂的空白。

葛钟！

十一年过去了，此人之面目还深深烙印在他脑海中，他一眼便能认出！

葛钟老远就拱手施礼：“世子，梁大人，老朽有失远迎。”

“哎呀，葛大人。”梁广忙道，“葛大人大病初愈，何须如此多礼啊。”

封野也拱了拱手：“葛大人。”

燕思空定定地望着葛钟，浑身如坠冰窟，冷得他发梢都根根绷紧，身体无法克制地颤抖起来。

这个卑鄙下作的老匹夫，他恨不能现在就食其肉、寝其皮！

“燕大人？”封野瞪大眼睛看着愣怔于原地的燕思空，忍不住推了推他，“你若身体违和，便回去休息吧。”

燕思空大梦初醒般回过神来，他展开袖袍，深深地朝葛钟躬身，阴沉的嗓音徐徐说道：“下官参见总督大人。”

“这位是？”葛钟看向燕思空。

梁广道：“此乃燕思空燕大人，两榜进士，现在正为太子侍读，此次随军做了文书，出使夔州，屡献良策，立了不少功劳。”

“哦，燕大人真乃青年才俊，幸会。”葛钟的目光上下打量着燕思空，觉得此人略有些眼熟，但也想不起什么。

燕思空道：“不敢当。下官身体不适，精神恍惚，还望总督大人见谅。”

“无妨，我也是大病初愈，虚得很。”葛钟笑了笑，“世子，二位，请上座。”

封野和燕思空走在后面，封野压低声音道：“回去让医官给你抓副药，我看你都快要晕过去了，早知道不带你来。”

燕思空摆摆手：“只是太累了，今晚再好好休息一晚，定然无碍。”

落座之后，葛钟关心地问起了前线之局势，梁广也如实相告。

提起陈焕，葛钟频频叹息。

燕思空趁机道：“听闻总督大人与梁王曾经交情甚笃？”

葛钟严肃道：“我在两湖做官，与梁王确有私交，但他如此大逆不道、犯上作乱，我自不能姑息。”

燕思空夸赞道：“总督大人深明大义，不惜性命以正清白，此忠贤之心精贯白日，乃我大晟群臣之表率啊。”

葛钟拱手道：“日月可鉴，为臣者自当披肝沥胆，以碧血丹心，报陛下之浩浩皇恩。”

几人纷纷恭维了一番。

梁广又提到荆州城内混乱，要与葛钟商议如何整顿军民，以及如何调集粮草运往洞庭湖。

燕思空在一旁默默注视着葛钟，就像看着一只待宰的猎物。

第四章 陷阱

谈到最后，又回到了战事上，梁广对此十分忧虑，因梁王手下有水师名将，战船充足，水兵训练有素，如今还占据了洞庭湖的地利。

他们在弱势之下扭转局面，接连拿下夔州、荆州，将梁王逼至洞庭湖决战之时，梁王已是损伤惨重，若在此功亏一篑，岂不遗恨千年！

“赵将军与狄将军已上书朝廷再搬援兵，南昌、九江将出兵两万，到时与我军夹击，必可破之，但眼下的问题是……”梁广道，“他们还在整兵，少说也要半个月呀。”

“我们的粮草还能撑半个月吗？”封野问道。

梁广摇摇头：“勉强，叛军更加不会拖延时间。”

葛钟道：“我与刘知府会竭尽全力筹措粮草，以供前线之需。”

“葛大人能否在两日之内筹出千石，先送过去？”

“这……”葛钟皱了皱眉头，颇为难的样子，但最后还是允诺，“好！”

“下官还有一事想劳烦葛大人。”燕思空道。

“燕大人请说。”

燕思空看了看梁广，说道：“下官想请葛大人修书一封，劝降梁王，长史大人以为如何？”

葛钟叹了口气：“我劝若是有用，又何至于此啊。”

“梁王将两湖官将或杀或囚，唯独将葛大人软禁，说明梁王对葛大人心存敬畏，这封书信并非真的要劝降，而是要拖延些时日，以待援军，梁王的孙子、儿媳、亲侄都在城内，或可以此入手。”

梁广抚须道：“老夫也正有此意，如今也只有葛大人的话有足够的分量。”

“如此，我自当义不容辞。”葛钟道，“事不宜迟，我现在就写，诸位候我片刻。”

“有劳。”

葛钟起身去了书房，一炷香的工夫便回来了，手中拿着写好的信笺，交给了梁广。

梁广摊开信笺，三人一同看了一遍，葛钟在信中晓之以义、动之以情，言辞凿凿，十分恳切。

“好！”梁广拱手道，“有此信函，定叫梁王坐立难安，我这就命人快马送去。”

“梁大人，不若交给世子吧。”燕思空道，“下官以为，此信应暗中交到梁王手中，不能让他帐内将士知晓，否则梁王会以为我们在使离间计，反而弄巧成拙。”

“燕大人思虑周全。”葛钟道，“不可派信使前去，应让一名斥候偷偷递至梁王手中。”

梁广点点头，将信交给了封野：“世子，此事就交付与你了。”

封野抱拳：“长史大人放心。”

葛钟留他们在府内用午饭，他们婉言推辞了。

离开总督府，燕思空做出眩晕的样子，封野皱眉呵斥道："你看看你，我都说了你不要出来了，我送你回驿馆吧。"

燕思空苦笑道："梁大人，下官不才，身体有些不适，今日不便助你处理公务了。"

梁广道："身体要紧，快回去休息吧。"

封野招了辆马车，扶燕思空上了车。

燕思空叮嘱道："信笺晚上再送，出城别让人看见。"

"你别操心了。"封野探了探他的额头，"好像没有发热。"

"我只是累到了，没有大碍。"燕思空叹道，"许久不曾如此疲倦，看来要好些时日才能缓过来。"

封野抿了抿唇："那你今日还起那么早？"

燕思空怔了怔："我今日……"

"你的被褥都是凉的，你早就起来了吧？"从早上到现在，封野心中一直梗着这件事，虽说算不得什么大事，但被燕思空隐瞒，令他有些别扭。

燕思空镇静地说："我做了噩梦，梦到我们被敌军伏击于青须谷，两边隘口皆被堵死，头顶降下木石箭雨，你带着我们几次突围，都没有成功，将士们不得生天，惨死异乡……"

封野急忙出言安慰："只是梦而已。"

"是啊，只是梦。"燕思空长叹，"可你浑身浴血的模样，怕是要一直留在我的噩梦中了，我此前从未离刀剑和血腥那般近过。我冲入山谷腹地，若不是周围有士卒保护，怕是很快就会被斩落马下，而你却是深陷敌阵，看得我胆战心惊。"

"别怕，一般人哪里近得了我的身。"

"你再厉害，也是血肉之躯，也没有三头六臂。惊醒后，我便不能成眠，想起来看看书、静静心，可又太过疲倦，竟然伏案睡着了。"

封野有些懊悔对燕思空的猜忌："你这般不安，为何不和我说？"

"不想让你担心罢了。"燕思空淡笑道，"我确实太累了，只要休息几日，便好了。”

“那你便好好休息，万事有我和长史操持。”封野安抚般拍了拍燕思空的背，轻声说。

回到驿馆，封野命人把午饭端到房间里，燕思空嫌那菜口味太过清淡，让薛伯去给他拿一碗白醋。

“清淡？”封野尝了一口，“我尝着正好。”

“近日食欲不振，我想吃点有滋味儿的。”

封野给他夹了两块肉：“多吃点肉，你都瘦了。”

“是吗？”燕思空低头看了看自己，调笑道：“瘦一些便更有文人风姿了，如何？”

封野也笑了：“你哪需胖瘦来凸显风姿。”

“不过，我是该多吃些了。”燕思空把肉塞进嘴里，“那日青须谷中，我策马持剑，没多久便感到疲累，案牍上消磨了太多时间，武艺竟有些荒废了。”

“你是因为前几日在山中奔袭，积累太多，等休息好了就没事了，等回到京师，我指导你剑法。”

燕思空大笑道：“甚好，有小狼王亲授剑法，我说不定能成为大侠呢……”他说到激动处，一筷子碰翻了碗，那一碗白醋都洒到了封野身上。

“哎呀。”封野忙站了起来。

燕思空赶紧拿过布巾给他擦拭，哭笑不得地自嘲：“我怕是老眼昏花了，快把衣服脱下来。”

封野痞笑道：“这光天化日之下……”

燕思空笑骂道：“别闹，快脱了，醋味儿大，你若不换衣裳，今日便没法出门了。”

封野先将葛钟的信从怀里拿出来，放到了一旁，然后将衣物脱了下来，他一边擦拭着沾了醋汁的衣衫，一边走回就在隔壁的自己的房间。

燕思空快速拆开简筒，取出信笺，然后用毛毫蘸了点醋汁，在葛钟的笔墨下方，写上了两个字。

白醋很快就润透了纸背，燕思空竖起耳朵听着隔壁的动静，同时不停地吹着那笔迹，醋汁快速挥发，湿润的字迹在慢慢消失。隔壁已传来开门声，燕思空只得将信笺卷起，塞回了筒筒中。

封野一进门就看到燕思空正拿着简筒，用布巾擦拭着。

“可弄脏了？”

“沾上一点点，无妨。”燕思空将简筒还给了封野。

封野伸手接过，重新塞进了怀里，他皱着鼻子闻了闻：“我恐怕还是一身醋味儿。”

两人都忍不住笑了出来。

午后，封野去处理城中军务，又挑选一名得力下属，将葛钟的信悄无声息地送走了。

直至夜幕已沉，封野才回到驿馆。

燕思空正窝在床上看书。

封野走到床边，抽走了他手中的书：“不是说好了休息吗？”

“我都睡了一下午了，现在反倒有了精神。”燕思空笑道，“事情都办妥了？”

“办妥了，放心吧。”

“不知葛大人能否筹出粮草。”

“葛大人统领两湖二十七州之军政，他既然敢允诺，定不会食言。”封野坐到床边。

“只是现在各地粮草都吃紧。”

“即便如此，你操心也没有用。”

“你说陈焕为何不杀葛钟？葛钟乃两湖总督，留着他岂不是后患无穷？”

“不好说，反正应该不是顾念情谊吧。”

“封野……我始终有所疑虑……”

“疑虑什么？”

“疑虑陈焕为何不杀葛钟，莫非是因为谢公公……”

葛钟果真依言筹措出了千石粮草，大多是强征了百姓的。

燕思空在城中观察了两日，当葛钟把粮草备齐时，燕思空私底下叮嘱封野：“派自己的人去称一遍。”

封野道：“放心，已经命人去盘了，不过时间紧迫，梁大人催我立刻就运过去，只能随机称了。”

粮草到了营中还要盘点，万一不够数，就是运粮官的问题，此次封野负责押运，就算不足称，赵傅义也不能将封野怎么样，那可就便宜了浑水摸鱼的人。

千石粮草中有四百袋谷物，封野命人随机称了四十袋，竟然每一袋都不足秤，有的缺得少，有的竟然缺了一二十斤，若按照一袋缺十斤算，这可是一个大窟窿。

封野的脸色极其难看，却并不意外，每到运粮之时，总有各路人马以各种名义盘剥粮草，哪朝哪国也不能“免俗”，原先有靖远王坐镇大同，运到大同的粮草较少碰到这样的事，若有人当真不怕死，他会砍了一个以儆效尤，可现在他在别人的城中，不能随便行使生杀大权。

封野和燕思空一商量，燕思空道：“此时军情紧要，还要靠葛钟筹措粮草，依我看，忍一忍吧。到了营中，向赵将军禀明情况，他不会怪罪你的。”

封野冷哼一声：“战局危在旦夕，这个葛钟也不忘趁机揩油，平日里怕是没少聚敛。”

“朝廷俸禄微薄，若没有这些‘营收’，连家都养不活。”燕思空苦笑道，“只能睁一只眼闭一只眼了。”

三年清知府，十万雪花银，绝非夸张。这官，分牧民之官和牧官之官，牧民之官是直接面对百姓的，如知府、知县、县丞等七、八、九品小官，官虽小，却主持着赋税徭役，贪腐便从这底层开始；牧官之官便是大官，虽然不能直接盘剥百姓，但手中有升迁奖罚之权，便不缺牧民之官的孝敬。上下皆如此，谁若自命清高，反倒坏了规矩，更可能惹来杀身之祸，这般阴暗的环境之下，那拿得少、干得多的，就成了清官。

官员的腐败，流毒到了朝廷的每一丝血脉，早已经病入膏肓，药石无医了。

当然，在如今的情形下，葛钟这么干就显得有些可恨了，燕思空这两日在城中看着胥吏们纳粮，手脚很不规矩，这是上行下效的结果，就料定葛钟平日里没少贪，果不其然，这孽畜没让他失望。

封野将此事跟梁广商量了一下，梁广同样是满脸怒色，但也认为应该忍一忍，荆州毕竟是葛钟的地盘，此时不便开罪他。

封野就带着那严重缺斤少两的粮草出发了，梁广还要去葛钟府上美言一番，并求他再筹措更多的粮草。

燕思空在一旁冷眼旁观，看着葛钟一步步走入自己布下的死亡陷阱。

葛钟的那封信，倒真的拖延了梁王几日。燕思空并不担心梁王发现信上的猫腻，即便发现了，以梁王多疑自负的性格，也不会相信，反倒会更加谨慎。

但洞庭湖一战，最终还是无可避免，他们在城中多处布防，防止梁王余孽作乱，同时翘首期盼前线的战报。

梁王于一个大雾的清晨发动了攻击，赵军战船被击毁六十二艘，死伤近万，水军受到了重创，不得已退守五十里。

接到这一战报，众人均感沉重不已。

严格来说，这是平叛大军和梁王大军的第一次正面交锋，夔州是不战而降，岳阳和荆州均是攻守城战，洞庭湖上这一场水师对决，才是敌我双方的直接碰撞，结果却是如此惨烈。

燕思空心中之忧虑，比起当日饮水耗尽被围困城中更深。

因为一旦平叛军败了，那么所有将士的死伤、百姓的苦难，都算是因他而起，偏偏他不熟悉水战，不敢轻易为平叛军出谋划策。

当初他设下这样一个庞大的局，除了报仇，还有一个很重要的目的，就是削藩。只要剿灭最强大的梁王，则其他藩王必不敢反，到时，困扰大晟二百余年的宗室开支问题将得到根本解决。削藩一旦功成，可以极大地充盈国库，赈灾、军费、俸禄，这些让朝廷捉襟见肘的难题都会迎刃而解。可以说，只要有了银子，则内忧外患都可平息，眼下看来，削藩是唯一的可行之法。

但此举也有一个最大的风险，就是梁王胜了，虽说当今皇帝昏庸无能，被篡位也不值得同情，但引起天下兵争也非燕思空本意。

无论如何，局势已经到了至关重要的地步，欲功业大成，必有大牺牲，他必竭尽全力，打赢此仗。

几人商议对策，纷纷打起了梁王亲眷的主意。梁王留自己的亲侄和孙子守城，二人均城破被俘，顾虑到他们皆是皇室宗亲，目前还受到礼遇。

封野砍了梁王侄子的脑袋，逼梁王的孙子写下血书，一并送去叛军大营，并言明给其三日之限，三日不降，就杀了他的孙子。

他们此举旨在拖延时间，等待九江水军来援。

梁王果真没有在那三日来袭，还派使者来谈判，给了战败的平叛军休整、恢复的时间。

梁广与来使周旋，继续拖着。

封野往返前线运粮，又总管着城内外的安防，已是好几日未能好好休息，这天晚上，他竟然吃着饭就打起了瞌睡。

燕思空看着封野青黑的眼圈、紧蹙的浓眉，年轻俊美的脸上布满了倦意，他推了推封野：“封野，你困了就去榻上睡吧。”

封野一个激灵醒了过来，他用力甩了甩脑袋，笑笑：“没事，打个盹儿而已。”

“你这些日子太累了，你的伤都还未痊愈。”

封野吃了一口菜，自嘲道：“皮肉伤罢了，早就无碍了。记得小时候跟着父兄行军，曾经在马上睡着过，有些将士累到极致，站着都能睡着，我坐着睡着，倒也不足为奇了。”

燕思空忍不住吐露心中忧虑：“封野，我们能胜吗？”

“别担心，我们一定能胜。”

燕思空在心里重重叹息。封野只知道他担心战局，却不知道他的担心，并非仅仅因为他是大晟臣子，还因为梁王谋反，乃是他暗中推波助澜，若此战战败，所有的牺牲便失去了意义，那样的负疚感，即便他铁石心肠，也定难以消化。

封野放下碗筷："你吃饱了吗？"

"吃饱了。"

"我们出去走走吧。"

燕思空失笑："你累成这样，赶紧休息吧。"

封野看向窗外："今夜夜色浓，气候又凉爽，正是观星的好时候，走吧。"

"你可真是……"

广袤的幽蓝苍穹，繁星漫天，与月交辉，深邃、静谧，令人沉醉。

燕思空感慨道："京师灯火繁盛，很难见到这般繁星点点的夜色。"

"身在庙堂与军营，也少有心思会抬头看星星吧。"

燕思空苦笑："是啊。"

封野站在燕思空身旁，静静地看着星月璀璨的夜空。

"我真希望以后能常常这样看星星。"

燕思空一愣，心脏突然毫无预兆地传来一阵激痛，痛得他不得不微微弯下腰。

封野发现了他的异样："怎么了？"

"没什么。"燕思空勉强笑了笑，"是啊，时局纷乱，四海难平，只是这样并肩看看星星……已十分不易。"

他已经能看到不远的未来，若葛钟的事暴露，以封野的智慧，不免会怀疑他。他不可能在封野面前装一辈子、藏一辈子，必要的时候，他要露出锋芒，将敌人刺个千疮百孔，到了那个时候，封野还会如现在这般毫无保留地如亲兄弟般待他吗？

难以想象此刻望向燕思空时满眼欣赏的封野，有一天会用怎样的眼神，看着真正的他。

而燕思空走的这条路，注定不能回头，也无人同行，早晚有一天，他和封野会分道扬镳，到了那时，封野会如何，他又会如何？

只要一想到这些，他就难受极了。

他是欣赏封野的，可也只能到此为止了。

第五章 伪造的信件

梁王使者在与梁广斡旋之时，城中不知何时混入了一批死士，意图劫狱救出梁王的孙子，幸而城内外守卫之职暂由封野接管，没有叫他们得逞。

梁王救人失败，同意投降，只要朝廷答应保他的荣华富贵。

但赵傅义却从安插在叛军中的内应处得知，梁王是假意投降，实际上是要趁他们毫无防备时夜袭。

赵傅义接到线报，称九江水师已经整军出发，他决定将计就计，允诺梁王，同时故意放松了戒备。

一天深夜，梁王军逆流而上，偷袭平叛军水师，平叛军假意战败，仓皇而逃，将梁王水师引入较窄的水道，那水道名唤卜叉湾，附近另有一条水路分支，那黑漆漆的水域中，埋伏了百只战船。

梁王水军一路追击平叛军至卜叉湾，果然中计，伏击的战船倾巢而出，将梁王水军拦腰截断，前军受到两方夹击，几次突围不成，眼看要被歼灭，后军不得已撤退，想要逃回洞庭湖。

但此时九江的援军已经赶到，攻破了防守薄弱的洞庭湖大营，彻底断绝了叛军的后路。

这一仗从深夜一直打到了天明，洞庭湖上炮声不绝，火光绵延，湖面染红，杀气冲天。

早上，燕思空和封野接到了捷报，平叛军险胜，梁王自知必不得善终，拔剑自刎了。

燕思空听到消息，双腿发软地坐在了椅子里，久久不能动弹。

封野兴奋地低吼了一声，晃着燕思空的肩膀道："我们胜了！胜了！"

燕思空长嘘一口气，颤声道："太好了，胜了，胜了就好。"他如释重负，呼吸都顺畅了起来。

平叛军胜了，削藩大业必成，而梁王死了，葛钟将死无对证，这是最好的结局！

荆州城内一片欢庆，梁广早早开始筹备庆功宴，赵傅义和狄嵘的大军将退回荆州休整，同时等待如何裁决梁王亲眷的圣旨。

燕思空早已趁着封野去梁王府上抓人的时候，把他伪造的信件藏在了梁王的书房，平叛军回城时，也带回了战俘和梁王大营内的所有。

捷报很快传回了京师，昭武帝大喜，命梁广和赵傅义就地彻查梁王谋反一案的协从人员，为避嫌，两湖官将皆不得过问。

赵傅义立刻抄了梁王的家，搜出了大量的往来文书，包括他从洞庭湖叛军大营带回的所有信件，一同交给了梁广，而梁广自然交由燕思空和徐凯梳理。

燕思空神不知鬼不觉地将自己伪造的信件混入其中。

他和徐凯在案牍上熬了几个昼夜，徐凯率先发现了那几封信件，他大惊失色，拿着信件仓皇地站了起来。

燕思空不解道："徐兄，你发现什么了？"

徐凯对燕思空颇有些妒意，此时自然不会让燕思空有抢功的机会，他快步往外走去："我要立刻去找长史大人。"

燕思空露出一丝阴沉的笑意，他起身追了上去："徐兄，夜已深了，你要扰了长史大人休息……"

"顾不上那么多了。"

徐凯一溜烟地找到梁广，梁广也同样在挑灯查案，尚未休息。当燕思空赶来的时候，就见梁广拿着信件，大惊失色，面上满是惶恐。

燕思空问道："梁大人，可是发现了什么重大的涉案之人？"

梁广看了燕思空一眼，将信交给了他。

燕思空摊开一看，便瞪大了眼睛："这……这是总督……"

梁广"嘘"了一声："此事事关重大，还需禀明赵将军，再做打算。"他收起信件："在此之前，切勿走漏风声，否则我唯你们是问。"

两人连忙躬身："是。"

燕思空回到寝房后，并未休息，而是轻声叩了三下墙，很快，那边也传来了回应。

半晌，封野推门而入，再悄悄掩上门："你又这么晚回来？"

燕思空面色凝重："要出大事了。"

封野道："怎么了？"

燕思空悄声道："徐凯发现了葛钟跟梁王的往来文书。"

"莫非葛钟也参与了谋反？"封野惊讶道，"那为何梁王将其软禁？"

"从信件上看来，葛钟绝逃不了干系，梁王许诺事成之后，要给葛钟封万户侯，位列三公。"

封野深深皱起眉："徐凯可对比了字迹？"

"对比过了，确是葛钟的字迹。"燕思空沉声道，"明日长史大人要与赵将军商议此事。葛钟乃两湖总督，封疆大吏，朝廷重臣，此事非同小可啊。"

"说不定这二人玩儿了一出苦肉计，你之前不也疑虑，梁王为何不杀葛钟，甚至不将其下狱，而只是软禁于府中，他反都反了，何须如此礼遇葛钟，或许这就是答案了。"

燕思空叹道："我当初确实觉得蹊跷，却没想到……"

封野冷哼一声："那葛钟欺我年少，公然谎报军粮，说不定也是故意的。"

"此事令我十分不安。"燕思空道，"若两人真是合计谋反，我们竟还安然待在城中……"他做出恍然的表情："那些劫狱的死士，你一直查不出他们是怎么混入城中的，说不定就是葛钟的人，其实一开始就在城中。"

封野以掌击案，怒道："这个葛钟，其罪当诛。"

燕思空拍了拍封野的肩膀："若葛钟当真参与谋反，赵将军和梁大人定会查个水落石出。"

封野沉声道："梁王一案，将士死伤三万，两湖百姓多受磨难，这帮乱臣贼子，一个都不能放过！"

燕思空淡道："没错，一个都不能放过。"

天光乍亮，梁广就去与赵傅义商议此事，因葛钟位高权重，他们不敢轻举妄动。

朝廷虽然已将审理梁王谋反一案全权交给了赵傅义，梁广与按察使司协理，但按照大晟律法，葛钟位列从一品大员，地方按察使不够格审他，理应押解回京，由三法司审理。

原本梁王谋反案发两湖，牵扯的尽是两湖官将，梁王已死，其他人在当地审理最为妥当，谁也没想到此案会牵扯至总督。赵傅义虽有皇命，但底气不足，不敢莽撞地去府上拿人，否则打草惊蛇不说，还可能惹祸上身。

然铁证如山，他也不能无所作为。

这时候应该派人八百里加急去京城请旨，可一旦奏折到了京师，必然会被谢忠仁知晓，谁都知道葛钟是他一手提拔的，届时他暗通葛钟，销毁证据，他们又当如何？此事实在两难。

最后，他们想出一个办法，以梁王子孙皆为皇室宗亲，理应也押解回京，地方审理有悖律法为由，请皇上再降一道圣旨，言明此案之迥殊，用以服众，否则他们捉襟见肘、举步难行。

这样一来，既能请下无论尊卑皆缉拿归案的圣旨，又不至于打草惊蛇。

梁广派出八百里加急将奏折送往京师。

赵傅义命封野暗中监视总督府上下的一举一动，梁广则搬来了自葛钟赴任以来督办、签发过的所有公文，尤其是与梁王有关的，带着徐凯、燕思空一起，寻找更有力的证据。

燕思空梳理着所有案卷，突然，目光在一封信笺上驻留。

徐凯看了他一眼："那是什么？"

"是那日葛大人写给梁王的劝降书。"

闻言，梁广也抬起了头来："两人之间的书信往来，要格外严查，不过……这封劝降书，你、我和世子都当场看过了。"

"嗯。"燕思空将烛台往自己面前挪了挪，然后慢慢抖了抖那薄薄的素纸，"确实看过了。"说着就要将它放在一旁。

"等等！"梁广瞪大眼睛，忙不迭地跑了过来。

燕思空吓了一跳："长史大人，怎么了？"

徐凯也凑了过来。

梁广接过燕思空手中的信笺，翻来覆去地看了看，而后将其摊平，小心翼翼地置于火烛上方，只见信笺上的空白之处，竟模糊地显现出了字迹！

三人均大惊，因那分明写着：有援速攻。

三人面面相觑。

徐凯指了指信笺，连声音都不自觉压低了："听说以酸水为墨，干涸之后字迹就会消失，纸透于火光便能显现。"

梁广凝重道："这个葛钟，竟当着我们的面儿以此手段通敌，简直卑鄙，无耻！"

燕思空也怒道："他居然如此戏弄长史大人，幸而我军利用他亲孙拖延了几日，否则若是援军未到便开战，胜负难料啊。"

梁广露出后怕的表情："真是凶险万分啊。可惜梁王自刎，死无对证，就怕这奸贼狡辩逃脱。"

"不会的，我们手中有这么多证据，必叫他伏法。"徐凯说完，又皱了皱眉，“只是，葛钟是谢公公的人……”

梁广重重叹了口气：“我与赵将军正是担心此事啊。”他将信笺仔细地收好，“此事切勿走漏风声，待圣旨一到，我们就拿人。”

“是！”

在亟待圣旨的日子里，他们同时也在费尽心机地寻找葛钟聚敛、贪腐、擅权、渎职的证据，要想扳倒封疆大吏，谋反当然是最有利的罪状，但还需要更多罪名另其失去公信和民心，引起朝野的愤怒，而这些证据也并不难找，在他们缉拿葛钟之后，一定还会有更多证据如雪片一般飘来。

如此这般，燕思空自然忙得昼夜颠倒，与封野多日未见，却没想到再见封野，会是他震怒与受伤的模样。

燕思空是被薛伯偷偷召回的，显然封野并不想惊动任何人，他听闻封野受伤，便找了个借口，匆忙回了驿馆。

“封野！”燕思空推门闯入了封野的卧房，正见封野坐在桌前，左臂包缠着渗血的白纱，脸上有些瘀肿，一身尘土，有打斗的痕迹。

封野一脸冰霜地瞪着燕思空。

“你怎么了？薛伯说你受伤了？”燕思空走上前去，“可是之前的刀伤裂开了？你跟谁打斗了？”他说着就要去查验封野的伤口。

手刚行到半途，却被封野打开了。

燕思空一惊，他皱眉道：“这是何意？”

封野冷道：“你想知道我跟谁打斗了？”

燕思空面色平静，但心里已经有了猜测。

封野站起身，高大的身躯如山一般，给人以无形的压迫感，他咬牙道：“我奉命监视总督府，一刻也不敢松懈，却没想到，竟然在总督府附近，看到了一个鬼鬼祟祟的人，似乎也在暗中观察，你猜那人是谁？”

燕思空后退了一步，镇定地说：“是谁？”

“你那个‘刘兄’。”封野仔细看着燕思空的反应。

燕思空轻抿了抿唇，直视着封野：“然后呢？”

“我跟了上去，他发现了，竟然想跑。”封野眯起眼睛，“他跑什么？若非心中有鬼，为何要跑？”

“封野，你坐下，我们……”

“他跑什么？”封野厉声道，“早在你家中见他那次，我就直觉此人不简单，绝非普通的江湖人士，今日一试，他轻功了得，竟被他逃脱了，他是谁？为何在荆州？”

燕思空知道此时强辩说自己不知情，封野是不可能信的，只得轻叹一声，说道：“他确实不姓刘，也不是普通的江湖人士，他叫佘准，江湖人称‘天魁百灵’，是个厉害的情报贩子。”

“你何以认识他？他又为何在荆州？”

燕思空深吸一口气：“封野，你能否先坐下，平心静气地听我说。”

封野凝视了燕思空片刻，意识到自己也许过于急躁了，便转身坐回了凳子上。

燕思空也坐于对面，徐徐说道：“他确实在我穷困潦倒时接济过我，他游走四方，居无定所，那日在我家中，他也确实是路过京师，来与我叙旧的。”

封野将信将疑，又道：“那他何以又凑巧在荆州？”

燕思空眼也不眨地说道：“并不是我让他来荆州的，而是他受他人所托，来调查梁王，至于受何人所托，调查什么，我没问，他也不会说。他不知道我跟着你们南下了，直到我出使夔州，进城之后，他来看过我一次，言辞之中，都在向我打听梁王之事。”

“仅此而已？”

“仅此而已。”

封野握紧了拳头：“你别怪我冲动，此事如此巧合，你让我如何相信你的说辞？”

燕思空坦然道：“那你觉得我和他有什么不可告人之事？”

“我……”封野一时语塞，他确实说不上来，但那种燕思空对他有所隐瞒的感觉，却是日渐厚重，这种感觉令他不安而频生猜忌，这次撞见那个佘准，让他的猜想得以证实，他实在无法轻易相信燕思空的解释，但又说不出他能怀疑什么。

燕思空起身，将布巾沾水润湿，走回桌边，擦拭着封野的面颊，轻声说道："不怪你怀疑我，我确实隐瞒了他的身份，他行事诡秘，江湖中无人知道他的真实身份，你也万不要透露。"

封野别开脸，没好气道："我又不是江湖人，向谁透露，透露了有什么好处。"

燕思空将他的脸正了回来，继续擦拭，轻声道："封野，你贵为世子，也许看不上江湖草莽，但我流浪十年，结识了很多侠义之士，多受他们的恩惠，才能活到今天。我入仕之后，与他们断了联络，但佘准对我有恩，我始终记得，你明白吗？"

封野抬头看着他，一双狼眸漆黑而深邃："你说的都是真的？"

燕思空正色道："都是真的。我与佘准在此一别，今生不知几时才得相见，也不再有什么瓜葛，你能不能别再去追捕他？就当我求你。"

封野低下头，思索着。

燕思空暗暗换了一口气，眼中染上几分忧虑。

他万万没想到佘准会被封野撞见，真是百密一疏。封野对他的怀疑越来越多，也越来越难以欺瞒了，他只希望至少葛钟一事能蒙混过去，此仇不报，他死后有何面目见元卯。

封野重新抬起了头："换作别人，我一定会彻查到底，但是你……我答应你。"

燕思空露出一个如释重负的笑容："谢谢你。"

封野闷声道："你是不是有什么事瞒着我？"

燕思空僵了僵："你指何事？"

"我不知道，我……"封野面上有一丝茫然，"不知为何，总觉得你隐瞒了我什么，或许是你从不提过去，从不提分别的十年，你总是很少说自己的事，你让我觉得神神秘秘的，你心里想什么，我完全看不透。"

燕思空淡淡道："你想听我的过去？"

“我不想逼迫你揭开旧伤疤，所以你不说，我不问，只是……”封野犹豫了片刻，“你若信任我，何不告诉我？也许说出来，你心里会好受很多，我愿为你分担。”

燕思空深吸一口气，仿佛下定了决心：“我信任你，你怕是这世上我唯一信任的人……好！待谋反案尘埃落定，没有琐事纷扰，我打上一壶好酒，将过去的所有都告诉你，如何？”

封野这才露出了欣慰的笑容：“好！”

“那你呢？你也会对我毫不隐瞒吗？”

封野正色道：“只要你问，我定事无巨细。”

众人望眼欲穿，总算盼来了圣旨。

这道圣旨给了赵傅义胆量，他一日都不耽搁，亲自率兵杀向总督府，一府之人尚在梦中就已经被围了。

燕思空当日并不在场，但听封野说，他们和总督府的护卫对峙，葛钟在府前大声喊冤，说没有圣旨谁也不能冒犯他，幸而他们早有准备，赵傅义拿出了圣旨，圣上金口玉言，与梁王谋反案有关之人，只要证据确凿，无论品级、尊卑、亲疏，一律可以缉拿审问。

赵傅义派兵将总督府上下搜查了一遍，搜出了几封他与梁王的密信，甚至还有梁王送给他儿子的奇珍异宝。

赵傅义将总督府完全封禁，任何人不得出入，不得擅动府内一草一木，并将葛钟押回了按察使司。

赵傅义和梁广忙于断案，燕思空和徐凯忙于搜罗证据，赵傅义在朝中并不偏向任何党派，梁广乃翰林出身，与士族交好，两人确因谢忠仁而有所顾忌，但并不会姑息，何况若能查办葛钟，则是功上加功，这是送到嘴边的珍馐，岂能错失。

幸而谢忠仁远在京师，对他们是鞭长莫及，那顾忌也就更薄了几分。

听说葛钟在狱中看到那些密信，气得吐血，矢口否认，说有人伪他笔迹，构陷于他。

他们将那些密信和葛钟的字迹对比了一天一夜，也看不出明显的区别，何况梁王独独不杀、不囚他，已经非常可疑，虽然葛钟的说辞是两人曾互为好友，梁王念及旧情，但此时已不能服众。

燕思空和徐凯不断地整理出葛钟的种种罪状，包括他谎报军粮，也被视为他与梁王私通的证据，按察使司还接连收到多封指责葛钟贪墨、渎职的匿名信，此案已如雪崩般一发不可收拾。

葛钟的消息一传回京师，就引起了轩然大波，朝廷已被接连的赈灾、起义、谋反弄得疲惫不堪，此事更是雪上加霜，一时朝野震荡。

颜子廉一派趁机翻起旧账，他指示言官上书，痛斥王生声和梅珏，说当年王生声陷害吏部侍郎蔡中繁，蔡中繁被贬，王生声扶持自己的门生梅珏入功考司，于是葛钟才得以一路升迁，坐上总督之位，梁王之乱，根本在于此。虽然言辞中并未提到谢忠仁，但所有的箭头都直指谢忠仁。

谢忠仁自然不会坐以待毙，也指示自己一派的言官撸袖子上阵。

言官们就此展开了一场骂战，进而升级至互相弹劾，朝堂上乌烟瘴气，好不热闹。

燕思空早料到会如此，颜子廉一派和谢忠仁一派，但凡逮到机会，就要想尽办法剪除对方的党羽、重创对方的势力。掐到最后，谢忠仁就顾不上葛钟，只能丢车保帅了。

燕思空很想亲自去审讯葛钟，可惜轮不到他，只能从梁广那里旁敲侧击，眼下葛钟拿不出为自己申辩的证据，凶多吉少。

封野虽然奉命监视、把守总督府，但对葛钟一案兴趣不大，因他最近收到封剑平的信，瓦剌已然出征，他必然担心封剑平的安危、胜负。

两人一同吃饭时，燕思空也问起了封家军的情况。

封野叹道："山高水远，我既不能为父亲鞍前马后，亦不能及时收到战报，真乃煎熬。"

燕思空安慰道："靖远王与瓦剌交战多年，鲜有败绩，相信他吧。"

"……父亲身体大不如前了。"封野感慨一声，语气很是辛酸。

"幸而他后继有人。"燕思空顿了顿，"其实，我也一直想知道……"

封野问道："想知道什么？"

"那日你我约定，彼此不隐瞒。"

封野恍然："你想问我大哥，是吗？"

燕思空点了点头。

封野目光顿时黯然："待我们无琐事烦扰，对酒畅言时，我给你好好讲讲当年的事。"

燕思空笑着举起了青菜蛋汤："那我先干为敬。"

封野也笑了起来。

"对了，葛钟一案，可有进展？"封野问道。

燕思空微眯起眼睛："铁证如山，我看他难逃一死了。"

"朝廷那边可有什么动静？"

燕思空把自己刚知道的告诉了封野："葛钟乃谢忠仁提拔，此事他必然要受到牵连，老师不会错失良机的。"

"若真能拖那阉贼下水，葛钟这条老命也值了。"

燕思空摇摇头："谢忠仁甚得皇宠，不会那般简单的。"

封野冷哼一声："能杀了葛钟，倒也大快人心，光是他谎报军粮一事，就够他死三回了。"

燕思空小声道："死百回也不足惜。"

在燕思空和徐凯的协理下，葛钟的罪状一条接着一条地往上堆叠，已是罄竹难书，官拜总督，本身就不可能清白，此时不过是墙倒众人推罢了。

如燕思空所料，此案审了一个月，朝廷中就鸡飞狗跳了一个月，皇上也甚为不满，谢忠仁为平众怨，为息圣怒，哪里还顾得上葛钟，只能做出公正廉明之态，要他们秉公审理，于是赵傅义又接连抓了葛钟的两个儿子和侄子。

至此，葛钟几乎已无翻身余地。

燕思空感念必是元卯在天有灵，保佑着他严惩葛钟这狗贼，若梁王没有顾念旧情礼遇葛钟，或他没有自刎，此事都不会这般顺利，赵傅义和梁广还可惜梁王已薨，死无对证，他要的便是这死无对证，让葛钟去地底下跟他的旧友“对证”去吧。

不过，葛钟毕竟是从一品大员，不能在荆州就草草结案、惩处，皇上下旨抄了葛钟的家，命赵傅义将葛钟和他的儿子、侄子以及一干与谋反案有关的宗亲、官将押解回京，由三法司再审。一是复核赵傅义、梁广所审是否有出入，二是商讨这些人都该如何定罪。

此次押解回京的，皆是要犯，昭武帝已下诏，要犯必办，胁从不问。

在大军准备回京前，燕思空主动请缨帮梁广写葛钟的罪状，因他亲手搜集、整理了多项罪名的证据，虽然没有参与审理，却也对案情了如指掌。这封罪状是要呈交三法司和御前的，本来这等琐碎之事理应由文书代劳，但他怕徐凯跟他抢。

封野常在身侧，又极为敏锐，这是他唯一能私下见到葛钟的机会。

幸而梁广应允了他。

燕思空带着文墨，将自己因激动而克制不住颤抖的手藏于袖中，踏进了关押葛钟的牢房。

第六章 审判

燕思空拿出准备好的银子，客气地塞给了典狱长。

“燕大人，这是何意啊？”典狱长连忙推辞：“使不得使不得。”

燕思空笑道：“我奉大将军和长史大人之命，来规劝葛钟在罪状上画押，希望能与我个方便，让弟兄们回避。”

典狱长悄声道：“没用的，上了刑了，就是不肯画。”

“我知道，大将军命我来一试。”燕思空也学他的样子挤眉弄眼地小声说：“你们上了‘罚酒’，我试试‘敬酒’ 。”

典狱长了然一笑：“燕大人单枪匹马出使夔州，凭着三寸不烂之舌，兵不血刃就拿下城池，我等佩服，难怪大将军要派您来，您放心。”说完，他便招呼狱卒都跟他出去。

燕思空将钱袋塞进了他怀中：“给弟兄们买点好酒。”

“那小的就恭敬不如从命，谢谢燕大人了。”典狱长和狱卒乐呵呵地退出去了。

燕思空关上囚室的铁门，借着昏暗的光线，一步一步走下狭窄的石梯，他的脚步声很轻，似乎唯恐自己置身梦中，不敢弄出太大的动静。

毕竟，他等这一天，等了十一年。

牢房内散发着一股霉腐和血腥混杂的味道，闻来叫人呼吸不畅，稀薄的月光从高窗中漏下，各式冰冷诡异的刑具在墙面上打出阴森的黑影，月光行至墙角，已经完全消失，那片漆黑仿佛是个无底深渊，正在吞噬周遭的一切。

燕思空一身纤尘不染的白衣，与这怨杀之气冲天的地方格格不入，他原本潇洒从容的气质已完全被阴冷取代，这一袭游走于黑暗之地的白，不免显得有几分幽诡。

燕思空走到了牢内唯一一间囚室前，静静地看着背对着自己躺在简陋榻上的男人，他身上的囚衣透出道道血痕，头发蓬乱脏污，蜷缩的身体看上去脆弱极了。

燕思空轻轻勾起唇角，露出一丝扭曲的笑意。

囚室内的人似乎察觉到了什么，慢慢转过了身来，那满脸灰败之色，一夕之间苍老了二十岁的人，正是葛钟——曾经风光无限的两湖总督，如今的阶下囚。

葛钟两眼无神，漠然地看了他一眼，就要转过身去。

“葛大人。”燕思空轻声道，“明日我们就要启程回京了，我带了些好酒好菜，可愿与晚生共饮两杯？”

“别白费力气了。”葛钟一张嘴，声音暗哑不已，“我是冤枉的，我没谋反，你们要杀要剐，我也绝不会画押。”

“罪状之事，稍后再谈。人生而如浮萍，风雨不由己，何不及时行乐，别辜负了这一顿美酒佳肴。”

葛钟沉默了一会儿，转过身，迟缓地从榻上爬起，蹒跚着走了过来，那病老之态，十足一个行将就木之人。

燕思空席地而坐，将酒菜放入铁栏内，斟上了两杯酒，将一杯递给了葛钟："来，晚生敬葛大人一杯。"

葛钟嘲弄一笑："敬我什么？"

"就敬葛大人的坚贞不屈。"

葛钟分不清燕思空是不是在讽刺他，却也懒得计较，他不等燕思空，自己仰头将一盅酒干了。辛辣的酒液流过喉道，灌入体内，他单薄的身躯抖了抖，疼痛和寒冷都被麻痹了几分，他呼道："好，好酒！"

燕思空也跟着干了一杯："葛大人，饭菜还热着，快吃点吧。"

葛钟也不客气，端起碗扒了几口。

燕思空却未动筷，只是淡笑着看着葛钟，两人不过几根铁柱相隔，但他看葛钟的眼神，犹如看着落入自己陷阱的猎物，生杀予夺，全凭自己，痛快。

葛钟突然有所察觉，抬起头来，正撞上燕思空冰冷却带笑的眉眼，心脏狠狠一颤，顿觉毛骨悚然。

燕思空道："葛大人多吃点。"

葛钟却顿住了，迟疑地看着手中的酒菜。

燕思空"哈哈"笑道："大人莫非怕我下毒？"他也跟着吃了几口。

葛钟冷哼一声："你我无冤无仇，你毒我一个将死之人干什么？"

燕思空心想，你我有冤有仇，但我绝不会毒你，我要看着你被押上行刑台，而我在下面看着你身首分家，就像当年在台下看着我爹。

葛钟吃完了饭，有些虚弱地靠在墙上："你走吧，无论你想说什么，我绝不会画押。"

燕思空从袖中拿出一个卷轴，那上面一笔一字，均由他写就，很多更是他亲手搜罗的证据，他摊开卷轴，面向葛钟："大人可要看看自己的罪书？"

葛钟眼都未抬，喃喃道："我没有谋反，我是冤枉的，我不会画押。"

"我知道大人是冤枉的。"

葛钟怔了怔，看向燕思空："你知道？"

燕思空的口气很是温和："对，我知道大人没有谋反。"

葛钟突然激动起来："你可是知道什么？是谁陷害我？那些、那些书信，都是谁写的，又是谁放入我府中的？是不是你，是不是你？”

“大人虽然没有谋反，但其他罪行也是铁证如山啊。”

“我没有谋反！”葛钟恶狠狠地瞪着燕思空，“你到底知道什么？”

燕思空却不急着回答他的问题，只是笑道：“大人是否还等着谢公公来救你？谢公公如今因为你，可是焦头烂额，自顾不暇，他早已放弃你了。”

“你到底想说什么？”葛钟寒声道，“不管你怎么激我，我绝不会画押，绝不会承认自己没做过的事，你死了这条心吧。”

“大人罪行累累，难逃一死，难道也一点不为自己的儿子、亲眷打算吗？”

葛钟眯起眼睛。

“大人不肯画押，最终的结局，不是屈打成招，就是强行画押，届时那罪状上的每一条，就都坐实了，可大人若愿意画押，大将军和长史大人便会从轻对待大人的儿子。”燕思空勾唇笑道，“最近皇太后身体欠安，陛下是个孝子，只要到时奏请陛下宽恕仁人以为皇太后祈福，大人的儿子便能活下来。”

葛钟冷道：“我凭什么信你一个区区小翰林？赵傅义若真敢允诺放过我儿子，便叫他自己来说，你算什么东西？”

“大将军身份尊崇，怎能与阶下囚讨价还价，此番意思，只能由我传达。”

“你……”葛钟骂道，“那你就滚，我不相信你。我葛钟赤胆忠心，日月可鉴，绝不担这谋逆之千古污名而死，我子孝悌，也断不愿苟且偷生！”

燕思空低笑了两声，接着越笑越大声，最后竟是仰首长笑，笑得整个人都在颤抖，那笑声回荡在空旷的牢房，碰撞上湿冷的墙壁、阴森的刑具、幽暗的烛火，激起层叠的回音，仿佛是招惹来了魑魅魍魉一同畅笑，听来叫人背脊发寒。

葛钟心慌地看了看四周，怒道：“你笑什么，别笑了！”

燕思空好半天才止住笑，他摇了摇头，感慨道：“真想不到，葛钟葛大人，竟是如此刚烈不屈之人，这一身傲骨，简直有垂范天下的气度。可惜啊可惜，若不是知道你的真面目，我都要钦佩你了。”

葛钟恨道：“我没有谋反，我没有谋反……”

“你是没有谋反。”燕思空直勾勾地盯着葛钟，“那你也没有贪污、聚敛、渎职、卖官、专权吗？”

葛钟面容狰狞：“这都是有人陷害我，便跟那些伪造的信件一样，有人陷害我！都是、都是伪造的！”

“哦，那些信件啊。”燕思空微笑道，“葛大人应该对伪造信件并不陌生吧，你一定也认识可以仿人字迹之人，对吗？”

“你们查到会仿人字迹之人了吗？”葛钟两手抓住铁栏，“你们去查，荆州没有，就去其他地方查，去查啊！”

燕思空笑了笑，重新拿起了那张葛钟不屑于看一眼的罪书，摊开了大半，置于他眼前，轻声道：“大人是书画名家，大人前几年写的《尘诏书》，被赞誉为有《伯远帖》之风采，晚生不敢班门弄斧，只请大人纡尊品鉴，这字，仿得可还行？”

葛钟眨了眨眼睛，往那罪书上看去。倏地，他瞪圆了双目，一目十行地扫过，那并非让他画押的罪状，而是一封自述的陈罪书，而那纸上的字，分明是他的字！

葛钟见了恶鬼一般看着燕思空，颤抖的手指指着他：“你……你……这是你仿的……你……”

燕思空但笑不语。

葛钟突然大吼着扑了过来，将枯树枝一般的胳膊伸出铁栏，抓向燕思空。

燕思空优雅地偏身闪过。

“你是何人？”葛钟两眼充血，形容狰狞，厉声吼道，“你为何害我？”

燕思空欣赏着葛钟狼狈而疯狂的模样，他感到无上愉悦，轻笑道：“葛钟，你还记得十一年前的广宁吗？”

听闻“广宁”二字，葛钟如遭雷击，脸上表情的迭替堪比四季之变化，先是震惊，后是愤怒，再是恐惧，最后是心虚，这一切尽收燕思空眼底。

燕思空缓缓握住了双拳，以此来克制发颤的身躯，他朝着囚室走近了一步，只为了不遗漏葛钟眼中的每一丝惊恐，他轻声说：“看来葛大人还记得。”

葛钟浑身抖了抖，死死地盯着燕思空的脸，久远的记忆飘飞出灰蒙蒙的尘土，已经模糊不堪的画面逐渐在眼前变得清晰，燕思空俊美而冰冷的脸庞慢慢地与一张脸重叠、再重叠，最后融为一体，那是一张被泪水和仇恨扭曲的少年的面容，他大声的控诉如雷鸣般回荡在耳边。

“是你……”葛钟一步步后退，声音极为微弱，毫无底气，“是你……”

“对，是我。”燕思空露出一个狰狞的笑容，“被你冤杀的广宁卫守备元卯之子——元思空！”

葛钟退到床榻，已无路可退，“咣”的一声坐在了榻上，他眼珠子乱转，神色之惊恐，已有癫狂之态，他张了张嘴：“你……你不是……”

“我不是应该已经死了，对吗？”燕思空阴冷地说，“我弟弟为了救我，顶替我被流放。葛钟，你冤杀我爹，害死我弟弟……”燕思空一把抓住了铁栏，额上青筋暴突，用嗜血的眼神狠狠地瞪着笼中人，嘶声吼着：“你让我家破人亡！”

葛钟微微蜷缩起身体，就好像铁栏外是吃人的野兽，他小声辩驳道：“元卯……元卯谋害李大人，证据确凿……”

“对。”燕思空狰狞道，“便跟你谋反一样证据确凿！”

葛钟拔高音量：“我没有……没有冤杀你爹，不是我，是……是谢忠仁，是韩兆兴！”

“但你选择做一只阉狗的奴才。”燕思空轻声道，“为了你的升官发财，为了你的荣华富贵，你冤杀了一个精忠报国的英雄，你仅用一封伪造的信函，审讯三天就定了他的罪……”燕思空的声音越发颤抖，“你让他背负污名，在他舍命守护的这四万百姓和他的儿子面前，砍了他的……脑袋。”

说完这一席话，燕思空声音已然哽咽，体内仿佛有什么东西被生拉硬拽地抽离了身体，他痛得双腿发软，两眼几乎要瞪出血来，哪怕看到葛钟畏缩狼狈的模样，仍不能解他心头之恨，抚他致命之伤。

葛钟已再无半点封疆大吏之气势，颓败、惊恐得像只丧家犬，他语无伦次道：“你、你早已开始计划……你想怎么样……”

“我想怎么样？”燕思空微张开双臂，笑得残忍而冷酷，“我想像现在这样，用同样的方式，把你送上断头台，让你背负不属于自己的罪名，百口莫辩，诉冤无门，让你含恨而死，让你永难瞑目，让你家破人亡，让你臭名留史，让你被世世代代唾弃！”

葛钟疯了一般吼道：“不是我，你去找谢忠仁，你去找韩兆兴，不是我，不是我！”

“别着急。”燕思空大笑几声，“我会去找他们，我要他们的下场比你更不堪，可惜你看不到了。”

葛钟发狠地说：“你、你蛰伏十年，进入朝廷，就是为了报仇……你把这些告诉我，就不怕我告诉赵傅义，告诉陛下？”

燕思空微眯起眼睛：“你也知道我蛰伏十年，步步为营，我既然敢告诉你，就不怕你知道。”他一双眼眸阴毒如蛇：“陛下仁慈，多半不会株连你的家眷，但你若多嘴一个字，我能将信件放入你书房，也能一把火烧了你全家，让你们地下团聚，如何啊？”

“你……”葛钟指着燕思空，浑身抖如筛糠，瞳孔紧缩，突然“哇”的一声，吐出了一大口血，他匍匐在榻上，虚弱得犹如垂死之人。

燕思空脸上的笑意愈深，他将脸凑近了铁栏，一张精致的俊颜在火光的映衬下忽明忽暗，如鬼魅般摄人心魄：“葛钟，你寡廉鲜耻，残害忠良，死不足惜，何不给自己家人留条生路？”

葛钟缓缓扭过脸，蓬乱的发丝下，一双眼睛里满是死气。

“谢忠仁已经放弃你了，他唯恐受到你的牵连。你与他狼狈为奸，为他做尽下流勾当，生死关头，他却将你像条狗一样踢开了。”燕思空循循善诱，“你有今日之下场，可全都拜他所赐。”

葛钟哑声道：“你想……怎么样？”

燕思空弯下身，捡起了那张陈罪书，将卷轴的最后一部分也完全摊开：“我为你准备了两份罪状，一份，是你的自述，详述了当年你如何在谢忠仁和韩兆兴的指示之下，冤杀广宁守备元卯，我要你以血画押。另一份，便是此次的罪状。你画了押，大将军和长史大人会从轻发落你的儿子，我也会放过你的家眷。”

葛钟惨笑两声：“你以为凭这个，就能扳倒谢忠仁？”

“我不着急，如果那阉狗有孙子，我比他孙子还年轻。”燕思空寒声道，“早晚有一天，我会夺走他的一切，将他逼入绝境，让他不得好死，那时，这份陈罪书，就是我为我爹洗清冤屈的证据。”

“我凭什么相信你？”

“我以我爹发誓，你画了押，我放过你的家眷。”

葛钟低笑不止，他点着头：“好，好，我画，我画。”

燕思空将那陈罪书扔进了铁栏。

葛钟颤颤巍巍地捡起了陈罪书，看着上面的一字一句，都在控诉着十一年前他犯下的罪行，他僵硬良久，才咬破自己的指尖，画了押。

燕思空深吸一口气，眼圈酸涩，几乎要落下泪来。

“爹，你看到了吗？你在天有灵，看得到吗？”

葛钟将陈罪书扔了回来，沉声道：“那罪状，我要赵傅义亲口承诺从轻发落我儿，我才会画押。”

“好，我会回禀赵将军。”燕思空捡起陈罪书，小心翼翼地卷起，放入了袖中。然后，再次凝神审视着已经被击垮的自己的对手。

十一年了，眼前的一切，就如一场梦，他受过的所有痛苦和屈辱，都是为了将这些畜生拖入地狱。

葛钟也在牢中看着他，眼眸一片漆黑，看不出思绪，好像已经被抽空了魂魄。

燕思空轻声说：“葛钟，你可曾后悔过？”

葛钟动也未动，毫无反应。

“后悔当年……”燕思空突然咧嘴一笑，“没有杀了我？”

葛钟咬紧了牙关，恶狠狠地说道：“对，我后悔当年没有当场杀了你，斩草除根！”

燕思空放声大笑，一步步后退，仿佛舍不得让葛钟狼狈等死的模样离开自己的视线，直到行至石梯，才旋踵步上。

“燕思空——”葛钟突然回光返照一般扑到了铁栏前，他双手抓紧铁栏，用力摇晃着，“你现在与我又有何区别？你比我更歹毒，更阴险，更无耻！等你尝到权势的滋味儿，你也会变成我，变成韩兆兴，变成谢忠仁！”他疯狂地嘶喊：“我在地底等着你的下场，我等着你的下场！”

燕思空慢慢回过头，他长身玉立，道不尽的潇洒倜傥，可眼神却阴森如厉鬼，他勾唇笑道：“你说得对，但我会赢。”

他转身离去。

快步走出牢房，他紧握着袖中的卷轴，仿佛那东西比他的命都重要。直到拐进一个阴暗无光的巷子，他才大口喘着气，双膝发软，身体顺着墙壁滑坐到了地上。

晚风穿巷而过，他顿觉面上冰凉，伸手一抹，已是满脸泪水。

他颤抖着拿出了卷轴，捂在心口，眼泪狂涌而出。

“爹……再等等空儿，再等等，我定会为你洗刷冤屈，还你清白。”

耳边传来细微的脚步声，燕思空中断了思绪，厉声道：“谁？”

阴影中走出一个面相纯朴的汉子。

燕思空深吸一口气：“佘准，你怎么还在荆州？”

佘准伸手撕下了人皮面具，半蹲于他身前，看着他面上的泪痕，收敛了平日的促狭与嘲讽，沉声道：“我不放心你。”

燕思空抹掉眼泪，晃了晃手中的卷轴：“我拿到了葛钟的陈罪书，有了它，有一天我能为我爹平反。”

“很好。”

燕思空看向佘准，见他面上还有未消的瘀紫：“佘准，谢谢你，若是没有你，此事不会这么顺利。”

“不必，我也是为了报仇，我相信只有你，才能覆灭阉党。”

燕思空点点头：“此乃我毕生之志。”

佘准道：“那小世子可有为难你？”

“他已对我生疑，此次被我糊弄过去了，以后……”燕思空道，“以后再说吧。你怎么样，受伤了吗？”

佘准摇摇头：“没有大碍。此人天赋异禀，小小年纪，武功居然如此高强，我差点在他手下走不掉。”

“他确实天赋异禀，你没听过传闻吗？”

“我当都是夸大罢了。”

“我们明日就要启程回京了，你有何打算？”

“我尚有未完之事，办完之后，也会回京，不过以后在京中，只能易容示人了。”

“嗯，保险起见。”燕思空撑着墙壁要站起来，却双腿绵软。

佘准架着他的胳膊，将他从地上扶了起来。

燕思空换了一口气：“佘准，你回京之前，再代我去看看我娘和我兄姐，想办法留些银子吧。”

“好，交给我。”

“你小心行事，回京之后，我们也暂时不要见面，有事就联络阿力。”

佘准点点头，始终一眨不眨地盯着燕思空。

燕思空一怔：“怎么了？”

佘准轻声道：“你脸上全是眼泪，擦干净了再回去。”

燕思空又用力抹了两下：“好。”

“我第一次看到你哭……”佘准道，“我是说，真的眼泪。”

燕思空苦笑了一下，没有回答。

佘准后退了两步：“我走了，南玉，保重。”

燕思空用力抱拳：“保重。”

目送着佘准轻灵的身形消失于夜色中，燕思空才擦干净脸，整理好仪容，朝着驿馆走去。

明日，大军将拔师回京，此行不仅大胜而归，还将葛钟置于死地，并拿到了他亲手画押的陈罪书。

燕思空有预感，更多的腥风血雨正在前方等着他，但他毫不畏惧，一往无前。

回到驿馆，封野早已等候他多时，一见他就问道：“如何？葛钟画押了吗？”

燕思空答道：“他同意画押了。”

“当真？”

“但他有要求。”

“可是他儿子？”

“正是，他要大将军亲口允诺他。”

封野思索道：“他儿子倒也没什么紧要的，若是现在就能让他画了押，回京之后此案就能省去很多麻烦和时间。”

“没错，明日我会去劝大将军，相信他也想早点了结此案，否则三法司审来审去，难免节外生枝。”

封野点点头：“你看上去很疲倦，与他周旋定是很累吧。”

燕思空别有深意地说：“不累，我一直都希望亲自面对他。”

“我却是累了。”封野深吸一口气，“一切终于结束了。我们出来快半年了，幸不辱命，平定了叛乱，捉拿了乱党，否则，根本没有颜面回京。”

“你此次身先士卒、屡立战功，必是风风光光地回京，靖远王知道了，该有多么自豪。”

封野自傲地说：“看他以后还敢拿我当孩子。”

燕思空笑道：“你在父母眼中，总是孩子。”

封野斜睨了他一眼：“你眼睛怎么红通通的，像哭过。”

“晚风大，吹的。”

燕思空将葛钟的要求如实上报给了赵傅义和梁广，两人略一商议，便决定应允他。

翌日清晨，大军启程回京。

至此，昭武年间这一场浩浩荡荡的起义、谋反之乱，就此平息，这一战意义之深远，被后世之人认为是气数衰竭的大晟得以苟延残喘之一剂猛药，因为它将陈晟皇朝历代君王都无法实现的削藩一事暴力推行了下去。

而其中种种，却比世人知晓的，还要腥风血雨。

葛钟等人一抵京，就被押进了诏狱，与此案有关的所有东西，也全都由赵傅义亲自移交给了三法司。

但他们中的大部分人，包括葛钟，都已画押，三法司只是依照皇命重新梳理一遍案卷，看看有无纰漏，几乎没有翻案的可能。

而此次立了功的人，都在等着朝廷的封赏。

一回到京城，燕思空就去拜访颜子廉，向他汇报此次平叛之战的种种。

颜子廉听完，感慨不已："此战能得胜，赵将军和梁大人自然有功，但你和世子也是功不可没呀。"

"世子神勇，居功甚伟。"

颜子廉赞赏地看着燕思空："思空，你没有让为师失望，第一次随军出征，就立下如此战功，不枉我为你煞费苦心。"

燕思空连忙站起身，深深鞠躬："学生多谢恩师，若非恩师谆谆教诲、循循善诱，绝没有学生的今天。"

颜子廉笑道："坐吧。"

燕思空复又坐了下来。

颜子廉道："我此前一直想将你调去吏部文选司……"

燕思空瞪大眼睛，状似激动地就要再次站起来叩拜。

颜子廉笑呵呵地摆摆手："坐下，听我说完。"

燕思空的亢奋也并非全是装的，朝廷四大肥差，非吏部文选司、功考司，和兵部武选司、武库司莫属，分别掌管着文武百官的升迁任免，权力之大，令人垂涎。若能得以在此四司任个一官半职，简直是飞黄腾达。

燕思空原本的目标就是能进入此四司，哪怕要花上十年时间。拥有了人事任免之权，才能放开手脚，运筹帷幄。没想到颜子廉竟将这样一块大肥肉送到了他嘴边，他怎能不喜。

当然，颜子廉这么做，也并非过于赏识他而急于提拔，实质上是为了给自己在吏部安插眼睛和手脚，一步步蚕食谢忠仁的权力。

“你也知道，之前吏部一直掌握在谢忠仁手中，文官之任免奖罚，几乎听凭他一人做主，但王生声被贬之后，他在吏部就无法一手遮天，如今又因为葛钟的事，令皇上颇为不满，也让我得以将士族之官员安插进去。”

“可谢忠仁怎肯让老师在他眼皮子底下安插别人？”

“正因如此，我才推举你。现在吏部文选司三主事之一空缺，从翰林院调派是合情合理，原本你资历尚浅，又太年轻，难免遭人诟病，但你在两湖立有战功，又是太子侍读，此时是绝无仅有的时机。”

“多谢恩师。”燕思空拱手道，“恩师对学生的知遇之恩，学生没齿难忘。”

颜子廉道：“先不急着谢我，我亦没有完全的把握，而且，即便真的将你调入了文选司，对你也并非是一件好事。那里是谢忠仁的天下，他党羽众多，你进去了，难免要遭遇排挤，明枪易躲，暗箭难防，你明白吗？”

“学生明白。”

“我当然会尽力回护你，但你也须小心谨慎，步步为营，我之所以选择你，而不是鹤轩，就是因为你比他机敏，比他通晓人情世故，比他能屈能伸。为师门生众多，除了你，竟然找不到更加合适的人选。思空，为师就仰仗你了，以后凡事都要与我商议，三思而后行。”

燕思空站起身，郑重地跪拜于地：“学生定不辜负老师的恩情。”

颜子廉满意地点了点头。

梁王一案尚未宣判，朝廷封赏的圣旨已经下来了。

赵傅义、狄嵘、梁广等人居首功，加官晋爵自不必说。封野被提为卫指挥使，官拜从四品，燕思空则在颜子廉一派的大力保举之下，进入吏部文选司，做了一名正六品主事。主事虽然是六部最底层之官吏，但绝大多数的工作正是由他们负担，因此也分外有实权，哪怕仅仅是六品小官，也是人人巴结讨好。

燕思空这一步迈得太大，不免遭人忌恨，谢忠仁一派也发声不满，但已无济于事。

当燕思空在大殿之上接受封赏时，他除了看到颜子廉、封野、陈霂等人欣喜的眼神，也感受到了一道冰冷、探究的目光，它们来自于权倾朝野的司礼监掌印大太监谢忠仁。

那是谢忠仁第一次用正眼看燕思空，应该说，他是第一次知道燕思空的存在。

燕思空也以平静无波的目光回了一眼，他掩饰得很好，因此谢忠仁不会知道，他内心正翻涌着怎样的浪潮，那是一湾深不见底的潭水，正急不可耐地想要将这阉狗拖入深渊。

他知道，此时的自己，在谢忠仁眼中，不过是个年轻的、不谙世事的、略有小才的、微不足道的蝼蚁，只要自己敢有半点不轨之举随时都可能被其碾死。可早晚有一天，他要站在谢忠仁面前，看着这个老贼露出恐惧的眼神，求生不得、求死不能。

燕思空将目光飘向了金銮殿上的九五至尊，那代表着无上权力的丹犀正散发着熠熠金光，仿佛在对他发出无声的召唤。

“爹，你看到了吗？我会走得更高、更远，直至将所有人都踩在脚下！”

第七章 其实我从未认识你

燕思空升迁之后，各路人马蜂拥而至，要为他摆宴庆功，他已竭力推却了很多，但也有些人婉拒不得，只好赴宴。

一时间，他那简陋的府邸门庭若市，前来送礼的人应接不暇，险些将他的门槛踏烂，阿力不会说话，相貌又奇异，吓跑了不少人，却也不妨碍家里的贺礼堆成了山。

燕思空只让阿力客气收下，记录成册，却看也不看。他虽然已去吏部赴任，但由于葛钟一案大多由他经手，他还须协助三法司继续办案。

赵傅义已经将案件完全移交给三法司，自己则返回景山大营，他离开半年，有诸多杂事需要他整顿，封野自然也跟着他一起走了，因此现在协理此案的只有燕思空和梁广。

燕思空私下带着厚礼拜访梁广，感谢他的提携与赏识。梁广略微推让，便纳了。

两人相谈甚欢，燕思空也适时说出自己此行的目的，他把葛钟的儿子葛勇的罪证给了梁广，希望由梁广移交三法司，定葛勇的罪。

梁广惊诧道："赵将军已经允诺葛钟，从轻发落葛勇，将有关葛勇的罪状都摘除了，谋反一事更未牵连他。"

"确是如此，但长史大人想想，葛钟与梁王密谋谋反，葛勇是他的独子，可能不知情吗？"燕思空道，"长史大人不妨看看我理出的证据，葛勇可没少依靠葛钟的权势在两湖敛财。"

梁广随手翻了翻："可是赵将军已允诺葛钟……"

燕思空笑道："但长史大人没有啊。"

梁广皱起了眉，表情很是严肃，口气也冷了下来："当初可是你与葛钟谈判，以此为条件，让葛钟画了押。"

"没错。陛下将此案交于赵将军和长史大人，二位理应秉公办理，不放过任何一个奸佞之辈，为让葛钟画押而出此下策，也是无奈之举。"燕思空淡定自若地说，"下官一直为此事耿耿于怀，昼夜难安，一想到要让那谋逆叛乱之人逍遥法外，就深感有愧圣恩，因而下官愿担负言而无信之名，不叫大将军背弃承诺，同时又能将贼人绳之以法。"

梁广沉声道："我看不妥吧，三法司已经快要结案，这时怎好节外生枝？再者，若葛钟知道了，拼死翻案，又当如何？"

"那葛钟深陷大牢，他的亲眷都在两湖，他无人探视，是不会知道外面发生了什么的，等他知道时，一切尘埃落定，晚了。"燕思空诚恳说道，"下官来找长史大人，一是不敢贪功，二是不敢僭权，长史大人若无意包揽此事，便当下官不曾来过，下官自会将证据提交三法司，不牵连大将军和长史大人。"

梁广高声道："奉旨办案，何来牵连之说？只是……"他迟疑片刻，探身向前，压低了声音："思空，此事怎么看也不太地道啊。"

燕思空浅露一笑，也学着他悄声道："长史大人，葛家势力与阉党盘根错节，葛勇不死，你我焉能安寝？"

梁广轻咳一声，坐正了身板，拍了拍案卷："放下吧，容我思虑一番。"

燕思空知道，今天这番谈话，只有最后一句说进了梁广心里。梁广已经蹚了这浑水，岂会不怕报复。

没过几日，燕思空便得到消息，葛勇已被从廷狱转入诏狱，与梁王谋反并案。进诏狱的，无非是将死之人，或是生不如死之人。

由于此案干系重大，即便三法司会审，竟也无所拖沓，大军回京不足两个月，已经结案。

葛钟、葛勇均是抄家、弃市之刑，梁王亲眷多是皇亲，昭武帝为显示宽大仁慈以及为皇太后积福，仅是除爵、抄家、流放，饶了他们一命。

燕思空虽然早已料到这样的结果，仍十分鄙夷昭武帝的优柔寡断、妇人之仁，此时正是震慑其他藩王的绝佳时机，对谋乱之人尚不夷族，岂能威服天下？难怪关外蛮子削尖了脑袋都想挤入中原，分食这肥美的软柿子。

葛钟等人定于秋后问斩，而此时便已是秋后。

处斩那日，百姓们纷纷涌向西市，京师已许久不曾有这样盛大的行刑，围观的车马人群将周遭四五条街阻得水泄不通。

燕思空换了一身朴素的青衣，随着人群汇往行刑台。与十一年前不同，他走得不疾不徐，稳健如内湖之舟，百姓面上那或懵懂、或猜疑、或探究、或亢奋的神情，也不再刺目。

他左右偏身，耐心地一点点挤入人群，使自己更接近行刑台。

执刑官已经在宣读罪状，台上跪了二十余人，燕思空却只看着那个佝偻着身体、鬓发斑白的死囚。

当年元卯即便是跪在行刑台上，脊梁也挺得笔直，因为他问心无愧。

葛钟似乎是冥冥之中察觉到了什么，缓缓地抬起了头来，看向底下攒动的人头。

燕思空长身玉立，面若桃李，即便衣着朴素，在灰扑扑的人群之中也宛若天神。

葛钟突然激动起来，藏在蓬乱发间的双眼迸射出强烈的恨意，他冲着燕思空大吼道：“畜生，小人！”

他原本已是行尸走肉，突然的吼叫将周遭的刽子手都吓了一跳，只是人声鼎沸，他的声音几乎被淹没。

燕思空冲着葛钟露出阴寒的笑容。

“燕思空，你陷害我！你这个阴险歹毒的奸贼，你这个出尔反尔的小人！我要化为厉鬼，夜夜纠缠于你榻前，我要拖你下地狱——”葛钟疯狂地嘶吼着。

燕思空遥遥凝望着葛钟，就像当年他站在一样的位置绝望地看着元卯，他也曾大声嘶喊，恨不能让自己的声音直入青天，震慑宇内，敲响每一面鸣冤之鼓，唤醒每一颗未泯良心，令数九开花，令六月飞雪，只要能救自己清白的父亲。

然而却无济于事。

十一年了，何须劳烦葛钟，他一直活在地狱，幸好，他终于把罪魁祸首之一送上了断头台。

燕思空带着嘲弄的笑，轻启薄唇，用口型对着葛钟缓缓说出了四个字：斩草除根。

闪着寒光的大刀高高挥起，那锋利的冷刃仿佛能破开时空，斩开阴云，只需一刀凌空而下，就能以摧枯拉朽之势撕碎世间的魔。

心魔。

燕思空的眼中一片猩红——

当燕思空拖着木然而疲倦的步伐回到府邸时，见门前停着一辆熟悉的马车——来自靖远王府。

他走了过去，果见小六正在等他，一见他便恭敬地说：“燕大人，我家世子邀您去凌雾山庄一聚。”

燕思空一双空洞的眼眸一眨不眨地看了小六许久，看得小六都发毛了，才道：“我让阿力收拾行装。”

葛钟死了，他的仇恨和嗜血之欲就像一个填不满的洞，又变得空虚起来。

他想起葛钟临终前的话，他并不惧怕，若世上真有厉鬼，早该戮尽天下恶人，他只是觉得无力，也许他应该去他爹的灵位前敬上几杯酒，可他却非常想见封野。

燕思空随着马车去了景山，他与封野已有月余未见。

燕思空问道："景山大营的军务，你可是忙完了？"

"忙了这么久，也该忙完了。你呢？在吏部可还顺遂？"

"才去了没几日，还算顺遂。"燕思空晶亮的双眸一眨不眨地盯着他，"你可知今日葛钟等人被问斩了？"

"听说了。"封野不解道，"葛勇怎么也被处决了？大将军不是已经允诺葛钟，从轻发落葛勇？"

燕思空抑不住自得和倾诉的欲望，坦然道："是我劝梁大人将葛勇的罪证移交三法司，此人乃葛钟的独子，葛钟干了什么，他必参与其中，论罪当诛。"

封野微微蹙了蹙眉："有道理，只是……"

"怎么，对一个死囚还须讲究一诺千金？"燕思空冷冷道，"他不配。"

"也好，省得日后葛家有报复之心。"

燕思空眯起眼睛："对，斩草除根。"

封野笑道："我有个好消息要告诉你。"

"哦？什么好消息？"

"我爹出兵阻截了瓦剌的后军，把他们困在了幼连忽特，瓦剌已经快被金人打垮了，现如今腹背受敌，很可能被我爹歼灭。"

燕思空瞪大眼睛，狂喜道："太好了！若能歼灭瓦剌，再趁势一举剿灭金贼，则大晟边境百年无忧了！"

封野也兴奋道："战报应该已到朝廷了，我爹死守大同二十余载，虽不曾令蛮夷过关，但也不曾将他们连根拔起，若此次能重创瓦剌，我爹必将名垂青史啊。"

燕思空笑道："青史之上，早已有靖远王一席之地。"

"还有我。"封野咧嘴一笑，狂傲不羁，"必将有我。"

燕思空看着封野散发出来的耀目之光，心中颇为感慨。

封野温声说道："明日，赵将军邀你去景山大营，说要与你庆贺一番。"

"好啊。我还是第一次去景山大营，定比平叛军大营更威风。"

封野面有得色："叫你先领略一下指挥使的威风。"

燕思空低笑。

次日一早，封野带着燕思空去山里找封魂。

大半年未见，燕思空有些担心封魂认不出他。遥见一头巨狼款步走来，依旧是那般皮毛丰盛，高大雄壮，一只青灰独目泛出凶悍危险的精光，似有吐纳山河之气势。

封野站在燕思空背后，按住他的肩膀防止他后退，低笑道："又害怕了？"

燕思空紧张地吞了下口水："它还记得我吗？"

"狼若认定一个人，一生不会忘。"封野拽起燕思空，走向了封魂。

封魂也小步跑了过来，行到两人跟前，突然前爪扬起，站了起来。

燕思空看着面前不断攀升的庞大阴影，一动也不敢动。

封魂却两爪搭在了封野的肩膀上，巨大狼头在封野的胸口钻来蹭去，封野嬉笑着抱住它的大脑袋，使劲揉了揉："封魂，你是不是又胖了？几天没见，又吃什么好吃的了？"

封魂蹭了一会儿，才放开封野，又偏过头，似乎是礼节性地蹭了一下燕思空，便就地蹲坐下来，高傲地扬着脑袋。

燕思空松了一口气，摸了摸封魂的下巴，笑道："封魂，你在这山里好生自在啊。"

"它有吃有喝，当然自在。"

"你说，它会不会想自己的妻儿？"

"我当初要把它留在大同，它一定要跟着我走。"封野笑了笑，"我爹说，可能在它心中，我也是它儿子，还是个不会占山不会捕食的儿子，所以要照看着我。"

燕思空扑哧一笑。

他们在山中随性漫步，此时正值层林渐染的秋日，第一次来凌雾山庄，也是这般时节，但今年的秋，比去年来得更早、更浓，然寒意愈盛愈是山花斑斓，五色缤纷。

“不知何处雨，已觉此间凉……”燕思空拈起一片火红的落叶，感慨这叶子如此漂亮，却也逃不过落地成泥的结局。

封野眺望远处的景山大营，心里想的却是他征战在外的封家军：“此时辽东怕已是寒风刺骨了。”

“要穿棉衣了。”燕思空淡淡一笑，“每年的这个时节，我爹都要领着将士和百姓一同上山，砍掉几里地的杂草树木，辟出一条防火线，否则这天干物燥的，稍有不慎便可能惹来大火焚山。我第一次去的时候，镰刀把我的手磨出了好几个大水泡。”

他还记得十一岁那年他第一次上山，元南聿要跟他比赛，看谁砍得多，他砍了一个时辰就累得坐地不起，元南聿便趁着他休息，偷偷把自己砍的塞到他这边，就怕他难过。

小时候看似他更早慧、更懂事，其实元南聿更会体贴人心，处处为别人着想，他幼时总希望亲生父母能给他生一个弟弟，但他万万没想到，弟弟会那么、那么地好。

封野翻看他的掌心，那里只有烧伤的浅浅疤痕。

燕思空下意识地蜷起了手掌，他不愿意封野看到这个“伪造”的疤：“水泡怎会留疤呢。”

“嗯，是啊，只有这烧出来的疤。”封野竟还有几分得意，突发奇想道，“对了，你把我的匕首当了，便将这个疤作为你我之间的信物吧，要不，我也去烫一个，如何？”

“胡闹，怎可干这种蠢事？！”燕思空抽回了手。

“有何不可？信物既要独一无二，又要有特别的意义。”

“不可，我不要这个信物。”燕思空转身往山下走去。

燕思空顺了一口气：“世上有疤之人千千万，这怎么会是独一无二的，你不要去干蠢事。”

封野耸耸肩：“好吧，但那把匕首却当真是独一无二的。”他有些失落地说。

“……我当时走投无路了。”

封野忙道：“我没有怪你的意思。”他再次上前：“你我能再重逢，其他什么也不重要。”

燕思空微微一笑：“是啊。”

“我们下山吧，赵将军还在大营等着我们，待与他庆完功，你我二人好好聊聊，我虽然以前不曾在你身侧保护你，但我以后都在。”封野看着燕思空，神色坚定。

燕思空回以一笑。

赵傅义见到燕思空，很是热情，帐内已经设好了酒宴，同去平叛的将军们分坐左右，正在等着他们。

施礼完毕，二人入座，赵傅义笑道：“因战事损耗过大，又逢太后染病，陛下不允大肆庆功，但咱们可必须庆贺庆贺。”

众人面带喜色，此时便不太拘泥礼数，有的粗莽将军直接大笑着拍起了酒坛。

“可惜长史大人有公务在身，不能前来。”赵傅义举起杯，恭敬道，“这第一杯酒，要先敬陛下，若无陛下之英明神武，以浩浩天恩庇佑我大晟子民，必无今日之大捷。”

“敬陛下浩浩天恩！”众人齐声喝道，一饮而尽。

赵傅义举起复又满杯的酒：“第二杯，便敬狄将军和长史大人如何？”

孙凤道：“狄将军神勇果决，长史大人运筹帷幄，此平叛之战，二人功不可没，敬狄将军、敬长史大人！”

众人又干杯。

“这第三杯嘛，便要敬我景山……”

“哎，”燕思空笑着打断赵傅义，“大将军莫怪下官无礼，这第三杯，怎么都该敬大将军啊。此战大将军收夔州、破荆州，又在洞庭湖上大败梁王三万水军，一战而名扬天下，永载史册，可是居功至伟啊。”

“哈哈哈哈哈——”赵傅义大笑道，“此战上有天子福荫，中有狄将军、长史大人、世子、燕大人和诸位将领之协力，下有我大晟男儿奋勇杀敌，我赵某万万不敢居功，还是该敬我们的将士。”

“该敬大将军。”燕思空劝道。

众将士也纷纷附和：“该敬大将军。”

赵傅义推辞了几次，才“勉为其难”地接受了，他哈哈笑道：“此帐内无外人，那赵某就厚颜一回。”

众将士齐齐起身，走到大帐中央，封野双手托斛，高声道：“大将军鞠躬尽瘁，力挽狂澜，攻必克，战必取，护佑我大晟江山万民，敬大将军！”

“敬大将军——”

一屋子武将喝起酒来，简直要将军帐掀飞，吆喝声、斗酒声、笑骂声不绝于耳。

赵傅义特意将封野和燕思空召到了自己的桌前，借着三分醉意，拉着燕思空的手，说：“思空啊，我赵某要好好谢谢你。”

“大将军哪儿的话……”

“思空。”赵傅义郑重地说，“出使夔州和穿南岳急袭岳阳，可都是你的主意，若没有你，此战胜负还得两说。”他低声道：“我私心里，你比梁广功劳还大。”

“不敢当，万万不敢当。”燕思空谦虚道，“下官仅是做了分内之事。”

“哎，我赵某人可是真心的。”赵傅义又看向封野：“还有世子，你伏击梁王的援兵，带兵十日穿越南岳山，其中之凶险，可谓九死一生。本来你贵为世子，大可不必涉险，但你身先士卒，一马当先，若无你之悍不畏死，将士们根本冲不出埋伏重重的青须谷。”

封野拱手道：“为将者自当置生死于度外，一心报国，无论贵贱。”

“好，都是我大晟的好儿郎！”赵傅义晃晃悠悠地自己满了一杯酒，“来，这一杯，我单独敬你们。”

“大将军……”

“来嘛。”

三人互敬对饮。

赵傅义放下杯，感慨道：“听说，前些日子葛钟问斩了？”

燕思空眼神一暗：“问斩了。”

“我本已允诺过他，从轻惩处他的儿子，没想到长史大人还找到了那么多他的罪证。”赵傅义摇摇头，面上却并无遗憾之色。

“葛勇罪孽累累，也是自食其果。”

赵傅义点点头，突然呵呵笑了起来，颤巍巍地要去拿酒。

封野给他倒了一杯。

赵傅义二话不说，自己闷了一杯，两人想要阻止都来不及。

赵傅义长长地“嘶”了一声，笑道：“痛快，痛快！”

燕思空劝道：“赵将军，豪饮伤身，适度吧。”

“今天高兴啊。”赵傅义含糊地说道，“其实，我今日庆功，不仅仅是为了平叛大捷，还因为，因为……”他笑道：“因为葛钟……因果循环，报应不爽啊。”

封野皱眉道：“什么意思？”

燕思空一把扶住赵傅义：“大将军，您醉了，不能再喝了，我扶您回帐内休息吧。”

“不不，我没醉，这点儿酒若能放倒我，何来的醉卧沙场之英雄气概？”赵傅义将酒杯对向封野，命令道：“给我满上！”

封野只好又给他满上了一杯。

赵傅义突然举杯敬天，杯中酒晃荡着洒出一半，他浑浊的双目中又闪过一丝伤感：“这一杯，便敬我曾……曾赏识的一个人，一个被……葛钟害死的人。”

燕思空身体一抖，被美酒浸染得潮红的面颊，突然没了血色。

封野狐疑道：“谁啊？”

赵傅义将酒杯凑到唇边，边喝边洒，口中含糊地说着：“……元将军，你在天之灵，可……可瞑目否？”

封野紧蹙双眉：“谁？”

“广宁，元……将军。”赵傅义半眯着双眸，已显困倦，“你那时还小……”

封野猛然瞪大了眼睛，看向了燕思空。

燕思空已经镇定下来，他淡淡地看着封野，目光沉静如水。

这一天还是来了。

燕思空招来侍卫，吩咐道：“大将军醉了，扶他去帐内休息。”说完，他起身穿过推杯换盏的酒宴，离开了大帐。

封野的酒全醒了，他面上的表情如腊月的坚冰一般凝固，须臾之间，所有的猜忌、所有的疑惑、所有的违和，都被串连在了一起，他终于为那些燕思空对他有所隐瞒的感觉找到了答案，原来并非他多心！

封野握紧了双拳，指骨发出一道道“咔咔”的脆响，他站起身，跟了出去。

燕思空一路走到马厩，牵出了自己的马，醉红正在一旁吃草，它站的地方，没有马儿敢靠近。

燕思空静静地看了一会儿醉红，想着他与封野重逢的那一天，正见着那耀眼的少年在驯服这匹兽性烈马，他永远都不会忘记那时感受到的惊艳。

他解下绳套，利落地翻身上马，一夹马腹：“驾——”

马儿蹿出了马厩，与紧随而至的封野擦肩而过，两人的目光在空中短暂地交汇。

封野突然感到陌生，对眼前之人的陌生，即便两个时辰前，他们还在促膝长谈，可他好像从不曾真正认识过燕思空。

封野面上的狰狞一闪而过，他冲进马厩，同时抽出马刀，“唰”的一声斩断了绳索，飞身骑上了醉红：“驾！”

醉红如一道猩红闪电射了出去。

燕思空的目光直视着虚无的前路，除了坚定再找不到别的，直到他耳边遥遥传来一阵马蹄的嗒嗒之声。那马蹄声愈来愈近，几乎与他的马儿蹄声重合，还未等他做出反应，只见地面上腾起一道黑影，接着，他眼前一花，被狠狠从马身上撞了下去，眼看他就要以脸抢地，又被人从背后紧紧抱住，凌空翻了三圈，才被扔到了草地上。

燕思空在草地上滚出了几丈才稳住身形，他毫发未损，只是有些狼狈。他站起身，整了整仪容："你可以叫我停下，不必如此野蛮。"

封野寒声道："你根本不知道什么叫野蛮。"

燕思空抿了抿唇："我本来打算告诉你……"

"你还把我当傻子！"封野咬牙切齿地低吼一声。

燕思空沉默了。

封野几步上前，居高临下地逼视着燕思空："你打算告诉我什么？一定又是半真半假的鬼话，你还想愚弄我到什么时候？！"

"封野……"

"我是靖远王世子。"封野一把握住燕思空的胳膊，"你知道靖远王世子意味着什么吗？"

燕思空静静地望着封野因愤怒而充血的凌厉眼眸，只觉头皮发麻。

"意味着，有一天，我要继承天下最大的兵马大权。"封野收紧了钳制着的手指，看着燕思空因疼痛而皱起的眉，也并未放松，他从唇齿间挤出仿佛被恶狠狠嚼碎了的话语，"意味着只要我愿意，可以让江山改姓。你可以管我要九天之上的星星，但你，不！能！骗！我！"

燕思空感觉自己的胳膊要被活生生捏碎了，他用力甩开了封野，深吸了一口气，眼前这个狼一般咄咄逼人的少年，令他胆寒。

封野神情复杂地看着燕思空："你骗了我多少，隐瞒了我多少，利用了我多少，说吧。"

燕思空淡道："你想从哪儿听起？"

"从葛钟开始，你一直知道他就是当年陷害你养父的人。"

"对。"

"我并未关注提审，但我听说，葛钟用酸水在那封他给梁王的劝降信上，写了通敌的隐形字，干涸之后，了无痕迹，但火光一透则立现。"封野眯起眼睛，“那封信只有你、我、梁广知晓，而接触到那封信的，只有你和我。那酸水……是白醋吗？”

燕思空嚅动双唇，轻吐出一个字：“是。”

“燕思空！”封野厉吼道，“你利用我陷害葛钟？！”

燕思空眼神空洞地看着地面。

“你会仿葛钟的字迹……”封野控制不住地来回踱步，双肩随着呼吸用力起伏，“那些信件，全都是你伪造的，葛钟、葛钟根本没有谋反，一切都是你干的！你利用我构陷一个从一品总督，你好大的胆子！”

燕思空沉声道：“是我干的。”

封野一把揪起燕思空的衣领，他双目圆瞪，眼神简直要吃人：“你计划多久了？”他似乎猛然想起了什么：“佘准、佘准是你派去荆州的，伪造的信件是他放入总督府的，你从几个月前就在计划这一切，你从头到尾都在骗我……你竟对我没有一句真话！”

燕思空的喉结上下滑了滑：“我……不得不隐瞒一些……”

封野一把掐住了燕思空的脖子，他像一头被激怒了的野兽，龇起森白的獠牙：“为什么，燕思空，为什么？”

“为了报仇！”燕思空被卡住脖子，满脸通红，艰难地嘶吼出一句。

封野微微一怔，一把推开了燕思空，燕思空踉跄着后退了好几步，才稳住身体。

燕思空捂住脖子，用力咳嗽了好几声，才直起腰身，颤声道：“……为了……报仇。”

“你要报仇，可以告诉我，我愿意帮你，为什么骗我，为什么要利用我！”

“因为你是靖远王世子。”燕思空讥诮地一笑，“因为有一天你要继承天下最大的兵马大权，所有人都想巴结你、笼络你。我若告诉你，你只会以为我对你所图不轨，不是吗？”

封野冷道：“那也不是你骗我的借口，何况是利用我去构陷一个忠臣？”

燕思空五官扭曲，失声吼道：“他算哪门子忠臣！他为了巴结谢忠仁，以一封伪造信函，三天，三天就定了我爹的罪，将一个刚刚以命守城救了广宁四万百姓的真正的忠臣活活冤杀！他是奸人，是狗贼，是畜生，所以我学会了仿人字迹，用同样的手段让他臭名留史、万劫不复！”

封野一时被震慑，怔怔地望着眼前的人。他从前认识的燕思空，聪明绝顶，博通古今，经筵之上惊才绝艳，沙场之上运筹帷幄，有诗酒征逐的才情，有浪掷风流的潇洒，是顶顶闪耀之人。

可眼前这个人，那布满血丝的双眼和从中迸射而出的癫狂，几乎让他认不出。更让他认不出的，是这个人背着他做过的一切，颠覆了他全部的认知，仿佛他从来没有真正了解过，燕思空，究竟是一个怎样的人。

封野脑中闪过了很多东西，从他和燕思空重逢至今的一切，都走马灯一般展现在眼前，他一瞬间捕捉到了什么，喃喃道：“你会仿人字迹……”

燕思空的嘴唇颤抖着，他说不上此时是怎么心情，并非被拆穿的懊恼或心虚，而是他从未体会过的一种……一种恐惧，他竟恐惧封野看他的眼神。

封野直视着燕思空的眼睛：“你的那个同僚，姓刘，刘……刘钊林。”他盯着燕思空的瞳仁，不肯错过其中一丝一毫的变化：“因写错了两个字，牵连王生声与他一起被贬，而你就是复核之人。”他又咬牙道：“新编史一案，也是你干的？”

燕思空双眸闪动，未发一言，默认了。

封野摇了摇头，满是不敢置信：“构陷葛钟是为了报仇，那刘钊林呢？他与你无冤无仇，你害得他前途尽毁。”

“是他自己写漏了字在先。”燕思空无法直视封野的眼睛，“王生声，是谢忠仁的人，处处与我老师作对，在吏部一手遮天……”

“所以现在你成了吏部文选司的主事。”封野几乎连呼吸都带着冰碴子，“燕思空，你好手段啊，我八岁就认识你，可到今天才发现，其实我从未认识你。”

燕思空猛地抬起头，表情狰狞，声音却带了一丝哽咽：“封野，别这样看着我。”

“我该怎么看你？”封野咬紧了后槽牙，心脏传来钝痛，“我该怎么看你！”

“我两次家破人亡，一次九岁，一次十三岁，我颠沛流离，我受尽苦楚，我在鬼门关前徘徊过无数次！”燕思空瞪着猩红的眼睛，缓缓说道，“我想着我的仇人坐拥荣华富贵,而我的亲人埋在冰冷的地底被虫蚁啃噬，夜夜不成眠，支撑我活下来的，只有报仇。我入朝为官，就是为了报仇。你懂吗？世子殿下！”

封野看着燕思空那悬眶的眼泪，心中纷乱，他后退了一步，又后退了一步，轻轻摇着头：“你真的是元思空吗？”

燕思空胸口剧痛，喉咙像被扼住一般，一个字都发不出来。

封野未再看燕思空一眼，翻身上马，头也不回地绝尘而去。

第八章 你是真的

燕思空在内监的引领下朝东宫走去，他回京之后，只在大殿上匆匆向太子请过安，两人还未私下见过。

突然，前方传来内监尖细的嗓音：“文贵妃驾到，外臣回避——”

燕思空远远瞥见一抹黛青色倩影，窈窕如弱柳扶风，在一大帮内官和女侍的拥簇下走来，他后退两步，跪于回廊侧边，将脸匍匐于地面。

按照律法，外臣是不得入后宫的，但他为太子讲学，可以例外，只是见到了皇上的后妃，非礼勿视。

脚步声由远及近，杂乱地传来，燕思空看着一群缤纷的衣摆和鞋履从自己眼前飘过。一人出行，前呼后拥，好大的排场。

这文贵妃便是昭武帝的宠妃，兵部尚书文宥迟之女，不仅貌美，还十分有才情，为昭武帝育有一位皇子和一位公主，这皇子排行第二，仅仅比陈霂小两岁。

当初昭武帝为了立二皇子为太子，与大臣拉锯了将近十年，最后还是不得不立了皇长子陈霂。只是陈霂根基薄弱，地位飘摇，二皇子背后却有文贵妃和文宥迟的力量。谢忠仁虽然并未明着参与立储纷争，但宦权是皇权的延伸，用以制衡相权，他无论何时都会站在皇帝的一边。所以，陈霂一天不登上皇位，他们怕是一天都不会死心。

文贵妃走后，燕思空站了起来，问一旁的内监："文贵妃怎会从东宫的方向走来？"

内监悄声道："应该是去找惠妃娘娘谈天了吧。"

燕思空眼神暗了下来。

刚踏入东宫，远远就见着陈霂正在练剑。

不过半年时间，少年的身体就拔高了不少，有一点大人的模样了。此时那长剑随着他矫捷的身姿飘逸起舞，银白剑花在空中朵朵乍现，那剑法一瞬如狂风如惊雷，一瞬又如细雨如流水，刚柔并济之下，招招精妙又凌厉，看得人禁不住想喝彩。

燕思空正惊讶于陈霂剑法进步如此之快，往一旁看去，才发现指导他的是禁卫军统领祝兰亭。此人三十来岁，身姿挺拔，高鼻阔额，英武不凡，素有大内第一高手之称。

陈霂发现了燕思空，双目一亮，一个漂亮的旋身，落定，收招，入鞘，动作一气呵成，然后才冲了过来，口中叫着"先生"，似是期待多时了。

燕思空就要施礼，陈霂一把扶住了他："先生免礼。"陈霂一眨不眨地看着燕思空："先生看上去好憔悴啊，可是太操劳了？"

燕思空微微一笑："臣刚去吏部，公务繁多，自然要多花些精力去熟悉，因而未能及时向殿下请安，请殿下恕罪。"实际他昨日策马奔驰了两个时辰，才回到城中，后又一夜未眠，即便现在站在太子面前，他脑中挥之不去的也全都是封野那满是讶异、愤怒和失望的脸。

"先生何须跟我如此客气。"

祝兰亭也走了过来，两人互相施礼。

"见过祝统领。"

“燕大人多礼了。”祝兰亭又朝陈霂拱手：“殿下，讲学时间到了，臣先告退。”

“祝统领慢走，改日再来教我。”

“是，殿下。”

陈霂拉着燕思空进了屋：“先生随军出征，我便一直关注着战报，日日盼着先生得胜归来，先生果然厉害，立下了多个战功。”

燕思空把那套已经说烂了的不敢居功的自谦之言又照本背了一遍，转而问道：“殿下剑术精进不少，祝统领一定教得很好吧。”

“嗯。”陈霂点点头，他虽比同龄人早慧，但说此处，也不免得意，“我弓箭更好，下次叫先生看看。”

“祝统领怎会来指导殿下？”

祝兰亭是禁卫军统领，禁卫军就是皇帝的亲卫，和赵傅义率领的景山军同属京城卫戍军，但赵傅义司职城池，禁卫军司职皇宫内外，只听皇帝一人指挥，旁人谁的账也不买。

这样的亲卫统领，大都由皇帝的亲信担当，祝兰亭也不例外，他是皇太后的侄孙，在外戚之中，祝家势力尤其庞大。

这可不是一般人请得动的，除非……

“是皇祖母。”陈霂道。

果然是皇太后。皇太后深明大义，在立储之争时，是她力保皇长子，让昭武帝有所顾忌，才让陈霂最终坐上了太子之位。

“皇太后近日凤体如何？”

陈霂压低声音，哀伤道：“不太好，我每日都去请安，她有时已认不出我。”

燕思空叹了口气，皇太后是庇佑陈霂的最大的一棵树，若这棵树倒了，形势就更危急了。

两人来到书房，陈霂向燕思空展示桌上的案卷：“先生交代我的功课，我全都完成了，这些日子大多是沈先生在教授我，我一日都未懈怠。”

“殿下勤勉好学，乃江山之幸，万民之福。”

“你还会夸夸我，那沈先生啊，”陈霂笑了笑，点点自己的脑袋，“恨不得把我这儿撬开往里灌还不满意。”

“沈大人乃博学鸿生，天下之大才，他又深知殿下聪慧非常，自然寄有厚望，难免就严苛一些，也都是为了殿下好。”

“我知道。”陈霂淡笑着抚了抚书卷，“谁对我好，我都知道。”

燕思空欣慰地点了点头，又问道：“臣刚才在路上碰到了文贵妃，听内监说，她……来找惠妃娘娘谈天？”

陈霂皱起了眉：“嗯，并非第一次，最近她频频向我母妃示好……”

“殿下可有提醒惠妃娘娘，且要小心啊。”

陈霂面露愁色：“我又怎会不提醒，但我母妃……生性单纯怯懦，那文贵妃长袖善舞，怕是对人心洞若观火，我母妃竟觉得她可亲可敬。”他眸中闪过一丝阴冷：“完全忘了从前她是如何欺压我们母子的。”

燕思空摇摇头，心头满是担忧：“事出反常必有妖，那文贵妃绝对不安好心，不管她是想要巴结，还是存着其他图谋，都不能让她得逞，你务必要郑重地与惠妃娘娘谈谈，定要小心防备，尽量疏远。”

“先生放心。”

燕思空紧紧握住陈霂的手，深深地望着这少年的眼睛：“殿下，您是未来的天下之主，可未来尚未来到，已有无数奸佞宵小妄图阻止殿下，臣此时不与殿下深究什么帝王心术，只有一条，殿下切要牢记。”

“先生请说。”

“防备每一个人，怀疑每一个人，只信自己。”

陈霂怔了怔，他抿着嫣红的薄唇，郑重地“嗯”了一声。

燕思空这才欣慰地点点头，他端正了坐姿，拿起书卷，打算开始讲课了。

“先生。”陈霂却按下书卷，“今日不急着讲学，快给我细说说平叛之战吧，说说你出使夔州，怎样用那三寸不烂之舌劝降了叛军，又是怎样和靖远王世子十日之内穿南岳山，过青须谷，奇袭岳阳！”他两眼放光地看着燕思空，越说越亢奋：“听说那封野有天人之力，可使一石枪，开二石弓，是真的吗？”

燕思空却是身体一僵。夔州、南岳山、青须谷、岳阳，这些全都是他和封野铤而走险、浴血奋战过的地方，每一处都留下了他们生死相交的情谊，尤其是青须谷，他们并肩作战，可谓九死一生，可如今……

“先生，先生？”陈霂见燕思空竟在发愣，将手在燕思空眼前挥了挥。

燕思空如梦初醒：“呃，殿下……”

“先生怎么了？”陈霂关心地说，“先生看起来不太好，不会是病了吧？”他说着就将掌心贴上燕思空的额头。

“我……我只是想起平叛之战的惨烈。”燕思空掩饰地低下头，“我也是第一次上战场。”

“我明白。”陈霂凝重道，“残垣断壁，血流成河，一将功成万骨枯，那是怎样一番画面啊。”

“我愿殿下永远都不会看到，我大晟从此将四海升平，国泰……”

陈霂打断他，直言道：“我不喜先生对我说这些糊弄小孩子的话，你我皆知不可能。”

燕思空怔了一怔，他被陈霂倏然之间散发出来的汹涌帝王之气震慑住了，这个少年真的长大了，那青稚的面孔已经挡不住为“君”的威仪，他不禁拱手道：“殿下说的是，臣以后不会再将殿下当作孩童。”

陈霂又笑起来：“那最好不过，先生，快给我讲讲吧，我太想听了。”

燕思空无奈一笑，合上了书卷：“好吧。半年前，我随景山大军出征两湖……”

燕思空从宫中回府时，特意让车夫绕了个远路，经过靖远王府——自他升官以后，就买了马车。

他掀开布帘，悄悄看着那阔气的金红雕饰大门，从前他在这里来去自如，如今它平静一如往昔，波涛起伏的其实只有人心。

马车远去，直到拐过街角，再也看不到王府了，燕思空才放下布帘，目光在狭窄、昏暗的车厢里来回逡巡，他体会到了窒息般的孤寂。

他知道他让封野失望了，封野记忆中的少年，是那个尚善良正派、有着“驱胡虏、救万民”的雄心壮志的元思空，不是这个阴谋算计、满心仇恨，甚至不惜欺瞒、利用朋友的燕思空。

他和封野，其实本就是一段烟水茫茫的情义，不知何所起，不知何所去，也许封野是被他身上虚假的光芒迷惑，也许是因为二人自幼相识，一生最为真挚不过那时，无论如何，封野会长大，也已经发现了他的真面目，停在这里，恐怕是最好的结局了。

这样一来，既不会再乱他心智，也避免日后惹出麻烦。

最好不过。

只是，封野现在已经知道他的目的，会不会心生恨意，从中阻挠？

转念一想，封野绝非是会耍阴招的性格，他总是狂傲的、磊落的、不羁的、无畏的，这样一个意气风发且毫无保留信任着自己的少年，再也不会有了。

自那日离开景山，燕思空已有一个多月未见封野，天气愈寒，转眼都入冬了。

燕思空在吏部可谓处处不顺心，这里大多是谢忠仁的人，非常防备他，表面上颇客气，但很多公务都不让他经手，他自上任以来，一直坐冷板凳。越是如此，他越要安于闲散，用以麻痹谢忠仁的耳目，否则一旦被看出他有野心，很快就会遭殃。

他便跟当初刚入翰林院时一般，因为太弱小，所以必须先藏锋敛芒、韬光养晦。

这日，他又无事可干，索性就回到文渊阁，拜访过去的同僚和老师。虽然已离开翰林院，但朝中大小之事他都未漏过，因为私底下他和颜子廉、梁随等都有密切的联系。

他原本在翰林院就交际颇广，此时进了吏部文选司，翰林们见了他，更愿意套近乎，他们便三五聚在班房，高谈阔论，只有一个人对燕思空视若无睹，专心于公务。

那就是沈鹤轩。

燕思空聊了一会儿，便暂离席，朝阁内沈鹤轩的桌案走去。

沈鹤轩听到动静，抬起头，见是燕思空，便淡然地站起身，微微拱手："燕大人。"

"沈兄不必多礼。"燕思空回礼，"多日未见，沈兄可还安好？"

"一切都好。"

"听闻沈兄喜获麟儿，小弟随军在外，未能过府庆贺，小公子周岁之礼，可别忘了邀我啊。"

沈鹤轩笑了笑："襁褓小儿，庆不庆贺于他何用，无非是大人之间的虚文浮礼，不庆也罢，就不叨扰了。"

燕思空以为相识这些年，自己早已习惯了沈鹤轩的不识抬举和不进油盐，但或许是太久未曾接触，此时仍然感到了尴尬。

燕思空知道沈鹤轩在想什么，一是对自己高升心生妒意，毕竟他才是连中三元的旷世奇才，而自己却仅是比他会阿谀奉承；二是不屑于像其他人一样巴结自己，因此要刻意疏远。

在燕思空眼里，沈鹤轩是个非常有意思的人，他正直，他清高，他忠贞，他勤勉，他用最严苛的道德严于律己，也并不宽于待人，无论他有多少让人受不了的毛病，也没有人能质疑，他就是忠臣贤士的楷模，为人臣者本当如此，但因为极少数人能做到，他反倒显得格格不入。

一个王朝需要这样的臣子，燕思空甚至想象着，沈鹤轩也许在未来会成为陈霂的相，毕竟帝师入阁拜相是理所当然的，让沈鹤轩这样的人秉公执权，才能制衡像自己这样的野心家。

燕思空看着面前这张刚正不阿的脸，既惜才，又希望他消失，他在心中无奈苦笑。

不过眼下，他和陈霂，甚至是颜子廉，都需要沈鹤轩，这是一个优秀的帝师和得力的助手。

因此燕思空对沈鹤轩的疏离丝毫不在意，笑道："我离京半年，疏于对太子的教授，全赖沈兄兢兢业业，小弟可否跟沈兄聊聊此事？"

沈鹤轩从不怠慢公事：“好。”

两人相对而坐，燕思空先扯了一些不紧要的，比如皇太后让祝兰亭去指导太子习武，比如太子文武兼修，令人欣慰云云，之后才话锋一转，提到文贵妃近日常常出入东宫，恐怕有所图。

沈鹤轩听完，陷入了一阵沉默。

燕思空知道沈鹤轩向来不喜参与党争，他做太子的讲师，就一根筋地只传道授业解惑，并未想过让自己卷入争储，燕思空突如其来的一番话，显然是在试探他的态度了。

燕思空又道：“沈兄，皇太后凤体欠安，于是将祝统领派去辅佐殿下，就是担心日后殿下太子之位遭遇震荡，二皇子外戚势力庞大，沈兄不会以为，殿下已经坐稳储君之位了吧？”

沈鹤轩皱起眉：“储位当由陛下定夺，我等甚至不该讨论。”

“此言差矣，‘有嫡立嫡，无嫡立长’，乃千古纲常，是其一；殿下敏而好学，宽宏仁厚，未来必成一代圣主明君，我大晟王朝之复兴指日可待，是其二；沈兄身为太子侍读，对殿下倾囊相授，寄有厚望，是其三。无论是于公于私于伦常，还是为国为民为自己，沈兄都该竭尽所能，护佑殿下登上宝座。”

沈鹤轩冷冷说道：“燕大人是否言过其实了？你说文贵妃有所图，不过是一己之猜测，殿下已是太子，顺水行舟，登基不过是早晚的。”

燕思空笑道：“沈兄何等聪明，小弟不信你看不清时局。诚然，就如你所言，是我胡乱猜测，但若未来，我不幸一语成谶……”燕思空严肃道：“望沈兄能与我一同，为殿下肝脑涂地。”

沈鹤轩依旧没说话，但燕思空知道这番话已经奏效，沈鹤轩若是拒绝，便会直接说出来，从不迂回。

从那日在东宫撞见文贵妃，燕思空就已经预料到了一场针对陈霂的风浪，到时候，他们一定需要沈鹤轩这样的人，能用满腹经纶和思辨之才，帮助陈霂度过危机。

两人正沉默相对着，只见颜子廉突然回来了，便齐齐起身行礼。

颜子廉看了燕思空一眼："怎么，吏部太清闲了？"

燕思空苦笑："不瞒老师，是有点……清闲。"

颜子廉一副早已料到的神情："随我进来聊聊。"

走进内室，颜子廉关好了门，掩好了窗，还往外张望了一眼，确定没有人："坐。"

"老师今日可安好？"

颜子廉抖了抖朝服，泰然坐了下来，轻轻摇头："不好。"

"老师何出此言？"燕思空心中一紧。

颜子廉深深叹了口气："靖远王与瓦剌战事胶着，令人提心吊胆，削藩一事虽因梁王谋反未遂而得以推行，但进展缓慢，地方官员与藩王多有勾结，皇太后沉疴日久，恐怕难以熬过这个冬天，文贵妃正虎视眈眈……""多事之秋啊。"

燕思空安慰道："老师不必过于担忧，我们平叛得胜，削藩亦稳中有进，我倒觉得大晟的国运来了。不过……"他话锋一转："前几日我去东宫，正撞见文贵妃，听太子殿下说，文贵妃近日有意笼络惠妃娘娘，不知意欲何为？"

"肯定没安什么好心，要提醒殿下多多防备。"

"学生已经提醒殿下了。"

颜子廉看着燕思空："为师老了，天气一凉，便觉得气郁困倦，你们要尽快成长起来，莫让我大好河山毁于奸佞之手。"

"老师放心。"

"你在吏部如何？"

燕思空说起了自己在吏部的不得志，其实这些他和颜子廉早有预料，起初仅仅是被无视，反倒算是不错了，这证明谢忠仁还没把他放在眼中。他现在越来越明白颜子廉为何要将他安插进吏部，因为除了他没有更好的人选了，既要职位低微，可以恰好接替主事之职，又要聪慧敏锐、长袖善舞，可以在那凶险之地能屈能伸、游刃有余，年轻一辈中只有他和沈鹤轩有这个资质，但沈鹤轩去了绝对是灾难。

颜子廉便耐心安慰他，让他收敛锋芒，低调行事，只要熬上几年，早晚会有他施展之地。

燕思空也早已做好了长期周旋的准备。

颜子廉抚须道："其实，我已料到你在吏部不会太好过，而你才华出众，又是太子侍读，谢忠仁迟早会注意到你，我也担心他会为难于你，所以，我已为你想了一条万全之策。"

"老师请讲。"

"我今日进宫面圣，重提了万阳公主一事。"

燕思空心中咯噔一下，脸色微变："呃……"

颜子廉面露喜色："平叛一战，陛下对你甚为满意，他已经应允了，择日赐婚。"

燕思空怔愣了片刻，起身，跪伏于地，不让颜子廉看到他的表情，他低声说道："学生谢过老师……"

颜子廉只当他是太过高兴，也跟着呵呵笑道："快起来吧。过了年，万阳公主便已十七岁，陛下的意思是，先赐婚，待皇太后病情有所好转，就挑一个良辰吉日把婚事办了。"

"……"燕思空大脑一片混沌。他原本应该高兴。在外人看来，一个出身寒门的穷酸书生，竟能娶回千金之躯的公主，怕是祖上十八代都积满了德，才能有此报偿。在他看来，有"驸马"这块匾额加身，不仅对他大有助力，还多了一道免死金牌。

可他忍不住想，封野若是知道了，不知道会怎么看待这件事。

颜子廉得意地说："那阉贼怕是想不到我会出此奇招吧。万阳是陛下最疼爱的公主，陛下曾私下与我说过，万阳天真娇纵，不愿让她嫁入世家大族，免得受委屈，你出身寒门，却前途无量，正是陛下想要的女婿。"

燕思空木然地看着地面，未有回应。

颜子廉这才发现燕思空的异状："思空，你怎么了？难道你不高兴？"

"学生……学生当然高兴，学生只是怕……学生出身卑微，怕委屈了万阳公主……"

“思空啊，这京师之中，适龄的公子名士万千，可有哪一个比得上你才貌双绝？寻常姑娘见了你，哪有不欢喜的？英雄不问出处，陛下都看中了你，你便不必妄自菲薄，安心做你的准驸马吧。”颜子廉心满意足地说，“你父母双亡，我身为你的老师，能为你寻觅这样一桩好亲事，自己也是万般欣慰啊。”

“……恩师如再造父母，学生感激不尽。”

离开文渊阁，燕思空浑浑噩噩地往家行去。他应该告诉封野吗？他又该以什么立场告诉封野呢？

即便他不说，封野很快也会知道。

若是封野知道了，会如何看待他，如何看待这件事呢？

这是皇上亲自赐婚，难不成抗旨吗？况且这并非他亲自谋划的，他问心无愧。再说……

燕思空正思绪纷乱，突然听得车厢外传来一阵马蹄声，那是单匹马的蹄声。京城之内，除非有特赦或要务，否则是不准许骑马的。那蹄声不疾不徐，速度较缓，不似有要务，唯一的可能便是……

燕思空甚至未来得及思考，便猛地一把掀开了布帘。

一匹火红骏马正与他的马车擦肩而过，他仰首一望，正对上了一双无比熟悉的眼眸，眸中闪过讶异。

燕思空和封野擦身而过，两人很快错开了。

燕思空将僵硬的脖子缩回了车厢内，却久久不能回神。

马蹄声渐行渐远。

突然，那远去的马蹄声又急促地跑了回来，燕思空尚在怔愣中，马车陡然被逼停，两匹马儿发出短促的嘶叫，马蹄急躁而杂乱地踩着地，车厢晃动不已。

封野在车外高声叫道：“燕思空，出来！”

燕思空心脏狂跳，他抓着窗橼，一时不知所措。

封野又叫了一声：“出来！”

燕思空猛地推开了车厢的门，封野歪了歪脑袋说："跟我走。"

车夫回头看着燕思空，为难地说："大人，这……"

此时街上行人不多，但也都侧目看过来，对两人之间这剑拔弩张的气氛颇为不解。

燕思空暗自咬了咬牙，走出车厢，朝着封野跳了过去，封野抓住他的手腰身一旋，燕思空便坐到了封野身后。

封野一夹马腹，醉红朝着靖远王府小跑而去。

燕思空想说些什么，但喉头犹如被堵住一般，不知该说什么，而封野也一路沉默。

回到王府，封野拉着他往内院走去。

燕思空终于找回了自己的声音："世子这是作何？"

封野充耳不闻。

"世子……封野！"燕思空一把甩开了他的手，整了整起皱的朝服，人也镇定下来。

封野回头看着他："你要在这里说吗？"

一旁有正在做杂役的仆人，燕思空轻咳一声，挺直腰身："世子请！"

燕思空随着封野进了书房，封野从桌上拿起一样东西抛给燕思空，燕思空顺手接住，定睛一看，是一个木盒，他不明所以地看着封野。

"打开看看。"封野面无表情地看着他。

燕思空深吸一口气，打开了木盒，里面装着几封信："这是什么？"

"你拆开看看不就知道了。"

燕思空拿起最上面一封，拆了开来，当他展开那封信的时候，他呆住了。

那竟然是自己的画像，准确来说，是自己十六七岁时的画像，是画在衙门悬赏的告示上的，名字是当年的化名——南玉。

燕思空颤抖着拆开了其他信件，有当年他贩私盐被羁押的一些档案，还有关于他从前的老大和佘准的内容。

"我去调查了佘准和你。"封野平静说道，"你和他当年在江南沿海一带，跟了一个江湖人称‘六圣佛’的私盐贩子，后来‘六圣佛’被抓，你和佘准拿着他所有的赃银跑了。衙门通缉你三个月，你后来也被抓住了，但你花了十二万两白银，买通多名官员，找一个死囚顶替你被斩首，然后改名换姓，摇身一变，成了今日的燕思空。”

深秋时节，燕思空仍能感觉到冷汗顺着背脊往下淌，但封野愈是看清了他的真面目，他反而愈觉得如释重负，毕竟，他终于不用再装了。他闭上眼睛，深吸一口气，然后缓缓睁开，勾唇一笑：“我是故意被抓的，为了让‘南玉’从此消失。”

封野握紧了拳头：“你都承认了？这些都是你干的？”

“你都已经查得如此清楚了，我还能作何狡辩？”

“你身为朝廷命官，竟然是个贩卖私盐、行贿脱罪的死囚！”封野厉声道，“你就不怕我告发你吗？”

“你不会的。”燕思空笃定地说，“否则你还站在这里做什么。”

“你……”封野指着他，“燕思空，你到底还有多少我不知道的模样？！”

“你现在看到的，才是真正的我。”燕思空淡笑道，“我是一个为了报仇，工于心计、无所不用其极的小人，只要能为我爹、为我一家报仇，贩私盐算得了什么，阴谋构陷又算得了什么，我早已身在地狱，我定要将仇人也拖下来。”

“那我呢！”封野低吼一声，恶狠狠地瞪着燕思空，“我在你眼里算什么？你说你身在地狱，那你与我重逢之后的欢喜，也全都是假的是吗？就跟你的过去、你的言辞、你的阴谋诡计一样全都是假的？”

燕思空大吼道：“你是真的！”

封野怔怔地看着燕思空。

燕思空鼻头一酸，嘴唇微微颤抖着，他用力眨了眨眼睛，小声说道：“封野，你是……一个意外，我的复仇大计中，没有你，可你……可你还是出现了……我不告诉你，是因为，我不想把你卷进来，你何必逼我？”

“……你说我是真的，是什么意思？”

燕思空低下了头，心脏被撕扯着，他哑声道：“我从十三岁那年起，就几乎没再说过真话，没再真心待过任何人，只有你，我以为我和你的交情，是真的……”

封野低低咒骂了一句：“你满口谎言，叫我如何相信你？”

“你……不必信。”燕思空抬起头，眼圈通红，“封野，你好好做你的世子便是，你我本就不该重逢。我也有必须做的事，与你无关，只求你看在过去情谊的分儿上……当作不曾认识我吧。”他说完，转身就要走。

封野疾步上前，狠狠拉住了他的胳膊。

燕思空知道，他不能因封野的几句话就动摇，他不能让自己如此畏首畏尾，他必须坚不可摧。

封野咬牙切齿道：“燕思空，你真是个混蛋，若早知你是这样阴险狡诈之辈，我、我定不会对你客气……”

燕思空用力瞪大了眼睛，才能阻止那悬框的眼泪滴落，他张了张嘴，却说不出话来。

“我知道你有苦衷，”他颤声道，“你定是吃了很多很多的苦，你那么小就失去一切，你一个人漂泊这些年，还想以一人之力去向那些位高权重之人寻仇……我过去不能助你，难道现在也不能助你吗？”

燕思空再也控制不住，眼泪决堤而下，十一年了，这是头一次，有人对他说这样的话。

燕思空挣扎着转过身，微咸的眼泪淌进口中，充满了苦涩的味道。

“封野……”燕思空哽咽而含糊地说着，“我不是好人……别对我好……”燕思空将脸掩在掌心。

封野轻声道：“你或许不是好人，但你是我信任的人。”

燕思空闭上了眼睛，任泪水横流。

第九章 赐婚

那日，燕思空还是兑现了和封野在两湖军营中的承诺，温上一壶好酒，相对而坐，将自己那漂泊的十年向封野坦白。

他几乎袒露了所有，包括这些年他做过什么、去过哪里、经历过哪些，又打算如何向葛钟、韩兆兴和谢忠仁复仇。但有两点他终究还是隐瞒了，一是他和佘准设计，策动梁王谋反；二是元南聿。

当年他不愿意让封野知道元南聿的存在，是出于私心，现在过去了那么多年，要解释起来定然是大费口舌，而且，也完全没有必要了。

更重要的是，人有一种步入绝境就想豁出去的心理，如果他把所有事情都告诉了封野，他一定会忍不住把万阳公主的事也说出来，今天无论是他，还是封野，都承担了太多，封野需要大量的心力去重新认识、接纳他，两人之间好不容易刚刚有所缓和，他说不出口。他知道他应该说出来，可他说不出口。

封野看着燕思空的眼神，又是讶异又是心疼，现在他才看到真正的燕思空，通过那双深邃的眼眸，他看到了那深不见底的野心和刻骨的仇恨。

而他清楚地知道，这样的燕思空，他也依然信任。

燕思空几杯酒下肚，不知不觉已是泪流满面，封野却不知能说什么，他受的苦，岂是三言两语可以抚慰。

燕思空仰头干了杯中酒，皱着脸忍过那阵辛辣，道："我说完了，到你了。"

"你想知道我大哥是怎么死的？"

燕思空凝视封野的脸，轻轻"嗯"了一声。

封野沉静片刻，低声道："我大哥是个智勇双全的将领，他本可以像父亲一样，成为一代名将，但他有一个缺点，不，也许不该称之为缺点，但却是为将者的大忌——他太讲究仁德。"

燕思空静静地看着他。

"他是个真正的君子，军纪严谨，赏罚分明，体恤下士，他熟读孔孟，非常重诚信。"封野叹道，"他认为'君子不重则不威'，'人而无信，不知其可也'，大丈夫当'言必信、行必果'，他把这些施于兵法，有着自成一派的用兵之道，他是除父亲外我最敬重的人。"

燕思空沉默着，他已经猜到封猎因何殒命了。

"他带的将士，对他忠心耿耿，舍生忘死，大多是重情重义的好男儿，可父亲也多次提醒他，以德服人可服人，以利服人亦可服人，要因人制宜，蜂虿有毒，况乎人也？"封野的呼吸开始变得沉重，他握紧了酒盅，狠狠灌了一口，龇起森森白牙，沉声道："他的下属在重利之下背叛了他，瓦剌诈降，多名将士提醒他可能有诈，但他相信了那个叛徒，也相信了瓦剌诈降的将领，结果……中了埋伏。"

燕思空握住了封野的手。

封野也反手紧紧与他交握，他咬紧了牙关，眸中迸射出烈烈燃烧的凶狠："瓦剌以我大哥要挟父亲，我大哥浴血奋战，几次突围不成，便自刎了。他宁死不愿父亲为他屈从于蛮夷。"他眼圈逐渐赤红，血一般赤红，身体开始颤抖，“那帮狗贼，拖着我大哥的尸首前来挑衅……”

燕思空看着封野惨白的、扭曲的面容，一时后悔要封野揭开这道疤，因为他知道至亲被害有多痛，但凡尝过，一辈子都不会忘记那是怎样的撕心裂肺。

“父亲知道必有伏兵，强忍剧痛，不允任何人出营追击，那是……他的、他的儿子呀。”封野的牙齿咬得咯咯响，“那年，我十四岁，父亲尚未让我独自带兵，我偷了他的令牌，召集了忠于大哥的几百死士，冒死追了出去，一箭射死了敌方将领，趁他们混乱，浴血杀出重围，抢回了我大哥的尸首。”

燕思空轻声道：“那一战，‘小狼王’之名响彻天下，我也是那时复又听到你的消息。”

封野用力抹掉了将要坠落的泪水，双目直直盯着两人紧握的手，哽咽道：“父亲打了我五十军棍，我在榻上趴了两个月……但若能换回我大哥的命，叫我去死我也愿意。”

燕思空理了理他垂落的发丝，轻声道：“封野，你是好样的，封家男儿个个都是好样的，你大哥赤胆忠心，虽死犹荣。”

封野用力点点头：“我常常想，父亲将我送回京师，也是为了让我远离沙场吧，他怕我年轻气盛，重蹈大哥的覆辙。”

“你明白靖远王的苦心就好，他只有你一个儿子了。”燕思空叹道，“何况你个性冲动，总是冒险，我不知劝过你多少次了，我也很担心你啊。”

封野抿了抿唇：“有时我也自省，可我更怕错失战机，宁愿冒险一试。”

“你大哥带兵有得有失，你亦如此，你还未必有他的冷静稳重。”燕思空道，“封野，我们都有很长的路要走，一起活下去，活到最后，好吗？”

封野勉强一笑：“你还说我，你也是在刀尖上行走，又能比我好几分？只不过是见不着血罢了。”

燕思空微微一怔，旋即苦笑道：“说得在理。”

封野重新为两人斟上酒，举起杯，正色道：“我说过，你要报仇，我会帮你，谢忠仁为祸天下已久，人人得而诛之，能为民除害，我当仁不让，但是，你绝不可再欺瞒我。”

“我……”燕思空看着封野正气凛然的双眸，饶是再善于做戏，想到万阳公主之事，也心虚得开始目光闪烁，可他现在无法开口，至少不能是今日。

“如何？”封野皱眉看着他。

燕思空苦笑道：“我已习惯了欺瞒，我能活到现在，便是因为我从不相信任何人，我怕让你失望。”

“你不相信我吗？”封野盯着燕思空的眼睛。

“你是这世上，我最相信的人。”燕思空认真而诚挚地说，“只是，只是，我不敢把我的仇恨交给其他人，它们太重了。”

“我担得起。”封野直直地盯着他的眼睛，“它们重逾千金，我更要与你一起担。”

燕思空长叹一声：“封野，你这样待我，我要怎么回报？”

封野半玩笑半认真地说：“用一辈子回报吧。”

他们彻夜未眠，燕思空对封野讲了他的计划，谢忠仁一个阉人，之所以得势，全赖昭武帝的宠信，要让谢忠仁和庞大的阉党瓦解，归根结底在皇帝身上。

要达到这个目的，只有两个办法：一是换个皇帝，比如陈霂登基；二是让谢忠仁失去圣眷。昭武帝常年沉溺酒色，身体虚耗，定不会长寿，但司命之事只能凭天，凡人难以企望，况且陈霂的太子之位并不稳固，所以这两条路燕思空定然要并行。一要保陈霂登上皇位，不仅能为自己报仇，更能整顿朝纲、肃清宇内，复兴大晟江山，解救黎民百姓；二要一步步摧毁昭武帝对谢忠仁的宠信。

王生声一案昭武帝尚不会怪罪谢忠仁，但葛钟乃谢忠仁一手提拔，燕思空伪造的葛钟通敌信件中也多次提及会说服谢忠仁辅助梁王，虽然谢忠仁老泪纵横地向昭武帝哭诉葛钟是含血喷人，自己无端受累，但面对大臣们或含沙射影、或呼名叫阵的诤谏，他又赖不掉提拔葛钟一事，令昭武帝已对他不满。

燕思空已经不动声色地连折了谢忠仁两员大将——一个内阁次辅大学士，一个两湖总督封疆大吏，反观自己，取信太子，连获战功，升任吏部文选司主事，还亲手将不共戴天的仇人送上了断头台，目前可谓是大获全胜，而谢忠仁甚至没有察觉到他的存在。

当然，燕思空并不敢掉以轻心，谢忠仁根深势大，不能轻易动摇，若没有颜子廉的士族一派趁机弹劾、施压，光凭他自己是达不到这般目的的，他还是太弱小。

封野听完燕思空的计划，只觉汗毛倒竖，一面觉得这样的人竟就安坐于自己身侧，实在匪夷所思；一面又庆幸自己不是燕思空的敌人。他从前只觉得燕思空聪明，现在觉得燕思空多智近妖。此时，他也开始感到热血沸腾，恨不能马上将阉贼斩于马下："那下一步你打算怎么做？"

"我需要你帮我一件事。"

"说。"

"贤妃娘娘受陛下敬爱，虽不如文贵妃那般受宠，但也从未怠慢。"

封野点点头："我懂了。"

燕思空让封野去求他姑母，吹昭武帝的枕边风，一则拥立太子，二则一点点瓦解昭武帝对谢忠仁的喜爱，昭武帝是个优柔寡断之人，心智薄弱，正是离间之计的上好人选。他郑重地对封野说道："封野，谢谢你。"

封野勾唇一笑："我也不全是为你，我少时便有建功立业、救国救民的宏志，既然现在不能投身沙场，那便从铲除奸佞开始吧。"

两人相视一笑，都从对方眼中看到了十一年前的广宁马场之上，那挥剑立誓要安内攘外、万古流芳的少年。

因为在吏部受到冷落，太过清闲，燕思空有了很多空余的时间，封野便尽量多地留在京中，两人几乎日日见面。

向封野全部坦白后，燕思空终于不用再处处伪装。多年以来，伪装已成了他的一层衣衫、一副铠甲，是他赖以自保的东西，若要剥离，定然血肉模糊，但同时也让他快要忘记真实的自己。终于，在封野面前，他可以将那伪装破开些许，得以在真实的空气中喘息，那样的痛快是难以形容的。

而封野也不再有所猜忌，可以放下芥蒂，接受真正的燕思空，两人共谋事宜，竟比从前还要多出几分默契。

燕思空虽然暂时在吏部不得志，但他并不着急，去衙门的时候，就拼命阅览往年的公文卷宗，他先将晟朝自开国皇帝至今所有吏部的年鉴案卷都粗览了一遍——他记忆力惊人，但凡看过，至少记个七八成——然后，再着重研究昭武帝和先帝时期的案卷，结合他在翰林院时看过的公文奏章等，两朝官员在人事上发生的大小事他心里便都有了谱。谁与谁一个派系，谁与谁有恩有过，谁可能受过贿，谁可能报过私仇，谁是真正秉公无私，谁又粉饰过太平、隐藏过污秽，都能从这故纸堆里找到蛛丝马迹，只要深究，多半能钓出大鱼，他也悄悄掌握了几个人的把柄。

燕思空在等待一个契机，这契机最快的可能是他的赐婚，慢一些的便是明年春天那六年一度的京察大计，有了这个契机，他才有可能干掉几个吏部的阉党，真正接触属于文选司的权利。

京察大计本是燕思空最为期待的一次政治盛宴，可一想到赐婚，他又希望时间过得慢一些。

燕思空凝神沉思，轻轻叹了一口气。突然，他的后背被猛推了一下，他吓了一跳，转过身，就见封野笑看着他："想什么呢，我来你都没发现。"

燕思空挑了挑眉："世子武功高深，若是有意不让我发现，我如何能发现。"

封野看了看他，不满道："又叫我世子了？"

燕思空低笑道："你不是前两天刚去景山大营，怎么又回来了？"

"天冷了。再者，我爹还没有消息，我在营中寝食难安，赵将军让我回来休息。"

燕思空轻轻拍了拍封野的手臂："别怕，靖远王一定会胜。"

封野点点头："你呢，今日怎么回来这么早？"

“我来去根本无人在意。”燕思空无奈笑道，“他们巴不得我日日不出现呢。”

“沉住气。”

燕思空笑道：“放心吧，我等了这么多年，又怎会急于一时。”

“明天春天便是京察大计。”

燕思空点点头：“那是个好时机，老师急着将我安插进吏部，肯定也是为了明年的京察大计。对了，贤妃娘娘那里……”

“放心，我早已同她说了，但我身为外臣，不便频繁进宫，下次见她，要等到春节了。”

“嗯，也许……”

“什么？”

“我为太子讲学，倒是能时常出入后宫，若惠妃娘娘与贤妃娘娘有所来往，那你与贤妃娘娘传话便更方便。”

“我会写一封信，请惠妃娘娘转交给姑母，姑母仅生有公主，若能笼络太子，对她日后也有好处。”

“确实如此。”

“我听闻，太子对你非常倚重。”

燕思空笑笑：“我已得到太子的信任与依赖，定会助他登上皇位，重现我大晟的太平盛世。”

“哦，届时你与他君圣臣贤，定会被后世载入史册，成就一段千古佳话。”封野的口气有几分难以形容。

燕思空笑着推了推他，轻斥道：“那可是当今太子，不得无礼。”

封野撇了撇嘴，“我啊，只是想，你我活着的时候明明是至交好友，可千百年后，我们的名字却难以被同时提及。”

“怎就不会，平叛之战，我们的名字就会挨在一起。”

“也就那一段罢了。”封野叹气说。

“你又何必在意这个呢？”燕思空转过身来，轻声笑道，“身后之事罢了。”

封野也跟着笑了笑："身居庙堂，修齐治平，谁敢说自己不在意身后之事。"

燕思空戏谑道："我的意思是，史书上有你我二人受人传颂之功绩足矣，世子何必在意其他的呢？"

封野眉头一挑。

在看似平静的日子里，他们迎来了京城的第一场雪，那雪来得较往年迟得多，却下得又狂又厚，像是在天上蓄积已久，天空终于不堪重负，令它们一股脑倾泻而下 ，足足下了两天两夜。

京师温度骤降，街上少有行人，只有一匹快马，顶着寒风，踏着厚厚的积雪冲入城内，直奔皇宫。从城外如此急迫地纵马入城，几乎只有一种可能——这匹马带来的是战报。

那已是昭武三十六年的最后几天，却传来了一个重大的消息——靖远王封剑平击杀瓦剌十万敌军，大获全胜，这是封剑平对抗瓦剌三十余年以来最大的胜利，也是一次颠覆天下格局的胜利，此战过后，瓦剌十年未敢进犯中原。

此一役史称——北原关大捷。

"空儿！空儿！"

燕思空听到封野的声音，急忙冲出书房，尚未站稳脚步，只见一道黑影袭向自己，他便同封野撞了个满怀。

"哈哈哈哈哈，我爹胜了，我爹胜了——"封野疯狂大笑。

燕思空亦是满脸喜色："我也刚接到消息，正想入宫，太好了，太好了！"

"我爹杀了瓦剌十万大军，退敌六百里，瓦剌大伤元气，边关数年无忧了！"封野激动得眼圈泛红，"我爹为我大哥报仇了，为千万被瓦剌残害的百姓报仇了！"

"靖远王功盖天下，名震千秋。"

封野哽咽道："空儿，我好高兴，我真的……"

燕思空亦是鼻头发酸："我也是，我也是。"

自晟宁宗丢掉河套地区，中原子民已经受瓦剌侵扰五十余年，边关从无宁日，而瓦剌日趋势大，时刻威胁着大晟江山，如今靖远王终于给予瓦剌重创，瓦剌折损十万兵马，短期内绝无再犯中原的能力，他们期盼已久的安宁终于来了。

封野抹掉眼泪："我爹毕生的志愿就是消灭瓦剌，如今计日程功，大业指日可待，只要乘胜追击，收复河套，瓦剌恐怕百年都不能卷土重来。"

"对，我也是这么想的。"燕思空亢奋地说，"河套是军事重地，不但位置紧要，还水草丰美，盛产良马，当年太祖皇帝得河套而得天下，若非先帝丢了河套，我大晟又怎会被蛮夷欺辱至此。"

"没错，我爹定会收复河套，到时大晟必当重现四海升平、威加宇内的盛况。"

燕思空不禁想起了书中描述过的大晟的鼎盛时期，百姓安居乐业，夷狄尽数朝拜，但那已是百年前。

封野高兴得简直不知如何是好："我真恨不能飞到我爹身边为他庆功。"

燕思空笑道："陛下定会在京举办盛大的庆功宴，你到时多敬他几杯酒吧。"

封野感慨道："不知我这一生，还有没有可能超越我爹。"他的口气虽略带遗憾，但那明亮的双眸又透出掩不住的骄傲。

"你还年轻，世事风云变化，未来难料，但无论如何，你会成为靖远王的接班人，继续守护我华夏百姓。"

封野用力点头，目光灼灼。

靖远王大破瓦剌的消息很快传遍了京师，举国欢腾，冬日的寒风亦吹不散这喜悦，京中人人都在议论此事，道听途说的战报一夜间就成了茶楼酒肆里最受瞩目的话题。

昭武帝龙颜大悦，将北原关大捷昭告天下，说大晟国运已至，不仅大败瓦剌，且皇太后凤体也有所好转，乃先祖弘德，得上苍庇佑，要在大年夜大宴天下，为此战庆功。

这一年之中，先是平定叛乱，再是削藩成功、使国库丰盈，最后又有靖远王大败瓦剌，此接二连三的天大喜讯，确实令人感到鸿运当空，也难怪昭武帝会豪言“国运已至”。

昭武帝下旨那天，燕思空和封野喝了个酩酊大醉，他们实在是太高兴了。

离年关已不剩几日，满朝文武都在忙于年前的公务，尤以礼部和鸿胪寺最为繁忙，因为他们要准备盛大的宴会。

而燕思空入职吏部半年，终于有了点事情做——为明年开春的京察大计做准备，这实在是因为文选司缺人手，忙不过来了，虽然让他这个两榜进士、太子侍读做低级又烦琐的文书工作，实在是大材小用，换作别人，怕是拂袖而去也不受这折辱，但燕思空并未抱怨，让他做什么就做什么，且做得细致入微、无可挑剔。

这一日，他好不容易能提早回家，刚出宫门，就碰到了正在等他的颜子廉的马车。

燕思空上了颜子廉的马车，拱手道：“老师，多日不见，可还安好？”

“快要过年了，公务繁重了些。”颜子廉道，“你如此疲倦，可是在忙于京察？”

“正是。”

“如何？”

燕思空苦笑：“我做的全是文书工作，如今还看不出什么重要的信息，若是有，定是早就汇报老师了。”

颜子廉点点头：“你机灵点，明年的京察大计，事关重大。”

“学生明白。”燕思空等着颜子廉继续说下去，特意在此处等他，不可能只是为了闲话几句。

“其实我今日找你，是有件喜事要告诉你。”

燕思空心中咯噔一下，他已经猜到是什么了。

颜子廉笑道：“陛下说，太后凤体稍愈，要出席大宴，大宴之上，亲自为你和万阳公主赐婚。”

燕思空笑得有些僵硬：“竟能得太后亲自赐婚，学生受宠若惊。”该来的还是来了。

“是啊，这可比陛下赐婚还要好，陛下向来仁孝，定会对你加倍重视。”

“多谢老师。”

“你那日可要打扮得精神些，讨得太后欢心。你马上就是驸马了，明年的京察大计，定不会再将你置于事外。”颜子廉喜道，“时机如此之好，看来那阉贼气数要到了。”

燕思空脑中同时浮现了谢忠仁和封野的脸，他攥紧了拳头，沉声道：“万望如此。”

回到家后，燕思空叫来阿力：“世子回京了吗？”

阿力摇摇头，比画着：世子若回京了定会来找公子。

燕思空叹了口气：“你去趟靖远王府，打听一下世子几时回京。”

阿力点点头。

燕思空算了算，离大年夜不足四日了，年关总是最繁忙之时，封野在景山大营已多日未归，他就怕封野要到大宴时再回来，那就没有时间提前把亲事告知封野了。

他想着赐婚之事怎么也要等到明年，颜子廉之前亦是这样说的，谁知会如此之快，令他措手不及，若是封野在大宴上突然听到他的婚讯，定会对他心生芥蒂。

晚些时候，阿力回来了，带回了令他最沮丧的消息——封野果真要等到大年夜才会回城，那时他早已在宫中，两人地位悬殊，是坐不到一块儿去的，不知是否有机会说上话。

阿力担忧地看着燕思空，比画道：公子你怎么了？

燕思空看着阿力：“阿力，我要娶妻了。”

阿力愣了一下，又丑又怪的脸上突然咧出大大的笑容，他激动地用力拍手，问燕思空是哪家的小姐。

燕思空苦笑道："是公主，皇上最宠爱的万阳公主。"

阿力怔住了，他迟疑片刻，比画着问道：那不是世子的表妹吗?

"正是。"燕思空摇摇头，"阿力，驸马可不好当。"

阿力也面露难色，局促地站在一旁。

他要娶的是封野的表妹，何况公主身份尊贵，不能以寻常女子待之，谁敢让她受什么委屈，可他身负血海深仇，自己都朝不保夕，如何能让他人幸福安稳?

阿力又问道：公子告诉世子了吗?

燕思空摇摇头："去给我准备一套新的朝服，我要在大宴上穿。"

转眼，便已是除夕。

满朝文武，包括京郊的官员，都纷纷入京。每年除夕都有皇家宴会，但今年的比往年都要盛大，因为此宴亦是北原关大捷的庆功宴。

尽管宴会的主角——靖远王还在大同整顿兵马，巩固防线，不能前来，但对他的封赏已经在路上了。

拂晓时分，几百名官员已经随着昭武帝去祭天，一气儿在腊月天里站到了晌午，跟往年一样，总要倒下几个身子骨虚的。

燕思空在攒动的人头里很快找到了站得很靠前的封野，封野身材极其高大，站在一群或老迈或臃肿的官员中，如鹤立鸡群，非常显眼。

祭天马上就要结束了，他们就要返回宫中，他定要在大宴赐婚之前，将此事告诉封野。

第十章 矛盾

祭天结束了，群臣陆续返回宫中。

燕思空碰上了从前翰林院的同僚，纷纷拉着他聊了起来，他频频回头，去寻封野，却发现封野已经被前来恭贺的大臣们团团围住。

一位同僚顺着他的目光看去："燕大人，快走吧，你现在是挤不进去的。"

梁随得意地说："你难道不知思空和世子私交甚笃？两人经常把酒言欢，何须现在去凑那热闹。"

"说的也是啊。燕大人先是在世子的家宴上以文采服众，又与世子同征两湖，燕大人他日飞黄腾达，可别忘了兄弟们啊。"

"哈哈哈哈，是啊。"

燕思空干笑不语。他和封野已经尽量避免在人前显露交情，但京中到处都是耳目，其实早已人尽皆知，颜子廉虽然并未明说，但让他娶万阳，也是为了进一步与封家缔盟，这一点的意义不下于成为皇帝的女婿。

可他恐怕会弄巧成拙。

好不容易进了宫门，燕思空才找到机会挤到了封野身边，他低声冲封野道："世子，下官有话想……"

"世子。"赵傅义正巧走了过来，拉上封野道，"狄将军入京述职，走走走，我带你去拜会。"

封野看了燕思空一眼："燕大人，回头再说吧。"

"世子……"燕思空急着追了两步，却又担心行径太过突兀，只得看着封野远去，他也被人潮挤入太极门，开始随着群臣列阵，恭候皇上。

这样的繁文缛节通常要耗上一整个白天，等到夜幕降临，大宴开始时，群臣都已是饥肠辘辘、有气无力了，但他们依旧站得笔直。

直到内监一声喊，昭武帝亲自搀扶着一个雍容华贵的妇人走了出来，她雪鬓霜鬟，步履缓慢，再是锦衣华服、敷粉雕眉，也掩不住她的衰弱之气。

群臣下跪，行大礼，昭武帝将太后扶上了金鸾宝座，自己则坐于一侧，以示大孝。

直到群臣起身，燕思空才得以抬头看向太后，见其目赤而颧乌，进气慢而出气快，怕是难以熬过这个冬天。

太后颤抖地抬起手，挥了挥，大内监于吉喊道："起，坐。"

群臣纷纷按照品级就座，品级越高的离皇帝自然越近，不过也有例外，封野不过正四品，却坐在了一品大员之列。

燕思空看着封野，坐立难安，心脏仿佛在直往下坠。他有些出神地听着于吉宣读圣旨，歌功颂德，掌心却逐渐冒出了细汗。

于吉读到了对封剑平的封赏，赐其紫绶金印、一品玉带，还有数不尽的财宝土地，因为靖远王战功无数，且位极人臣，已经赏无可赏，这番赏赐怕是绞尽了脑汁想出来的，并由封野代其父领赏。

封野昂首阔步地走到金銮大殿中央，不卑不亢地跪下领赏，桀骜与自豪写满了他年轻英俊的脸庞，真是被拥于云端的天之骄子。

梁随悄悄戳了戳燕思空，燕思空稍稍偏过脸，但目光依旧放在封野身上，梁随凑到他耳边："哎，你听说了没有？"

"听说什么？"

"其实陛下召靖远王回京受赏。"

燕思空微微蹙眉："当真？那……"

梁随摇摇头："不回来，说要将瓦剌残部赶尽杀绝，还要加固大同防线，难以脱身。"

燕思空沉默了一下，突然贴在梁随耳边，以极其郑重的语气说道："梁兄，听小弟一句劝，切不要再传言此事，小心惹祸上身。"

梁随惊讶地看着燕思空，但见燕思空目光冰冷而犀利，仿佛能将人里外穿透，他顿觉汗毛倒竖。梁随突然意识到，燕思空早已不是两年前那个没见过世面的乡下书生，得巴结着他和周觅星结识权贵。他怔怔地点了点头，心虚地将目光移开了。

燕思空心中亦有所动。他知道梁随是在套他话，以为他与封野交好，该知道些内幕，他确实不知，就算知道，也不会告诉外人。

这件事连他都不知道，看来是非常机密了，但他可以猜出，梁随必定是从周觅星那儿得来的消息。周觅星的父亲是顺天府尹，皇帝谕旨要经过道道驿站，顺天府是京师的外大门，进出京师的消息，一向很灵通。

这件事听来并无不妥，其实却是大大地有问题。

昭武帝这道谕旨是没有通过文渊阁直接下达的，是为中旨——中旨便是皇帝暗中下的、不愿让内阁商议与记录的旨意。燕思空猜测，昭武帝是担心封剑平不回来，若是公开下旨，封剑平公开拒绝，那可就不好收场了。

而封剑平真的拒绝了。

他手握近三十万重兵，军备充足，刚刚大胜瓦剌，名扬四海，已是功高震主，封野曾放言只要他愿意，可以让江山改姓。这并非狂妄，集举国之力，怕是都难以和封家军抗衡，何况昭武帝德行尽失，若封剑平反，其势当是梁王的十倍。

但燕思空知道封剑平没有反心，若他有，不必等到现在；若他有，就不会让封野回京；若他有，教出来的独子便不会对大晟有着拳拳赤子心。

可是封剑平亦不会轻易放弃手中的兵权，所以他是不会冒险回京的，与京师遥遥相对，我守我的边关，你做你的皇帝，相安无事。

此事如此微妙，皇帝和封剑平都不想让别人知道，这梁随若是管不住自己的嘴，早晚要惹祸。

燕思空脑中正百转千回。突然，听得于吉尖着嗓子说：“今日，还有一件喜事。”他轻咳一声，拖长了尾音，“燕思空，接旨。”

燕思空只觉几百只眼睛都齐刷刷地看向了他，这其中有一道目光尤其灼热，他却不敢去回视。他站起身，整了整崭新的朝服，躬身小步走到大殿中央，跪伏下去。

“太后懿旨：皇三公主万阳，尊贵端庄，温婉贤淑，仙姿佚貌，孝悌忠信，孤亲之爱之，然天女如斯及笄年华，孤不自珍，兹闻燕氏思空，两榜进士，太子侍读，征叛乱而功劳卓著，有徐公之美，有管仲之才，智勇兼资，明德惟馨，赤胆忠心，乃我栋梁之材，与万阳公主天造地设，特赐燕思空为驸马，成佳人之美，另择良辰完婚。”

大殿上响起此起彼伏地议论，不乏艳羡之声。

燕思空仍旧跪伏于地，只听得于吉笑着说：“燕主事，准驸马大人，还不谢旨啊。”

燕思空刚要开口，突然听得前方响起桌脚碰撞，紧接着，一阵急促的脚步声，之后是扑通跪地声：“太后娘娘，皇上，臣之表妹年幼骄纵，尚不适婚配，恳请收回成命！”

燕思空咬住了唇，身体微微颤抖着。

封野的口气不仅仅是急促，甚至带着几分凌厉，敢在大殿之上以这般几乎是“逼迫”的口吻与太后和皇帝说话，全场都沉默了。

昭武帝也愣住了，大概没料到封野会如此无礼。

谢忠仁突然站了起来，大声道：“大胆，太后懿旨，皇帝成命，岂容你反对？世子未免太……太不懂事了吧。”他斟酌一下，还是未敢用太过激的词。

封野狠狠磕了个头：“臣知罪，夕儿太过年少，不能为人妇，且燕思空出身寒微，门第贫瘠，如何配得起夕儿万金之躯？我与父亲都望夕儿能嫁于世家大族，最次也该是书香贵胄，求太后和皇上，不要委屈了夕儿。”

昭武帝面显怒容，但他生生克制住了，沉声道：“夕儿都快十七了，正是婚嫁之龄，燕思空虽是寒门出身，但才貌双绝，年轻有为，日后必定是前途无量。太后与朕疼爱夕儿，又怎会委屈于她？”

太后也显出疑惑之色，但她并未开口。

“可是……”

谢忠仁阴阳怪气地说：“世子坚持要万阳公主嫁于世家大族，可是嫌靖远王的权力还不够大？”

燕思空听得心惊胆战，可他现在无法阻止封野说下去。昭武帝将万阳嫁给他，从私情上来说，他确实是良婿，从政治上来说，昭武帝不可能再给封家结一门势力庞大的亲家，他出身寒贱，无依无靠，正合昭武帝心意。

言至此，封野也知道再说下去事态就严重了，他握紧了拳头，面容僵硬。

昭武帝看了看谢忠仁，又看了看阴沉的封野，始终是有些顾忌，只好道：“封野，你、你退下吧，此事再多言，就是对太后不敬，对驸马无礼。”

封野在原地僵持了片刻，那“片刻”简直令所有人坐立难安，大气也不敢出。最后，封野请了个罪，磕了个头，退回了自己的位置。

于吉也吓出了一身冷汗，他用袖袍拭了拭额角，轻颤道：“燕、燕主事，还不谢恩。”

燕思空在地上已经跪得双腿发麻，且头也未抬过，他深吸一口气，高声道：“臣，谢太后、皇上天恩。”

昭武帝挥了挥手：“平身。”

燕思空这才蹒跚着从地上站了起来，他一抬头，正对上封野瞪视他的赤红双眸，他闭了闭眼睛，深深鞠躬。

昭武帝说了些要与万阳公主相敬如宾之类的话，就让他下去了，然后于吉宣布大宴开始。

整晚，燕思空都在虚与委蛇地接受着众人的恭贺，却不敢朝封野的方向看上一眼。

燕思空那日被灌了许多酒，他天生海量，且平日很克制，这辈子从未真正醉过，这次怕是他在外人面前喝得最多的一次。一是前来恭贺者太多，躲也躲不掉，二是他私心里也许是想喝醉的，喝醉了，便可以暂时逃避。

最后，燕思空是被人抬出太和殿的，昭武帝派于吉亲自送他，燕思空第一次坐上了大内的轿辇。

到了燕府，于吉用绢帕捂着鼻子，皱眉看着那简陋的门楣，小内监忙上去敲了敲门。

半晌，门扉从内打开，一个魁梧的汉子探出半边身体，面庞丑怪狰狞，把一群内监吓得哇哇直叫。

于吉指着阿力：“你、你是何人？这里可是燕大人的府邸？”

阿力愣愣地点了点头，又探头去看马车。

“哎呀，燕大人怎么住在这样的地方，还找了个这样的……”于吉轻咳一声，“啧，你家公子醉了，圣上亲派我来送他回府。”

阿力再次点了点头，不知所措。

“跪下谢恩啊。”于吉高声道。

阿力忙跪了下来。

于吉招了招手，几个小内监把醉醺醺地燕思空从马车上扶了下来，往府中送去。

于吉一路跟着走了进去，看着四周的陈设，频频蹙眉。阿力跟在不远处，不停地瞄向燕思空，他从不曾与这么多陌生人独处，很是紧张。

小内监们把燕思空送进了卧室，还很体贴地为他更衣洗漱，于吉站在门外，瞥了阿力一眼：“你可是哑巴？”

阿力点点头。

“这府上就你一个仆役？”

阿力再次点点头。

“这燕大人啊，竟真的如此清贫，我大晟有这般廉洁奉公的臣子，实在令人欣慰，可他日万阳公主下嫁，总不能住这样的破地方。”于吉斜了阿力一眼，他自然知道皇帝让他跟来是为了什么，否则这等区区小事，何须劳烦他堂堂提督太监，“你家公子现在是准驸马了，陛下很快就会赐予新的住处和仆役，你既是旧仆，自然也会鸡犬升天。但这驸马爷啊，不是那么好当的，寻常人家是夫为妻纲，也不是说公主下嫁，就要颠倒伦常，但你心里得揣个明白，从今往后，你不止一个主子，把公主侍奉好了，你家公子方能享几世荣华，懂吗？”

阿力用力地点头。

于吉走后，燕思空才悄悄将眼睛睁开一条细缝，他深吸了一口气，哑声道：“都走了？”

阿力将燕思空扶了起来，给他递上一碗解酒茶。燕思空咕嘟咕嘟喝了好几口，嗓子才稍稍舒服了一些，他靠着软垫半坐，有气无力地看着阿力：“阿力，我知道你很担心，但此事已成定局。”

阿力想了想，比画道：你想娶公主吗？

燕思空眼圈浮肿，满面潮红，头发也乱糟糟的，如丧家犬般颓败，全无平日的意气风发，哪里像是刚刚成为准驸马的人，他失神地喃喃道：“我想不想娶她不重要，重要的是我必须娶她。”

阿力沉默了一下，又比画道：公主也挺可怜的。

“她身为帝王之女，这是她的命。”

阿力又问起封野。

燕思空摇摇头：“他很快会来找我的，你回去休息吧，我自有办法。”

阿力只得站起来，躬了躬身，退下了。

燕思空瞪着空洞的眼睛，盯着墙壁看了很久，才扛不住醉意，倒在了床上。

迷迷糊糊之间，他突然感到一阵冷风卷进了屋内，屋中炭火正旺，这风来得突兀，他一下就醒了，也意识到了什么。

他缓缓从床上爬了起来，就见着封野站在床头，高大的身体遮住了微弱的烛火，陷入阴影之中的他的脸显得分外阴冷。

燕思空叹了一口气："你来了，我在等你。"

"你是何时知道的？"封野寒声问道。

"……回京之后。"

"休要骗我！"

燕思空深吸一口气，巧妙地将时间的问题避开了："你当时正因葛钟之事对我失去信任，我们好不容易和好，我……开不了口。"

"你开不了口？"封野咬牙道，"你到底还有多少开不了口的事？"

"即便我开口了，又能如何？"燕思空轻声道。

封野一步上前，揪住了燕思空的衣襟，满脸盛怒，"你根本就不想告诉我，不敢告诉我，怕我阻止你当驸马爷，是不是！"

燕思空颤声道："我无意当什么驸马爷，但这是老师为我向陛下求的亲。"

"而你求之不得吧！"

"我难道能抗旨吗？"燕思空喊道，"你早晚也要成亲的！"

"为什么偏偏是万阳？"封野欺身按住了燕思空的肩膀，"为什么偏偏是万阳，为什么偏偏是我的表妹？！"

"这不是我能决定的！"燕思空一双明亮的眼眸直直地逼视着封野，"亦不是你能决定的。你可以做什么？你可以胁迫皇帝改变主意，把万阳嫁于世家大族，让靖远王权震天下，受皇帝猜忌吗！"

"那又如何！"封野怒喝道，"没有我爹，三十年前他便皇位不保；没有我爹，三十年后他江山不保，我还不能决定我的表妹嫁给谁？"

燕思空大惊失色，酒都吓醒了，他厉声道："你疯了？喝了酒就什么话都敢说，你疯了吗！"

封野满脸狂傲与狰狞："怎么，你现在才知道害怕？他陈家的天下是我们封家守住的，我若……"

燕思空一把捂住了封野的嘴："别再说了！"

封野一把甩开燕思空的手，力气之大，直接将燕思空摔了出去。

燕思空深吸一口气，脑中一团纷乱，他哑声道："封野，此事已成定局。”口气已是哀求，他害怕封野那目空一切的狂妄，尤其是封野刚才说的话。

“是啊，此事已成定局，若非你一直隐瞒我，原本我可以阻止的。”封野双目赤红，居高临下地看着燕思空，“你要娶我的表妹，而你要做的事，可能令自己万劫不复，那时她怎么办？我又当如何？”

燕思空哑声道：“我本打算，本打算待葛钟之事过去了，寻个时机告诉你，我没想到赐婚之事这么快……”

“你以为我还会相信？”

“我想告诉你的，今天就想告诉你。”燕思空捂住了眼睛，疲倦地说，“封野，其实这一天早晚会来。”

“对，但那个女人不该是夕儿。”封野恶狠狠地说，“皇上和你的老师，他们可知道你的真面目？可知道你这道貌岸然的表象下是怎样的阴险毒辣？可知道你这个‘明德惟馨’的‘栋梁之材’，却会伪造信件，构陷朝廷命官？！”

燕思空连呼吸都在颤抖。

燕思空自认已是一人多面，但封野的不同面目，更叫他胆寒。好的时候，封野对你关怀备至，可一旦触怒了他，仿佛能将你生吞活剥。

有时候封野会让他暂时忘记，这是一匹狼。

燕思空用手抵住封野：“封野，你喝多了，清醒些我们再谈吧。”

“我现在很清醒，”封野反手抓住了燕思空的手，“也许从未如此清醒。我终于明白，若我对你有十分看重，你对我不过一两分。”他眼圈染红：“你不在乎伤到我，你只在乎权势，在乎你的复仇大计。”

“不是。”燕思空哽咽道，“封野，你明知道我不是这样的，我真正在乎的人都死了，我只有你了。”

封野眼中有一瞬的软化，可顷刻间又被愤怒取代：“那你为什么要娶万阳！复仇对你来说，始终胜过一切！”在两人重逢之前，封野尚不知道世上还有比沙场更令他心悸的东西，虽然这个人全然不是他想象中那般美好，甚至是歹毒的、自私的、利欲熏心的，可他还是想像小时候一样，二人相交莫逆。

燕思空怔怔地看着封野，却无法反驳，他知道他骗不过封野。

他们互相瞪视着对方，企望从彼此的瞳眸中看到些什么。

燕思空重重叹息一声，醉意散去，他体会到了一种前所未有的清醒，那是站在悬崖边上，随时可能一脚踏空带给他的战栗。

他想，若就这样坠入深渊，未尝不是一个好结局。

燕思空第二天醒来时，封野已经不见了踪影。

但他知道昨夜发生的一切并非酒后臆想，封野真的来过。

他躺在床上，疲倦得一动也不想动，双目空洞地盯着头顶的帷帐，心中一片怆然。昨夜两人争执的内容，令他到现在还心有余悸。

他从不想激怒封野，但两人矛盾之深，已非言语能够化解。他很早就知道，他与封野的往来是个极大的错误。他一生鲜少犯错， 这般明知是错还要犯下去的错，更是绝无仅有，可他依旧没能遏制自己，一错再错，直到自己也难以收拾。

若因此事而毁了他经营十数年的大计，他死后有何颜面见元卯和元南聿？

他抬起手，狠狠扇了自己一耳光，半边脸那热辣的痛楚令他的心智也清明了几分。

当断则断，不可优柔寡断。

他用手背遮住了眼睛，心中默念着，结束吧，就此结束吧，却感到一阵酸意涌上鼻头。

大宴之后，那些在燕思空当上吏部文选司主事时没来送礼的，这次再也坐不住了，身居高位的便派仆人来，但大多都亲自前来，恭贺准驸马爷。

燕思空看了一下礼物清单，谢忠仁竟也赠了贺礼，且价值不菲，他明知道自己是颜子廉的得意门生，却并不避讳，这既是做给皇上看的，也是在挑衅颜子廉，倒不见得真想笼络燕思空。

燕思空一视同仁，照单全收，当年他撬来的金银财宝虽是数额庞大，但他花费亦是不小，买情报与贿赂已用掉了大半，这些正好可以充盈私库。

除此之外，接二连三的宴请亦是推拒不掉，与两年前不同，如今他与宴的不再是那些小翰林和纨绔子，而是他们的上司和爹了。

燕思空几次故意喝得大醉，除了脑中还绷着一根弦儿，不会说些不能说的外，夜夜是被抬回去的。幸好此时是年休，否则他连家门都出不去，更别提迈入宫门了。

阿力看着吐得一身狼藉的燕思空，一面给他清理，一面唉声叹气。

醉得迷迷糊糊的燕思空，猛地睁开了眼睛，一把抓住了阿力的手腕。

阿力吓了一跳，燕思空毕竟是习武之人，即便是醉酒，力气也很大，而且越攥越紧，两只充满血丝的眼珠子直勾勾地盯着他。

阿力也瞪大眼睛，不明所以地与燕思空对视。

燕思空瞪了阿力好半晌，双目显出一丝清明，他喃喃地失望地说："是你啊……"

阿力无奈地看着燕思空，问他要不要吃点东西。

燕思空摇头："几时了？"

阿力比画道：寅时。

"我又喝到这时……"燕思空苦笑，"还没当驸马我怕就……就喝死了。"他说到"死"字，口吻中竟是有一丝雀跃，好像那是一件多么畅快之事。

阿力放下布巾，用两手比画道：世子是不是不会再来了？

燕思空失神地摇摇头："应该不会了。"

封野大多数时候在景山大营，而他在京，两人一个武将，一个文臣，平素鲜有交集。

怎么又想起封野了，封野就像钉在了他脑中一般，怎么也挥之不去。

冬日苦寒，他一定是因为太冷了，才会频频感到孤寂，想念与封野一起饮酒谈天的日子。

阿力看着燕思空失魂落魄的模样，无声地叹息。

年休过后，燕思空回到了吏部，如他所料，从前对他视若无睹的同僚这次热络了许多，不再让他做那些琐碎复杂的文书工作，商议开春的京察大计时，也没再将他排除于外。燕思空表面上喜不自胜，心中却只有冷笑。

燕思空此时在京中可算得风头无两。与他同一批入仕的进士，还未有一人离开翰林院，而他已经在短短两三年里，为太子讲学，征讨叛乱，入仕吏部，如今更是成了准驸马，命运早已天差地别。

因而他虽是寒士出身，倒也没人认为万阳嫁与他是“委屈”，而封野在大殿上的那一番阻挠，却令人颇有微词，毕竟他仿佛是把天下寒士都给骂了。

这事唯一的好处，便是众人以为他和封野不再交好了，酒席之上，也有不少人为了讨好燕思空，痛骂封野势利，瞧不起寒门学子。燕思空心里堵得厉害，面上却只能言笑，用嘲讽的口吻说世子岂是我等可以高攀的，换来一阵阴阳怪气的附和。

封野自那日之后，就返回了景山大营，年休也未留在京中。除此之外，燕思空对他现在如何一无所知，两人的过往仿佛在那一夜后就烟消云散了，无论是经历的那些磨难还是生死。

而燕思空也逐渐收拾好了失意，他告诫自己，好不容易走到今日，没工夫伤春悲秋。总有一天，封野也会长大，或许两人还有机会一笑泯恩仇，若是……他能活到那天。

第十一章 起誓

在冰雪未融，正月未出时，一件意想不到的事发生了，这件事发生在后宫。

在文贵妃的寝宫里，一个打扮成小内监模样的人要行刺年仅十二岁的二皇子陈案，幸而被侍卫拿下，有惊无险。

昭武帝震怒，下令三日之内查出主使之人，还要革禁卫军统领祝兰亭的职，大臣们纷纷求情，才改为查清此案后再酌情惩处。

审讯一番，这个行刺者果然不是真的内官，他颧高、面黑、腮红，中原人少有这样的面相，一看便像西北人。他自己供认是受到惠妃娘娘的指使，要行刺二皇子，他不熟悉后宫地形，是惠妃娘娘将他引到文贵妃的寝宫，当日惠妃确实去探望过文贵妃，前脚刚走，这刺客就来了。

这一结果非同小可，牵扯到了太子和惠妃，谁也不敢声张，大理寺卿不得不如实上报审讯内容，但他也马上去找了颜子廉商量。

行刺皇子之事已闹得满城风雨，人人都在议论，虽说审讯内容是机密，但世上哪有不透风的墙。很快，消息不胫而走，翰林院的人几乎都知道了，当燕思空从过去的同僚口中得知审讯结果时，颜子廉已经进宫面圣了。

燕思空心急如焚。明眼人都看得出来，惠妃娘娘不可能干这样的事，她不过是一介大字不识的乡下小女子，没有背景，还生性怯弱，再说她儿子已经是太子，哪有储君去行刺藩王的。

燕思空与许多人一样，怀疑是文贵妃栽赃陷害，文贵妃的爹是兵部尚书，与大内禁卫多有往来，要安插一个人进宫，似乎并非难事，但此事定与祝兰亭无关，祝兰亭为人正派，且不可能搬起石头砸自己的脚。

如今的燕思空不宜在翰林院久留，他打算晚上再去颜子廉府上拜访，又想着陈霂母子此时必定惊慌失措，很想去东宫安抚他们，可惜他什么也做不了，除非……

燕思空想到了贤妃，他未来的岳母，也深受昭武帝敬爱，若封野能去求贤妃，在陛下面前美言一番，定有效力。

想到封野，燕思空心中有几分紧张。

他狠狠痛骂自己愚蠢糊涂，那日大宴上谢忠仁阴阳怪气的一番话，已经能看出昭武帝对靖远王的忌惮。他从前希望封野与他一同拥立太子，但靖远王大败瓦剌后，他希望封家不要卷入储位之争，否则更受猜疑。

当晚，燕思空去颜子廉府上拜会，问起行刺一案，颜子廉连连叹息，说圣怒正盛，文贵妃又哭哭啼啼，谢忠仁还在一旁煽风点火，皇上根本什么也听不进去，他与几位大学士同时谏诤，才换来几日的缓期，要大理寺能够继续调查此案。

燕思空又问起查案，颜子廉更是无奈，说那人咬定了是惠妃指使，恐怕是文贵妃买来的死士。而且，谢忠仁还要求都察院介入调查，颜子廉不敢怠慢，要求刑部也介入，如此简单的案子，却要三法司会审，简直匪夷所思，盖因都察院和刑部分别是谢忠仁和颜子廉的党羽，而大理寺公正，谢忠仁在天平之上加了砝码，颜子廉哪能不跟上。

燕思空皱眉道：“这阉贼让都察院介入，形迹可疑，莫非此事他也有参与，怕我们私下串供？”

“我也有此怀疑，廷尉大人秉公执法，要说服他串供，谈何容易啊，就算真的能说服他，如今谢忠仁令都察院介入，便也不可能了。”

“串供不行，那若杀了刺客呢？来个死无对证。”

颜子廉点点头：“这是下下之策，若没有更好的办法，也只能如此了，先看看三法司会审，能否让刺客改口吧。”

燕思空回府之后，彻夜难眠，他心里充满了忐忑与不安，总觉得此事不能善终。

第二天，燕思空的预感就应验了。

谢忠仁一派的言官——礼科给事中当庭上奏，说年前太子霖往北郊祭陵、为皇太后祈福时，竟传呼直入，北面拈香，行天子之礼，尚未继位便如此无父无君，简直大逆不道。

这一奏折激起满朝风浪，昭武帝气得胡子直抖，当庭传唤太子，与那言官对质。

太子霖坚决不承认，但那言官却言之凿凿，说太子身边侍卫自然包庇太子，可那日北郊之上的情景，京中早已流言四起了。

那言官并无实证，却敢弹劾太子，而一干人等也拿他无可奈何。

本朝建制，所谓言官，指的是都察院御史和六科给事中，御史包括在京的和巡按各府道的十三道监察御史，专门监察朝廷内外的所有官员，六科给事中则监察六部，他们品级大多极低，但有一个统一的特权，就是可以“风闻奏事”，意为道听途说之事，就可以上奏，而不须负责任，且什么都可以奏，不是自己本科、本府道的事，甚至是皇帝宫闱，都可以管。

大多官员，包括皇帝，都烦透了这群言官，却又不能违反祖制。况且，言官是把利剑，人人都有用得着的时候。

昭武帝一怒之下，将惠妃和太子同时下了狱，说要连同行刺案一起彻查。

此事闹至这个地步，大家纷纷猜测皇上要废太子，也有不少矛头指向二皇子，认为此事他难脱干系，朝中一时人心惶惶。

燕思空听到惠妃和太子被下狱的消息，腿软得险些站不住，他扶着门扉，站了良久，才大步如飞地去文渊阁找颜子廉。

师生二人一见面，皆是脸色青灰。

燕思空急道："老师，三法司可审出什么没有？"

颜子廉沉重地摇头："果然，那文贵妃已与谢忠仁勾结，今日上奏弹劾太子的，便是礼科给事中。"他咬牙切齿地说："一个阉人，一个妇人，沆瀣一气，意图谋篡储君之位啊！"

燕思空握紧了拳头："这阉贼……"他恨不能将谢忠仁剥皮抽筋！

"陛下虽已将娘娘和太子下狱，但大臣们纷纷谏诤，一时是安全的，只是……"颜子廉捂着疲倦的双目，"陛下本就不喜太子，更不喜惠妃，否则是不会单凭言官两三句就把他们下狱的，那可是我大晟的太子啊，成何体统！"

"现在哪里顾得上什么体统。"燕思空急道，"正如老师所说，陛下不喜他们母子二人，一直想改立二皇子，如今皇太后沉疴，已无力向陛下施压，恐怕陛下会借机废了太子！"

"这正是我最担心的。"颜子廉睁开眼睛，他脸上每一道深深的褶皱，都写满了忧思过重的老态，"废长立爱，是倒行逆施，陛下可不能糊涂啊。"

"陛下是第一天糊涂吗？"燕思空咬牙道。

换作平日，颜子廉必要教训燕思空谨言慎行，但此时他心中亦是这样想，只不过燕思空代他说出来罢了。他凝重道："我担心下一步陛下会让三法司审讯娘娘和太子，那就更麻烦了。"

三法司审讯，必然动刑，本朝律法，但凡下狱之人，不管有罪与否，开审先鞭十，已正法威，震慑不轨，皇亲国戚大多都会免除，但若是陛下亲下诏书，谁敢怠慢？这母子俩虽然多年受冷落，但也没受过皮肉之苦，何况这等羞辱。

燕思空只觉心中发寒，低声道："惠妃娘娘生性怯懦，万一刑讯受了惊吓，或被诱导，说了什么不该说的，太子就万劫不复了呀。"

“这正是我害怕的。”颜子廉道，“我一会儿就去找廷尉大人，事态如此严峻，他若不一同想办法，岂不是任人欺辱我大晟未来的天子，晓以大义，也许能说服他。”

“万望如此。”燕思空突然想到了什么，“老师，今日早朝，世子做何反应？”

本朝官员，四品以上皆要上早朝，他听闻封野最近回京了，今日言官污蔑太子，封野必然也在场。

颜子廉道：“他一同规劝陛下三思，认为太子是冤枉的。”他直直盯着燕思空：“你可有办法？”

“学生想到一个办法，只是……”燕思空垂下了眼帘，掩饰着眸中的情绪，心中翻腾不已，“因赐婚一事，我与世子已经疏远，我去求他，未必奏效。”

“哎，我以担心世家大族有所抱怨为由，劝陛下未赐婚前，不要放出消息，是防着谢忠仁横插一道，撺掇陛下把万阳许配给别人，谁想到世子如此在意门第。”颜子廉看着燕思空，“你究竟有何办法？难道你想让靖远王为他们求情？”

“不可。”燕思空正色道，“若靖远王求情，是火上浇油。”

颜子廉立刻了悟其中要害：“没错，皇上忌惮靖远王，若他再为太子求情，储君之位必定保不住。那你的意思是……”

“让万阳公主去求太后。”

颜子廉眼前一亮：“好计。陛下敢这么干，定是瞒着太后，公主每日都去给太后请安，只要将此事偷偷告诉太后，便不会牵扯贤妃娘娘，现在怕只有太后能救惠妃娘娘和太子了。等等……”他又担心道：“可世子进宫，禁卫都有记录，这瞒不过皇上啊。”

“世子不须进宫，只要修书一封，交给贤妃娘娘即可，而这件事就要老师出马了，老师能否说动祝统领，为世子传信？如今宫中戒备森严，祝统领戴罪履职，只有他能办到了。”

颜子廉苦笑道：“豁出我这张老脸，也要求动他，况且，祝统领是太后指派给太子的武师，我相信他也想帮太子。那你，你有把握求动世子吗？”

燕思空面露难色：“没有。”

颜子廉一把抓住燕思空的手，眼眸犀利如鹰：“思空，你知此事之利害，不能没有，必须有啊。”

燕思空慢慢跪了下来：“学生，定当全力以赴。”

封野……

燕思空一整日都坐立难安，便提前告假回家，独自坐在书房思索，他看着日暮慢慢降临，天光消失，屋内沉入黑暗，却连一盏灯也没点。

他这一生，不知求过多少人，最难时曾为活命求一口馊饭，他早已没有多少荣辱廉耻之心，对他来说，求人算得了什么，只要能达到目的。可当他要求的人是封野时，他感到实在难以启齿。

他自嘲，这便是感情用事的下场，除了令自己束手束脚，没有别的用处。

幸好他燕思空始终是燕思空，尽管会犹豫，却不会真正动摇。

他站起身，大步走出了书房，高声道：“阿力，备车。”

燕思空很少来靖远王府，大多数时候都是封野去找他。这王府位于京城最好的地段，周围四通八达，时时都有眼睛瞧着。

到了王府，车夫要为他敲门，他挥手制止，自己亲自去敲了门。

门房见是他，略有些惊讶：“燕大人，我这就去通报世子。”

燕思空道：“我来府上不是一次两次，还须通报？”他说着就要直接进去。

门房却挡在了他身前，尴尬地说：“燕大人，还是容小的去通报一下吧。”

这些门房跟班最是会察言观色，从前见了毕恭毕敬，但他那日在大宴上被封野当面羞辱的事儿早已传遍了京师，现在便连门儿都不让进了。

燕思空也不恼，他从不为不必要的事置气，浪费自己的精力，便道：

“那就有劳小兄弟了。”

门房关上门，燕思空听着里面传来一阵小跑声，自己在门外等着。

可左等右等，这扇重逾千斤的漆红雕花大门却没再打开。

车夫刘成在一旁先等着急了：“大人，这欺人太甚了，咱回去吧。”

燕思空道：“不急，耐心等着。”

“……”

二人一车就这么杵在王府门外，尽管天色较晚，但往来不乏行人，燕思空相貌出众，有人已经猜出了他是谁，远远地就指指点点，议论纷纷。

换作面皮薄的，受此对待，早已拂袖走人了，燕思空却巴不得站得更久一点。在京官员和边关武将走得太近，是非常犯忌讳的，虽然他并未直接与靖远王有什么联系，但他与靖远王的世子私交频繁，也难免落人口实，从前没人说，是因为封野年少而自己位卑，但现在不同了，靖远王打了胜仗，自己亦已是准驸马，撇清关系，对谁都有好处。

经过封野在大殿上反对赐婚和今天这一出，全天下都该知道封野和他好比管宁割席，交情算是完了。

就这样，燕思空在王府门外足足站了一个时辰，此时正是春寒料峭的时节，他冻得脸色青白，身体直抖。

这时，王府的大门打开了，燕思空回过头，看到了薛伯，薛伯的表情很是无奈：“燕大人，里面请。”

燕思空拱了拱手，随着薛伯进了王府。

王府太大，他至今都没完全熟悉，但封野所住的别院他却是轻车熟路，而薛伯领的方向明显不对。

燕思空没有发问，只是默默地跟着，直到拐过回廊，眼前出现了一间亮着灯的大屋子，他才反应过来。

这里是封野的练功房，若赶上天气不佳，封野便会在这屋里练武。

薛伯将燕思空领到门前，拱手道：“燕大人，请。”

燕思空径直走了进去，薛伯在他身后关上了门。

那练功房极为宽敞空旷，摆着各种兵器和器具，封野正背对着燕思空而站，下盘稳扎，双臂持弓，一箭射向了远处的靶子，不用看也知，必是靶心。

屋内炭火烧得温暖，燕思空感觉浑身血液活络了一些，他默默凝望着封野颀长的背影，努力攥了攥还未缓冻的手指，开口道：“封野。”

封野突然转过身，一支利箭破空而来，直取燕思空的面门。

燕思空来不及闪躲——他也并未打算闪躲，甚至连眼睛都未眨一下。

须臾间，一阵劲风袭过，那箭矢擦着他的太阳穴，射在了他背后的门上。

“咚”的一声，仿佛直接砸在人的心上。

燕思空直视着封野，从那双凌厉的眼眸中，看到了挣扎的情绪。

封野冷道：“谁准你来找我？”

“我必须来找你。”

“为什么？”封野看着燕思空冻得绯红的脸颊，心里也并不好受。

燕思空眨了眨眼睛，直白地说：“我为了太子和惠妃娘娘，前来求你。”

封野一把将手中的弓摔在了地上，低吼道：“滚！”

燕思空心中一阵难过，他努力掩藏起自己的情绪，正色道：“你也知道他们是冤枉的，刺客一事，是谢忠仁和文贵妃……”

“我说，滚！”封野龇起牙，“你现在才想起来我有用，是不是太晚了？”

燕思空闭了闭眼睛：“我知道你在早朝时曾为太子求情。”

“我认为言官不能信口雌黄，便如实禀报，乃人臣之本分，但仅此而已。”

“保护太子，亦是人臣之本分。”

封野大步走了过来，用修长的手指指着他：“你没有资格跟我谈人臣的本分，你两次陷害朝廷命官，暗中翻搅风云，哪一样是人臣该干的事儿？只要我说出去一件，就够你死一万次！”

“但你不会说的。”

“燕思空！”封野气急了，恨不能一把掐死他。

燕思空轻声道："封野，对不起。"

封野一怔，冷冷地盯着他。

"万阳的事，我对不起你。"

封野冷笑："你有求于我，才来找我，你便是连掩饰都不掩饰一下？"

"你说对了，若不是太子出了事，我会忍住……不来找你。"燕思空直视着封野的眼睛，"我与你不同，我身负血海深仇，如何能像个不谙世事的少年一般，醉心玩乐啊！"

"我从未要你放弃复仇，我甚至愿意帮你！"封野恨声道，"但你隐瞒我！"

"不是。"燕思空难过地摇着头，"我不是有意隐瞒你，我知道的时候，老师已取得陛下首肯。那日在殿上，你听到谢忠仁说了什么吗？我怎么敢让你为此去抗旨？"

"我若愿意呢？"封野咬牙切齿，"为你，为我妹妹，有何不可？"

"你想过你爹吗？"燕思空沉声道，"你想过你若冲动行事，会给靖远王带来多大的危险吗？"

"你当我有多蠢，我只要让我爹上疏一封，将万阳许配给别人即可，可我知道的时候，才是真的晚了！"

"许配给谁？世家大族？书香贵胄？你还不明白陛下的心意吗？陛下就是要将靖远王的侄女许配给一个寒贱书生！"燕思空拔高了声音，"他是不会让封家再结一门厉害的亲的！"

封野微怔，复又冷笑："你燕思空绝顶聪明，谁人辩得过你，如今说这些都晚了，而你欺瞒我却是事实！滚吧，现在就滚！"

"封野，你难道要为了你我之间的私事，不顾太子的安危吗？"

封野寒声道："他陈家谁当太子，谁当皇帝，你真的以为对我封家重要吗？"

燕思空心中知晓，这对封家来说确实不重要，所以靖远王并不掺和储君之争，他只要握好手里的兵权，那金銮宝座上便是坐着一条狗，也无损国本。

燕思空握了握拳头，朝封野走了几步，双膝一屈，跪在了封野面前。

封野一惊，未及多想，一把将他拽了起来："燕思空！"

燕思空深深望进封野眼中："封野，我求你救救太子和惠妃娘娘，若此事不得善终，陛下一定会借机废掉太子的。"

"我说了，我不在乎。"封野恶狠狠地说，却是不自觉地回避了燕思空的目光。

"太子是大晟未来的明仁之君，为了天下百姓……"

"你少给我扣帽子！"封野眯起眼睛，"你这么急着救他，不过是因为他若当不成皇帝，你就做不成帝师，会耽搁你的复仇大计，你所做的一切，都是为了复仇。既然你为了复仇能够欺瞒于我，还有什么脸回来求我？你、你有没有廉耻！"

燕思空怔怔地看着封野，仿佛有一只手正扼住他的喉咙，令他心肺绞痛，令他难以喘息。廉耻之于他，本是毫无用处的东西，可来自封野的鄙薄，竟会让他如此难受，凭其有三寸不烂之舌，也一时说不出话来。

封野眼看着燕思空的眼圈慢慢泛起了红，似乎也有几分不忍，目光又开始游移。

两人相顾无言地僵持了片刻，燕思空突然一把抓住了封野的胳膊，双眼直盯着他。

封野瞪直了眼睛，首先感受到的便是一身寒气，面前之人似乎更加单薄了，握着他胳膊的手也冰凉，该是在外面冻了很久吧……他暗骂自己优柔寡断，就想把燕思空推开，可那能挽二石弓的有力双臂，却沉得如灌了铅般抬不起来。

燕思空哽咽道："封野，帮帮我吧。"

封野眸中闪过无数挣扎，燕思空是第一次对他示弱，他也看得出，燕思空脸色苍白、眼圈青黑，定是已焦头烂额。

封野浑身的刺都悄无声息地收敛了，他心有不甘地轻声说："燕思空，你说我拿你怎么办？"那语气满是难过与无奈。

燕思空摇了摇头，哑声道："你后悔与我重逢吗？毕竟，我已不是当年的模样。”

封野顿了片刻：“从未后悔。”

燕思空鼻头酸涩，泪水氤氲。

封野咬牙切齿地说：“燕思空，你是个混蛋！”他真恨自己对一个一次次欺瞒自己的人如此心慈手软。

这让燕思空想起两人第一次去凌雾山庄，在那个避雨的山洞中，封野说过的话。”

封野无奈叹息道：“我该怎么办？”

燕思空笑了一下，那笑容饱含无奈与苦楚。

他时常想，如果当年没有发生那些事，他安安稳稳地长大，顺顺利利地考取功名，再与封野重逢，两人会是怎样一番情景？定能坦诚相待，然后携手傲视天下吧。

可惜世上哪有如果。

他和封野走到今天，都是命罢了。

封野放开了燕思空：“说吧，你想让我干什么，我是不会让我爹去给太子求情的，陛下已经对我爹忌惮。”

“我明白，所以我希望你修书一封，由祝统领悄悄带给贤妃娘娘，请万阳公主向太后请安时，偷偷把这件事告诉太后。”

封野冷哼：“这么快就要让我表妹助阵了？”

“现在只有太后能救太子了。”燕思空避开了封野的怒视。

封野面无表情道：“你记好了，这是你最后一次骗我，往后你对我再有欺瞒，我绝对不放过你。”

燕思空定定地看着封野：“我发誓，我燕思空再也不会欺瞒你，你是这世上，我唯一愿意诚心相待的人。”他过去不曾对人交付信任，以后也不会，他清楚地知道，唯有封野会这样待他，他心里也不会信任除封野以外的人。

封野的目光在燕思空脸上逡巡，似乎想要从他的表情和眼神中探究出个真假：“你知道吗，我分不清你哪句真哪句假，也不敢轻易相信你，你太会骗人了。”

燕思空正色道：“除了你，我对谁也不敢说出‘诚心’二字。”

封野沉吟片刻，终是妥协：“走吧，去书房。”

当燕思空从王府出来时，已是深夜，刘成守在马车上，已经打起了盹儿，燕思空上去拍醒了他。

刘成一个激灵，睁开了眼睛：“公、公子……”

燕思空示意他别嚷嚷，“你自己回府吧，我还有事要办。”

“去哪儿？小的送你啊。”

“深夜街上有禁卫巡夜，马车太招摇，你回去便是。”燕思空裹紧了棉服，扭身走了。

他尽量隐匿身形，躲过巡夜的人，摸到了颜子廉府上。

虽然这么晚了，不太可能有人看到，但为防万一，还是谨慎为妙，毕竟大半夜的来阁臣府上拜会，定惹人猜忌。

燕思空悄悄敲开了门，门房都认识他，见他行色匆匆，定是有要事，连忙将他引了进来。

他料定颜子廉在苦思对策，这时候定未入睡，果然，东厢房还亮着一盏灯。

颜子廉见到他，急忙问道：“可是拿到世子的信了？”

燕思空点头：“正是，学生不敢耽搁，马上就送来了。”他将信交给了颜子廉。

颜子廉摊开来，粗扫了一遍，连连称“好”，又说：“我白日已经悄悄拜访过祝统领，他正因此事无端受牵连而愤怒不已，二话不说就答应了，只是他现在在宫中，我只能等白天入宫后交给他，这样一来，太后最早也要明日才能得到消息。”

“老师是怕这一天会出事端。”

“怕呀，太子与娘娘就在牢狱之中，多待一个时辰都不妥。”

“现如今也没有别的办法，只能等了。”燕思空寻思道，“老师，你说，学生是否该去探视太子？我是太子讲师，也合情合理。”

颜子廉想了想道：“暂时不必，说不定太后一怒，陛下就把他们放了，等上两日吧。”

“好。”

颜子廉拍了拍燕思空的肩膀，语气慈爱而欣慰：“思空，你去求世子，定是受了委屈吧。”

燕思空笑道：“为了太子和娘娘，学生有什么委屈的。”

“看来世子还是深明大义的。”

燕思空暗自苦笑，他知道封野一定会帮他，他把封野里外都看透了，却越来越看不透自己。

第十二章 东宫宫变

翌日，早朝之上，波澜再起，昭武帝问起刺客的审讯情况，大理寺卿孟铎不得不如实禀报，说还在审理当中。

参审的御史便直白地说，那刺客一口咬定是惠妃娘娘指使；刑部尚书则反驳道，刺客并无证据，很可能是栽赃陷害。

昭武帝气得吹胡子瞪眼，说二皇子受了惊吓，都病倒了，他失去了耐性，要三法司提审惠妃。

一干大臣苦苦劝谏，但昭武帝显然是受了文贵妃和谢忠仁的蛊惑，加之有废立太子之心，平日优柔寡断的他此次却固执非常。

燕思空听到提审惠妃的消息，心中发寒，他没想到连一天时间都不能安生，如此不留情面地审讯太子生母，针对的其实并不是惠妃，而是太子。此举可以让太子失去威信，昭武帝废立太子，怕是决心已定了。

燕思空只觉如坐针毡，若陈霂当真被废，他身为前太子的老师和颜子廉的学生，以后在满是阉党的朝中怕是再不得重用。这一步一旦走错，也许满盘皆输。

燕思空疲倦地闭上了眼睛，只感到无边的忧惧与孤独。

燕思空与颜子廉商议一番，决定前去探视太子和惠妃，今日惠妃被提审，若受了刑，母子二人定是十分难捱，他要前去安抚。

两人正密议此事，突然背后传来了敲门声。

颜子廉道："进。"

沈鹤轩推门而入，匆匆看了燕思空一眼，往前赶了几步，扑通一下跪在了地上，凛然说道："学生已决定以死进谏，以证惠妃娘娘和太子清白，求老师把学生的奏折呈上去。"

颜子廉腾地站了起来，怒道："我前日是怎么与你说的？朝堂上已是惊涛骇浪，你那奏折一旦呈达御前，你小命就没了！"

沈鹤轩毫无惧色，大声道："'武死战，文死谏。'学生从入朝为官那一日起，便早以将生死置之度外，学生不能看着陛下背负废长立爱的昏君之名，也不能看着太子与惠妃娘娘含冤受辱。行刺一案，漏洞百出，可满朝文武，竟无一人敢说出文贵妃意欲篡储君之位而构陷惠妃娘娘，那我来说！"

燕思空心情复杂地看着沈鹤轩，那张年轻俊雅的脸上满是无畏正气，让他在昏暗的屋内却似整个人都在发光。

颜子廉气得抓起书砸向了沈鹤轩："你以为你一条命又能换回什么？你只会激怒陛下，只会……只会……"颜子廉喘息越发急促，身形晃了晃，就往后踉跄倒去。

"老师！"燕思空手疾眼快，连忙上前扶住摇摇欲坠的颜子廉。

沈鹤轩也瞪直了眼睛，忙站了起来："老师……"

两人把颜子廉扶坐到了椅子里，颜子廉努力顺着气，脸色惨白，双目涣散不已，嘴唇不停地颤抖着。

"……叫太医。"沈鹤轩说着就要往外冲。

颜子廉却突然伸出了手，那枯树枝一般干柴的手指，将沈鹤轩的手腕抓得死紧。

"老师……"沈鹤轩紧张地看着颜子廉。

颜子廉摇了摇头，缓了一会儿，顺过气来，轻声道："把门关上。"

燕思空忙去关上了门，才折返回来，担忧道："老师，你的身体……"

颜子廉深吸了一口气："不能让那阉贼知道，我不看到他死在我前面，如何能瞑目。"

沈鹤轩鼻头一酸，慢慢跪下了下去，挣扎地看着颜子廉。

颜子廉握着沈鹤轩的手，沉声道："鹤轩，遵圣贤之道，未必就能做一个好官，行正事却未必能把事行正，你是连中三元的稀世之才，上晓天下晓地，怎么独独就不晓人心呢。"

沈鹤轩含泪道："老师，你说的学生都懂，可有些事，总得有人去做啊。"

"我和思空已经有了对策，还不到要你死谏的时候，你含着这一腔热血，留待将来再报效天子吧。"

"什么对策？"沈鹤轩急道。

燕思空把沈鹤轩从地上拉了起来："沈兄，让老师休息，我们出去说。"

两人离开文渊阁，往宫外走去。

燕思空将信的事告诉了沈鹤轩。沈鹤轩这些日亦为了太子之事焦虑不已，还写了一封言辞激烈的奏疏，幸好被颜子廉拦下了，否则真可能在这个风口浪尖上被昭武帝拿来杀鸡儆猴。

沈鹤轩其人，若让燕思空用一个词来形容，那便是：峭直。他当年连中三元，名动天下，是何等的风光，可如今三四年过去了，同一批的进士，混得最好的便是自己，已是吏部主事和准驸马，其他也有三三两两开始下放去外地历练，唯独沈鹤轩，一直留在翰林院内，看上去不得重用。其实颜子廉早与自己说过，沈鹤轩亦是其着重培养的未来大学士，只是此人脾性难驯，必须好好打磨，否则这柄利剑恐怕还未出鞘就先卷了刃。

沈鹤轩听完之后，总算安心少许："陛下至孝，只要太后出面，定能解太子和娘娘之危。"

"沈兄不要高兴得太早。"燕思空叹道，"此事若仅仅是文贵妃陷害惠妃娘娘，那行刺之事，便如你所说，漏洞百出，难以服人，那言官的弹劾更是一通屁话，可皇上为何还如此强硬地将他们母子下了狱？归根究底，是皇上想要废立太子，此时正抓住了机会。”

沈鹤轩沉痛地说：“糊涂，简直糊涂。”

燕思空把沈鹤轩拉到暗处：“沈兄，小弟上次与你深谈过太子的处境，你那时似乎不以为意，现在你看出来了吗？即便这次太后出马，他母子二人能够度过危机，可太后……太后一旦仙逝，还有谁阻止得了陛下？”

沈鹤轩面色一沉，没有说话。

燕思空算了算：“二皇子今年十二岁，离他满十五岁出宫就藩还有两年多，这近千个日日夜夜，殿下的储君之位，随时都可能不保，就算能挨到他出宫就藩，召回来，不也就是一道圣旨吗？”

沈鹤轩沉声道：“贤弟想说什么？”

“沈兄以为文贵妃之所以能够如此嚣张，归根结底是因为什么？”

“文尚书。”沈鹤轩毫不犹豫答道。

“没错。”

文贵妃再受宠，也不过是妃，她的儿子既不是嫡也不是长，名不正言不顺，若仅仅只是宠爱，不足以让优柔寡断、沉迷享乐的昭武帝如此费尽心机地要废立太子，文尚书和谢忠仁应该才是真正的幕后主使。

“你究竟想说什么？”

燕思空暗道：“沈兄，若能度过此次危机，朝中马上就要迎来更大的一场风雨，那就是京察大计，老师极力将我推入吏部，为我谋这门皇亲，都是为了此次能够搅动朝堂的格局，给予阉党痛击。京察六年一度，老师年事已高，怕是等不到下一个六年了。我知你心中委屈，认为自己不得重用，哪怕以死进谏，也不甘碌碌无为，可老师对你寄有厚望，将你看作他未来的接班人，怎么能看着你折在这里呢？”

沈鹤轩正色道：“老师如何安排我的仕途，我绝无怨言，我要进谏，只是为了太子和娘娘。”

“自然如此，自然如此。”燕思空拍着沈鹤轩的肩膀，“但沈兄心有不甘，也不必掩饰，对吧。”

沈鹤轩抿了抿唇，算是默认了。

并非沈鹤轩好大喜功，他身负奇才，却无法施展，尤其有燕思空在一旁比较，心中自然难平，这入情入理。

燕思空越发意识到沈鹤轩的重要性，而颜子廉早已意识到，在关键时刻，他定会化作一柄利剑，成为中流砥柱，所以，得看好了他，别让他把自己弄废了。

燕思空劝道："沈兄，请你理解老师的苦心，我们自当竭尽全力解救太子和娘娘，我现在就要去探视他们了，沈兄定要沉住气，便如老师所说，把你这一腔热血含住了，早晚能挥洒天下。"

沈鹤轩叹了口气，握住燕思空的手："拜托了！"

依本朝律法，犯人亲属是可以探视的，燕思空虽不是亲属，但他是太子老师，也勉强说得过去，且有孟铎默许，就顺利进入了大牢。

太子与惠妃娘娘是分开关押的，燕思空先去探视了惠妃。

惠妃果然没躲过那十鞭，她躺在简陋的榻上，蜷缩着瘦弱单薄的身体，脸色惨白，衣襟上的血迹依稀可见，叫人看着心生不忍。

燕思空走到近前，跪在地上，轻声唤道："娘娘，娘娘。"

惠妃睁开了眼睛，见是燕思空，就像见到了救命稻草："燕、燕大人。"她挣扎着爬起来，踉跄走到了铁栏前，虚弱地坐倒，眼泪簌簌而下，"霂儿怎么样了？我的霂儿怎么样了？"

燕思空心中感慨，这便是母亲，第一个想到的定是自己的孩子，他柔声安抚道："娘娘放心，太子平安。"

惠妃凄楚地说道："我没有派人行刺二皇子，那日是文贵妃邀我过去品茶。"

"臣知道，娘娘是冤枉的，我们都知道。"燕思空道，"今日审讯，他们都问了什么？"

"问那刺客之事。"

"娘娘没承认就好。"

"我怎么可能承认。"惠妃突然瞪直了眼睛，一改往日的怯弱，愤怒地喊道，“我是冤枉的，打死我我也不会承认！”

燕思空愣了一愣，他没料到这个平日说话细声细语、毫无主见的女子，竟也有如此刚烈的一面。

“我后悔没听燕大人的劝，其实我早已疏远文贵妃，可她邀我，我如何拒绝，如今还连累我霂儿……”她哭着看着燕思空，“我从不求霂儿做什么太子，只求我们母子平安，不做太子又如何，为何她如此歹毒？”

“娘娘万万不能这么想。”燕思空犀利的目光盯着她的眼眸，低声道，“娘娘，殿下是皇长子，是我大晟名正言顺的储君，若他做不成皇帝，那他也做不成闲散王爷，新皇登基后，你母子二人只有死路一条。”

惠妃倒抽了一口气。

燕思空加重了语气：“娘娘，为了殿下，您务必坚强，太后已知道此事，不会坐视不管。无论如何，咬死不能承认，否则殿下就要万劫不复。”

“太后，太后会救我们吗？”惠妃眼中燃起一丝希望。

燕思空心想，太后会救太子，但她……他自然不会将心中猜想表现出来，只是笃定道：“一定会的，只是现在，要委屈娘娘了。”

惠妃眼中闪烁着令人震撼的坚毅：“为了霂儿，我什么也不怕。”

留下疗伤的药物和干净的衣物，燕思空拜别了惠妃，又去探视陈霂。

陈霂衣冠整齐，仪态端庄，身陷牢狱亦不露颓容，但见到燕思空那一瞬间，激动和委屈的神情，还是出卖了他，他毕竟只是一个十几岁的孩子。

“先生！”

燕思空跪了下来，重重叩首：“臣有罪。”

“先生何罪之有，快起来！”陈霂隔着铁栏，徒劳地伸出了手。

“臣不能为殿下分忧，不能代殿下受过，只能眼看着殿下含冤受辱，臣……”燕思空声音哽咽，“臣有罪。”

陈霂眼圈一红：“先生快起来，离我近一点。”

燕思空抬起了头，跪爬了过去，刚凑近那牢笼，陈霂就伸出了手，抱住了燕思空，双臂还在颤抖。

燕思空潸然泪下，以袖轻拭着泪水：“殿下可还好？冻着了吗？饿着了吗？”

“我无妨，我母妃呢？”陈霂殷切却又忧惧地看着燕思空。

燕思空垂下了眼帘：“娘娘……”

“我母妃怎么了？”

“娘娘受了点伤。”

“他们敢对她用刑！”陈霂眦目欲裂，恶狠狠地说，“他们眼里还有没有我这个太子！”

燕思空道：“娘娘是受了震慑法威的鞭十之刑，只是皮外伤，我知道殿下委屈，但此时情势危急，殿下不可被愤怒冲昏了头脑。”

陈霂双目赤红，一口银牙将要咬碎：“敢对母妃用刑……小的时候，我母子在宫中受尽冷落欺凌，没想到我已是储君却还是保护不了自己的母妃，先生，我……我怎么如此没用啊。”

燕思空紧紧抓住陈霂的手：“殿下万不可妄自菲薄，殿下是皇长子，是我大晟名正言顺的未来国君，正因为殿下无可挑剔，才惹来小人陷害。我和老师、沈兄、世子以及许多贤臣，都在为殿下和娘娘的清白与安全奔走，殿下不要丧失了信心，待殿下登上皇位的那一天，定能匡扶正义，拨乱反正。”他眼神犀利，低声道：“惩戒那些卑贱小人。”

陈霂恨道：“可我如今身陷囹圄，冤屈加身，父皇……一直都想废了我吧。”他轻轻咬住了嘴唇，哑声道：“他从来不想立我为太子，现在正好找到机会，一定会废了我的。”

“废立太子涉及国本，岂能儿戏，只要殿下与娘娘是清白的，陛下也一定会以大局为重。”

陈霂讥诮一笑：“先生这话，怕是自己也不信吧。”

燕思空握住陈霂的手：“无论如何，殿下要坚韧，帝王之路本就非坦途，但殿下绝对不能放弃，不管发生任何事，臣等都在殿下身后，随时准备为殿下赴汤蹈火。”

陈霂道：“我不会放弃，我若放弃，我母子二人便连容身之处都没有了。”

燕思空沉重地点点头，低声道：“明日一早，太后就会知道此事，陛下迫于压力，一定会放了你们的，殿下已委屈了这么多年了，就再委屈一晚。”

陈霂苦笑道：“这一晚，只是开始罢了，离陈案离京就藩还有两年多，他们定会用尽手段害我。”

“殿下并非孤军作战。”燕思空深邃的眼眸坦诚地看着他，“我们不会坐以待毙的。”

陈霂回握住燕思空的手，咬了咬牙，目光坚毅而果敢：“先生放心，我绝不会退缩。”

燕思空欣慰道：“有殿下这句话，臣等必披肝沥胆！”

陈霂感动地说：“先生对我情真意切，我希望先生能一辈子做我的老师，哪怕有一天我当了皇帝，也要先生助我治理天下。”

燕思空拱手道：“臣，万死不辞！”

离开大牢后，燕思空一路思索着对策。

就算陈霂母子能度过此次的危机，但以太后的状况，恐怕保不了他们第二次，要将陈霂推上皇位，必须得铲除更多的障碍，比如文尚书，比如二皇子。

相信颜子廉也想到了，虽然两人尚未来得及商量，但明年的京察大计，定然要想办法在文尚书身上做文章，只是此人德高望重，并不好撼动。那么，二皇子呢?

燕思空算了算日子，佘准应该已经回京了，若干脆杀了二皇子，倒是能斩草除根，但一是大内守卫森严，就算是佘准，恐怕也难以成功；二是若二皇子真的遇刺，昭武帝一定第一个怀疑陈霂，而祝兰亭更是脑袋都保不住。

有什么办法能彻底为陈霂开山辟路呢……

燕思空一路思索着回了家。

他刚进家门，看到阿力的眼神，就知道是封野来了，他吩咐道：“备点酒菜。”

阿力比画着：早已准备好了。

燕思空点点头，示意他回屋，自己径直往主屋走去。

燕思空推门而入，一股暖意顿时扑面而来，驱散了他从外面带回来的寒气。他看到封野正坐在炉边烤手，桌上摆着温好的酒，还有飘散着香味与热气的饭菜，这幅画面就像过去许许多多个平凡的夜晚一般，令他的心也热乎了起来。

然而封野转过了脸来，表情分外冷漠，燕思空顿时清醒了几分。

封野站起身，坐在了蒲团之上，看了看矮桌上的饭菜，问："吃了吗？"

燕思空摇摇头："你刚来吗？"

"嗯，吃饭吧。"封野倒上了两杯酒。

燕思空除履，盘腿坐在了封野对面："我刚去探视了太子和娘娘。"

"如何？"

"娘娘受了十鞭，不太好，太子尚可，可毕竟还是个孩子。"

"他能不能熬过这关，便看他造化了。"封野看了他一眼，加重了语气，"吃饭吧。"

燕思空才回过神来一般，先喝了口酒暖暖肚子，才吃了起来。

"我是不是从未说过，阿力做饭挺好吃的。"封野道。

"以前似乎也说过。"燕思空想了想，"是我问你好不好吃，你应和来着。"

这生疏而拘谨的气氛，令燕思空感到有些难受，他知道他们之间隔阂愈深，回不到从前那般了。

"等夕儿下嫁，就轮不到他做饭了。"封野面无表情地说，"皇上会赐你一座大宅子和一大堆仆人，你再也不用住在这冷清破落的房子里。"

燕思空沉默着，不知如何回答。

封野继续说道："那时，你的府上会到处都是人，我便再也不能翻墙而入，神不知鬼不觉地来找你了。"

燕思空抬起头，颤声道："你究竟想让我怎样？"

封野面皮抽动，拿起了桌上的酒盅一饮而尽，没再接话。

两人之间陷入了凝固般的沉默，燕思空一口一口地吃着饭，味同嚼蜡，他突然之间就悟了什么叫咫尺天涯。

半晌，封野放下碗筷，换了一种寻常的口气："就算他们渡过此劫，也不能高枕无忧，文宥迟和谢忠仁是不会罢休的。"

燕思空忍着心中的不适，打起精神道："是。"

"除非除掉文宥迟，文贵妃若没了靠山，她再得宠，也翻不出花样。"

"我和老师也想砍掉这个毒根，京察大计便是一次机会，但文尚书行事谨慎，德高望重，难以捉到把柄。"

封野道："文宥迟身为兵部尚书，与我爹素有往来，此人掌管军备开支，虽然他不敢明着克扣我爹的军备，但暗里没少假公济私。从前战事吃紧尚且如此，如今太平之年，我爹的军备必然要削减，这兵部掌握在别人手里，始终不是长远之计，若能换成我们的人，则是一箭双雕。"

燕思空眼前一亮："没错，如今大同无战事，兵部定要削减军备，文宥迟不除，靖远王必然要被动许多。"

昭武帝为了制衡靖远王，今年肯定会大幅削减大同军备，但怎么削减，削减多少，要视人员和边防情况而定。削减得太少，起不到压制靖远王的作用；削减得太多，恐怕把人逼反。皇帝自己当然不知道这个度，要由兵部去调查、核算、商议，最终的决定权就在兵部，如此重要的位置，被外人占据，便如脖子上横着一把刀。

他没想到这点，但幸好封野想到了，这样一来，两人又能勠力同心，他还能得到靖远王的助力，或许真的能铲除文宥迟。

"此事我已密信给父亲，待他回复，他与文宥迟打交道多年，定有文宥迟的把柄，只是文宥迟手里亦有我爹的把柄，还须从长计议，不能让他知道此事与我爹有关。"

"那是当然。"燕思空看着封野，犹豫了一下，道："谢谢！"

封野别开了眼睛："我这么做不是为了你，是为了我封家，为了太子，轮不到你说谢谢。"

燕思空笑了笑，充满了无奈。

封野站起身："我来找你，就是为了此事，我走了。"

"封……"燕思空下意识地开口，但挽留的话却卡在了喉咙，好险没有出口。

封野顿住了身形，似乎在等待什么一般。

"……风急夜黑，路上小心。"

封野双目一冷，头也不回地走了。

燕思空看着对面空荡荡的蒲团和那副碗筷，在安静到令人窒息的屋内呆坐了许久。

燕思空一夜未眠，第二天早早就去了衙门。

吏部近日已将参与京察大计的吏员名单按照品级整理好，正在搜集这些人历年的政绩，还要内部拟定出列题、会核的内容，每日都非常繁忙。

燕思空一早上都忙于公务，但心却一直系在太子一案上，衙门内的同僚也都在讨论此事，毕竟这是关乎国本的大事。

吏部一个郎中问向燕思空："燕主事，你身为太子侍读，如今可有什么消息？"

燕思空轻咳一声："太子和娘娘是冤枉的，相信陛下定能明察秋毫。"

这话说了等于没说，那郎中不死心："你三天两头往文渊阁跑，是去找首辅大人吧？"

燕思空淡淡一笑："我挂心太子和娘娘，便向老师询问一二，一切还得由三法司公审，由圣上定夺。"

他们见燕思空嘴紧得很，问不出什么，这才作罢。

燕思空心想，看来他的一举一动确实都有人关注着，以后得少去文渊阁了。

尽管心中焦虑，那日燕思空也并没有再往颜子廉那儿跑，早朝上依旧为太子和惠妃的事吵得不可开交，但还未吵出结果。估算着时间，如果万阳公主已经把这件事偷偷告诉了太后，那太后也要等到早朝过后才能发难，所以，眼下除了等，也没有别的办法。

就这样等了一天，第二日早朝上，大臣继续劝谏，昭武帝突然松了口，说太子在北郊祭陵时行天子之仪一事，确无实据，要把陈霂给放了，但惠妃指使刺客行刺二皇子一案，有刺客口供为证，要继续严加审理，务必查个水落石出。

这显然是被太后施了压，但惠妃娘娘一事，有刺客供证，就算是太后也不能干预司法——尤其是皇帝不愿意她干预的时候，只这一条便足矣。

燕思空深夜去找颜子廉的时候，得知太子已经被放回了东宫，如今太子虽然暂且安全了，但忧患并未解除，惠妃身为太子母妃，此时身陷囹圄，于太子声誉有损，一旦被判有罪，便一定会牵连太子。

燕思空问道："老师上次说要与廷尉大人密谈此案，可有结果？"

颜子廉点点头："如今三法司会审，要篡供是不可能了，而那刺客无论是刑逼还是利诱，都不肯改口，我猜他有家人在谢忠仁手中，就是抱着必死之心来的。其实三法司除了他的口供，以及他在惠妃娘娘离开之后行刺，根本查不出此案与惠妃娘娘有何关联，孟大人说，若是寻常办案，证据不足，他不会定娘娘的罪，但都察院的人处处与他唱反调。最重要的是，这是行刺皇子，是诛九族的大罪，若查不出背后主使，他们也难辞其咎，如果娘娘无罪，那谁有罪？这无法向皇上交代。"

"应该去查那刺客的原籍，顺藤摸瓜，也许能找到更多证据。"

"此人来自西北，可能是大同一带的，若陛下给足了时间，孟大人早就去查了，但时限就快到了，根本来不及。"颜子廉摸着胡子，"如今是陛下想定娘娘的罪，谁敢翻供。"

燕思空眯起眼睛："那恐怕只能使那下下之策，把刺客杀了。"

"若杀了刺客，确实死无对证，但一定会被谢忠仁反咬杀人灭口，到时会掀起怎样的风雨，尚未可知。"

"不杀他，娘娘也难以脱身，杀了他，也许还有一线出路。"

颜子廉抚须思索着，突然感慨了一句："现在该死的不是他啊。"

燕思空心中暗惊，这话若旁人听来，像是在咒骂构陷惠妃之人，可他何等聪明，一下子就听出了颜子廉话中之话。

的确，现在该死的不是那个刺客，那刺客早晚要被剐了，可现在杀了他，是下下之策，没有对策之对策，而有一个人死了，却能令陈霂真正熬过此次的危机—— 那就是惠妃。

惠妃若死了，便可以说是以死证清白，昭武帝也不好再追究，且于情于理，不能在这个当口言废立太子，否则必遭天下人诟病。

但燕思空自然要装傻，相信颜子廉也不会希望他听出那话中之话，他只是恶狠狠地说："对，那阉贼作恶多端，老天无眼，竟还不收了他！"

颜子廉不置可否，道："我再与廷尉大人商量商量吧，你明日入宫，先去安抚太子。"

"学生明白。"

回去的路上，燕思空感到越发沉重。

他知道颜子廉不至于去谋害惠妃，但那日他探视惠妃，见她的精神已经极度恐慌，多年来在宫中受到的欺凌和打压早让她绝望不已，若再加重刑讯，且她得知陈霂已经被放而自己正在拖累儿子，恐怕会自我了断。

颜子廉看出来了，孟铎看出来了，如今连他也明白了，可他们既不会告诉陈霂，也不会阻止，她一条命能换来储君之位，也算死得其所。

只是他胸中有沉闷之气郁结，堵得他寝食难安。

陈霂的年纪，跟他当初眼看着元卯被冤杀时差不多，胸有壮志却难酬的少年时，早早就要面对人生的残酷，却别无选择。

那日惠妃狼狈惶恐，却在提到陈霂时又坚定不已，她的眼神让他想起自己的两个娘，她们虽已在记忆中模糊了面目，但给予他的关怀却让他毕生不敢忘。女子本弱，为母则刚。惠妃一生悲苦，可怜怕是没有福气看着儿子君临天下了。

燕思空闭上眼睛，长嘘了一口气，他心中对陈霂有愧疚，但他告诉自己，这不能改变什么。

当一个人太弱的时候，便什么也保护不了，唯有让自己变得强大，无人能及的强大。

隔日一早，燕思空进宫探望陈霂，陈霂焦急万分地询问惠妃的情况，燕思空勉力安慰，却没有透露太多。他又反复劝阻陈霂，且不要去求昭武帝，只怕弄巧成拙。

燕思空回到府中，发现书案上摆放着三枚铜板，这是佘准给他的暗号，显示自己已经回京了。燕思空想了想，写了一封信，要佘准给他训练几名刺客。他知道，万不得已，只能冒险杀了二皇子，以保陈霂的太子之位。

信写好后，他让阿力深夜出门，给佘准送去了。

昭武帝给的查案期限越发逼近，三法司已经查出该名刺客的原籍，此人来自大同府，在行刺案发前三天才进城，他住的客栈中与他谈过话的所有人都被提来审了一遍，查出此人曾在客栈里见过某个神秘男子，但线索到这里又中断了，他们找不出那名神秘男子。

刺客身上查不下去，自然要从惠妃身上查。审讯照例是要用刑的，燕思空不敢去想那柔弱女子要如何挨过刑讯，此刻的陈霂，怕是心都如在油锅里一般。

所以没过两日，燕思空便听说陈霂不顾劝阻，去求了昭武帝，结果被赶了出来。燕思空左思右想，没有进宫，他怕这段时间出入东宫太过频繁，招致昭武帝也对他不满。

朝中因为此案，已是乌烟瘴气了半月有余，因为孟铎迟迟不肯定案，昭武帝在早朝上亦表示了对三法司的不满，形势已是越发紧张。

就在这时，狱中传来了令人震惊的消息——惠妃自缢了。她用血在墙上写了一个大大的“冤”字，吊死在了那暗无天日的囚牢里。

惠妃一死，很多人都暗暗松了一口气。此时已是死无对证，总不能审判一个往生之人。

昭武帝“恩准”惠妃葬于皇陵，斩了两个当值的狱卒，降了祝兰亭和几名禁卫的职，罚了孟铎的俸禄。而那刺客，按律判了凌迟，这件闹得轰轰烈烈的后宫行刺案，就这样虎头蛇尾地收场了。

群臣都庆幸太子暂时保住了储君之位，并没有人在乎一个十四岁的少年失去了相依为命的母亲。

燕思空内心有些抗拒此时去探望陈霂，他知道他会在陈霂脸上看到当年的自己，他会因感同身受而愧疚，而他不需要愧疚这种无用的情绪。

但他还是要去，陈霂已经没有母亲了，此时是加深陈霂对他的信任与依赖的最好时机。

来到东宫时，老远的，燕思空已经看到跪了一地的内监女官和满屋的狼藉。

燕思空走了过去，陈霂的贴身内监满福如见了救星一般，一边抹眼泪，一边期期艾艾地看着他。

燕思空挥了挥手，示意他们全都下去，然后悄悄走了进去。

地上，残破的花盆、摆件、桌椅、布匹扔得到处都是，整个宫中如被洗劫过一般，几无下脚之处。

燕思空顺着那些狼藉之物走进了寝殿，但见一个只着里衣、披头散发的少年抱膝蜷缩在角落，一动也不动，只是在他靠近时，发出了嘶哑而凶狠的吼声："滚！"

燕思空顿住了，轻声唤道："殿下，是我。"

陈霂慢慢抬起脸，凌乱发丝之下，隐约可见他的眼睛肿得吓人，漆黑的瞳仁被猩红的血丝缠绕，就像两个能够吞噬一切的无底洞，它们死死地盯着燕思空，却似乎并没有在看任何人、任何东西。

燕思空怔住了。他在陈霂眼中看到了浓得化不开的悲痛和仇恨，这个平素时刻不忘保持皇子威仪的少年，此时只像一头绝望的小兽，若敌人就在面前，便会不顾一切地扑上来撕咬。

燕思空心悸不已。当年的自己，是否就是这般模样？

陈霂嚅动着被自己咬得渗血的嘴唇，轻声道："先生……博学多闻，告诉我，我娘为什么要死，她没做错……任何事，她为什么要死？"

燕思空深吸一口气，缓缓道："因为殿下，还不是皇帝。"

陈霂恶狠狠地瞪着燕思空。

燕思空站在原地，满脸的悲悯。

陈霂僵了僵，才失神地说：“你说得对，你说得……对。”

燕思空缓缓走了过去，小心翼翼地跪在了陈霂面前，柔声道：“殿下现在最要紧的，是保重尊体。”

陈霂眨了眨眼睛，呢喃道：“叫我霂儿。”

“……”

“叫！”

“霂儿。”

陈霂愣愣地看了燕思空半晌，突然扑进了他怀中。

燕思空也顺势搂住了他。

陈霂将脸埋于燕思空胸口，放声大哭。

燕思空搂着那单薄的身体，轻抚着他的头发无声叹息，一双眼眸越发深不可测。

陈霂哭到声音沙哑，浑身无力，燕思空将他抱到了榻上，盖好被子，陈霂依旧抓着他的手不放。

燕思空劝道：“霂儿，吃点东西吧。”

陈霂摇着头。

燕思空反握住他的手，一眨不眨地看着他：“若弄垮了身体，如何为娘娘报仇？”

听到“报仇”二字，陈霂空洞灰败的眼睛终于有了一丝神采，他流露出毫不掩饰的仇恨：“报仇，对，我定要为我娘报仇！”

燕思空忙去吩咐满福把膳食端来，膳食一直在灶上热着，满福很快就端了过来，燕思空把陈霂扶了起来，让他坐在床头，一口一口地喂他。

勉强吃了两口，陈霂就悲切地说：“我娘与世无争，却被他们逼死，有一天我当了皇帝，定要谋害她的人不得好死！”

燕思空低声道：“杀母之仇，是必然要报的，但在时机成熟前，切不可表现出来。霂儿，储君之位尚未坐稳，你的性命也同样悬于一线。”

陈霂不甘地握紧了拳头：“我知道，我会忍。”

燕思空趁机又喂了他一口，并郑重道：“娘娘在天有灵，定会保佑你登上大宝，君临天下！”

陈霂忍着悬眶的泪水，深深地望着燕思空：“先生，你是这世上，唯一会叫我霂儿的人了，你会一直陪在我身边吗？”

“我会的。”燕思空坚定道。

陈霂顿了顿，又道：“你对我好，是不是仅因为我是太子？”

燕思空微微一笑：“若你不是太子，我也会欣赏你的才情与德行，与你成为挚友，那样我们便只谈风月、邀诗酒，也很快活。”

陈霂明眸闪动，更紧地握住了燕思空的手，轻声道：“先生要永远陪在我身边。”

燕思空那日离开东宫后，心中莫名地惴惴不安。

这次的风波，看似就这样过去了，但朝野上下，均嗅到了前方腥风血雨的味道。

文贵妃害死了太子的母妃，若太子顺利登基，定不会饶她，她当然不会坐以待毙。此时已不仅仅是储位之争，更是生死之争，谁赢得那个宝座，谁才能活到最后。

这文宥迟和谢忠仁勾结，刚刚出手，就逼死了惠妃，也险些动摇陈霂的太子之位，最重要的是，群臣都看出了昭武帝的偏心，若非此次有太后，太子很可能真的被废了，可谁敢倚仗一个垂死的老太太？这次之后，必然有一些摇摆不定的人靠向二皇子一派，太子的处境，只会越来越艰难。

距离二皇子离京就藩已不足三年，文贵妃必然还要发难，若要保住太子，就要削弱二皇子一派的势力，此次的京察大计，就显得至关重要。

燕思空想到此，突然掀开了马车的布帘，从这里刚好能看到远处的靖远王府，即便只是远远地看上一眼那飞檐斗拱，竟也能令他体会到一丝丝安心。

现在只希望封野能给他带来文宥迟的把柄，在这场战斗里，如果他们不能趁机斗倒几名谢忠仁的大将，再斩除一批虾兵，以后就再无这等机会了。

所谓京察大计，指的是由吏部主导的朝廷对官员的考核，每六年一度，考核京官名为京察，考核地方官名为大计，合称京察大计。

其中，三品及以下官员，由吏部主考、都察院监察，从二品及以上官员，考察方式则大有不同，除吏部要给出政绩的考核意见外，还要自陈政事得失，后由内阁复核，最终由皇帝裁决。

对三品及以下官员，考核的基础手段为“会核”，会核是逐级层层考核，上级考下级，主要评价其政绩与廉洁的情况，最终由吏部复核。

而二品及以上官员多是巡抚、总督、阁臣、尚书，已没有上级，考核的手段为“列题”与“引见”。列题是由吏部出题，让二品及以上大员将自身政绩与相关的重大国事进行阐述，自陈功过，说的每一个字都要记录在案，然后，吏部将根据他们对大员们的考核结果和这份自陈，一同呈于内阁和皇帝，内阁拟出对该大员的最终考核意见供皇帝参考，由皇帝做最终的敕裁。

除了这三项最重要的考核标准外，官员的才能高低，勤政与否，声名好坏，甚至是身体病老情况，亦在考核范围内。

考核的结果将直接决定升迁任免，是以每一度京察大计都令吏员们战战兢兢，同时也滋生数不清的假公济私、滥用职权、贪污受贿。上一次的京察大计，王生声利用考核贬了蔡中繁，蔡中繁怀恨在心，后才有燕思空利用他设下的新编史一计。

此次的京察大计，由于牵扯到了去年的叛乱、削藩，今年的行刺案，以及未来不可避免的储位之争，必然会掀起惊涛骇浪，燕思空甚至不知道自己能不能在这风雨中自保，而他的目标，却是铲除比他庞大无数倍的敌人。

直到靖远王府消失在视线之中，燕思空才放下了布帘。

他很想见封野，此时此刻。他的衣襟上还沾着陈霂的眼泪，怀抱中仿佛还能感觉到那少年的痛苦与战栗，他无法克制地想起十一年前的自己，那个时候，若有人抱住他，给他一句安慰，他定会记上一辈子。

而他所做的一切，都在将封野越推越远。

第十三章 若我要你跟我走呢？

又是一个莺飞草长的春日。

燕思空还记得两年前的这个时候，他在经筵上博得众彩，之后不久的春猎，就再次见到了封野，那鲜衣怒马、意气风发的少年的模样，至今都还清晰地藏在他脑海之中。

两年过去了，时移世易，物是人非。

燕思空看着窗外竞相争春的草木，在这样生机盎然的时节，却只感觉到有一种腐朽的、危险的、灰败的力量蛰伏于黑暗之中，随时可能吞噬所有人。

他说不清那是什么，但他本能地感到不安。

一只手突然按上了他的肩膀，他浑身一抖，只觉毛骨悚然，一把扣住了那手腕，往前拽去。但神智瞬间归位，他猛然想起来自己现在何处，马上收住了力量，否则那手的主人就要被扔出去了。

“哇呀！”耳边传来惊叫。

燕思空一把扶住了他，抬头一看：“梁兄？”

来人正是梁随。

梁随惊讶地看着燕思空：“我、我叫你来着，你在看什么？”

燕思空松开了他，恢复了常态，微笑道：“我在看春。‘人间四月芳菲尽，山寺桃花始盛开。’今日风和日丽，是赏春的好天气。”

“贤弟好兴致啊。”梁随揉着酸痛的手腕，“我以前怎么没发现，你劲儿这么大？”

“小时候常干农活。”

“你？干农活？”梁随调笑道，“你这白皮嫩肉的，可不像干粗活儿的，就说你这手……”他随意地翻开了燕思空的手，一眼就看到了掌心虬结的疤，顿时无话可说了。

那疤痕历时久远，不仔细看，也像是干粗活磨出来的。

燕思空攥起了手：“幼时家贫，可比不得梁兄。”

“哎，英雄不问出处，如你这般上不起私塾、请不起先生的寒士，尚能悬梁刺股、囊萤映雪地读书、考取功名，岂不更叫人佩服？照我看，贤弟今日拥有的一切，都是理所应当的，可千万不要因出身而妄自菲薄。”

燕思空微微挑眉，笑道：“梁兄特意跑到衙门来找我，该不会是为了安慰我吧？”

梁随笑道：“今日周兄又在百盛楼设宴，你可一定要赏光啊。”

燕思空苦笑道：“梁兄，我这些时日忙于京察，实在是抽不开身，等京察结束了，我设宴赔罪可好？”

“思空啊，我可是连邀了好几次了，周公子也很想见你，我们这帮兄弟以前常在一起吃酒，怎么你去了吏部，当了准驸马……”梁随嗔怪道，“见上一面就这么难了。”

燕思空不想得罪这帮世家公子，只好道：“那就恭敬不如从命了。”

当晚，燕思空来到了百盛楼。

百盛楼是京城最豪华的酒楼，迎来送往的都是达官显贵，对面便是烟柳巷，方便客人们吃饱喝足后去寻欢作乐，当然，也可以把姑娘们叫过来。到了夜晚，华灯初上，歌舞笙箫，这里就是城内最奢靡之所在。

燕思空来百盛楼的次数数也数不清，但他对这里最深的记忆，始终是那日封野回京时，两人一个在楼上，一个在楼下，那匆匆一瞥。

后来他还问过封野，那日进城时，为何突然往楼上看，封野说，当时一阵心悸，总觉得楼上有什么东西，令他必须抬头，这大概便是心有灵犀吧。

燕思空下了马车，特意站在封野曾策马经过的地方，抬头往上看去，晚间尚寒凉，并未开窗，他只看到透出窗纸的橘色灯火，他自嘲一笑，信步走了进去。

周觅星爱排场，订的必然是在三楼的最奢华的几间屋子之一，小二恭敬地领着燕思空上了楼，门一推开，一阵笑声传出来，燕思空刚堆起笑脸，准备应酬，却在看到屋内人时，僵住了。

那被围坐于中间的，竟是封野！

封野似笑非笑地看着燕思空，目光有几分冷意。

“哎呀，贤弟可算来了。”周觅星亲自站了起来，走上前来拉住他的手，亲密地说，“你我兄弟多日未见，我甚是想念啊。”

燕思空回过神来：“呃……周兄令小弟受宠若惊啊，我今日还在处理公务，所以晚了些……”他的目光再次飘向了封野。

“不碍事，不碍事。”周觅星拉着他，将他带到了封野身旁，“来，你挨着我与世子坐。”

“这……”

“坐嘛。”周觅星瞧瞧在他耳边说，“我做东，没事的。”

燕思空想起梁随早上来邀他时说过的话，再结合眼前的场景，大约明白是怎么一回事了。

从前他跟着梁随应酬，在周觅星面前不过是个小弟，酒席之上，只能听着周公子吹牛，但现在今非昔比，他已是吏部功考司主事和准驸马，周觅星对他的态度自然不一样，而今京察在即，周觅星的父亲——顺天府尹亦在京察范围之内，周觅星同时宴请他和封野，是想借机缓和两人的关系，做个顺水人情。

这算盘打得还算聪明，可惜周觅星并不知道他和封野之间真正的恩怨，哪里是外界传言的封野“苛求门第”。

燕思空被迫坐在了封野身边，一桌子人都一副看好戏的表情看着他们。

燕思空轻咳一声，准备巴结巴结封野，以两人的品级与出身，理当如此。

周觅星却是想得很周到，没让他尴尬，站起身，主动举起杯：“来来来，人都到齐了，我周某必须得说上两句。”

众人纷纷应和。

周觅星恭敬地向封野躬了躬身：“今日能邀得世子与宴，周某简直是受宠若惊，这一杯，必须敬英雄出少年的世子。”说完干脆地喝了一杯。

封野提盏与他对饮，笑了笑：“周公子客气了。”

“这第二杯嘛……”周觅星笑看着燕思空，“我要敬我这位贤弟，如今已是燕主事、燕驸马，未来必是前途无量啊，贤弟他日飞黄腾达、青云直上，可别忘了我们兄弟啊。”

燕思空起身，笑道：“不敢当，周公子与诸位兄弟都是才情兼备、豁达厚德之人，燕某何德何能与诸位相交，望诸位日后还要对在下多多提点。”

两人碰杯对饮。

两杯酒下肚，周觅星大胆了一些，他看了看封野，又看了看燕思空，豪迈地大笑了两声：“第三杯酒，便是周某人今日设宴的目的，我呀，豁出这脸皮，邀来世子与燕贤弟，是因为听闻二位为了万阳公主赐婚一事，生了些隔阂。这世道浮浮沉沉，未来还需彼此多多帮衬，依周某拙见，二位曾是志同道合之知己，若因门第之别而有所嫌隙，岂不是太可惜了。”

众人纷纷附和：“是啊，是啊。”

“世子便豁达一些吧。”

周觅星一边说一边观察着封野的神色，又道：“第三杯酒，周某想同时敬二位，可否看在我薄面之上……”

“周公子，”封野微微偏头，斜眼看着周觅星，皮笑肉不笑地说，“真是古道热肠啊。”

周觅星脸色微变，但凡有耳朵的，都听得出这话满含讥诮，他一时有些难堪，举着酒杯敬也不是，不敬也不是。

燕思空连忙站起身，拉住周觅星的手，感慨道：“燕某出身白屋寒门，而万阳公主乃龙血凤髓，我自认确是万般配之不上，但陛下不以我卑贱，愿将公主赐婚于我，陛下之洪恩，我愿以身相报。但世子疼惜自己的表妹，知我门第寒微，言行粗鄙，怕唐突、委屈了公主，也是无可厚非，我对世子绝无一丝不满、不敬。”

封野的拳头在桌下握得死紧，他厌恶燕思空的虚伪。

燕思空和周觅星一同转向封野，恭敬而诚挚地说道：“无论世子愿不愿接纳燕某，这一杯酒，燕某都要敬世子。”他说完，就要饮尽杯中酒。

可封野却突然伸出手，擒住了他的手腕。

那动作快到席上竟无一人看清。

燕思空的手被拽得一顿，杯中酒却一滴都未洒。

封野抬起头看着他，目光凌厉。

席上鸦雀无声，周觅星额上冒出了细汗，其他人更是大气也不敢出。

封野缓缓开口：“没错，我确实怕你唐突、委屈了我的万阳，他日万阳下嫁于你，你可会对她好？”

燕思空心脏一震，轻声道：“自然……燕某自然会。”

“会什么？”封野逼视着燕思空，“说出来！”

“会……会与公主相敬如宾。”

封野嘲讽道：“夫妻之间，仅是相敬如宾？”

“还要相亲相爱嘛。”梁随自以为解围地说道。

封野冷冷地剜了梁随一眼，梁随吓得汗毛都竖起来了，封野重新看向燕思空：“我要听你说。”

周觅星催促道：“贤弟，快说啊，世子要你几句话，就可放心将公主交托于你了。”

燕思空深吸一口气，轻声道：“燕某，定会对万阳公主爱惜疼惜，尊敬有加，不负陛下……和世子的托付。”

封野松开了手，一双眼眸如古井之水，幽深无波，他低声道：“如此……我大约可放心了。”

周觅星赶紧上来缓和气氛：“哈哈哈哈，这就好，这就好了嘛，来来，大家一起举杯。”

众人纷纷举杯，祝贺两人“和好”。

然而，二人在席间却再也没有说过话。

众人都看得出他们的关系依旧紧张，周觅星便觉得这是还没放开，于是酒过三巡，他便从街对面的汀兰阁叫来了十几个姑娘。

这周觅星为人仗义，交友甚广，也略有几分才情，但因生活奢靡、极好女色，总背着一个“纨绔”之名，可这位京城有名的浪荡公子，自从迷上了汀兰阁的名妓夜离，竟收心不少，不再到处拈花惹草。

不过，前段时间，周觅星想纳夜离进门做他的第四房小妾，被他爹半夜打出了府，闹了个大笑话。

燕思空早已知道夜离的底细，暗自庆幸周大人没让她进门，否则谢忠仁就在顺天府尹身边安了颗暗棋，手越伸越长了。

当夜离跟着一众姑娘款款步入屋内时，封野起初并未正眼瞧任何一个，但最后目光还是落到了夜离身上，神色带着几分探究。

周觅星顺着封野的眼神一看，心中一喜，忙给夜离使了个眼色，让她去陪封野。

封野回京两年有余，想对其巴结贿赂之人多如过江之鲫，从珍宝字画到名器美人，他一概油盐不进，若谁能投他所好，那真是烧了高香了。

夜离会心一笑，带着众女向在座之人施礼后，便走向封野，步履摇曳生姿，叫人心神荡漾。

燕思空却知道封野在看什么，封野定是发现了夜离会功夫，其实他们并非初次见面，只是那次封野强行把他带走，夜离正坐着抚琴。

夜离对着封野欠身，柔媚道：“小女见过世子。”

封野点点头，意味深长地说道：“夜离姑娘。”

夜离在封野身边坐下了，同时朝燕思空勾魂一笑：“燕大人，许久不见了。”

燕思空拱手道：“许久不见，夜离姑娘不减芳华呀。”

夜离掩嘴一笑：“小女近日拜读燕大人的诗集，但小女才疏学浅，难以领会燕大人的高山之意，得空可否请教一二？”

“不敢当，燕某哪儿来的什么高山之意，但若能借机与夜离姑娘一同琢磨诗酒，那可真是羡煞众人啊。”

一桌人都笑了起来，纷纷调侃燕思空。

封野凉凉道：“夜离姑娘如此偏爱燕驸马的诗，定会嫌我一介武夫，不懂诗酒风流了？”那“驸马”二字，咬字又重又清晰。

燕思空脸色未动。

夜离不愧是见过大世面的，半点不慌，只是掩唇轻笑，撒娇道：“谁人不知世子英雄年少，文武双全，还生得一副天人之姿。世子平日在景山大营忙于军务，别说来这里，就是回京也稀少，我的姐妹们听说今日能见世子真容，可是抢破了头要来呢。”

周觅星言笑道：“岂止女子，我们能得见世子一面，那也是光耀门楣啊。”

“哈哈哈，可不是嘛。”

梁随更加紧着拍马屁：“从前啊，世子与燕贤弟可是京中最负盛名的两位俊俏公子，如今燕贤弟已是准驸马，却不知哪位待字闺中的千金，能有幸嫁与世子为妻。”

封野但笑不语，眼神却始终冰冷。

夜离看出封野的不悦，又忙打圆场：“小女献丑，为各位大人弹上一曲助兴。”

“好！”

舞乐一起，席上又开始推杯换盏，有不少不长眼的，来给燕思空敬酒，总不免要祝他与万阳公主琴瑟和谐、鸾凤齐鸣。

酒过三巡，平日道貌岸然的骚客吏员们，也逐渐露出了真面目，抱着那些烟花女子卿卿我我。

燕思空早已见惯了这些，自然也要逢场作戏，与身边女子有说有笑，只是他十分清醒，一直在暗中观察着封野。今日封野如此咄咄逼人，恐怕不会只喝一顿酒就老实回家，这不符合他的个性。

在众人都喝得七七八八之时，封野突然摇晃着站了起来，夜离酒量极好，便起身要扶他。

封野却推开了她，含糊道："来、来人！"他身形高大，趔趄几步，眼看就要摔倒。

燕思空忙站起来，从旁撑住了封野，却没想到，封野突然一把搂住他。

这变故突如其来，燕思空瞪大了眼睛。

席上众人也惊呆了，觥筹之声骤停，全都一眨不眨地盯着二人。

封野居高临下地打量着燕思空，含糊道："哦，燕驸马？"他看了看一旁的夜离，口吻极为轻浮，坏笑道："你二人，皆……一身素白，燕驸马又眉目如画，我看花了，哈哈哈哈哈——"

燕思空脸色铁青，他没想到封野竟这样戏弄他，羞辱他。

周觅星率先跟着干笑起来："哈哈哈哈，看来世子喝、喝美了。"

"对，世子喝美了，哈哈哈——"

众人跟着一同大笑。

封野居高临下地看着燕思空："我……要如厕，燕驸马可否屈尊搀扶我一下？"

燕思空面无表情地看着封野，喉结轻轻滚动，顿了片刻，上去扶住了封野："世子，请！"

众人皆看出，封野这是有意在羞辱燕思空，只是都没想到封野竟会出此手段，周觅星知道今天是弄巧成拙了，恐怕把两人都得罪了，却一时也毫无办法，只能吩咐道："为世子准备一间上房休息。"

燕思空搀扶着封野，走出了酒宴，几名侍从在前后左右护送着，封野哪怕只是摔上一跤，擦破点皮儿，也是他们担待不起的。

将封野扶到了房内，燕思空低声对那些侍从道："下去吧。"

"小的们就在外面，大人随时可以吩咐。"

"给我滚远点。"封野突然恶声恶气地低吼道。

侍从们吓了一跳，边告罪边退了出去。

门扉一关上，封野一扫醉态，一把擒住了燕思空的肩。

"封……野……"燕思空妄图推开封野，但在那禁锢之下却几乎无法动弹。

封野语带嘲讽："怎么了，燕驸马？"

燕思空眼中难掩怒意，他自知理亏，一忍再忍，可封野却越发咄咄逼人，今日竟在众目睽睽之下羞辱他，若是传出什么风言风语，谁知会对两人造成什么影响？他一把推开封野，咬牙道："你疯了吗？你没喝多吧，你是装的吧！"

"装的抑或是真的，又有什么差别？"封野嘲弄道，"你不就是这样半真半假吗？"

燕思空死死地盯着封野："你到底想怎么样？"

"你说我想怎么样？"

"封野！"燕思空颤声道，"你这么荒唐，早晚要出事的。"

"我荒唐？"封野哈哈大笑，"我荒唐？滑天下之大稽，你这个满口谎言，工于心计之人，居然敢说我荒唐？"

封野瞪着赤红的眼睛："燕思空，你知道吗？她是……我唯一的妹妹……"

燕思空并不知道自己那日是怎么回到家中的，但当他醒来时，他看到了熟悉的帷帐。他登时惊醒，大叫道："阿力，阿力！"

叫了几声，门被从外推开了，进来的人却是封野。

燕思空怔了怔，急道："我是怎么回来的？百盛楼的人可看出了什么？"他一张口，才发现自己嗓音沙哑，简直不似人的动静。

封野倚靠着门扉，嘲弄道："你很害怕他们知道我们交好的事？也是，若仅仅是勾结臣子，皇上也许会装作不知，但若那对象是我，可就不一样了，对吧。"

燕思空和衣坐直了身体，口气有些冰冷，但更多的是无奈："封野，我有愧于你，可你羞辱我、讥讽我，又能改变什么？"

封野危险地眯起双眸："你还敢教训我？"

"……我只想让你亲口说出来，你究竟想要我怎样？"

"若我……"封野逼近了几步，似是下了极大的决心，"若我要你跟我走呢？"

燕思空惊诧地看着他："什么？"

"离开这里，我们回大同。"封野的眼中神采奕奕，"我会找最好的刺客，为你杀了谢忠仁和韩兆兴，我们离开这个是非之地。"

"你酒还没醒吗！"燕思空胸口剧烈起伏着，"你让我逃婚？你可知这是死罪？普天之下莫非王土，我能逃到哪里去？"

"我会找一个跟你身量相当的死囚，让你意外'死去'。"封野按住了燕思空的肩膀，正色道，"只要我们回到大同，谁也奈何不了我们。"

燕思空瞪大眼睛看着他："你疯了！"

"我帮你报仇，杀了你的仇人，这不行吗？这不就是你一心要做到的吗！"

燕思空颤抖着："且不说要刺杀司礼监掌印太监难若登天，就算真的能做到，也不是我想要的，我要铲除阉党，我要他认罪伏法，我要洗脱我爹的冤屈，让后世之人，都知道他是守护广宁百姓的英雄！"

"你不过是舍不得你的功名利禄！"封野厉声道。

"是你这个想法太荒谬，太愚蠢！"燕思空叫道，"仇人就在眼前，我如何能放弃数十年的心血就此离开？且没有皇命，你又凭什么离开？封野，你还没长大吗？"

封野狂傲道："我封野从未惧过皇命！只要我们回了大同，我定会护你周全，跟我走吧，我厌恶透了这个地方。"

燕思空不敢置信地摇着头："你竟如此异想天开，天底下只有你一个靖远王世子，你想要什么便能得到什么，可我不是。我的不共戴天之仇，在你心中其实无足轻重；我披荆斩棘、九死一生走到今天，对你来说毫无意义，你可曾真正懂过我！"

"你简直倒打一耙！"封野怒道，"你为了复仇就可以利用于我？你怎么敢把自己说得如此大义凛然，却做尽阴险卑鄙的勾当！"

燕思空心中闷痛，他抿了抿唇，哑声道："我亦希望我身世清白，父母安乐，不用背负血海深仇。可我已经是我，是个会做尽阴险卑鄙勾当的小人。封野，我注定要让你失望，我宁愿我们从未重逢。"

封野指着燕思空的鼻子，咬牙切齿："不准再说这句话。"

燕思空轻声道："封野，从前无论多难，我也知道该怎么走，可如今已深陷泥潭，我却全无头绪。"

封野深深地望着燕思空的眼眸："我只知道，我不会让万阳嫁给你。"

"你想做什么？"燕思空心中升起一阵恐惧。

"太后已是病入膏肓，她一旦殡天，皇室三年不得嫁娶，我定有办法毁了这桩亲事。"封野抓住燕思空的手腕，恶狠狠地说，"你别想做什么驸马。"

燕思空寒声道："封野，你行事如此狂悖，就不怕引火烧身吗？"

"我都敢和你燕思空相处，我还有什么好怕的？"

"你究竟想做什么？"

"怎么？"封野冷笑，"你是怕我耽误你的复仇大计，还是怕我坏了你的驸马大梦？"

"我是怕你多行不义！"燕思空揪住了封野的衣领，"封野，别做蠢事。"

封野放开了他，似乎无意再继续这个话题："那个夜离会功夫，你可查过她的底？"

燕思空深吸一口气，他知道封野是多么的狂放不羁，如今无论说什么，怕也只是更激怒封野，这是他一直避免的，他生怕封野盛怒之下，做出什么无可挽回之事，昨夜在百盛楼，已经足够心惊胆战了，于是，他只好放下质问，答道：“查过，她是谢忠仁安插在烟柳巷的眼线。”

“可是佘准帮你查的？”

“对。”

“佘准前些日子回京了。”封野的语气是笃定的。

燕思空察觉到了什么：“你怎么知道？”

封野冷笑：“我不仅知道他回京了，我还知道他住在哪儿。”

“你监视我？！”燕思空心中一惊。

“怎么，你以为我会一直被你蒙在鼓里，任你摆布吗？”封野斜睨着燕思空，“不止如此，我还知道他去了哪里，还知道你娘、你大哥和大姐都还活着。”

燕思空只觉一阵发寒：“你查这些做什么？”

“我想知道你还隐瞒了我什么。”封野面无表情道，“我无法再全心信你。”

“既然如此，又何必勉强与我往来？”

封野看着他，目光咄咄逼人，语气更令人胆寒：“我见过你最好的样子，我一辈子也不会忘。普通人怎么敢结交一条毒蛇呢？可是我敢，只有我封野，拿得住你。”

燕思空怔了怔，旋即苦笑：“封野，无论我在你心中是怎样不堪，有一点你可以放心，我绝不会害你，不管发生什么事，都不会。”

封野凝望了他半晌：“这一句，我信你。”

“那就不要打扰我的家人，他们都以为我早已经死了。”

封野下颌微扬，倨傲道：“我说了，我不会再任你摆布，我不仅拿住了你的七寸，还有你的一切，以后无论你做什么，我都要知晓，我已经容忍了你太多次，若让我知道你再敢欺瞒我哪怕半次……我会让你悔不当初！”

封野那狼一般凌厉的目光，令燕思空头皮阵阵发麻，他知道封野是认真的，他所有的把柄都在封野手里，他从前认为封野不会将事情做绝，然而两人之间已是积重难返，他现在……不确定了。

封野逼视着燕思空，毫不容情地说道："听懂了吗？"

燕思空点了点头，心中百转千回。他从前一心想利用封野，如今倒把自己搭了进去，这是他二十余年来犯过的最大错误，且无可挽回。

封野又道："此次京察，谢忠仁也会想尽办法铲除异己，夜离可以好好利用。"

"我也有此意。"

"还有文宥迟。"封野道，"我爹已回了信，说此人不贪图钱财，做兵部尚书七年，一直恪尽职守，难以挑出错漏，但是他的儿子，也就是文贵妃的哥哥，在军备和军费方面捞了不少油水，只能从此人下手。"

"我让佘准去调查此人。"

"不必，我已派人去查了。"

"但若只是他儿子贪污行贿，恐怕不足以将他拉下尚书之位。"

"那便要看能否深挖出重罪了。"

燕思空点点头："应该能牵扯到文宥迟身上。此事定要快，要在京察大计如火如荼之时，将此事推到明面上。"

"我知道。"封野道，"比起这个，你和颜子廉更要小心防备，吏部毕竟阉党居多，谢忠仁也不会放过这个良机的。"

燕思空深吸一口气，幽深的眼眸中满是复杂的思虑。

第十四章 弹劾兵部

六年一度的京察大计，正式开始了，一场兵不血刃的大战，也早已如暗流般汹涌于微波之下。

京师之内，人人如履薄冰，想来万千地方吏员，此时也定不会好过到哪儿去。

这几日吏部繁忙如斯，从地方逐级考核上来的结果，通过蛛网一般的驿站，不断地向京城汇拢，在京官员的考核则更加复杂。

吏部尚书刘岸不算十成十的阉党，大多数时候是个恪尽职守、秉公任直的官员，心中是有忠君报国之理想的，当职期间政绩也无甚纰漏，但他和王生声是同乡、同年的进士，两人私交甚笃，他之所以能当上吏部尚书，也是王生声任内阁次辅时发的力，如今王生声虽然被贬，但有谢忠仁在，声望犹存，很多人都认为，过不了几年，谢忠仁就会想办法将他再调回京师，加之吏部官员大多是王生声提拔的，所以优势是完全偏向于谢忠仁的。

果不其然，京察刚刚开始，燕思空已经发现几名士族一派的吏员，考核结果堪忧。

燕思空不过是个小小主事，即便有所质疑，也不能说出来，但他可以第一时间把他知道的情况告诉颜子廉。

为了避嫌，他与颜子廉约定轻易不再去颜府拜访，而是约在一个小茶楼，那是颜子廉的侄子开的，很是安全。

这一天，燕思空把封野也带上了。

两人见面，互相施礼。

“世子。”

“颜阁老。”

“世子请上座。”

“颜阁老请。”封野对于颜子廉给燕思空求的皇亲颇为不满，但并未表现出来，只是口气有些冰冷。

颜子廉也不推让，迤迤然坐下了，感慨道：“多谢世子，愿意助我等铲除阉党，肃清朝野。”

“我封家三代忠良，怎能坐视阉党祸乱朝纲，鱼肉百姓，更不能使企图篡谋储君之位的奸人得逞。”

“世子深明大义。”颜子廉赞叹着。他心里自然清楚，封家最要紧的，是借机铲除文宥迟这个心头大患，否则今年削减大同军费，对封家极为不利。

寒暄过后，他们聊到了正事。

燕思空给颜子廉一份名单：“这是目前我掌握到的名单，都察院御史孙北青、鸿胪寺主事张茂、兵部左侍郎于非、兵科给事中白兴海，此次考核‘四格’多不合格，这只是在京的，地方的考核还未出最终结果。”

“四格”为考核之标准，指守、政、才、年，守曰操守，分廉、平、贪；政曰政务，分勤、平、怠；才曰能力，分长、平、短；年曰年龄，分青、中、老。根据这四格的标准，评出称职、勤职、供职三等，通常不升则走。

然而，这四格之中，除了年龄不能弄虚作假，其他三格，皆是上级考下级，若是得罪了上级，说你不合格，便是不合格，吏部对该吏员政绩的审查，占不到主导。当然，历年京察，也少不了有人对考核结果不满，上书弹劾上级，这时便要复查，但大多数都会忍气吞声。

因此京察大计，是人事大权的一场盛筵，人人都会利用所能利用的一切，党同伐异。

颜子廉冷哼一声："那阉贼下手真快，这些都待吏部审核，我会尽量保住他们。"

燕思空点点头："阉党也评出了几个不合格的，但刘尚书恐怕会有所偏袒。"

"京察开始之前，我找刘尚书谈过。"颜子廉抚须道，"他虽与王生声交好，但王生声既不在京，也不在阁，他心中该有轻重。"

"希望如此。"

"文宥迟那边呢？"颜子廉看向封野，"世子可查出了什么？"

封野点点头，将一沓文书交给了他们："时间紧迫，我先将文宥迟的儿子用陈棉填冬衣，以次充好的证据理了出来。"

"我记得这件事。"颜子廉回忆道，"那时文贵妃小产，陛下心疼她，只是略施惩戒，并未追究，此时旧事重提，恐怕效用不大啊。"

封野道："其实文卫西在文宥迟任职期间，没少假公济私，光是大同军备这一块，就捞了不少好处，但我爹嘱咐我，此事必不能牵扯到大同，否则恐怕更遭陛下猜忌，所以……"

"靖远王的顾虑，老夫明白。"颜子廉翻了翻案卷，"但只此一项，是撼不动文宥迟的。"

燕思空道："老师不必担心，我们会想办法寻找更多。"

颜子廉沉声道："此事最大的难处，是文宥迟本人行事极为谨慎，几乎抓不到把柄，擅权敛财之事，都是文卫西干的，就算我们除掉了文卫西，陛下看在文贵妃的分儿上，也不会牵连她爹的。"

"陛下对文贵妃的宠爱，才是此事最大的难处。"封野道，"陛下任人唯亲，无论是文贵妃，还是谢忠仁，都是如此。”

颜子廉轻叹一声，不置可否。

燕思空亦感到很艰难，文宥迟就算不是政绩卓著，但多年以来兢兢业业，在任用武将、布置战略、管理军备方面，从未出过差池，他在朝中德高望重，他儿子贪图点钱财，根本算不得什么大事儿。也正因为如此，二皇子对储位的威胁才如此之大，若他仅仅是个宠妃之子，是万万斗不过满朝遵循祖制的保守大臣的。

三人商议一番，暂时也并未商议出什么好办法，时候不早了，便决定散去。

颜子廉客气地对封野道：“世子可否先行一步，我与思空还有几句话要叮嘱。”

封野看了燕思空一眼，微微拱手，旋即离去。

“老师……”燕思空直觉颜子廉想说的话，跟封野有关。

果然，颜子廉目送着封野的背影消失之后，才转向燕思空，意味深长地说：“你们又和好了？”

燕思空道：“算不得和好，只是上次为了太子之事，我去求他，他应允了，他又提出要与我们联手，除掉文宥迟。”

颜子廉点点头，轻抚着灰白的胡须，沉吟片刻，直白道：“我听说了前几日你与世子在百盛楼的事。”

燕思空心里咯噔一下。那日围观者众多，不可能不传出流言蜚语，至于他人如何看待，是否以为封野是真的喝多了酒，就不得而知了，这些天他也一直在担心此事。

燕思空只好干笑道：“那日是周觅星设宴，想要让我们二人言归于好，不过是想借机卖个人情罢了。”

颜子廉斜睨着燕思空：“难得见你心虚，避开正题。”

燕思空意识到自己确实应对得不妥，果然是关心则乱，他道：“学生只是感到有些窘迫，世子确实是喝多了。”

“思空，你不必瞒着我。”颜子廉犀利的目光直勾勾地盯着燕思空。

燕思空深吸一口气，沉声道："学生惭愧。"

颜子廉摇了摇头："亲事已定，陛下也不会轻易悔婚，以后行事定要小心，这等事传出去，始终是对你不利。"

"……是。"他后来问过封野，自己是如何回家的，封野只说让他不要担心，百盛楼的杂役都封口了。

只是，封得住杂役的口，如何封得住与宴的一众官员名士，他燕思空行事向来谨慎，却没想到会出这样愚蠢的纰漏，也不知此事究竟会被传成哪般面目。鉴于封野在大宴上反对亲事，又让他在府门外冻了两个时辰，他希望外人认为封野只是想羞辱他。

"不过，你与世子亲近，倒也不是坏事。"颜子廉眯起眼睛，目光深沉，"若有靖远王扶持，可保太子之位。"

"靖远王不愿卷入储位之争，恐遭君主猜疑。"

"世上有几个郭子仪，功高震主而主不疑。"颜子廉冷道，"身在朝堂，便无人可以置身事外，只有竭力扶持太子登基，才可保他平安。"

燕思空知道这话是颜子廉要他带给封野的，他一时摸不透颜子廉的真实想法，面上只能应和。

颜子廉看出了他的迟疑，话锋一转："文宥迟一事，我们继续想办法，若此次京察不能将他拉下马，太子恐怕就躲不过下一劫了。"

"是。"

自京察开始以后，早朝无一日太平。

今日谢忠仁指使言官弹劾士族吏员，明日颜子廉派御史指责吏部以权谋私，谢忠仁利用京察接连贬黜了三名颜子廉的亲信，颜子廉指使其中一人死谏，又把他的上级拉下了水。

短短一个月的时间里，不是东风压倒西风，就是西风压倒东风，两派斗得难分难解，文官武将一个接着一个地下马，可谓两败俱伤。而这仅仅是刚开始，一次京察大计通常需要半年的时间。

封野和燕思空在搜罗文宥迟父子的罪证上频频受挫，燕思空便让佘准利用自己的手段去查，佘准最擅长将一个人的背景翻得底朝天，文宥迟为官几十载，就不信揪不住他的尾巴。

封野得知燕思空还是去找了佘准，颇为不悦："你倒真是仰仗他。"

燕思空淡定地说："佘准是江湖上最厉害的情报贩子，我与他相识多年，他从未让我失望。"

"从未让你失望？"封野冷哼一声，"他为何帮你？不会也是为了少时的'情谊'吧。"

"他爱财。"

"贪财之人，你就不怕他为别人所用？"

"他的父母被阉党所害，他亦要报仇。"燕思空道，"佘准是有用之人，你何必如此敌视他？"

封野凝视了燕思空片刻："我不喜欢你将别人也视作知己。若他能为你做我做不到的事，我便更不喜欢。"

燕思空微微一笑："没人能做你为我做的事。"

"比如？"

燕思空深深望着封野的眼睛："没人像你这般，对我一片赤诚。"

封野轻轻勾了勾唇角，他似是想起了什么，又低笑两声："近日京中有流言，说我在百盛楼当着众人的面儿羞辱于你，我现在在那些寒士名流眼中，成了食古不化、鸡肠狗肚之人，还有人写诗骂我，哈哈哈哈——"

燕思空面色沉了下来："封野，你不可再做出莽撞之举。"

"那又怎样？"

燕思空望进封野深邃的眼眸，从其中看出了被极力压抑着的鼓噪，他心中突然剧痛。从前这个人看着他时，只有毫不掩饰的欣赏，如高悬于九天之上的太阳，如今那份天真坦荡已难觅踪迹，封野再不可能毫无保留地信任他，甚至时刻都在猜忌着、愤恨着，没错，是他把封野变成这样的。

燕思空沉默地看着封野，没有言语，心中念道：对不起。

炎炎盛夏很快来临了。朝堂之上，两派早已为京察斗得身心俱疲，如今暑气逼人，站着不说话都汗出如浆，昭武帝以暑热为由连连罢朝，意为躲清净，至此，两方终于消停了些许，尤其是上了年岁的，确实有些吵不动了。

可就在这个当口，燕思空却在文宥迟的事上发现了转机。

那是他嘱托佘准调查文宥迟近两个月后，佘准为他送来了更为详尽的情报，但佘准不免失望地说："我已掘地三尺，可此人确实没什么大的把柄，要罢黜他的儿子倒是容易，但是伤不了文家的筋骨。"

燕思空一目十行地快速翻阅着那叠厚厚的文书，佘准看不出门道，他未必看不出。但在快速翻了一遍后，他掩卷沉思，眉头也锁了起来。

佘准道："怎么样？不如我去毒死他算了。"

"不可，尚书府岂是你能来去自如的地方；再者，若他遇害，朝中定会倾尽力量追查，你恐怕就不能掩藏身份了。"

"那怎么办？有文宥迟在，你那小太子早晚还是要被废。"

燕思空慢慢握紧了拳头，突然，他脑中灵光一现，他慌忙翻开案卷，找了半天，终于找到了刚才在他眼皮子下匆匆滑过的墨字。

"可有发现？"

燕思空怔了片刻，慢慢地、慢慢地露出了阴诡的笑容："文宥迟，你的仕途要到头了。"

"到底发现什么了？"佘准凑了过来，仔细看着那页，恍然大悟。

燕思空收起书卷："我去找封野，你回去的时候要小心。"

"等等。"佘准眯起了眼睛，露出一丝怒意，"那小世子在百盛楼羞辱于你，已经传遍了整个京城，此人做事如此鲁莽愚蠢，你竟还敢与他谋事？"

燕思空深吸一口气："我们之间的事，我自有分寸。"说罢就要走。

佘准一把抓住他："你有个屁的分寸！你和他走得太近了！"

燕思空甩开了他的胳膊，目光坚毅："在我心中，没有比复仇更重要的事，所以，我有，分寸。"

佘准忍着怒意，挑衅道："若他知道你是怎样的人，他还会继续和你相交吗？”

“他知道。”燕思空毫不犹豫地答道。

佘准瞪直了眼睛：“什么意思？你全都告诉他了？”

“他先是在荆州发现了你，又从赵傅义将军口中得知了葛钟就是当年冤杀我爹的御史，他又不是傻子。”燕思空冷道，“佘准，你是否管得太多了，只要我给足了你银子，只要我能杀了谢忠仁，其余的不需你操心。”

佘准冷道：“南玉，你原本是没有弱点的，可现在你为了这个人，已经犯了很多不该犯的错误，别怪我没提醒你，他早晚会坏了你的大事，甚至可能毁了你。”

燕思空沉声道：“没有人可以毁掉我。”没有人可以毁掉一个本就支离破碎的人。

燕思空让阿力悄悄通知了颜子廉和封野，在那个小茶楼密会。不过，他让封野早来半个时辰。

若非有要事，他们不会相会于此，封野人一到就迫切地发问：“你发现什么了？颜阁老呢？”

“他还没来，此事，我想先告诉你。”

封野皱起眉：“为何？”

“我怕你不同意，所以先与你商量，但无论你同不同意，这是最好的办法。”

封野疑惑道：“关于文宥迟的？说吧。”

燕思空翻开佘准给他的情报，找到了那一页，递给了封野。

“这是佘准送来的？”封野不太情愿地接下了。

“何必不服气，封家擅长征战不假，但佘准在这方面才是一把好手。”

封野冷哼一声，看向那一页，匆匆扫过后，他慢慢地看向燕思空：“你想……”

“对。”燕思空面无表情地说道，“文宥迟年逾花甲，他的老父已是耄耋之年，病瘫床榻日久，如今已神志不清，油尽灯枯了，他若故去，文宥迟按律要回乡丁忧三年。三年，足够翻天覆地了。”

封野眯起眼睛：“你要杀了他的老父。”

“怎么，不忍吗？”燕思空面上毫无异色，“一个受尽病痛折磨的垂死之人，就当帮他解脱了吧。”

封野掩卷，沉默不语，脸色有些阴沉。

燕思空看着窗外的月色，淡淡说道：“我幼时读书，圣人云，‘行一不义，杀一不辜而得天下，皆不为也。’这句话我曾奉若信仰。”他笑了笑：“如今看来，多么可笑，一将功成万骨枯，这丰沃富饶的江山是怎么来的？是踩着别人的尸体抢来的。”

封野沉声道：“若皇上夺情呢？”

“不会的。先将文卫西的事捅上去，陛下或许不会追究于他，但他必遭人诟病，声望受损，这时他老父病故，论祖制论律法，他都要回乡丁忧，陛下若挽留，群臣必不会答应。”

封野又道：“颜子廉会同意吗？”

燕思空笑了：“若我认为他不会同意，我便不会跟他商量，怕他事后猜忌我背着他动手脚。我这个老师，不能忍受他的门生脱离他的掌控。”

封野将那情报扔回给了燕思空：“你打算让佘准去办吗？”

“不能让他知道佘准的存在。”燕思空看向封野，“这件事，要你派人去办。”

封野面目冷硬：“好。”

这时，颜子廉如期而至，他看了看两人，眼神有一闪而过的古怪，燕思空神色如常。一番礼数过后，燕思空将事情说了出来。

颜子廉皱起眉，沉思良久，道：“此计可行。”

封野与燕思空对视一眼。

“此计可行。”颜子廉站起身，在屋中来回踱步，“定可不动声色地除掉文宥迟。”

“此事世子会派人去办，而文卫西一事，就要靠老师了。”

封野垂下眼帘，默认了。

颜子廉深吸一口气："好。"

燕思空看得出，颜子廉亦良心有愧，但也仅此而已了。

颜子廉走后，燕思空走近封野，轻声道："我也可以让佘准去办。"

"不必。"封野目光冷傲，"难道我在你心中，会如此心慈手软吗？"

"我没这样想。"

封野转向他："除掉文宥迟，颜阁老就会推举新的兵部尚书，目前合适的人选中有我爹的人，就算是其他人，也比文宥迟好对付，只有这样，才能保住大同军费。"

"没错。"燕思空注视着封野的脸，"大晟江山不能没有大同防线，大同防线不能没有封家军。"

颜子廉办事毫不拖泥带水，隔日便指使言官拟好了奏折，翻出几年前文卫西用陈棉填冬衣的旧案，斥兵部与吏部包庇文卫西，如此重大的营私舞弊，考核结果竟未体现。

朝堂上再掀舌战，但因此案当年已盖棺定论，文卫西亦遭到惩处，是无可辩驳的，可如此重大的失职，兵部考核、吏部复核，文卫西竟不降反升，阉党与文宥迟一派自然理屈而词穷。

颜子廉抓住这一点，令言官一来弹劾文宥迟徇情枉法，二来弹劾吏部考核有失公允。

京察大计所引发的骂战，可谓此起彼伏、此伏彼起，而这一次最为激烈，因为终于牵扯到了尚书。

证据确凿之下，不得不对文卫西重考，但因为当年其已为冬衣案降过职、罚过俸，不再惩处，却牵连了兵部和吏部的几名吏员，给文宥迟当了替罪羔羊。

接着，不足一月之后，突然传出消息，文宥迟的老父在老家病故，其父卧床多年，在睡梦中悄然仙逝，并无异样，但此事对文家却是巨大的打击。

子曰："其为人也，孝悌而好犯上者，鲜矣；不好犯上而好作乱者，未之有也。”是以为孝者，必忠君，自汉室以孝治天下，百千年来，历代官员均要返乡为父母守孝三年，此称之为“丁忧”。

若遭逢国难，身居要位不得脱身，皇上可以“夺情”，令官员值守原位，君父君父，忠君亦是孝父。

可如今国无大事，而文宥迟因其子声望受损，就算昭武帝有心夺情，于情于理皆站不住脚。

文宥迟无奈，只好上书奏明此事，要即刻返乡。文贵妃和谢忠仁也只能眼睁睁地看着文宥迟离京。

文宥迟一走，原本应由兵部左侍郎暂代尚书位，但此人刚刚因为文卫西的事受到牵连，有失职之嫌，虽然谢忠仁力荐，可推举官员是吏部的事，而后要由内阁商议，最后由皇上定夺。此事又是一番争执，最终，还是内阁有理有据，占了上风，由右侍郎冯闯暂代兵部尚书。

这一仗可谓大获全胜，既赶跑了文宥迟，又将士族一派的官员扶上了要职。

燕思空得知后，暗暗松了一口气，文宥迟一走，文贵妃就失去了最强的助力，一段时间应该掀不起风浪，若能熬到二皇子离京就藩，储位就十拿九稳了，不过，仍然不能对谢忠仁掉以轻心，这个阉狗害死了陈霂的母妃，已经骑虎难下，他是绝不会让陈霂顺利登基的。

经过这样一番折腾，吏部上下都战战兢兢，阉党也老实了不少，他们自己亦要考核，若再出一两个文卫西，怕是自身难保。

京察大计仍在按部就班地进行，朝堂上平静了不少，落马的士族吏员比阉党多，但文宥迟一个抵了好几个，可谓是两败俱伤。随着时间的推移，对地方官和三品及以下吏员的考核接近尾声，马上就要轮到二品及以上大员了。

整个盛夏，燕思空都忙碌不堪，频频听到坏消息，但也频频听到好消息，比如，沈鹤轩的考核结果为“称职”，将要升迁，颜子廉决定将他升为都察院监察御史，巡按汉中。

庶吉士的仕途之路，一般是先在翰林院熬上几年，而后下放地方历练，再回京就职，就可以按照政绩逐步升迁，燕思空是青云直上的极少数，而沈鹤轩走得很稳，颜子廉让他巡按汉中这样的富庶之地，亦是对他非常关照。

另外，燕思空觉得颜子廉也是有意把沈鹤轩支走，怕到时候储位纷争再起，沈鹤轩又不管不顾地冲锋陷阵。

沈鹤轩这一去，少则两年、多则五年回不了京。由于性格原因，他在朝中没什么朋友，临行前，燕思空请他喝酒，他很难得地答应了。

沈鹤轩不愿去酒楼，燕思空知道他是真的清贫，便提出带上两壶好酒去他家喝，沈鹤轩欣然同意。

沈鹤轩的府邸比燕思空的还要老旧，离皇城又很远，每日去衙门，怕要走上小一个时辰，即便如此，他也总是来得最早，走得最晚。

燕思空如约上门拜会，见沈鹤轩面带春风，知道他这样喜恶不轻显于形的人，今日是真的高兴。

“沈兄，恭喜啊！”燕思空拱手道，“他日巡按汉中归来，必有高升。”

沈鹤轩回礼，笑道：“高不高升，圣上自会明鉴，但能够做些实事，才是最令我欣喜的。贤弟，请！”

两人步入府内，一温婉清丽的女子，抱着个婴孩站在屋檐下，远远朝着燕思空欠了欠身：“燕大人。”

“嫂夫人多礼了。”燕思空连忙躬身，并走上去逗了逗沈鹤轩的儿子。

几人有说有笑地进了屋，言辞中，燕思空得知，沈鹤轩与夫人乃青梅竹马，不仅温柔贤惠，亦是当地有名的才女。两人琴瑟和鸣，相濡以沫，令人十分羡慕。

夫人亲手准备了一桌饭菜，两人闲聊朝局，对饮几杯，关系也近了不少。

聊到自开春以来发生的这些事，沈鹤轩感慨不已：“朝中看似平静，实则暗流汹涌，先是太子入狱、惠妃自缢，接着就是京察大计，罢黜了一大批官员，今岁刚过一半，不知剩下一半还会生出多少波澜。”

“大势所趋，将来必有更多风雨，好在文尚书回乡丁忧了，太子或可安稳几年。”

“万望如此吧。”沈鹤轩给燕思空倒了一杯酒，“我离京之后，就全赖贤弟照顾太子了，太子年少丧母，还十分依赖人，现在他最信任的，怕就是你了。”

燕思空点点头：“沈兄放心，待沈兄归京，太子登基那日，你我二人必将一同辅佐太子，复兴我大晟江山。”

“好！”

两人豪饮一杯。

沈鹤轩酒量显然不行，已是面色绯红，他相貌斯文俊雅，此时倒有几分骚客文人的风采了，便被燕思空调侃了几句。

沈鹤轩笑着摇头：“我啊，为人古板拘谨，我自己也知道，比不得贤弟风流潇洒。”

燕思空意味深长地笑道：“沈兄性格峭直，是一把双刃剑啊。”

“峭直。”沈鹤轩细细品着这两个字，“‘峭直’，哈哈哈，这两个字好，说得好，我便如那陡崖峭壁。”他举起杯，豪迈道：“壁立千仞，无欲则刚，是为风骨。”

燕思空举起杯，由衷道：“沈兄着实好风骨，弟一生难望项背，敬这风骨。”他说罢，一口干了杯中酒。

沈鹤轩笑看着燕思空：“贤弟可知，我起初，是十分不喜欢你的。”

燕思空含笑点头。

“即便现在，也不赞同你的某些言辞和处事方式，但你却是不可多得的稀世之才，你比我更适合做官，连老师都开始仰仗你，太子亦对你信任、依赖有加。”

“沈兄过誉了。”燕思空淡淡一笑，“我乃浊骨凡胎，在这世间翻滚得久了，便摸索出一点生存之道，而沈兄是超凡之人，必将立下超凡之功业。”

“哈哈哈，你看你，巧舌如簧。”沈鹤轩喝多了酒，跳脱了许多，指着燕思空道，“我起初最不喜欢你这点。”

燕思空也跟着大笑：“人人都喜欢我这点，唯独沈兄不喜欢，岂不更说明沈兄超凡之所在？”

沈鹤轩笑得前仰后合，磕磕巴巴地说：“你说得没错，人人都喜欢你这点，同期的进士这么多，最后，我却只有你一个朋友……”他说到最后，口气多少有几分落寞。

“能被沈兄引为朋友，小弟真是不胜荣幸。”燕思空给两人倒上酒。

沈鹤轩摆摆手：“你如今品级比我高上许多，还是准驸马，却仍旧如此谦逊，我，佩服，佩服啊。”

燕思空笑道：“我是真心敬重沈兄。”

沈鹤轩那微醺的眼眸中闪过一丝触动。

两人又稀里糊涂地喝了许多。

不知怎的，就聊到了沈鹤轩的儿子，燕思空感慨道：“沈兄这一走，留下嫂夫人和小侄儿，可要辛苦嫂夫人了。”

沈鹤轩眼中浮现不舍：“实不相瞒，我最放心不下的就是她们。府上只有一个老仆，我俸禄微薄，哪怕为官多年，仍旧是委屈了她们母子。”

“若沈兄不嫌弃，我会代沈兄好好照顾嫂夫人和小侄儿，今后嫂夫人和小侄儿有任何不便之处，我都会当作自家之事，尽心尽力。”

沈鹤轩明眸闪烁：“这……真的吗？”

燕思空笑道：“沈兄巡按在外，以身报国事，我为沈兄料理好家事，于公，是为朝廷尽心力，于私，沈兄引我为知己，我自当投桃报李。”

沈鹤轩抓住燕思空的手，感动地说道：“思空，谢谢你。”

燕思空也握着他的手，郑重道：“愿沈兄不负圣望，不负师恩，我等你回京，与我共辅明主，再创太平盛世！”

第十五章 暗藏刀剑

沈鹤轩离京之时，大员们的考核也开始了。

地方的二品及以上官员，多是总督，除非有不得离岗的要务，均要回京，这时，吏部便在一件事上犯了难，那便是靖远王封剑平。

封剑平是大晟史上第一个当上总督的武将，这意味着他同时执掌了军政大权，威势滔天，如今大同无战事，所有总督都回京述职，封剑平是最应该回来的。

可大同府全无动静。

这件事既微妙又危险，若吏部去函催促，一旦被封剑平拒绝，封剑平就是手握重兵不回朝，有不臣之心；若不去函，又不合乎京察的规矩，可吏部根本不愿意去捅这个娄子。

燕思空已经察觉到此事，甚至吏部尚书刘岸几次见到他，都一副欲言又止的模样，但最终还是没有单独与他说什么。他猜刘岸是想通过他探探封野的口风，但又想到两人之间的关系，便作罢了。

燕思空知道此事非同小可，正打算与封野商议，封野恐怕也听到了一些风言风语，当天深夜便主动来找燕思空。

封野开门见山道："吏部现在可有消息，要如何处理我爹的考核？"

燕思空摇摇头："刘尚书正左右为难呢，我猜他很快就会去找老师商量。"

"你猜颜阁老会如何？"封野问道。

燕思空想了想："老师是内阁首辅，秉公处理，便应该让皇上下旨，勒令殿下回朝。"

"但是？"封野挑了挑眉。

燕思空在屋中来回踱步，面色有些沉重："说实话，我不知道。"

"你的意思是，颜子廉有可能会催促我爹回京？"

"京察大计，所有在地方的总督均要回京述职，如今只有靖远王迟迟未动身，朝中已有非议，这时候，老师如何能包庇。"燕思空叹道，"但是，殿下不可能回来。"

封野点点头："我爹不能回来，他若回京，皇上定会想方设法削减他的兵权，不行，我得去见颜子廉。"

"封野。"燕思空拉住了他，正色道，"封野，他是内阁首辅，你明白我的意思吗？"

封野定定地看着燕思空。

"身为内阁首辅，怎么可能容忍外臣坐拥重兵？他之所以多年来对殿下不闻不问，唯一的原因是为了牵制阉党，他和谢忠仁都不得罪殿下，是怕殿下倾向任何一派，会颠覆整个朝局。"

封野眯起眼睛："那此次他会如何？"

"我说了，我不知道。我想，老师也不希望殿下现在回京，京察大计已经令朝堂震荡不已，若殿下再回来，恐怕会掀起更大的风雨，那这烂摊子就没法收拾了。但是，老师也绝对不可能无所作为，否则如何服众？"燕思空安抚地拍了拍封野的肩膀，"我会单独去跟老师商议此事，殿下可有准备疏奏，言明大同形势复杂，身有重任不能脱身？越快送抵京师越好。”

“早已在路上了。”

“那就好。”燕思空顿了顿，试探地问：“封野，殿下如今功高盖主，又手握重兵，终究不是长久之计，可想过……适当放权？”

封野面色凝重：“大同是我朝最重要的防线，因为它为中原子民抵御了最凶残的蛮夷，虽然现在瓦剌受到重创，但其他地区仍有几十个大小部落，都对中原虎视眈眈，瓦剌衰败，这些部落便会失去控制，渐渐各自为政，再生成新的势力，早晚还会卷土重来，所以大同不能削减军备。说我爹擅权也好，专制也罢，我爹若真有反心，不必等到现在。”

燕思空在心中暗暗叹了口气：“……我先与老师商议看看吧。”他虽敬重靖远王的功业，但对靖远王的诸多做法并不看好，上次颜子廉提到“功高震主主不疑”的郭子仪，其实已经给他提了醒，皇上十分忌惮靖远王，长此下去，恐怕对封家不利。

可封野狂傲自负，且对大同局势的分析也确实在理，让靖远王主动放权，恐怕是难上加难。

如今京察，不就给他们出了个大难题？

封野道：“我知道你在想什么。”

“是吗？”

“韩信、蒙恬、陆逊、岳飞，你想的是那些因功高震主而不得善终的名将，对吗？”

燕思空沉默不语。

封野笑道：“我爹不会成为他们，你知道为什么吗？”

“为什么？”

“当今圣上软弱少谋，沉溺酒色，无心朝政，他怕瓦剌怕得要死，还要仰仗我封家守着边关。”封野口吻轻佻而不屑，“再者，我在京为质子，只要我爹不回朝，他永远拿我封家无可奈何。”

燕思空嘘出一口气：“不无道理。”

“所以不必担心。”封野轻声道，“我爹一生忠勇，从无二心，他唯一的愿望，就是保我华夏百姓不受蛮夷侵扰，此志日月可鉴，上天也会站在他那边的。”

燕思空勉强一笑：“甚好。”

燕思空想与颜子廉商议封剑平考核之事，但这次颜子廉却一反常态，推说公务繁忙，没空见他。

起初他还当颜子廉是真的没空，但两次三番后，他才意识到颜子廉是在有意回避。

燕思空思索了一天，隐隐猜到了颜子廉的意图，但不敢断定，于是干脆寻了一个上午，颜子廉刚刚下早朝，他直接去文渊阁拜访。

为了避嫌，燕思空已经很久不曾来文渊阁找过颜子廉，但若不这么做，怕是根本碰不上颜子廉。

颜子廉见到他，也并不意外，只是点点头说：“随我进来吧。”

一进屋，燕思空就做出焦头烂额之状：“老师可是在避着学生？学生做错了什么吗？”

“你当真猜不到我为什么对你避而不见吗？”颜子廉眼睛一眨不眨地盯着燕思空。

燕思空深吸一口气：“可是……怕我为靖远王的事来求您？”

“你知道就好。”

“老师……”

“不必多言。”颜子廉摆摆手，“这京察大计是国之大计，自太祖皇帝始，至今两百余年不曾旷废，如今大同无战事，封将军不回京述职，就是抗旨，满朝文武皆有目共睹，你要我如何啊？”

燕思空躬了躬身，语调趋于平缓：“老师，西北地区大小部落几十个，从前有瓦剌一家独大，尚能互相牵制，如今瓦剌衰败，这些大小部落很可能重新集结，继续侵扰边关，大同目前虽无战事，但依旧危机四伏。”

“思空……”

"这是其一，"燕思空打断了颜子廉，"老师且听学生说完。其二，老师与我心知肚明，靖远王是不会回京的，若强逼他回京，甚至下旨催促，万一弄巧成拙，怕是老师最不愿意看到的。"

颜子廉沉声道："你是想说，封将军会反？"

"学生万万不敢说。"燕思空道，"学生亦不知道，靖远王会如何应对。"

颜子廉抚须道："是封野告诉你，封将军绝不会回京的吗？"

"这哪还需世子说呢，靖远王迟迟没有动身，便已是答案了。"

颜子廉眯起了眼睛。

"其三……"燕思空凝视着颜子廉，他猜测，下面的话才是颜子廉想听的，"有靖远王在，尚可遥遥牵制阉党，令他们有所顾忌，否则，这天下早被他们搅乱了。"

颜子廉慢慢拿起手边的杯子，饮了一口清茶："这话倒是在理，但封将军同为总兵与总督，一手掌握大同军政，三十万重兵，距京只有六百余里，你以为陛下能容他多久？他若此次不肯回京述职，岂不令人坐立难安？"

"他若回京述职。"燕思空直视着颜子廉的眼睛，目光灼灼，"会如何呢？"

颜子廉抿了抿唇，没有言语。

"封家三代忠良，报国之心，日月可鉴，莫非老师也不信任靖远王？"

颜子廉语重心长道："思空，我是一国之相，断事岂能凭个人喜恶？封将军手握重兵，却一味想着明哲保身，多年来阉党祸乱朝纲，鱼肉百姓，他不闻不问，当然了，从前瓦剌势大，他远在大同，即便有心也是无力，可现如今瓦剌已破，封将军焉能对此坐视不理？"

燕思空心想，他果然猜对了，颜子廉想要的，是封剑平为自己所用！他沉声道："学生以为，靖远王并非坐视不理，正如老师所说，他是有心无力，好比此次太子含冤下狱，虽是学生去求的世子，但若无靖远王的暗中授意，世子也不可能应承我，封家定是要辅佐太子的。"

"暗中授意？"颜子廉缓缓道，"暗中授意，如何能让众人知晓太子有大同三十万兵的助力？文宥迟虽然暂退，但谢忠仁仍在朝中，文贵妃也仍然受宠，那储君之位，就仍是镜花水月，随时可能破灭。太子势薄，我怕长此以往，更多人要倒戈向阉党了。”

燕思空倒吸一口气凉气，低声道：“老师说的……在理。”上次他与颜子廉密谈，已听出颜子廉对于封剑平明哲保身的不满，只是从前无可奈何，如今颜子廉抓住了京察的机会，他身为内阁首辅，是唯一能将此事大事化小、小事化无的人，但他也给出了自己的条件——要封剑平站在士族一派。

燕思空从未敢低估自己的这位老师，四十年前，颜子廉亦是新科状元，凭着鹰一般的敏锐和过人的手腕，一路披荆斩棘，杀入内阁，挤走了排在前面的所有阁臣，稳坐首辅之位达十余年之久，与阉党斗得风生水起，同时又将国家操持得可圈可点。燕思空在颜子廉面前装了好几年，百密总有一疏，被颜子廉看出了他对封野和封家的态度。

颜子廉利用这一点，玩儿了极其犀利的一招，燕思空回想起京察至今的种种，甚至无法判断颜子廉是从何时开始计划用京察逼迫封剑平站队的，姜还是老的辣，燕思空只觉背脊发寒。

颜子廉睨了燕思空一眼，见他脸色苍白，便放柔了语气：“思空，为师老了，不知大限何时来临，或死或退，我都不能将阉党留下来继续腐蚀我大晟江山，我只想为国除害，让太子稳坐储位，兹事体大，非封将军相助不能成啊。”

燕思空暗暗咬了咬牙：“学生明白了，学生会如实转达。”

颜子廉满意地点了点头。

燕思空离开文渊阁的时候，但见屋外烈日高照，他却依旧冷得身体直抖。

封剑平不想卷入党争，就是因为他的兵权太过惹眼，须处处低调，方能自保，可形势的洪流一直在裹挟着所有人往前走，正如颜子廉所说，封剑平想置身事外是不可能的。

燕思空亦不希望封家参与党争，因为太危险。原本封家明哲保身，将来无论是谁登基，封家都将为新皇继续镇守边关，可一旦下了水，就必须拼了命地将对方活活溺死，方可平安上岸。

颜子廉要的，就是把封剑平拖下水，与自己一起对抗阉党。不得不说，这一步走得绝好，但却是他最不想看到的。

燕思空顿住脚步，忍不住抬起头，刺目的日光让他不禁眯起了眼睛，他感到阵阵眩晕，那种带着恐惧和忧虑的寒意还不停地从脚底板往上钻，似乎非要钻透他的四肢百骸才肯罢休。

“这只老狐狸！”封野面浮怒色，一把将桌上的茶具都扫到了地上。

燕思空脸色也很难看：“我这些天频频求见，他都不肯见我，我就隐约猜到了……”

“他还说什么了？”

“就这些，意图已经很明显，只有殿下表态，京察一事，他才会出面斡旋。”

封野咬了咬牙：“现在也只有他能帮我爹。”

“没错，刘岸已经求到了他头上，陛下很快也会察觉到此事，若殿下的奏疏到了京师，那正中他下怀，一切都在他掌握中了。”

地方官员的奏疏，经过驿站层层递送，抵京之后，要先入内阁，由阁臣给出票拟意见，虽然阁臣不能压着奏疏不上达圣阅，但何时放，却是阁臣尤其是首辅可以决定的，拖上个几日又能如何，可这几日的时间，就足够流言淹没靖远王府了。

封剑平迟迟不动身回京，那些言官必然也在虎视眈眈，每拖上一日，都非常凶险，颜子廉是看准了这一点，所以才拖着不见燕思空，直至他们别无他法。

“可恶……”封野恶狠狠地说，“你这个老师，简直比阉党还阴险！前些时日还与我们共谋计策，这才几天啊，就过河拆桥，打起我封家的主意了。”

燕思空沉声道：“我说过，他是内阁首辅，万事以家国为重，他以此逼迫殿下，确实阴险，但也无可厚非。”

"如今该怎么办？"封野握紧了拳头，"我爹最不愿卷入党争。"

燕思空叹道："封野，你现在应该拟一封书信，八百里加急，送至殿下手中，让他来定夺。"

"你就没有什么办法吗？"封野咬牙道，"你不是最聪明吗？"

燕思空疲倦地摇了摇头："我在吏部仅是一名小小主事，颜子廉又是我的老师，我实在想不出别的办法了。"在见封野之前，他已经苦思了很久，并无良策，封剑平若不想背上"不臣""意图谋反"等罪名，就必须让回京述职这件事平缓地过去，而现在只有颜子廉能办到。

封野扶住了额头，他也知道，眼下似乎真的没有别的办法了，总不能冒险拒不回朝，他还在京中，一旦出事，后果不堪设想。他沉默了良久，才道："给我准备笔墨。"

燕思空亲自给封野研好了墨，铺好了纸。

封野坐在案牍之前，提笔顿了良久，才开始写信。

燕思空在一旁静静地看着他，心中充满了不安。

写罢，封野将信收入怀中，他看向燕思空："若我爹拒不回朝，你觉得会如何？"

燕思空眼神一暗："封野，我不愿做这个猜测。"

封野也没有追问，他站起身，目光坚毅："该来的躲不了，就让我爹定夺吧。"

几日之后，早朝上有人公然质问封野，为何封剑平迟迟未动身回京述职。

此人并非阉党，也不是颜子廉一派的官员，只是一脾性刚愎、好大喜功的都察院御史，平日也是逮谁骂谁。

昭武帝当场脸色有变，但他却先假惺惺地问责吏部，是否吏部失职，未及时知会封剑平。

刘岸自然不认，又把问题抛给了封野。

封野不卑不亢地详述大同形势，认为大同仍旧危机四伏，他言之凿凿，似乎难以反驳。

昭武帝又问向暂代兵部尚书位的冯闯，大同是否真如封野所言。

冯闯刚刚接替尚书职，他从未巡按过大同，哪能说得上来，一时避重就轻，言之无物。

那御史不依不饶，斥责封野是在夸大其词，封剑平不顾京察考核，拒不回京，怕有不臣之心。

两人越辩越怒，一时剑拔弩张。

这时，颜子廉才迤迤然站了出来，拿出了封剑平的奏折，说刚刚收到，尚未来得及呈达御前。

那奏折恳切陈词，言明大同危机确实并未解除，请求皇上暂延回京述职，改为以奏疏自陈，给出的理由几乎与封野相同。

这封奏折之言辞可谓苦口婆心，令人一时难辨轻重，昭武帝问颜子廉此事该当如何。

颜子廉提出，或可派一名巡按御史前往大同，看看封剑平所言是否属实，但此提议遭到了阉党的反对。

昭武帝犹豫之后，还是同意了。

这御史，自然要由颜子廉挑选，届时巡按情况如何，就是颜子廉说了算。

深夜，两人碰面，封野在早朝上受了气，又被颜子廉逼迫，面色阴翳。

燕思空只得劝道："派巡按御史去大同，来回至少要耗费个把月，至少这期间，殿下不必忧心京察一事。"

"可那之后呢？这岂不是更被颜子廉要挟。"

"能拖上个把月，已是没有办法的办法了。"燕思空轻叹一声，"封野，我虽然也看不惯老师的做法，但有一句话他说得没错，殿下想要置身事外，是不可能的。"

"你的意思是，我爹应该参与党争吗？"封野剑眉紧蹙，"我爹不想被任何人利用。"

"所有人都对殿下手中的兵权虎视眈眈，就算殿下再谨小慎微，也堵不住悠悠众口。"

封野握了握拳头，眯起眼睛看向燕思空：“你也很希望我爹站在士族一派吧？如此对你复仇更有助力。”

燕思空怔了怔，脸色一变：“你这话是什么意思？”

“你是两榜进士，还需问我是什么意思吗？”封野冷道，“你那老师做什么都与你有商有量，这次的事为何你就全不知情了？”

燕思空站了起来，寒声道：“封野，我从头至尾都不希望你封家卷入党争。对，我是曾想过若封家能助我复仇，定是如虎添翼，但我更不愿你陷入危险。在你眼中，我阴毒到了连你也要算计的地步？”

“你难道没算计过我吗？”封野也跟着站起身，逼视着他，“葛钟一案，你可是将我好生利用啊。”

燕思空张了张嘴，只觉喉咙被扼住一般，难以言语，面上更是一片火辣，他费了好大的力气，才轻声道：“但我不会害你。”

封野看着燕思空颤抖的模样，思绪很是复杂。

燕思空深吸一口气，只觉浑身发冷，他慢慢地坐在了椅子里：“封野，你既然已不信任我至此，还来找我做什么？”

封野沉默地看着他。

燕思空苦笑一声：“你抓着我不放，不是因为你我多年交情，只是不甘罢了，不甘我曾利用你，欺瞒你，让你颜面有损……何必呢？你不累吗？”

封野咬牙道：“又是谁一手造成今日的局面？”

“是我。”燕思空嘲弄一笑，“是我，我干过的，我认了，但我也说过，我绝不会害你，你若不信这一句，以后不要再找我议事。”

“你给我闭嘴！”封野怒道，“何时轮到你来指责我？你装出这副可怜之态又是想迷惑谁？”

燕思空不敢置信地看着封野，鼻腔酸涩，心脏痛得狠狠抽搐，眼中一片灰败：“……不敢。”

封野简直是气急败坏，可见着燕思空心灰意冷的模样，到了嘴边的责难却说不出口。

燕思空垂下了眼帘，哑声道："何苦呢！"

封野握紧了双拳，是啊，何苦呢，如此计较，连他自己都要看轻了自己。

他慢慢地挪动了脚步，走到了燕思空身前。

看着燕思空发红的眼睛，他踌躇片刻，开口道："此事，我不该随意怀疑你。"

燕思空一怔，有泪水几乎滑落，封野无奈地深吸一口气："我今日在朝上被群起而攻之……我不该迁怒于你。"

燕思空顿了片刻，道："但你据理力争，没有辜负殿下对你的期望。"

"我爹远在大同，朝中之事，我自然要有所担当。"

燕思空点了点头。

封野感叹道："罢了，你说你在这世上，只有我可以倚仗，我在京中，又何尝不是如此。"

燕思空叹息一声，心底满含担忧。

颜子廉挑选的巡按御史不日出发了。京师与大同相聚六百余里，行军需十余日，但快马几日可达，依照皇命，这名御史要以最快的速度赶赴大同。

又过了些时日，封剑平的家书送到了封野手中。信中，他经过深思熟虑，已决意辅佐太子，一来若他不这么做，京察大计，颜子廉不会轻易放他过关；二来，随着两位皇子年纪愈长，朝中局势因为储位之争而动荡不堪，他再想作壁上观，已是不太可能，既然早晚都要做出抉择，便不必再拖延下去。

这个结果，是封野与燕思空都预料到的，不只是颜子廉在逼迫封剑平，形势亦在暗暗地推波助澜，若自此与颜子廉联手，则击溃阉党指日可待。

既然意已决，下一步便是要寻一个合适的时机，向太子表明忠心，而太子的生辰将至，这个机会也是信手拈来。

封野跟燕思空商议过后，挑选了一份重礼，送给陈霂，此举意在将封家的倾向昭告天下。

燕思空是喜忧参半，喜的是得封家辅佐，陈霂的储君之位更难以动摇；忧的是一旦封家下了水，在京的封野就要陷入明枪暗箭之中，再不能像从前那样做个闲散世子了。

封野的寿礼一送出，就传遍了京师，原本就在太子与二皇子之间摇摆不定的朝臣，此时更加难以定夺了。

颜子廉甚为满意，择了一日，与燕思空、封野促膝长谈，上至家国大义，中至将士气节，下至泱泱民心，自陈必除阉党之决心。二人虽然对他的做法颇为不满，但也不能不敬佩他救国救民的大志。

不久之后，颜子廉就将那名巡按御史召了回来。

结果自不必多说，颜子廉主动为封剑平请谏，暂不回京述职。

此举在朝中引来不少反声，不仅仅来自阉党，昭武帝亦是不悦，但也无可奈何，只得同意封剑平继续留守大同。

而在历时半年之后，吏员们几乎全都考核完毕，该升的升，该走的走，阉党与士族两派，皆在此次京察中损失不小，仅仅是因为党争而或贬或黜的官员，就多达八十余人，很多要位都换了一次血，双方都没讨到什么好，但逼走了文宥迟，可算是士族一派最大的胜利。

至此，这场轰轰烈烈、暗藏刀剑的京察大计，终于结束了。

第十六章 『谋反』？

一场凉雨过后，京师迎来了早秋。

世人都爱颂赞京师的春，因为那满城槐花、桃花盛放的景象，与这天底下最繁盛的城相得益彰，但燕思空更喜欢秋天，一袭秋风扫过便显万物之颓靡，令他始终对天地之大与生命轮回心存敬畏，而愈能深省自己的渺小。

不过，若他能有所预见，便会知道，他不会喜欢今年的秋。

在一个寒蝉凄切的清晨，发生了一件大事——皇太后驾崩了。

皇太后年事已高、宿疾已久，这个消息并不令人意外，但对于拥护太子的一派官员，却是个极大的打击，因为她是唯一能够阻止昭武帝废立太子的人。

燕思空听到这个消息时，心绪平静，他除夕之夜在大宴上对皇太后匆匆一瞥，便知她时日无多，能活到现在，已是出乎他意料了，尽管他知道皇太后驾崩，对陈霖意味着什么，但储位之争是避无可避的。

他不仅不意外，甚至暗暗松了一口气，虽然这对他们来说十分不利，但也有一样好，那就是万阳公主要为太后服丧三年，他们暂时不会成亲了。

尽管他知道成为驸马对自己更有助力，尽管亲事根本由不得他做主，但他对迎娶万阳，心中始终有所排斥——因为封野。

时局瞬息万变，三年之后，或许他已经大仇得报。到了那一天，若封野要他离开这个是非之地，也许他会答应。

无论如何，至少他暂时不必为此发愁了。

昭武帝下诏举国服丧，满朝官员斋禁一月，斋禁期间，全城不得舞乐。

京师的氛围顿时变得萧瑟，走街过巷时，平素那些卖艺人、说书人都销声匿迹了。

封野却很高兴，得意地说："如我所料，三年之内，皇室不得嫁娶，你别想做你的驸马了。"

燕思空淡笑："若能为我爹报仇，做不做驸马，有何要紧。"

"那阉狗已是花甲之年，说不定根本活不过三年。"

"未必。"燕思空微眯起眼睛，"听说他身体十分硬朗，再者，我绝不让他寿终正寝，我要他活着的时候，为我爹偿命。"

封野用目光描绘着他清冽的面部线条："若这三年能让你得偿所愿，你愿不愿意就此放弃功名？"

燕思空沉默片刻，转而看向封野："只要能报仇，放弃什么我都甘愿。"

封野怔了怔，一时无言。

"如今太后驾崩，储位之争定会愈演愈烈，也许这正是扳倒阉党的好时机。"燕思空紧盯着封野的眼睛，"只要为我爹报了仇，我绝不会娶万阳公主。"

封野正色道："真的？"

"真的，我要为我爹沉冤昭雪，除此我心中再无挂碍。若有更好的办法，我何必牵连他人。"

封野点头道："既然如此，我定会助你达成心愿。"

燕思空感激地看着封野。

国丧期间，燕思空十分清闲，该说自京察大计结束后，他就从繁忙公务之中解脱了出来，皇太后出殡当日，是他这几个月来最忙碌的一天。

不过，他的忙碌仅是走了一整天、跪了一整天，礼部才是忙翻了天，为筹备皇太后的凶礼，已经耗费了几十万两白银，户部尚书进谏，劝昭武帝节省用度，被以孝道为由当庭叱责。削藩之后，国库充盈不少，昭武帝本性难改，又开始挥霍。

很多官员都认为此番凶礼确实太奢侈了，但并未就此多加诤谏。主因是京察过后，无论阉党还是士族，都元气大伤，需要休养生息，很长一段时间都难生是非。

皇太后的死，如一阵疾风席卷而来，搅得原本平静的水面骤起波澜，所有人都预感到，要不了多久，必生风浪。

这日，燕思空去东宫为陈霂讲课，陈霂跟着其他皇子一起为皇太后守灵七日，这是两人自皇太后驾崩后第一次见面，陈霂还穿着孝服。

“殿下消瘦不少。”燕思空拱手道，“务必节哀！”

陈霂叹了口气：“先生请坐。”他挥了挥手，屏退了内监宫女。

燕思空坐了下来，仔细端详着陈霂的脸。许是前些日守灵，只能进少量斋食，加上愁思过重，所以他瘦得面颊略有凹陷，但莫名又显得成熟了几分，与他初次见陈霂时那懵懂青涩的少年模样，已经是判若两人，他道：“太后已出殡，殿下这些日子要好好补补身子。”

陈霂双目无神，似乎了无生气：“我娘不在了，如今连皇祖母也走了。”

“很多人都愿为殿下鞍前马后、赴汤蹈火，殿下切不可灰心，定要珍重身体。”燕思空正色道，“往后的路，会越来越难走，敌人，会越来越多。”

陈霂眼中闪过一丝怨恨，尽管稍纵即逝，仍旧被燕思空捕捉到了，他咬牙道：“自我娘死后，我便什么也不怕了，任他前方有多少牛鬼蛇神，我会一一斩杀，定要为我娘报仇。”

“殿下是天选之人，是真龙天子，殿下要做的事，一定能做到。”

陈霂目光坚毅，重重地“嗯”了一声。

“臣此次来，除了讲课，还要提醒殿下，如今太后仙逝，殿下在宫中要更加谨言慎行，并且……”燕思空看了看四周，“这东宫之中，或许也有阉党的眼线，殿下不可相信任何人，平日要以短刀防身，吃食饮水，都要先验毒，没有了太后，他们就无所忌惮了。”

“我知道。”陈霂眯起眼睛，“我每日读书练武，功夫精进许多，晚上睡觉，枕席之下都有匕首，他们能把外人弄进后宫，假意行刺二皇子，没准儿也能行刺我，我怎会不防？”

“殿下明白就好，这后宫之中，殿下尚有两个人可以略微倚仗，一个是祝统领，一个是贤妃娘娘，若后宫有急要之事，可找此二人帮忙。”

陈霂有些犹豫：“因行刺一案，祝统领已经被降职，贤妃娘娘……我与她少有往来。”

“殿下放心，祝统领虽被降职，但依然值守禁卫军，趁着太后驾崩，陛下顾念旧情，我会求老师奏请陛下，将祝统领官复原职，祝家乃太后娘家，外戚势力不容小觑，祝统领又是大内统领的最好人选，过不了多久，他就会回来的。”燕思空又道：“至于贤妃娘娘，她是靖远王的亲妹妹，如今殿下得靖远王相助，贤妃娘娘就是自己人，逢年过节，殿下别忘了给她馈礼。”

“我明白了。”

“殿下明年就成人了，我与老师会为殿下仔细挑选大家族之女为王妃，我们每一步都走稳了，便不怕大风大浪。”

陈霂点点头，犹豫片刻，有些扭捏地说：“你可知哪家女儿合适？”

燕思空笑着调侃道：“看来殿下急着娶王妃了。”

“我才不急。”陈霂辩驳道，“我只是……只是不知娶妻是怎么一回事。我从小生长在宫中，除了后妃、宫女，没见过别的什么女人，就连我的皇姐皇妹，都少有往来。”

“殿下不须操心这个，无论是谁嫁于殿下，都是光耀门楣，也定会尽心尽力辅佐殿下。”

陈霂抿了抿唇，睨了燕思空一眼，小声说：“她可会如先生这般好看？”

燕思空失笑：“金枝玉叶的大家闺秀，怎可跟我这酸腐书生相提并论。”

“不是。”陈霂摇摇头，“我觉得先生是我见过的最好看的人。”

燕思空眨了眨眼睛：“看来这东宫的仆侍不太尽责，该罚。”

陈霂奇道：“何出此言？”

“连殿下的铜镜都没擦干净。”

陈霂愣了愣，随即哈哈大笑：“与先生说话，是最开心的事了，我每日都在宫中盼着先生来为我讲课。”

“能服侍殿下，亦是臣最开心的事。”

斋禁的一个月，本是风平浪静，谁也不会在国丧之时去触皇帝的霉头，人人都安分守己。

可就在斋禁将要结束的最后一天，却出了大事。

那夜，天降暴雨，雷电交加，一道接着一道的闪电若划破苍穹的利剑，炫耀了整片夜空，闷雷声更似神鬼降临，有万钧之势，震荡着天地，令人坐在屋中都不免心惊。

那雨就像天破了个洞一般，足足下了大半晚，燕思空和阿力一夜没睡，因为家中低洼处聚了水，若不往外导，怕是要进屋了。

第二天，他拖着疲倦的身子去衙门，听到了一个令人心慌的消息。

昨夜的闪电惊雷，将北郊山上一株百年老树劈断了，那老树倒下的位置，不偏不倚，刚好是皇太后新下葬的陵墓。

于是今早昭武帝罢了朝，传唤礼部尚书和鸿胪寺卿问责。

天雷自古被视为上苍之威，带有惩罚奸邪的意味，如今皇太后刚刚入殓，就被天雷劈死的树压了陵墓，这是何等的凶兆。

朝中议论纷纷，多为忧心之言，已有不少耸人听闻的流言传入燕思空耳中，但他仅是听听，对此缄默不语，他深知祸从口出，什么时候都不能乱说话，尤其是这非常之时。

虽然燕思空并不信那些撮土焚香的道士，也不信倒了区区一棵树就会殃及国运，但他知道此事之利害，定会牵连不少人，首当其冲的就是礼部和鸿胪寺，其中大多是颜子廉的人，阉党必借机群起而攻之。

当日晚些时候，为太后陵选址的道士就被下了狱，颜子廉紧急入宫，为礼部尚书和鸿胪寺卿求情，还不知两人要受什么责罚。

第二天早朝，奏折如雪花一样飞了出来，一半在弹劾，一半在解释天意，想要安稳人心。

面对圣怒，年事已高的鸿胪寺卿恳请致仕返乡，礼部尚书则被贬黜到了地方做知府，终其一生，怕是无望回京了。如此还不算完，昭武帝下令要追查所有参与筹办太后丧礼的人等，一律严惩。

于是短短一月之内，或降或革了十几名吏员，那道士也被杀了头。

若此事仅是降职罚俸、杀一两个道士，该算是“善终”了，虽然接连失去了礼部尚书和鸿胪寺卿，但颜子廉仍有能力将自己的人推上去，至多是与谢忠仁拉锯一段时间。

可当颜子廉要求密会时，燕思空隐隐有了种不祥的预感。

在茶楼见到颜子廉时，燕思空与封野都从他凝重的神色上感知到了什么。

“老师可是为了许尚书……”

“不是。”颜子廉口气紧迫，甚至没让燕思空说完一句话，“他走了就走了，无伤大体。”

燕思空和封野对视一样，因为颜子廉的样子太不寻常了。

颜子廉重重换了一口气：“今日，谢忠仁不知从哪处找来了一个传说是不世的大师，说降雷是不祥之兆，因太后之凶礼礼数不周，上天降怒，恐会伤及国祚。”

“简直一派胡言。”燕思空冷声道，“这劳什子大师妖言惑众，也该拖出去斩了！”

封野皱眉道：“陛下……信了？”

颜子廉凝重道：“不好说。”

两人都等着颜子廉继续说下去，因为他们知道，下面的话才是正题。

“无论陛下信不信，陛下已决定要将太后之丧礼升为国丧。”颜子廉看着两人，语气沉重，“明日就要下旨，一要迁陵，二要千里之内的所有藩王，即刻回京吊唁。”

两人顿时双目圆瞪，一股寒意直冲入体内，脸色瞬间煞白。

颜子廉闭上了眼睛，仿佛一下苍老了许多：“这恐怕是陛下与谢忠仁设下的计，利用此事，召靖远王回京。”

封野握紧了拳头，有些无力地争辩道：“我爹是异姓王。”

“异姓王也是王。”颜子廉沉重道，“没想到躲过了京察，又迎来了吊唁，这次封将军若再拒绝回京，便是第三次了，我恐怕……”

燕思空只觉大脑有短暂的空白，心头也慌乱不已。

是啊，若这次再拒不回京，便是第三次了，一次是庆功大宴，昭武帝暗下中旨；一次是京察大计，按律封剑平该回京述职；这一次，就算是有万千借口，就算昭武帝再软弱昏庸，也不可能容忍一个明摆着有反心、更有反力的臣子了。

何况，即便昭武帝能忍，群臣也不能忍，天下人亦会口诛笔伐，手握重兵而拒不回朝，定是意图谋反啊！

封野拱手道：“阁老，如今该怎么办？”

颜子廉摇摇头：“明日就要下旨了，陛下心意已决，不可能收回。”

“我爹若回京，不知道会发生什么……”

“现在不必惊慌。”颜子廉道，“只要封将军回来，向陛下表明忠心，陛下也不会过于为难，毕竟大同还要倚仗封将军，只是大同军备，是必定要削减了。”

燕思空眯起眼睛：“老师，若靖远王回京，真的仅是削减军备吗？我担心……”

颜子廉抬起手，制止他继续说下去：“陛下并非冷酷之人，也不会是非不分，何况封将军是功勋名将，陛下此举，就是为了削减大同军备，拿回部分兵权。”

封野咬牙道：“大同养的三十万重兵，并非白养的，没有他们，如何守得住边关二十余载？削减军备，岂不是自毁长城？”

颜子廉摇着头，苦笑道：“陛下不会考虑这些的，他只知道瓦剌元气大伤，大同不如从前那般紧张，岂会继续养着那么多兵马？”

封野脸色阴沉。

燕思空拱手，恳求道：“老师可否再去规劝陛下？召藩王入京，实在是兴师动众。”

颜子廉摇头：“圣意已决，我说什么都没用了，陛下此举，针对的就是靖远王。”他看向封野，叹息道，“世子，让封将军回京吧，为今之计，只有交出部分兵权，方可令陛下安心，难道封将军真的要忤逆圣意吗？”

封野抿着唇，没有说话，只是额上青筋暴凸，显然心绪十分烦乱。

颜子廉站了起来，语重心长道：“老夫身为内阁首辅，一心只望国泰民安，封将军乃我大晟第一功臣，封家又要在未来辅佐新主，若封将军回京，老夫用这条命起誓，定会维护封将军，削减军备一事，也会为封将军据理力争。”

燕思空在一旁看着颜子廉与封野对视，那是一场无声的较量，而二人心中都是波涛澎湃。他明白和理解颜子廉的立场，但他心底有个声音十分清晰地告诉他，封剑平绝对不能回来。

言尽于此，颜子廉便先告辞了。

他一走，燕思空就颤声道：“殿下若回京，恐怕凶多吉少。”

封野垂眼看着地面：“怎讲？”

“你心里明白，从殿下大败瓦剌的那一刻起，陛下就已经容不下他了，兔死狗烹，鸟尽弓藏，史不绝书啊。”

封野的眼神变得阴冷：“可颜子廉信誓旦旦。”

“既然圣意已决，老师定会规劝殿下回朝，他不可能看着边将谋反啊！可殿下一旦回来，倘若真出了事，老师也未必救得了。”

封野抬起头，沉声道：“我也不希望我爹回来，我也担心出事，可也不能公开抗旨啊，你可有良策？”

燕思空来回踱步，深秋寒雨夜，他急得额上都冒汗了：“没有别的办法，殿下要么回，要么不回，不过这两条路。”

“若回……”

“若回……”燕思空钉住脚步，死死地瞪着封野，神情诡异，“有可能就回不去了。”

封野的呼吸变得粗重：“若不回，岂不就是谋反？”

燕思空几步走到了封野面前，慢慢蹲下，两手攀着他的膝盖，一双眼眸泛着凛冽的精光，无声胜有声。

封野怔怔地盯了燕思空半晌，读懂了他的意思，突然颤声道：“你疯了。”

燕思空一把抓住封野的手，紧紧地抓住，厉声道：“我疯了吗？难道你心里就没数吗？一个功高盖主，名震天下，手握三十万重兵，距京只有六百里，两次拒不回朝的边将，换作你是皇帝，你容得下吗？”

封野双目圆瞪，面如土色。

燕思空亦是浑身颤抖不已。在今日今时之前，他做过很多足够被斩杀一百回的事，并且十余年来脑子里想的都是这些事，但是他从来、从来没敢想过那两个字——谋反。

并非他胆子不够，只是他有自知之明，杀掉几个奸臣，和颠覆一个王朝，岂可同日而语。可是，就在此刻，在他突然意识到封家可能走投无路的时刻，他脑子里出现了这两个字，他本能地恐惧，更因为封家有这样的实力，使得这两个字恐能成真而狠狠战栗着。

两人一眨不眨地瞪视着对方，谁也不肯服输，仿佛只要一个眨眼的犹豫，就再也鼓不起这样的勇气。

最终，还是封野移开了目光，他下颌的线条极为僵硬，喉结用力滚动着，尽管他说过诸如“我封家可让天下改姓”之类的话，且不止一次，但他从未想过真的要做。

“谋反”二字，重如泰山压顶。

燕思空也略微冷静了一些，他哑声道：“封野，我绝非危言耸听。一切都由靖远王定夺，但若封家决定……起事，我生死相随。”

封野站起身，将燕思空也拉了起来，却不敢去看他的眼睛：“我、我有些乱。”

燕思空紧握着封野的双臂，给予他支撑的力量。

封野深吸一口气，镇定了许多：“即便我同意，我爹也不会同意的。”

“未必。”谁不想坐拥天下？

封野终于正视燕思空：“让我想一想，想好了，我会给我爹去一封信。”

“要快。”燕思空加重语气。

封野沉重地点了点头。

燕思空回到家中，取出了几件珍宝，交给阿力，让他分几个当铺当掉，再将银子换成银票。

虽然眼下还未发生什么，但他习惯了未雨绸缪。

他也希望一切只是他过虑了，也许封剑平回京，只是交出部分兵权，让朝廷削减部分军备，就能平息是非，但他读史无数，深知无论如何改朝换代、沧海桑田，唯有人心是不会变的。他希望封剑平不要冒这个险，因为冒险的代价可能是致命的。

如颜子廉所言，第二天，昭武帝下诏，说因太后的凶礼不够隆重，有损孝道，才使上天降怒，所以不仅要重新选陵，还命距京千里之内的所有藩王回京吊唁，即刻就要启程。

这道圣旨可谓一石激起千层浪，昭武帝性格优柔寡断，做事从不曾如此强硬，不能不令人怀疑其背后的目的。

但圣旨既已出，为人臣者当唯命是从，十几个传令官快马离京，奔赴各个藩王的所在地。

燕思空不知封野考虑得如何了，两人白天不敢碰面，只能等到深夜，若再犹豫不决，圣旨会比封野的密信先一步到达，届时封剑平会如何定夺，他们就一点底都没有了。

可他苦等了一晚上，封野并没有来找他。

京中流言四起，大部分人都觉得封剑平恐怕不会回来，若他当真不回来，注定要引来一场大战，如何能不令人不安？燕思空更是心焦不已，却毫无办法。

又过了两日，封野才出现在燕思空面前。

燕思空每天都灌上一壶浓茶，就怕自己睡着了，他迫切地想要见到封野，想要知道封野究竟做了什么决定。

封野显然这些时日也是寝食难安，眼圈一片青黑。

燕思空忐忑地看着他，任其平素伶牙俐齿，此时却只能缄默地等待。

封野开口了，声音低沉："我昨日想回景山大营，却被城门守将拦住了。"

燕思空心中一紧："以何理由？"

"没有理由。"封野眯起眼睛，"我想去找赵将军商议，但皇上已不准我离京了。"

"那信……"

"我已命人悄悄送出了，却不知能不能赶在圣旨之前。"封野叹了一声，"你说的对，我爹若回来，恐怕凶多吉少，但是……但是，'谋反'，岂是儿戏。"他明知四下无人，说到那两个字事，依然下意识地压低了音量。

"当然不是儿戏，而是诛九族的大罪。"燕思空正色道，"若非形势逼人，我连提都不敢提。"

"我知道。"封野闭上眼睛，疲倦地揉了揉眉心，当他放下手，睁开双目时，眼神已变得异常凌厉，"我苦思了一夜，在信中留了暗语，劝我爹千万不要回朝，他若决定起事，我自有办法逃出京城。"

燕思空只觉心脏狂跳，他直勾勾地盯着封野："无论如何，注意安全。"

"我已让薛伯准备，一旦得到消息，便马上离京。"封野拉住燕思空的手，"到时你留在京中，万事都要小心。"

"放心吧，你我里应外合，则无坚不摧。"燕思空浑身都在颤抖，但眼神无比地坚毅。

封野问："你在害怕吗？"

燕思空苦笑道："难道你不怕吗？"

封野也笑了笑："我已很久不曾觉得害怕，但做出决断的那一刻，我是真的有些害怕。"

"别怕，若我封家得了天下，我定助你实现心愿。"封野看着燕思空，"你我二人联手，就如儿时所言，开太平享盛世。"

燕思空用力点头，眸中燃烧着猎猎火焰。他道："你当真有办法安全离京？"

"从我回到京城的那一天，就开始给自己准备后路了，如今各个环节都已安插了死士，一旦得到信号，马上会为我备好一切，我不敢说一定万无一失，但应该不成问题。"封野皱了皱眉，"只是，封魂和醉红还在景山，我无论如何不能把封魂扔下。"

"你如今不便出城，可否派薛伯去把封魂接到安全的地方？"

"整个王府现在怕是都被人盯着，我是从密道出来的，薛伯出去也不安全。"

"还有其他人能办吗？"

"封魂只认我和薛伯。"封野道，"现在只能且行且看了，反正它们在景山都很安全，只要我能顺利逃出去，定会回去接它们。"

燕思空心中稍安："待你离京之后，我们可以通过佘准联络。"

封野撇撇嘴，不大情愿，但也未置可否。

"大同距京六百余里，若快速行军，十日内可达，但京师有三万卫戍军，十日时间，足够召集至少六万兵马勤王，此事若要稳妥，得有赵傅义将军协力才行。"

"他虽曾是我爹的旧部，但恐怕……"封野摇了摇头，"无论如何，现在谈论这个，其实尚早。"

"尚早？"燕思空反问。

封野正色道："你可是忘了一个最重要的事。"

"什么？"

"万一我爹回京了呢。"

燕思空愣住了："以殿下的智勇，不会自投罗网吧。"

“你不了解我爹。”封野凝重道，“我亦不知道，他会如何抉择。”

燕思空心中更加不安。

燕思空偷偷去找了佘准。

他担心万一封野无法逃出京城，那必会牵制靖远王的行动，所以他要在封野的后路之后，再留一条后路，确保封野的安全。

佘准见到他时，并不意外，但仍免不了嘲弄：“稀客呀燕大人，不是你说我们最好不要见面的吗，为了小世子，你可什么都愿意。”

“你知道我来找你是为何。”这句话并非疑问，燕思空的口气很笃定。

“当然，满朝都在猜测着靖远王究竟会不会回京，他若不回，”佘准眯起了眼睛，“那便是司马昭之心了，你来找我，无非是怕封野被困在京中做人质。”

“你能帮我吗？”燕思空单刀直入地问道。

佘准沉声道：“你真的想谋反吗？”

燕思空面无表情道：“我若想呢？”

佘准倒吸了一口气：“我越来越看不懂你了。你难道不明白，你从前都在暗中行事，才能屡次得手，若真的参与谋反，就凭你一个小小六品主事，能翻出什么风浪？”

燕思空傲然道：“我的智谋加上封家的兵力，能颠覆天下。”

“可此事风险太大，稍有闪失，你不但无法复仇，小命都保不住。”

“但若成了，阉党任我处置。”

两人瞪视对方，暗中较着劲儿，都想从彼此眼中找出迟疑，却始终没有发现破绽。

最后，还是佘准妥协了，他冷笑一声：“你一直就是个疯子。”

燕思空笑得阴沉：“窃钩者诛，窃国者侯，我干过的掉脑袋的事儿，不差这一件。你怕了吗？”

“我怕什么！”佘准哼道，“我狡兔三窟，总有办法保命，倘若真成了，是不是那个小世子真该封我个侯？”

“一言为定。”

“说吧，想让我做什么。”

“封野说他早在几年前回京时，就已经给自己留了后手，一旦出事，会立刻逃出京城，但我不放心，我要你也准备一番，确保他能顺利离京，不管用什么方法。”

佘准耸了耸肩：“你找对人了，我早给自己挖了一条金蝉脱壳的密道，直通城外的一户人家，那里备着快马和盘缠。但是那密道所在，距离靖远王府不算近，几乎跨了半个城。”

“到时见机行事，你把密道的位置画给我。”

佘准转身进了卧房，不一会儿，拿了一块巴掌大的牛皮，交给了燕思空。

燕思空看了一眼，已经记在心中，将牛皮还给了他。

“若封野走了，你怎么办？”

“现在所有人都以为我和封野已反目，只要不暴露，就暂时是安全的，我在京中策应他，大事可成。”燕思空看着佘准，“到时，我需要你和你的手下为我们送信。”

佘准露出玩世不恭的笑容：“这么看来，我要立大功啊，光是封侯都不够了吧。”

“只要成事，保你一生荣华富贵享用不尽。”

佘准哈哈大笑起来，但眼中却并无笑意：“若不成，我是不会让你拖累我的。”

燕思空淡定道：“放心吧。”

两人又商议了一些细节，确保万无一失，燕思空打算下次将这件事告诉封野，尽管封野对佘准并不信任，但佘准在很多时候都非常可靠，多一条后路，总不是坏事。

一场秋雨一场寒，京城已连续十数日阴雨绵绵，那种仿佛能钻透骨头的阴冷简直比寒冬还要难捱。

燕思空不断听到各方传来的消息，哪个藩王已经动身了，哪个藩王快要抵京了，而因为迟迟没有靖远王的消息，流言越发甚嚣尘上，闹得人心惶惶。

如今各路藩王马上就要陆续抵京，昭武帝若号召勤王，他们岂有不从的道理，一面逼迫封剑平回朝，一面做好了应对封剑平起事的准备，这般谋略，这般心机，直叫人不寒而栗。

燕思空深觉自己低估了谢忠仁，这阉狗不仅会谗言媚上、党同伐异、擅权敛财，更是玩弄权术的好手，难怪这么多年来，连颜子廉也没能斗倒他。

时间就在如此的焦虑中一天一天地流逝，燕思空等了几日，实在寝食难安，便命阿力悄悄去知会了薛伯，让封野尽快来见他，一来他要探听靖远王是否有动静，二来他要将佘准的密道告诉封野。

但封野却迟迟没有来找他，恐怕是在偷偷忙碌着整理家财、安顿几名外戚和诸多家仆，封野若逃走，这些人只能听天由命了。

直到圣旨发出去半月之后，封野深夜潜入了燕思空的府邸。

“封野！”燕思空忙迎了上去，见他面色惨白，目光深沉，心中有极为不好的预感，“你怎么才来找我，我……”

“我爹要回京。”封野一字一顿、咬牙切齿地从嘴里挤出了这几个字。

燕思空僵住了，一股阴寒从脚底直冲脑门：“什……什么？”

“他已动身了。”封野沉声道，“他说封家三代忠良，绝不做逆臣，要回京以正清白。”

“糊涂啊！”燕思空失控地大吼道。他感到心脏快从喉咙里蹦出来了，大脑亦是一片空白。

封野眼神空洞地盯着地面：“也许……是我们多虑了，我爹是大同总督，又立有赫赫战功，谁对他不利，必遭天下人唾骂。”

燕思空双腿发软地坐在了椅子里，好半天，两人都无言以对。

屋内落针可闻，这样令人窒息的沉默持续了好久，燕思空才慢慢从震惊与巨大的失望中回过神来。他冷静了下来：“现在说什么也于事无补了，既然殿下已经动身回京，那我们就做好他回京的打算吧。”

他感到自己仿佛在朝着一个无底洞无限下坠，那种一切都要失控的预感十分可怖，尽管这仅仅是他的猜测，但他从来习惯了做最坏的打算，考虑事情才能更加周全。

他虽然愤恨封剑平的愚忠，却也知道这世上没有几个人臣，如自己这般大逆不道、寡廉鲜耻，能够令天下长治久安的，也不是自己这样的人。他自问是一个为达目的而不择手段的野心家，他敬佩封剑平，尽管他从心底认为封剑平走错了一大步。

封野看着燕思空，用坚定压抑着眸中的惶恐："我不会让我爹有事的。"

燕思空按了按发软的双腿，走向了封野，轻轻拉住他的手臂，安慰道："我知道，我思虑深重，总爱往坏处想，许是我们真的多虑了。"

封野勉强一笑："我封家在大同还有三十万大军，岂能轻易动摇，兵来将挡，水来土掩，只要我们联手，定是无坚不摧。"

燕思空深吸一口气，凝视着封野，压抑住心中的忧虑，轻轻"嗯"了一声。

第十七章 靖远王回京

靖远王将要回朝的消息很快传遍了京师。他戍边近三十载，自年轻时离京，这还是第一次回来——只不过从前是不能回来，后来是不愿回来。这区区六百里的距离，是步步惊心。

昭武帝命礼部举办盛大的仪式，欢迎各个藩王，尤其是靖远王回朝，为了一睹靖远王的风采，他入城必经之路上的茶坊酒肆，但凡视野好的位置，早早被重金预订一空。

据闻，此次靖远王只带了两千护卫。边将进京，带兵自然不能太多，但哪怕是这两千人，也比其他藩王的排场大了不少。

京城从不曾一次接待如此多的藩王，驿站自然不够用，鸿胪寺征纳了许多客栈，京师周遭的商贩都开始汇聚而来，想趁着热闹大赚一笔。

中秋夜，由于仍在国丧期，民间不许大肆欢庆，取消了往年最聚人气的花灯会，虽然看不到满城多彩斑斓的花灯，但仍有不少人戴着面具上街晃荡。

封野和燕思空也在其列。

为了避嫌，也为了更方便行事，两人已不在人前有所瓜葛，平素相见都要深更半夜、避人耳目。

这戴着面具便可以自如地在大街上行走的机会，他们哪年都不会错过。

两人在人群中漫无目的地逛着，封野问道："你还记得我们一起过的第一个中秋吗？"

"我记性如此好，怎会忘呢。"燕思空轻笑。

"那你可还记得在河灯上写下的愿望？"

"也记得。"

封野突然心中有一丝惆怅："它实现了吗？"

燕思空顿了顿，说道："我还不知道。"他也想反问封野，可又想起了封野的愿望，便问不出口了。

天长地久，实在太久了，谁知道呢。

封野大约也想起了什么，话锋一转，故作轻松道："你究竟何时才会告诉我，你到底许了什么愿。"

燕思空一笑："待实现的时候吧。"

封野看着熙攘的人群，叹道："今年没有花灯节，真可惜。但人还是不少。"

"再过几日你爹就要回京了，城内一下子来了这么多人，很多商贩都从京郊赶来做买卖，所以这段时间人特别多。"

"我爹……"封野迟疑了一下，"我也有几年没见他了，他已年过半百，不知腰伤有没有好一些。"

"殿下勇武，还能上阵杀敌，你不必担心。"

封野笑了笑："是啊，杀得瓦剌丢盔弃甲，哈哈……"

燕思空犹豫了一下，问出了心中疑问："封野，殿下……可知道我？"

两人正好走到一棵大树下，那里有供人乘凉休憩的长凳，众人都围在一边看卖艺人的表演，树下空无一人，他们在长凳上坐下。

封野摘下了面具，反正四周昏暗，也没人看得见，他朝燕思空眨了眨眼睛："你这么聪明，猜猜看。"

燕思空也摘下了面具，笑道："这我可猜不出来。"

"猜嘛。"

燕思空含笑道："我猜……你不曾说过。"

封野挑眉："哦？为何呢？"

"若你告诉殿下，殿下多半会叫你远离我，还不如不让他去操这个心。"

封野在暗淡的月色下注视着燕思空，轻声说："是啊，他会的，而我又做不到。"

燕思空露出温柔的笑容："那待他回京了，你当如何？"

"你说呢？"

"我还没想好。"

"听你的。"

燕思空道："也许让殿下知道，并不是一件好事，十几年前的事和人，殿下也该不记得了吧。"

"不，我爹记得。"封野正色道，"我爹很赏识元将军，不然，他也不会派人去西北寻你。"

燕思空心中不免感动："若我爹是在殿下麾下，定能一展所长，建功立业，反正……不会被冤杀。"

封野有一丝失神："若当真如此，该多好，你我一同长大，你也就不会……"他想说你也就不会变成这样，却还是将后半句咽了回去。

燕思空却已经猜到他想说什么，心下苦笑。

昭武三十一年冬，大同总督、震威大将军、靖远王封剑平归京。万人空巷，百姓夹道相迎。

内阁首辅颜子廉、次辅霍礼、暂代尚书职的兵部右侍郎冯闯、大将军赵傅义等大臣，皆受皇命前往永定门迎接靖远王。当然，世子封野亦在其列。

燕思空与诸多充数的吏员分列两侧，眼看着靖远王领了十几名侍卫行来，不禁想起十多年前，他和元南聿躲在广宁城墙上，偷偷看着封家狼旗起于地平线，哪怕只是策马缓步踏过辽东的冻土，依旧有着所向披靡的气势。

而那个头顶红缨，身披战袍，威名传天下的盖世名将，正一骑当先，威风凛凛地逼近，还像当年那样，王霸之气汹涌难挡。

燕思空心中微颤，少时的豪迈志气仿佛被瞬间唤醒了，元南聿青稚的声音徐徐回荡在耳畔。

行到近处，封剑平利落地翻身下马，夹着帽盔，朗声大笑。

燕思空越过人群仔细看去，十多年过去了，他双鬓染白，额上平添沟壑，却依旧是剑眉星目，神采英拔，腰板挺得笔直，步履稳健如飞，岁月不曾抹去他半分英雄气概。

燕思空不禁想象了一下封野三十年后的模样，定也是这般英武不凡。

群臣围了上去，互相施礼。

燕思空看着封野扑通跪在了封剑平面前，声音颤抖地叫了一声“父亲”。

“我的狼儿。”封剑平将封野扶了起来，用力拍了拍他结实的臂膀，看着已然比自己高出一些的儿子，眼中满是激赏与自豪，“你长大了。”

众人迫不及待地夸赞封野，大拍马屁。

燕思空隔得不远不近，只能听到只言片语，但也可以猜个七七八八。

他们寒暄了许久，突然，封剑平高声道：“万阳公主的准夫婿可有前来啊？”

众人顿时齐刷刷地扭头，看向燕思空。

燕思空猝不及防，僵了一僵，心道不好。他没想到突然就要面对封剑平，若封剑平见到他的相貌，加上他的名字，恐怕不难联想到他的真正身份，果然，他见封野面色也有些古怪。

颜子廉笑呵呵地说道：“思空，还不快快前来拜见封将军。”

燕思空只得硬着头皮走了过去，他眼见着封剑平看着他的眼神变了，变得古怪，变得探究，最后连眉头都皱了起来。

燕思空走到近前，深深鞠躬：“下官燕思空，见过靖远王殿下。”

“……多礼了。”封剑平一双犀利的眼眸紧紧地盯着燕思空。

燕思空站直了身体，尽管心虚，也不得不面对。

封剑平上下打量着燕思空：“……你是哪里人？”

“下官乃潘阳人。”

“潘阳？”封剑平将信将疑，他突然想起什么，看向了封野，眼神带着询问。

封野假装没看见，神色如常。

颜子廉不解道：“封将军，可有什么不妥吗？”

封剑平收敛异样的神情：“并无不妥，只是见准驸马如此俊美潇洒，替公主高兴罢了。”

“哈哈，我这个学生，可是京中有名的俊俏公子，非如此，岂能配得上公主啊。”

“在理，哈哈。”封剑平恢复常态，拱手道：“颜阁老，请！”

“将军请。”

一行人鱼贯入城，燕思空混入群臣中，尽量让自己不那么显眼，但他已经能预料到，待封家父子独处时，封剑平定会质问封野，从封剑平的眼神中，能看出封剑平已经认出他了。

当日，昭武帝在太和殿以极高的规格接见了封剑平，颂赞他的战功。看上去君圣臣贤，一派和睦。

靖远王是最后一位抵京的藩王，按照圣旨，千里之内的藩王都已经会聚京师，吊唁皇太后。

礼部和鸿胪寺在玩儿命筹备之后，已经在极短的时间内选了新址，筹备了更隆重的丧礼，有前车之鉴，谁都知道这次若再出差错，定是要掉脑袋的。

丧礼定于下月初七，还有半月的时间。

昭武帝要择日为藩王们举办宴会，京师之内，好不热闹。燕思空看着大殿上的祥和之景，心中暗暗希望是自己多虑了。

封剑平回京的第二日，靖远王府上派来一名小厮，邀燕思空过府一叙。

燕思空知道该来的躲不掉，刚回到家的他，换下朝服，穿上常装，随那小厮去了王府。

燕思空已经很久不曾堂而皇之地进入王府，如今有封剑平邀约，才显得合乎情理，毕竟万阳公主是他的亲侄女。

到了府上，下人领着他走向后院。他对这条路非常熟悉，当年第一次来靖远王府时，他就与封野在后院的大槐树下对饮，如今刚刚入冬，那棵槐树的枯叶尚未落净，显出几分萧瑟。

封家父子站在树下，正谈论着什么。

封野先看到了燕思空，偷偷朝他眨了下眼睛，神情并不紧张。

燕思空心中稍安。

封剑平转过身来，直直盯着燕思空。

燕思空躬身："下官见过靖远王殿下，见过世子。"

封剑平挥了挥手，屏退了下人："不必多礼。"声音平和，却不怒自威。

"多谢殿下。"燕思空直起了身。

封剑平走了过来，目光从上至下来回将燕思空打量了一番，而后单刀直入地说："你是元思空？"

燕思空拱手道："不敢隐瞒殿下，正是。"

封剑平感叹一声："我曾派人去西北寻你，却被告知你早已病死在了采石场，你是怎么逃回来的？又是怎么成了潘阳人的？"

燕思空心口一窒，无论多少回，无论过去了多少年，但凡听到元南聿死在采石场的消息，都能令他分外心痛。他攒足了银两后，也曾托人去打听过，只是过去了太久，得到的消息比封剑平还要模糊。他深吸一口气："我……趁机逃脱了，然后流浪四方，为了能够考取功名，伪造了身份，这一切，说来话长。"

“你伪造身份，入朝为官，是为了……报仇？”

燕思空咬了咬牙：“正是，我爹当年被冤杀，我因此家破人亡，此等血海深仇，岂能不报。”

封剑平深深地望着燕思空，良久，道：“广宁之战，若非元将军领兵固守，当年金人可能破辽东，直取京师。如此宏功伟绩，却被奸小冤死，实在是千古遗恨。”

燕思空颤抖着点了点头。

“你要如何报仇？”

燕思空看了看封野，他猜不着封野究竟跟封剑平交代了多少。

封野道：“爹，他……”

“你闭嘴。”封剑平看着燕思空：“我要听你说。”

燕思空只好道：“我要剪除阉党，让谢忠仁、韩兆兴伏法，为我爹洗清冤屈，这不仅仅是为了报仇，也是为民除害。”

“说得好！”封剑平赞赏道，“阉党惑主媚上，扰乱朝纲，鱼肉百姓，人人得而诛之，现今更是意图谋篡储君之位，不得不除。”

“殿下的意思是……”

封剑平眯起眼睛：“我受命于先帝，驻守大同，三十余年来陛下不曾猜忌于我，如今陛下坚持要我回朝，定是受了阉党的谗言蛊惑。于是我回朝，一来示忠心于陛下，二来，是到了肃清朝堂的时刻了。”

燕思空心中万千思绪骤起，略显唐突地问道：“殿下从大同带来的两千兵马呢？”

封剑平一怔：“……何出此问？”

燕思空没有正面回答：“殿下回朝，赤胆忠心，日月可鉴，只是殿下若参与党争，朝中必定会掀起腥风血雨，届时人人都如刀尖起舞，命悬一线。”

封剑平沉吟片刻：“那两千兵马，驻扎于近郊三十里外，全都是我封家军的精兵强将，只听命于我。”

燕思空拱手道：“看来殿下心意已决，老师得殿下鼎力相助，定能荡涤奸佞，还我大晟霁月清风的江山。”

封剑平语带讥诮：“你那老师，以京察逼迫我向太子表忠，其实我本也是拥立太子的，他此番做法，着实令我恼怒。如今陛下以国丧之名命我回朝，走到今日这步，多少是有些无奈，但也是命运为之。”

“老师的手段确有不妥，但他鞠躬尽瘁，忧国忧民，望殿下不要怪罪于他。”

“放心吧。”封剑平仰首，看着树上残留的黄叶，感慨道：“颜阁老虽是专权霸道了些，但不失为一代贤臣。若能和他一道，铲除阉党、扶持储君，我远在边关，也可以放心了。”

“爹。”封野看了燕思空一眼，“我等联手，定能攻无不克、战无不胜。”

封剑平苦笑一声：“我纵横沙场四十年，从不敢说自己攻无不克、战无不胜。狼儿，我们打的每一仗，不论大小，不论是刀光剑影，还是唇枪舌剑，都万不可轻敌，要步步为营，要谨小慎微，在敌人真的断气前，都不可有半点松懈。”

封野发出铿锵有力的声音：“孩儿明白！”

封剑平留燕思空在府上吃饭，燕思空并不想久留，但也无法拒绝。

席间，他们继续聊着朝中局势。

突然，封剑平似是想起了什么：“我回京后听闻，因夕儿的婚事，你二人生出嫌隙，可有此事？”

封野看了燕思空一眼，显然还没想好如何解释。在封剑平眼中，他尚乳臭未干，在未能独当一面之前，他拿不准该不该向他爹坦白他和燕思空的事，至少不该是形势如此危险的现在。

“怎么了，是真的？”

“爹……”

“为何呀？”封剑平不解道，“你不会是真的在意门阀吧？”

“不是。”

“莫非……”封剑平挑了挑眉，“你喜欢夕儿？”

“当然不是。”封野脱口道，“爹，你想哪儿去了？”

“那是为何呀？”封剑平瞥了封野一眼。

燕思空放下筷子：“殿下，此事原因有二。”

“哦？说来听听。”

“其一，我与世子，一个文臣，一个武将，走得太近，不免授人以柄，尤其因殿下的关系，到处都有人盯着世子；其二……”燕思空看了封野一眼，“我曾发过誓，大仇不报，绝不成家，我身负血海深仇，如履薄冰，自己尚且不能保全，深怕辜负了万阳公主。”

“对，思空曾经发过誓的。”封野道，“再说，党派之争何等凶险，我不希望把夕儿卷进来。”

封剑平笑道：“男大当婚，女大当嫁，你与夕儿既然是陛下指的婚，就无须顾虑太多。狼儿，从此与思空亲上加亲，也是美事一桩嘛。”

燕思空干笑一下，看着封野脸上青一阵白一阵，很是无奈。

封剑平又道：“不过，思空说你二人不该走得太近，确有道理，至少在我们铲除阉党前，要避嫌。”

封野闷闷地“嗯”了一声：“自那以后，我去见他，都避人耳目，与颜阁老密会也都很小心。”

“改日我当进宫见见贤妃。”封剑平感慨道，“我从前最疼爱这个妹妹，当年离京时，她还是个黄毛丫头，一晃三十几年啊。”

“爹，京中变化大吗？”

封剑平摇摇头：“只是人变了。”

吃完饭，封野送燕思空出府。

两人在月色下并肩而行，虽都是身高腿长，却故意走得很慢，似是都有话要说。

燕思空轻声道：“不必沮丧，眼下最重要的，是铲除阉党，扶立太子，待老师和殿下掌握朝堂时，再提婚事不迟。”

封野不大情愿地说道：“反正，太后新丧，你们三年之内也成不了亲。”

“陛下召你爹回京，绝不会只是简单赴个丧礼了事，待丧礼结束，怕就会发难，你们可定要有所准备。”

“嗯……若只是削减军备，我封家也认了，就怕谢忠仁谗言媚上，离间陛下与我爹。”

“你担心的这些，他早已做了，否则陛下不会三召你爹回京，接下来……”燕思空眯起眼睛，“兵来将挡，水来土掩吧。”

“我爹回家后，曾与我促膝长谈，他明白我的担忧，但他在信中就已说明，绝不做叛臣。”封野顿了顿，“当然，他也并非没有顾虑，他带回的两千人，皆是精兵中的精兵，只听命于封家，或可保我爹周全。”

燕思空心中担忧，那精兵再精，也不过区区两千人，且远在三十里外，只是他没有说出来，安抚道：“如此我就放心很多，殿下回朝，与我老师联手，定能铲奸除恶，肃清朝野。”

“到那时。”封野低下头，“你我便可一同实现儿时的约定。”

燕思空想起当年的抱负，虽是童言，却在两人的生命中留有不可磨灭的印记，他心中不免澎湃，仰首看着封野，眼神中有郑重，亦有感激。

两人相视一笑，一切尽在不言中。

在丧礼之前，一切都风平浪静。

依照武帝的旨意，以国丧之规格为太后另择皇陵，重办丧礼，以息天怒。

此丧礼耗费白银五十万两，劳民伤财，惹得民怨四起，朝野之中亦有不平之声，只是敢怒不敢言。

丧礼比之前的还要盛大，又是祭天又是诵经，众藩王与群臣在冬日的北郊山上冻了整整一天，年纪大的怕是要冻出好歹。

这样一番折腾，才算是终于完成了丧礼，期间未出差池，礼部人人都要回家烧高香了。

丧礼结束后，便要开始筹备大宴，可在大宴之前，朝堂上已经开始有了动作。

早朝上，有言官当着封剑平和封野的面儿进谏，说既然封剑平已经回朝，还应按照京察之标准，对其进行考核。

当初封剑平拒不回朝，是以大同仍有军务不得脱身为由，昭武帝顺着台阶下来，允许暂不考核。

两派就当初陛下允许的是暂缓考核还是不考核争执了起来，但这争执并未持续太久，昭武帝传唤史官，将当日的记录拿了出来，果真，上面清清楚楚写的是暂缓。

恐怕当日昭武帝也是随口一言，谁又能想到，时隔不久，封剑平真的会回京。如今京察不过才过去两三个月，对其重启京察，也是合情合理，封剑平自己是不便推托的。

于是，此事便这样定了下来，对照从一品大员的规格，对大同总督进行考核。

这看似不甚起眼的一件事，却令所有人都意识到，战火，就此点燃。

第十八章 婚期将至

封剑平的考核，兜兜转转又落到了吏部头上，吏部应根据他过往的政务，进行列题，让他根据列题自陈政绩，记录在案后，呈交内阁和皇帝审核。

这列题一事便让吏部犯难。难的并非列题的内容，而是出题人首先要明白，他们想得到怎样一个结果，这便决定了，列题之时，除了常规之题，是否还要列一些尖刻的、刁钻的、犀利的题，这样的题以问责为主，怎么回答，都能被有心人挑出点毛病来。

吏部尚书刘岸夹在阉党与士族之间，左右为难，最后，他想出了一个颇为缺德但能保全自己且两边不得罪的办法。

当燕思空听到刘岸的吩咐时，着实愣了愣，脑筋一转，就全都明白了，他在心里痛骂刘岸，面上却谦恭地推辞道：“下官愚钝，为靖远王列题之大事，下官实在是心余力绌啊。”

刘岸道："思空啊，不必如此谦虚，你才学过人，此次京察大计中，属你做事最细致、最周全，这是有目共睹的。这爱才之心，人皆有之，颜阁老倾力栽培你，我也不甘其后啊。我思来想去，封将军的列题，你是最合适的人选，我有意提拔你，希望你能够尽早熟悉吏部内外之事，独当一面啊。"

"刘尚书对下官如此赏识，下官受宠若惊、感激不尽，只是……下官对大同府的情况知之甚微，而此次考核又事关重大，下官深感难当大任，万一出了纰漏，下官轻若蝼蚁，可唯恐连累了尚书啊。"

燕思空心中骂道，这些老东西，一个比一个阴险。刘岸这一手可谓一箭三雕，他是颜子廉的人，跟封剑平、封野又有着复杂的关系，若他列题上放水，陛下和谢忠仁都不会放过他；若他列题上刁难，便把士族和封家都得罪了，这列题无论是谁出，都是两面不讨好，可如果他来出，就能事先与颜子廉、封剑平有所商量，尽量大事化小，就算被追责，有颜子廉和封家斡旋，也足够刘岸自保，换作吏部的其他人，都不可能达到这样的目的。

刘岸这招使得实在阴毒。

"你不必担心，大同府的情况，我们有年表，你也可以去问问章御史，他刚巡按大同归来，定然对大同、对封将军的政业十分了解。"刘岸笑眯眯地看着燕思空。

燕思空知道推辞不过，只能硬着头皮领命了。

"刘岸竟让你来做列题？"颜子廉冷道，"他倒是聪明，想把麻烦推个干干净净。"

燕思空苦笑道："学生两次婉拒，他都坚持，实在是无奈。"他说完，看向了封剑平。

封剑平道："也不见得是坏事，若思空来做列题，我们便可以提前商议一番。"

"列题的内容并不是主要的。"颜子廉摇摇头，"现在的难题是，我们摸不准陛下的心思，若封将军的考核没有任何问题，恐怕是过不了陛下那关的，若稍有瑕疵，让陛下有理由削减军备，倒算是皆大欢喜了，可这个度，要如何把握。”

“列题的内容不重要，但父亲的自陈却很重要。”封野道，“那些言官最会断章取义抠字眼儿，若是得了谢忠仁的授意，不知道又会生出多少风波。”

颜子廉叹息道：“是啊。”

封剑平沉吟片刻：“思空，你有什么看法？”

燕思空想了想：“刘岸将难题抛给我，无非是不想惹火烧身，这么看来，谢忠仁与他可能还未通过气，若是谢忠仁找过他，是不可能让我来做列题的，无论如何，总比谢忠仁的人来做要好。”

“可你做的列题若是令陛下不满意，便大半是你的责任。”封野眯起眼睛，“若要让陛下满意，必定是为难我爹，这厮真是阴险。”

颜子廉道：“刘岸想看到的，就是我们让封将军略损毛发，度过京察，即便陛下怪罪，我们也定会鼎力维护列题的内容，这样一来，他既不会被陛下追责，也不会得罪我们，他想得倒也周全。”

封野冷冷道：“他已经得罪我了。”

封剑平朝他做了个安抚的手势：“狼儿，稳重。”

封野撇了撇嘴，悄悄看了燕思空一眼，大约是觉得在燕思空面前被父亲呵斥，有些羞恼。

封剑平看向颜子廉，拱手道：“阁老，此事还得由你来权衡。”

“我这些天一直在思考，与其这样揣摩圣意，不如我直接进宫面圣，与他商谈大同军备，若我能从中斡旋，让陛下觉得将军愿意主动削减一部分军备，陛下满意了，京察便只是走个形式。”

封剑平抚了抚美须：“文宥迟走之前，可与阁老谈过大同军备一事？”

“不曾，但章御史从大同巡按归来后，文尚书曾与他见过几面，了解大同的情况，他已经在做准备了。”

“现在他回乡丁忧了，此事便落在冯闾手上，却不知他有没有与谢忠仁商议过此事，军备可以削减，但削减多少……”封剑平摇了摇头，“我们心里没有个定数啊。”

燕思空明白封剑平的意思，若文宥迟没有跟谢忠仁通过气，那么削减多少，要冯闯来定，冯闯是颜子廉的人，自然无须担忧，可若谢忠仁已经对文宥迟的削减军备计划有所了解，他们主动提出的数目与文宥迟调查的数目相差太大，谢忠仁必定就此发难。

“我再与章御史谈一谈，或可以猜出文宥迟的计划。”颜子廉看向封剑平，“若能得到个大概数目，也许比起我去面圣，将军主动请求削减军备，会更好一些。”

封剑平点点头：“在理。”

“思空。”颜子廉道，“既然你已经领了命，就好好准备列题，你多做几份给我看看，到时候用哪个，视情势而定。”

“学生明白。”

“对了，还有一件喜事。”颜子廉说这句话时，目光却是飘过了燕思空，看了封野一眼，然后才又回到燕思空身上。

“有何喜事？”

“前几日陛下与我说，太后临终前，要求万阳公主不必守孝三年，公主已是及笈之年，若等上三年，未免大了些。”颜子廉微笑道，“陛下有意明年就为你们办婚事。”

燕思空僵住了，封野更是脸色骤变。

“甚好啊。”封剑平看了看燕思空，发觉他面色有异，又看向自己的儿子，不禁皱起了眉。

“当真？”封野急道，“这……这是陛下亲口说的？”

颜子廉道：“自然是陛下亲口说的，陛下是孝子，定会遵从太后遗命的。”

“不可！”封野高声道。

封剑平斥道：“封野，你是哪门子的‘不可’？这是夕儿和思空的婚事，是陛下赐婚！”

封野咬了咬牙："思空不想娶她。"

封剑平面上已有了怒色："闭嘴，当着阁老的面儿，你胡说八道什么？谁告诉你思空不想娶夕儿？夕儿是金枝玉叶，天下公子名士莫不心向往之。思空，"他瞪着燕思空，"你不想娶夕儿吗？"

燕思空慌忙跪了下来："殿下，老师，下官不敢，下官能与公主结亲，乃三生有幸。"

颜子廉笑呵呵地看着封野："世子为何如此反对这门亲事啊？思空虽是寒门出身，但前途无量，英雄莫问出处嘛。"

封剑平低声道："你给我滚出去。"

封野扭头就走，还重重地摔上了门。

封剑平觉得脸上无光，讪讪地对颜子廉道："这小子自小在关外长大，野性难驯，阁老莫怪。"

颜子廉笑道："世子率性，无妨。"他看了看燕思空："思空啊，年前陛下大概就要为你们定下婚期了，待将军的京察结束，婚期再定，明年你就可以升官了。"

"……谢老师，谢殿下。"

燕思空没想到太后竟留下遗诏，让他和万阳公主早日完婚，如今……该怎么办？

"封……世子！"燕思空追上正要上马的封野。

封野身形一顿，没有回头，光是那僵硬的肩膀，也能看出他在隐忍着怒气。

封剑平掀开布帘，看了两人一眼。

"殿下，可否让我与世子说两句话？"

封剑平颔首允诺。

封野顿了顿，转过身来，瞳仁漆黑，面无表情。

燕思空把封野拉到一边，低声道："封野，你稳住，我们仍有时间，切不可冲动。"

封野握了握拳头："我明白。"

"真的？"燕思空一眨不眨地盯着封野的眼睛，"着急或是发怒也于事无补，你可千万别让殿下看出什么，眼下我们有更重要的事要做，只要干掉了谢忠仁……"他压低音量："这江山就在你封家掌控之中，到时什么都不成问题。"

封野沉声道："放心吧，我知道轻重。"他眯起眼睛："颜子廉刚才那番话，可是故意说给我听的？"

"他是在试探你，你若表现得过于在意，反而可能被他利用。"燕思空心想，颜子廉已经在利用他与封家的关系，京察一事就可以看出，但他没有说出来，他不想激化颜子廉与封野的矛盾。

封野冷哼一声："此人心机太深，若没有谢忠仁牵制，他怕是更加专权跋扈。"

燕思空劝道："老师与谢忠仁终究是不一样的，也许手段略有不妥，但他不是为了谋私，你便不要与他计较了，大事为重。"

"不为谋私？"封野嘲弄道，"你不必替他说话，江南海税多年收不上来，是因为谁？他也许没为自己谋私，但他为士族谋取了多少好处，在这一点上，其实与阉党半斤八两。"

燕思空叹道："至少老师不曾陷害忠良，搜刮民脂，若老师不为士族谋私，便没有人与他共抗阉党。这些我懂，你也懂，你不过是因为赐婚一事对他心有不满，但眼下绝不是内讧的时候。"

封野冷道："我说了，我知道轻重。"

燕思空点点头道："回去吧，想办法笼络赵傅义将军。"

"明白。"

燕思空花了几天时间，研究了大同府近几年的年表和同京中往来的公文，又去拜访了几个月前刚去巡按大同的御史章辰，了解那里的近况，不管皇帝对考核的内容满不满意，至少他得先把列题出得像样，否则若真要降罪，他第一个跑不了。

准备了十几个列题后，他去找刘岸。刘岸乃吏部尚书，自然要让他来定夺，刘岸就开始打马虎眼，觉得这个也可以，那个也可以，最后，说要与颜阁老商量一番。

燕思空早料到会是这样，便让他商量去，反正最终列题如何，肯定不是他来决定。接下来，就要看颜子廉与封剑平如何动作了。

月底时，昭武帝举办了大宴，一是对不远千里赶来吊唁的藩王表示谢意，二是为他们送行。宴后，除了封剑平，其他藩王们便可启程回属地了。

当然，没有人会当真相信他将这么多藩王召回京中仅仅是为了给太后举办盛大的葬礼。除了封剑平以外，其他藩王亦涉及削藩一事，自梁王洞庭湖自刎后，削藩就成了国之大事，如今刚完成了一半，国库就已经难以想象得丰厚。

昭武帝召藩王回京，实是在立威，削藩绝不会有一丝手软，而这些，显然都是谢忠仁的主意。

不得不说，在削藩上，谢忠仁立有大功，当然，也得罪了不少藩王。

果然，在大宴上，昭武帝颁旨，夸赞诸藩王为了国家大计，奉公克己，乃天下之典范，皇族之楷模，燕思空看着那些藩王恨得牙痒痒还强颜欢笑的模样，心里十分想笑。

趁此时机，封剑平主动提出，大同府也当适当削减军备开支，战事暂缓，应该养民了。

昭武帝连表面的推辞都省了，忙命兵部操持此事。

宴会进行到一半，昭武帝高兴地说："朕还有一喜事，要与爱卿们说。"

众臣都在脸上堆满笑容，等待着。

"太后临终前，留有遗诏，万阳公主已是及笈之年，若守孝三年，未免错过了好年华，特赐她不必遵循旧礼，明年春天……"昭武帝的目光搜索到了大殿之中的燕思空，"择一良辰吉日，与燕爱卿完婚。"

燕思空躬着身体离席，恭谨地跪了下来："微臣谢主隆恩。"

封剑平哈哈大笑道："多谢陛下与太后成全，这可是大好事啊。"

群臣纷纷拊掌恭贺。

昭武帝笑道："封爱卿，夕儿是你唯一的侄女，此等大喜之事，依朕的意思，你便在京中留到他们完婚吧。"

封剑平目光沉了一沉，但面上毫无波澜，拱手道："若大同无异样，臣自然愿意。"

"哎，瓦剌都已被爱卿打得七零八落了，还能有何异样，就这么定了吧。"

谢忠仁在一旁笑而不语。

燕思空感到背脊发凉。封剑平留在京中的每一天，都如履薄冰，如今竟然要他留到明年春天？皇上心中，究竟是如何打算的？

于吉宣旨，赐了燕思空新宅、奴仆、金银财宝，他一一叩谢。

第十九章 计策

昭武帝赐的新宅坐落于城中非常好的地段，虽并不十分奢华，但已足够阔气，公主下嫁，是不可能住在他那个寒酸的小宅子里的。

燕思空并不急着搬过去，因为那堆仆役里，定然有谢忠仁的眼线。不过，他还是带着阿力先去巡视了一番，交代了管家一些事，比如他的习惯，比如要在自己的书房里做个暗室。此外，这里离沈鹤轩的家颇近，以后便不需要阿力去给沈夫人送吃穿用度，管家可以代劳。

回去的路上，燕思空笑着说："阿力，那气派的大宅子，你喜欢吗？"

阿力摇了摇头。

"为什么？"

阿力比画道：那么多人，不知道哪个是好人，哪个是坏人。

"每个都是坏人。"燕思空淡道。

阿力茫然地看着他。

“这事不好一拖再拖，过年前，怎么都要搬过去了。记住，不要相信那里的任何一个人，每个人都要提防，有任何风吹草动，要立刻向我汇报。”

阿力点点头。

“我还需要你做一件事。”

阿力看着他。

“搬了新宅，那里有管家，有众多仆役，你就不会是唯一在我身边的人了，但我只相信你，所以你仍然会贴身侍奉我，我要你，开始装傻。”

阿力呆呆地看着燕思空。

“我知道你不傻，你虽然不会说话，但心里什么都明白。”燕思空拍了拍阿力的肩膀，“但你要装傻，不必太傻，只做出心智不全的样子就可以，那帮人就会对你放松警惕，一来不会太为难你，二来也方便我们探查情况。你可以吗？”

阿力用力点头。

燕思空盯着空无一物的前方，目光深邃而悠远：“我有预感，这个年不会顺顺当当地过去，我让你将金银财宝换成银票，就是为了防备不时之需，你找个时间偷偷出城，把它们藏在一个安全的地方。”

燕思空听到消息，昭武帝已经下旨让兵部出具削减大同军备的清单，同时封剑平的考核也如期而来，这看似无关的两件事偏偏撞在一起，实际上有着千丝万缕的联系，仿佛若前者不能让皇帝满意，后者也不会让封家满意。可削减军备意味着削减军费，削减军费意味着削减兵力，这必然触动封家的命脉，谁也无法预料，封剑平会退让几分。

燕思空始终认为封剑平不该回朝，从他踏入京师的那一刻起，便一切处于被动，但现在说什么也晚了，只能且行且看。

在与颜子廉和封剑平商议过后，燕思空将一份中规中矩的列题交给了刘岸，但刘岸却压了下来，迟迟不交给封剑平，怕是得到了指使，要等削减军备有了端倪，再作打算。

燕思空虽是暂时完成了任务，但丝毫不敢放松，不过，现在有人比他更焦虑，那就是代兵部尚书位的兵部右侍郎冯闯。他是毫无预兆地临时上阵，就被授命了如此腥风血雨的任务，那尚书的位子还没热乎几天，现在已是如坐针毡。

文宥迟在京时，确实与左右侍郎讨论过大同军备问题，但还未等他做出成绩，就回乡丁忧了，所以冯闯只能根据章御史的奏报和文宥迟的态度，加以揣测，得出了一个削减十万军备的大概数字，拿来与颜子廉商议。

颜子廉便第一时间与封剑平商量。

封剑平断然拒绝："十万？削减十万军备，一年就要减少一百万两的军费，我就是画粥断齑、节衣缩食，也要裁军六七万人，这六七万人该如何安置？"

颜子廉安抚道："将军莫急。当时大同筹军三十万，是为了抵御瓦剌，如今瓦剌大败，该是止战安民、休养生息的时候了。大同士卒们上马杀敌，下马耕犁，粮食多年自产，实际是不愁吃喝的。减少十万军备，不代表就要裁军，可以削减兵甲、火器、辎重，若有朝一日大同战事再起，国库亏哪一块，都不敢亏军费啊。"

"阁老，你这是揣着明白装糊涂吗？"封剑平沉声道，"仅仅是把人喂饱了，就能为你拼命？那倒不如养三十万条狗。"

颜子廉脸色微变。

封剑平气势汹汹，坐在一旁的燕思空感到心脏都被压迫着，不愧是大晟第一名将，光是那一点点不悦，就令人胆战心惊。

封剑平又道："就算是狗，也要有奖有罚，人能比狗好打发吗？俸禄呢？奖赏呢？天热要降暑驱蚊，天冷要烧炭添衣，病了要医，死了要抚，哪样不要银子？若要削减十万军备，便只有裁军一途，所谓养兵千日，用兵一时，他日边关再起战事，士卒们能召之即来吗？"

"将军。"颜子廉低声道，"你莫急啊，又不是当真要削减这么多，冯侍郎就是要我与你商议啊，他估摸着将这个报上去，能令陛下满意，尤其是谢忠仁，大约也挑不出刺了，但他也知道你必定不能答应，所以不若各退一步……"

“阁老。”封剑平眯起眼睛，“倘若真的削减了军备，岂不是让阉党称心如意？你又要我对抗阉党、扶立太子，又要我裁军以充国库，究竟是何用意？”

说到最后，封剑平的口吻已显凌厉，燕思空和封野在一旁，一声都未吭，燕思空甚至没有去看封野，他知道封家父子已对颜子廉不满，所以只能回避他们的视线。

颜子廉正色道：“将军何出此言？削减军备一事，是陛下的决意，我等只能尽量斡旋，老夫现在与将军捆成一线，岂有不为你、为封家考虑的道理？若没有你，太子的储君之位如何坐得稳？只是若不痛不痒地削减少许，谢忠仁定会咬死不放，陛下那关恐怕也难过，我这样劝你，也是为了你好呀。”

封剑平面无表情道：“那阁老以为，此事该如何？”

“各退一步。”颜子廉低声道，“但我劝将军心里要有数，你既选择回朝，便不可能全身而退，切不要做梗在陛下心口的那根刺啊。”

燕思空周身一冷，背上仿佛有无形之物在攀爬，令他一阵心慌。

封剑平沉吟片刻，看了封野一眼，封野张了张嘴，最终没有开口。半晌，封剑平才道：“五万。若削减五万军备，便可以不裁军。”

颜子廉摇了摇头：“将军，老夫不想与你讨价还价，但我肯定地告诉你，这定会招致陛下的不满。”

封剑平握着拳头，一言不发。

颜子廉重重叹了一声：“将军近三十年未回京，整日与刀剑为伍，自认为在天下最凶残、险要之地亦能保全，却忘了庙堂之上刀剑无影，防不胜防，一样致命。老夫今日之言，实在是句句肺腑，将军不了解陛下，也不了解阉党，但我了解，望将军三思。”

封剑平长嘘一口气，充满了沧桑：“阁老，那些将士大多背井离乡，随我在关外餐风沙饮暴雪，有些数年不得归家，有些一身残病，有些战死异乡，尸骨难寻，他们为国尽忠，肝脑涂地，我们岂能卸磨杀驴？”

“将军言之有理，但此事已没有回旋之余地。”颜子廉劝道，“将军还须为自己、为世子打算，早做定夺。”

封剑平疲倦地扶住了额，哑声道：“八万。”

颜子廉点点头：“将军肯做此牺牲，老夫欣慰，老夫自会去规劝陛下。”

“削减了军备，则我必定势薄，阁老就不担心阉党趁机发难吗？”

“我时时都在担心，但是，若将军也出事，我们便更没有希望了，太子也会岌岌可危。为今之计，是先助将军渡过此劫。”

封剑平摆了摆手：“罢了，一切就看阁老了。”他轻声说：“我为陛下驻守大同三十余载，做梦也盼着能痛击瓦剌，肃清边关，如今就要有机会实现了，却……”

颜子廉也重重叹了一声：“将军，老夫为官四十余载，从小小翰林到登阁拜相，也曾想做一番永载史册的大事业，如今风烛残年，才明白，人力不可胜天，我使尽浑身解数，也难抵洪流滚滚。你我皆是沧海一粟，尽力而已。”

封剑平苦笑道：“尽力而已。”

颜子廉站起身：“老夫先行一步了。”

“我送送老师。”燕思空跟着站了起来，他匆匆看了封野一眼，示意封野来找他。

将颜子廉送至院中，燕思空压低声音道：“老师，削减军备一事，当真如此严峻？”

“这是冯侍郎估摸出来的，实际与陛下和谢忠仁心中之预期差距多少，谁也难说，陛下从前做事不至如此咄咄逼人，该说他对大多数的事都不太上心，但唯独大同军备一事，他非常坚决，你知道这意味着什么吗？”

燕思空点点头：“陛下感觉到了威胁。”

“是啊，能令陛下感觉到威胁，你该知外人是如何看待封家的吧？为师做这一切，都是为了能够保全封家。非常之时，断手断脚亦是不得已之策，倘若封家倒了，我们早晚会被阉党吞没的。”

“学生明白。”燕思空一时难以判断，事态是否真如颜子廉所说的那么严重，毕竟昭武帝对封剑平还赞赏、关爱有加，至少表面上难见猜忌之色。但他也时时提醒自己，揣测一个人的用意，不可看他如何说，要看他如何做，就军备和考核二事，也许颜子廉并非过虑，而是四十余年宦海浮沉，让他格外敏锐。

若真是如此，封家的处境……

燕思空有些不敢往下想了。

隔日，燕思空去东宫为太子讲课，又碰上了祝兰亭在指导太子箭术。

陈霂见到他，虽仍是面带喜色，但不再像从前那么雀跃，经历过母妃含冤自尽，他一夜之间长大了许多，他朝着对他行礼的燕思空点了点头："先生不必多礼。"

燕思空又向祝兰亭拱手："祝统领，下官一直未有机会向祝统领当面致谢。"

他指的，是祝兰亭为了救太子和惠妃，给贤妃传信一事。两人心照不宣，祝兰亭也回礼道："燕主事客气了，是我当做的。"

燕思空笑笑："殿下的武艺日渐精进，祝统领功不可没呀。"

"燕主事授文，在下授武，都是为了殿下，这是为人臣的本分，不敢居功。"祝兰亭客客气气地说。

燕思空一直想要拉拢这个人，却没有成功，一是两人职责差别大，很难碰上面，二是也没有合适的契机，而且，祝兰亭为人较严肃，若硬去套近乎，反而弄巧成拙，只能寻机再说了。

陈霂比画了一下手中的弓："先生，我最近一直在练射箭，听闻父皇要举办春猎。"

"似有耳闻。殿下如此英武，定能在春猎上博得众彩。"

"春猎比秋猎难得多，那些容易射猎的，初春时都还不出来。"陈霂挺直背脊，展开修长的双臂，拉开了长弓，一箭蹿出，稳稳地中了红心。

燕思空拊掌惊喜道："殿下真令臣刮目相看！"

陈霂笑了笑："若我能猎得一头猛兽，群臣也会对我刮目相看的。"

燕思空知道陈霂很想表现自己，无论是在昭武帝面前，还是群臣面前，因为他的资本太薄弱了。

陈霂冲祝兰亭客气地说："今日也有劳祝统领了，祝统领请回吧。"

祝兰亭拜安离去。

两人来到书房，陈霂照例挥退了所有人。

燕思空问道："殿下近日饮食起居可有格外小心？"

"放心吧，我吃喝之前都先验毒，枕席之下就藏着匕首。"陈霂冷哼道，"我每日勤练武艺，倘若真有人要行刺我，也没那么容易。"

"那臣就放心了。"

陈霂悄声道："听说父皇要大力削减大同军备，可是真的？"

燕思空面色顿时凝重起来："是真的，我们都在为此事发愁呢。"

陈霂叹道："我以为靖远王都已经回朝了，父皇就能信得过他了，否则、否则他又怎么会回来呢。"

"靖远王忠心耿耿，是毋庸置疑的，但陛下……自有陛下的考量吧。"

陈霂斜睨着燕思空："先生何必跟我打马虎眼，你心里不是这么想的吧。"

燕思空苦笑道，低声道："臣以为，这背后少不了谢忠仁的煽风点火。"

"他煽风点火，也要父皇先有了火苗。"陈霂冷冷道，"父皇见靖远王拥立我，怕是更不能忍吧。"

"肯定也有此原因，但殿下可不能在外人面前表露出来。"燕思空提醒道。

"放心吧。"陈霂抓住燕思空的手，"先生现在是我唯一信任的人，我只跟你说真话。"

"臣不胜荣幸。"燕思空迟疑了一下，"既然如此，臣想问殿下一句话，殿下可否如实回答？"

"先生请讲。"

"惠妃娘娘一事……"

陈霂脸色微变。

燕思空忍不住环顾了一下左右，尽管并无他人，但还是不自觉地压低了音量："殿下对陛下可有不满？"

陈霂眸中闪过一丝阴冷，他抓着燕思空的手，不自觉地握紧了，燕思空惊觉这少年是真的长成了，手劲竟也不小。

陈霂很快镇定下来，他的喉结滚了滚，开口道："他是父亦是君，我不敢、也不该有所不满，但……"他直直盯着燕思空，目光流出恨意："但十几年来，我母子二人因他而受尽欺凌，现在母亲也因他而死，我无法原谅他。"

说完之后，陈霂眼中又显出几分惶恐，毕竟他说的每一个字，可都是杀头的大罪。

燕思空反握住陈霂的手，安抚道："殿下的心思是人之常情，臣明白了。"

"先生为何问这个？"陈霂有些不安地看着燕思空。

燕思空淡淡一笑："臣以为殿下说出来，心里会好过一些。"倘若削减军备一事不能平稳推行，封剑平恐怕不会坐以待毙，万一，只是万一，事情有变，他要试探的，是陈霂有没有一颗为了当皇帝不惜一切的狠绝之心。

现在他知道，陈霂心里是恨昭武帝的，只是受到礼教孝道约束而不敢表露罢了。

这是件好事。

几日之后，燕思空正在屋内挑灯静思，突听得窗外传来些微响动，他对这声音很熟悉，定是封野来了，只是，今日的动静未免大了些……

他刚站起身，封野已经推门而入，随之扑面而来的，还有一阵酒气。

"封野。"燕思空忙迎了上去，"你喝酒了？怎么了？"

封野拖着沉重的脚步进了屋，一屁股坐在了椅子上，面色阴沉，一言不发。

"你怎么喝多了就跑来找我。"燕思空担忧道，"路上可别被人看到。"

"今日风沙大，路上没什么人。"封野开口了，与他潮红的脸色和空洞的眼神不同，他的声音非常清醒，与平日无异。

“你这是怎么了？”燕思空给他倒了杯水。

“我跟我爹大吵了一架。”封野接过水杯，直接泼在了脸上，大手抹了一把，神情充满了攻击性。

燕思空拿过布巾，帮他擦着身上的水渍，同时问道：“为何？”

“为何？你说为何？还能是为何！”封野说到最后，已是咬牙切齿。

燕思空沉默了。封家父子吵架，不外乎是封野质疑封剑平不该回朝，如今置封家于险地，而封剑平自然是极为恼火，认为封野放荡不羁，不忠不孝。

燕思空劝慰封野道：“殿下乃忠义之人，不可以利弊得失去衡量。”

“这岂是简单的利弊得失？”封野咬牙道，“轻则大同军费被大大削减，无数跟着我们出生入死、为国尽忠的将士，要被无情抛弃，重则封家的根基都会动摇，现在简直是人为刀俎，我为鱼肉，他若坚持不回来，何至于被人如此拿捏。”

燕思空轻声道：“封野，不要再纠缠已经发生过的事了，眼下我们要齐心协力，渡过难关，若朝廷同意只削减八万军备，就此翻过此页，那便是皆大欢喜了。”

“万一……不能呢？”封野担忧地说，“若当真八万，我爹就认了，就怕谢忠仁要趁机重创我封家。”

燕思空道：“这确实是我们最担心的，但我相信殿下不会坐以待毙。”

封野摇摇头：“他现在认为我行事冲动，什么也不愿意跟我说了，我根本不知道他有何打算。”

“我猜殿下只是犹豫不决，你是他的世子，是这个世上他最信赖的人，他若有了决意，定会与你商议的。”

封野眯起眼睛，思索道：“你可有什么猜想？”

“我这些天，时时都在思考此事。正如我说，若让出八万军备，就能保全，那便认了，来日方长，但若不行……我们必须得提前备有对策。”

“什么对策？”封野盯着燕思空，目光灼灼。

燕思空舔了舔嘴唇：“封野，你知道我这人行事大胆而疯狂，你当真想听吗？”

“你是什么样的人，我最清楚，说出来。”封野冷道，“说不定你我不谋而合。”

燕思空定定地端详着封野的脸：“有一个办法，可以一劳永逸地解决我们所有的麻烦，又不至让封家背上篡逆的千古骂名。”

“说。”

燕思空那一双明眸闪烁着犀利的精光：“逼宫，扶太子登基。”

封野倒吸了一口气，声音喑哑：“你想我所想。”

燕思空也深深换了一口气，声音有点发抖：“若殿下同意，此事大有可为。”

“我爹……”封野皱眉道，“我不知道，我现在甚至不敢跟他提。”

“殿下远离朝堂三十载，对这些阴谋争斗缺乏警戒，他自恃有功，认为陛下不会不留情面，所以，现在他定然不会同意。”燕思空目光阴沉，“可一旦削减的大同军费超过了他的承受范围，那就不一定了。”

封野垂下眼帘，浓密如扇的睫毛微微抖动着，他阴恻恻地说道：“若能让皇上禅位，那便是皆大欢喜，太子对你极为信任，又年幼好控制，到时可将阉党一网打尽。”

“对。”燕思空的呼吸有些躁动，胸口剧烈起伏了两下，“殿下可趁机夺过京师卫戍兵权，主少国疑，他摄政，这陈家的天下，就在封家掌握之中了。”

封野抬起脸来，目光凌厉而充满了野性：“恐怕颜子廉不会答应。”

“若要起事，必得老师协助，这确实是个问题。”颜子廉要的是铲除奸佞，整治朝纲，绝对不是灭掉阉党后，又造出一个独掌大权的摄政王。一旦此事被颜子廉知道，颜子廉立刻就能明白他们想干什么。

封野冷哼一声：“颜子廉这只老狐狸，既想让我封家助他击溃阉党，又怕我封家坐大，什么好处他都想占，天底下哪有那么便宜的事儿。”

燕思空很想说，站在颜子廉的立场，他不得不如此，纵横捭阖、斡旋掣肘，他担得起内阁首辅这顶沉甸甸的官帽，但当着封野的面，自己得尽量避免为颜子廉说话。

而站在自己的立场，他虽然敬重、感激颜子廉，却必然将封野放在第一顺位考量，除去他和封野的交情不说，只有封家执掌大权，才能为他报仇雪恨，更能让他一展抱负，建立一个长治久安的太平盛世。

封野接着说道："颜子廉连你都在防备，难道你看不出来吗？他生怕你我勾结太深。"

"我看得出来。"燕思空道，"坐到宰辅之位，已不可能有全心信任的人了，我在他面前，也时刻是谨言慎行的。"

"就怕我们或许有逼宫的机会，却被他察觉而阻挠。"

燕思空思索道："其实此事的关键，或许不在老师，而在赵傅义将军。"

封野点点头："赵将军统领三万卫戍军，若有他相助，定能成事。"

"你对此人有几分了解？他可曾是殿下的下属。"

"确实，但已是十几年前了，就算我爹亲自出马说服他，结果也难说。"封野想起什么，"那个曾为我送信的祝兰亭呢？他可是禁卫军统领，又是授太子武艺的老师，若得他相助，比赵将军更有利啊。"

"祝家是皇太后娘家，如今当家的是陛下的亲舅舅，外戚势力不容小觑，但是，陛下对祝家恩宠有加，还将妹妹嫁给了祝家，祝兰亭为人又正派，"燕思空摇摇头，"他们完全没有逼宫的理由，行不通的。"

"照你这样说，祝兰亭反而会成为此事最大的障碍。"封野眯起了眼睛，目露凶光。

"须从长计议。"燕思空道，"我还是认为应笼络赵傅义将军。"

"可现在我爹和我都出不了城，我连景山大营都去不了。"

燕思空想到了佘准的密道，他道："若当真有需要，我有办法让你们出城。"

"真的？"

"真的。"

"那个佘准准备的？"封野撇撇嘴。

"对，可以神不知鬼不觉地出城，还能神不知鬼不觉地回来。"燕思空笑笑，“我说了，他很有一套。”

“既然如此，或可一试。”

“现在最要紧的是殿下。”燕思空道，“一切就看殿下了。”

封野沉声道：“我封家绝不会任人宰割。”

燕思空一时心情也很复杂，虽然若事便一劳永逸，但风险实在太大，一旦踏出那一步，或生或死，不能回头，无论是他，还是封野。

封野对燕思空道：“也不会让人欺负你。”

燕思空唇角牵起一丝笑容：“我知道。”

冯闯将削减大同军备的文书奏了上去，内阁很快票拟出了意见，再呈达御前。

所有人的心都吊了起来，不仅仅是跟此事有关的一干人等，朝廷内外，也都在观察、等待，毕竟封剑平是跺一脚山河震的人物，兹事体大，绝不亚于削藩，削藩能把梁王逼反，谁知道靖远王又会如何应对呢？

这是一场暗流涌动的博弈，是皇权与兵权的制衡，身在棋盘之上的人，一步走错，就可能满盘皆输，朝中那肃杀的气氛，冷如二月的河水，令人心惊肉跳。

几日之后，昭武帝密传颜子廉进宫议事，燕思空是后来才知道的，他本不该知道，但颜子廉亲口告诉了他——在密传他议事的时候。

燕思空心中已经有了不祥的预感，他沉声说：“老师可是有坏消息要告诉我？”

颜子廉点点头。

“请说。”

“近日得到来自辽东的奏报，冬天来了，金人缺衣少食，又蠢蠢欲动，已经劫掠了我十几个村庄，陛下以辽东形势严峻为由……”颜子廉凝重道，“要从大同调兵十五万去辽东，歼灭金人。”

“胡闹！”燕思空腾地站了起来，此时他无法克制胸口那团暴躁的戾气，因为时任辽东总兵的，仍然是那个该千刀万剐的韩兆兴！

“我已经暂时劝住了陛下，那辽东总兵韩兆兴是谢忠仁的外甥，辽东总督胆小怕事，就是个傀儡，此举实是为了掣肘封将军。”颜子廉咬牙道，“我万万没想到，谢忠仁胃口已如此之大，竟想染指兵权了。”

“他胃口再大，也是皇帝养出来的！”燕思空握紧了拳头，“韩兆兴昏庸无能，曾两次败于金人，就算给他再多的兵，也只是平白让将士们去送死，当年的广宁守卫战……”

颜子廉颇意外：“你知道广宁守卫战？”

燕思空的嘴唇轻轻抖了抖：“听说过。”

“你听说过多少？”

“传言……韩兆兴为了抢功，陷害了当时的守备。”

“哎，是赵将军与你说的吧。”颜子廉摇摇头，“已经是十几年前的旧事了，怕也只有赵将军记得。”

“……”

“韩兆兴何止陷害了广宁守备，在他之前的辽东总兵，也是被他和谢忠仁构陷，心灰意冷之下辞了官。若非如此，擎州怎会失守，我们又怎会丢掉辽北七州。”

燕思空听得此言，浑身发抖，他到现在才知道，韩兆兴和谢忠仁这对狗贼，不仅害死了他的养父，还害死了他的亲生父母，他们害得他两次家破人亡！

颜子廉看出燕思空的异样：“思空？你怎么了？”

燕思空狠狠掐着掌心，试图用疼痛克制住要崩溃的情绪，他轻声道：“同样是宠信奸佞，先帝失河套，陛下失辽北，分别让瓦剌和金国壮大，这是大晟自建国以来最大的错误，江山自此衰弱，我……痛惜啊！”

颜子廉也是痛心疾首的样子：“所以我们决不能让陛下重蹈先帝覆辙，一错再错了。”

“可陛下听信了谢忠仁的谗言，为了削弱靖远王，竟要把十五万兵权给韩兆兴？这该如何是好，老师，该如何是好？”

“陛下现在只有两个打算，要么削减十五万的军备，逼迫封将军裁军，要么将十五万的大军调往辽东。”颜子廉一脸疲倦地搓了搓额头，“但他又担心此举会彻底激怒封将军，所以找我密谈，一是想通过我探探封将军的态度，二是想让我去规劝封将军。”

燕思空恶狠狠道：“我看调兵是假，裁军才是真，谢忠仁知道我们必然不会同意调兵，只能退而求其次选择裁军，倘若真的调兵了，那更是称了他的心意。这阉狗竟阴险狡诈至此！”

从前燕思空一直躲在暗处给阉党使绊子，从王生声到葛钟再到文宥迟，因为我暗敌明，前面还有颜子廉挡着、封野助着，他都成功了。这一次，他虽然还在暗处，却是他们和谢忠仁最直接的交锋，而他也终于直面了谢忠仁的厉害，这个胸无点墨的阉人，能从一个卑贱的小内监坐上司礼监掌印太监之位，并深得圣宠，智谋手段当真过人，此人已将皇帝玩弄于股掌，他们当真进退维谷，错一步就是深渊。

“我与他斗了大半辈子，倘若他好对付，何至有今日的局面。”颜子廉长叹一声，“我暂时不敢告诉封将军，你与封家近，我想听听你的看法。”

“若告诉封将军，恐怕……”燕思空摇摇头，肯定地说：“封将军不会同意的，无论是裁军，还是调兵。”

“他若不同意，就是抗旨。”

燕思空沉默了，他并非无言以对，只是在斟酌，若将逼宫一计告诉颜子廉，颜子廉会作何反应，若颜子廉同意，那自然是好，若不同意，他就完了。思来想去，他还是没敢冒这个风险，他必须进一步试探颜子廉的底线。

“思空。”颜子廉唤了燕思空一声。

燕思空被迫抬起头，看向颜子廉。

颜子廉老态毕现，唯有那对眼眸依旧犀利：“他会抗旨吗？”

燕思空心中一震。

两人对视的那一瞬，却是暗流汹涌，不知有多少百转千回的思绪交错于电光石火之际。

师生二人显然都有欲吐之言，却又斟酌再三不敢冒进。

燕思空知道颜子廉已经不信任他，也看得出来他更偏向于封野，但因为两人的目的是大致相同的，所以暂且无妨。

只是，他在揣度着颜子廉的心思，颜子廉也在揣度着他的，实在有些麻烦。

燕思空顿了顿："老师怕靖远王抗旨吗？"

"我有此担忧，陛下亦有此担忧。"颜子廉道，"所以陛下让我去劝封将军。"

燕思空把难题甩了回去："老师当真想去劝封将军遵旨？"

颜子廉摇头："不能让谢忠仁得逞。"

"既然如此，我们便一起想办法，让陛下转变心意。"

颜子廉叹道："难。"

"老师……可有良策？"燕思空小心翼翼地问道。

颜子廉沉默了良久："最好的折中之计，恐怕就是大同削减十万军备，坚决不能调兵。"

"老师，这当真是折中之计吗？这完全就是伤筋动骨了，倘若真的如此，我们就更无资本与阉党对抗了。"

"那你有什么办法？"

燕思空将双手揣进袖中，端坐于前，抿唇不语。

"说吧，我从你眼中看出来了，你想说什么就说，或者……封野向你透露了什么？"

闻言，燕思空摇首："学生有一计，但不敢与任何人说，哪怕只是在脑中想一想，都瑟瑟发抖。"

"是何计策。"

燕思空站了起来，扑通一声重重跪在了颜子廉面前，头身伏地，低声道："学生若是说了，就是大逆不道，而且此计十分凶险，一旦失败，满盘皆输，老师可当学生妄言，不治学生的罪吗？"

颜子廉站起身，将燕思空从地上扶了起来，他长叹道："都已经这个时候了，我怎么可能治你的罪，这里只有你我二人，你是我的门生，你若大逆不道，我也逃不了干系，你便说吧。”

燕思空深吸一口气，面色有些苍白，这并不是装的，他低低说道：“陛下仁爱，绝非生性多疑之人，他之所以如此忌惮靖远王，实是谢忠仁谗言所致，包括储君之位，若非文贵妃常吹枕边风，陛下也不会忤逆皇太后的意思，朝廷之所以有今日之局面，全怪奸佞欺君，只要铲除了奸佞，我大晟那四海升平、万邦来朝的盛世定会重现。”

颜子廉郑重地点点头。

“可是这帮奸贼深得圣上宠爱，我们哪怕一而再、再而三地剪除阉党的羽翼，只要圣眷仍在，便动不了他的根基。而眼下，我们寻觅不到击倒他的良机，他却已逼得我们无路可退了，想要靠寻常手段铲奸除恶，恐怕行不通。”

“那你的意思是……”

“杀了他。”燕思空的语气中透出明晃晃的杀气。

颜子廉摇头：“他身在戒备森严的大内，进出都有高手保护，要杀他难如登天，你以为我们没派过刺客吗？没用的。”

“不是暗杀他，就算暗杀成功了，死了他一人，阉党仍在，必须由陛下下旨，治他罪名，搜罗党羽，一网打尽。”

“陛下怎么会杀他？”

燕思空深吸一口气：“陛下要在皇家猎场举行春猎……”

颜子廉双目瞪直了。

燕思空顿住了，静静地看着颜子廉。

颜子廉背过身去，在屋中来回踱了几步：“说下去。”

“届时，陛下会带着他离开皇城，按照往年惯例，只会带五千守备。马嵬驿兵变，唐玄宗杀了杨国忠、逼死贵妃，才保住李氏江山，我们亦可效仿，要陛下杀了祸国殃民、欺君媚上的谢忠仁！”

燕思空一口气说完，浑身冰冷不已，他知道自己说出去的每一个字，都会带来灭族之灾，也会造成载入史册的大举。

而且，他还骗了颜子廉。

倘若颜子廉权衡之下同意了，到时候举兵之人是封剑平，可就不单单是杀谢忠仁，那皇位，也要叫这昏君让出来！

他知道颜子廉绝对不会同意逼宫禅位，但若没有颜子廉的协助，就无法成事，现在就看颜子廉会不会相信他了。

颜子廉那两道灰白的眉毛都要拧成一线了，他面色沉重，额上甚至沁出了细汗。

燕思空亦是紧张地看着他。

半晌，颜子廉小声道："此事，你可与封野商议过？"

燕思空果断摇头："学生谁也不敢说。"

颜子廉口气凌厉："倘若封将军不同意呢？这一个不好，就是背负千古骂名的乱臣贼子。"

"学生……不敢确定。"燕思空感到掌心湿漉漉的，心脏狂跳，面上却不敢表露，颜子廉最后那句话，就是在试探封剑平有没有可能趁机篡位。

颜子廉再次踱起了步，平日沉稳自若的两朝老臣，此时显得十分焦躁。

燕思空站在一旁，更是大气也不敢出。

他知道成败就在此一举了。

颜子廉猛地转过身来，咬牙道："倘若、倘若你与封野能说服封将军……便来找我。"

燕思空激动得浑身一抖，他再次跪在地上，颤声道："老师，无论结局如何，百年之后，史笔定不负您的忠义之名！"

颜子廉眼圈微湿："我舍得生前身后名，唯愿还我大晟太平盛世。"

燕思空用力朝颜子廉磕了三个响头，那是他对颜子廉的愧疚。然后，他抬起头，站起身，带着坚毅而冷酷的目光，慢慢退了出去。

第二十章 直面噩梦

燕思空打着太子的名号，向礼部的官员探听了春猎的一些情况，得知负责山海猎场安全的正是赵傅义，而祝兰亭会另带五百禁卫军贴身保护皇帝和皇亲。

若能拉拢赵傅义将军，与封剑平带回的两千封家军里应外合，祝兰亭的禁卫军便不必放在眼里，因而成事与否，关键在赵傅义。

此事燕思空暂时并不打算告诉陈霂，陈霂年幼势薄，不过是大人手中的一枚棋子，倘若事成，那皇位他就算不想上也得上，倘若不成，也不必牵连他，虎毒不食子，被废了起码能保住命。

眼下要做的，一是说服封剑平，二是让封剑平说服赵傅义，这每一步都如同刀尖起舞，凶险万分。

燕思空去找了佘准，让他做好准备，一旦收到两人约定的信号，就要由佘准负责送人出城，再接应回城。

等他忙了一天回到家中时，就见一小厮模样的人站在庭院里，他隐约觉得眼熟，但一时想不起是谁。

那小厮见到他，恭敬道："公子，您回来了。"

燕思空看了阿力一眼："你是谁？"

"小的是您府上的人，贱名石头。"

"哦，那日似是见过，何事？"

"管家命小的过来告诉公子，谢公公为公子乔迁送来了厚礼。"石头从袖中拿出裹着金丝绸缎的册子，双手奉上，"这是礼册，请您过目。"

燕思空瞪圆了眼睛，一把抢过礼册，这一展开不得了，竟是伸直了胳膊也看不全，上面的金银财宝令人眼花缭乱，他粗扫一遍，好多他听都没听说过。他背脊发寒，合上册子，厉声道："谁让他收的？！"

石头吓了一跳："这……这小的不知……"

"谁给你们的狗胆，不经我同意就胡乱收礼！"燕思空感到头皮都要炸开了。

石头慌忙跪了下来："公子息怒，小的只是传话的，小的……小的听说，听说从前的贺礼，公子也是照单全收，所以才想管家就……就……"

燕思空一脚将他踹翻在地："混账东西！"

从前他升主事和被皇帝赐婚时，都曾收到过各官吏送来的贺礼，尤其是成了准驸马，不乏贵重一点的礼品，谢忠仁出手阔绰，只要是与他没有直接恩怨的，一概都送。可那些不过是寻常的人情，在朝为官，官场陋习不能免俗，逢三节两寿自然要孝敬上级，再逢盛暑有"冰敬"，隆冬有"炭敬"，出远门了有"路敬"，婚丧嫁娶、添人进口、升迁立功，都可以送，平时无事要找由头送，有喜可贺更要送，所以他收得心安理得，无伤大雅。

可这次是大大的不同。一是他最近并无喜事，二是这礼品的价值太过可怕。他若收了，言官参他一本受贿也无可厚非；他若不收，便是明摆着不给谢忠仁面子。两人虽是党派有别，但他一介六品主事，在满是阉党的吏部供职，如今大事来临，他不想在这个时候得罪谢忠仁，横生事端。

燕思空拿着那厚厚的礼册，手微微地发抖，这哪里是价值万金的财宝，而是咬人的毒蝎子。最让他胆寒的，是他的管家显然是谢忠仁安插的人，否则就是吃了熊心豹子胆，也不敢越过主人随便收礼。

简直找死……

石头小心翼翼地看着燕思空，试探地唤了一声："……公子？"

阿力走到燕思空身边，往礼册上瞄了一眼，脸色也很难看，转头恶狠狠地瞪向石头。

石头瑟瑟发抖。

燕思空揪紧了手中的东西，寒声道："滚回去，告诉管家，今夜他亲自守着这堆贺礼，一样也不许动。我明日查验，倘与这礼单有一枚铜钱的出入，我唯他是问！"

"是，小的、小的这就去。"石头连滚带爬地跑了。

燕思空转身大步走进了书房，"砰"的一声摔上了门，坐倒在椅子里。

谢忠仁是何用意？究竟是何用意？想一想，好好想一想，他得想清楚。

天色已晚，现在去找颜子廉商量已经来不及了，明日天亮，他就要亲自把礼品退回去。

不，他得先想明白，谢忠仁要干什么。

想拉拢他吗？他可是颜子廉的门生，岂能被敌党拉拢，谢忠仁不会这么蠢。

想陷害他吗？他只要原封退回便是。

想离间他和颜子廉？谢忠仁更不会这么低估自己几十年的死对头。

谢忠仁选择这个时间，做出这样一件匪夷所思的事，莫非是听到了什么风声？他想看自己如何反应？收了如何，不收如何？谢忠仁的目的，到底是什么！

冷静，燕思空，冷静下来。

燕思空深吸一口气，那些复杂的人与事在眼前疯狂交错，他冷静地在脑海中将它们一条一条地捋出清晰的脉络……

糟了，谢忠仁在引他上钩！

从那一箱箱珍宝抬入他府里的那一刻起，他就中计了。

在士族与封家的联合阵营面前，谢忠仁亦感到战栗，他既不如颜子廉那般德高望重、门生故吏满天下，也不如封剑平那般手握重兵、战功赫赫、四海闻名，论文治武功，他一介阉人，本没有任何胜算，可他手里握着一把能够一招制敌的利剑，那就是皇帝。

宦官不如真正的官吏那般有各自的职责与公权，宦权仅是皇权的延伸，为皇帝分担政务，并起到制衡相权的作用，一旦失去皇帝的宠信，便什么也不是。

谢忠仁利用这一点，步步紧逼着要卸封剑平的兵权，以此打击士族，但他同样也害怕出现梁王之乱，封剑平若反，其势是梁王的数倍不止，即便封剑平几乎手无寸铁地在自己眼皮子底下，没有服众的理由，岂能说拿就拿。

杀一个封剑平容易，难的是堵住悠悠众口。

所以谢忠仁一面利用皇上逼迫大同裁军，一面也做了另一手准备，那就是离间士族与封家。

没错，在谢忠仁眼中，他燕思空贱若蝼蚁，做一辈子颜子廉的孝贤门生也威胁不着他，就算成了驸马，到底也不过只是一个驸马，送此厚礼，最终的目标并不是他。

谢忠仁看上的，是他在士族与封家之间那微妙的存在，他也是唯一一个同时与颜子廉和封家有密切联系的人，而他与封野在外人看来芥蒂颇深，可以利用。

他是谢忠仁找到的羊皮鼓上的一个小洞，这面鼓愈是狠捶，便愈是洪声雷动、坚韧不屈，但只要瞅准了这个洞轻轻一撕……

想明白了这一点，燕思空吓出了一身冷汗。

如此复杂的局势，他哪怕只是错漏了一丁点细节，都可能万劫不复，而谢忠仁竟猝不及防地在他面前挖了这么大一个坑。

他一直以为自己不曾出现在谢忠仁眼中，其实，他早已被那双阴险的眼睛盯上了。

想通了这些，燕思空越发愤怒而忧虑，管家已经收了礼，他要退回去，便是公然不把谢忠仁放在眼中，而且，此时他收礼的消息定然已经在京中传开了。

如今只能将计就计，一方面，礼是一定要退的；另一方面，他要亲自去向那谢忠仁谢罪，这正是那阉人逼他走的一步，有理由私下见了面，才更好试探他。

燕思空一双深陷的眼眸在黑暗中闪烁着异样冰冷的光，拳头也握得咯咯直响，事已至此，便去会一会他不共戴天的仇人吧……

第二天一早，燕思空带着阿力来到皇上赐予他的府邸，一脚踹开门，大步流星地走向院中。

只见那宽敞的庭院里依次摆放着十几个漆红镶金的楠木大箱。

门房跟了上来，面对脸色阴沉的燕思空和高壮魁梧、容貌丑怪吓人的阿力，畏畏缩缩地小声叫了一句“公子”。

“把赵峰给我叫出来。”燕思空声音不大，但不怒自威。

“是……”

门房刚走了两步，但见管家赵峰已经领着两个仆役匆匆赶来，一见到燕思空，远远地开始躬腰：“公子回来了，老奴有失远迎。”

燕思空眯起眼睛盯着他，不愧是阉人，那虚伪作态的模样比起宫中的内监有过之而无不及，令人生厌。

这赵峰原是御马监的一个太监，随这宅邸一起赐给了燕思空，他早已料到这是谢忠仁的人，却没想到其胆子竟如此之大。

燕思空冷冷道：“来人，把这逆仆给我拿下。”

赵峰脸色一变，大约没想到燕思空来势如此之猛，完全不顾及谢忠仁的面子，他忙跪在地上，恳求道：“公子息怒，老奴知道过去公子从不拒贺礼，一时糊涂，便代公子收了下来，老奴不是故意的，公子息怒，息怒！”

燕思空冷冷一笑：“赵峰，你在宫中三十年，见过的场面比我看过的日头都多，你会分不清收礼的度？即便你分不清，也知道身为奴才，最忌自作主张，你是吃了熊心豹子胆，敢替我收礼！”

“公子息怒，老奴糊涂，老奴糊涂。”

赵峰虽是态度谦卑，连连磕头，但燕思空看得分明，那双眼中并无惧色，一是看他年少，二是自恃乃皇帝赏赐之人，又有谢忠仁做靠山，料定他不敢将自己如何。

“那只是其一。”燕思空继续说道，“我吩咐你亲自守着贺礼，少一钱一两也不行，你却将它们放在院中一夜不闻不问，你眼里可还有我这个主子？！”

“哎呀，老奴年纪大了，昨夜实在困倦不堪，公子息怒啊。”

燕思空厉声道：“拿下！”

仆役们面面相觑，却无人敢动。

赵峰亦是偷瞄着燕思空，显然并未将燕思空放在眼中。

燕思空给了阿力一个眼色，阿力毫不迟疑地冲了上去，将赵峰从地上拽了起来，动作之利落犹如拎起一只鸡，然后一手扯过绑在木箱上的红绸，将赵峰双手捆住了。

赵峰真的慌了：“公子，公子，老奴一时糊涂，公子大人不记小人过啊。”

燕思空寒声道：“你身为家仆，却以下犯上，丝毫不将我放在眼里，倘若我不整治你，你怕是还要更加嚣张。”

“老奴不敢了，公子息怒啊。”赵峰急道，“老奴……老奴是陛下赏赐的人，求公子看在陛下、看在谢公公的分儿上，放过老奴吧。”

一提谢忠仁，燕思空更是恶向胆边生，正是因为赵峰是皇帝赐的人，他无法将人赶走，便更不能轻易放过，否则等他搬入新宅，就是在身边养了一条时刻盯着自己的毒蛇。他怒道：“正因你是陛下赏赐的人，我才更要赏罚分明，否则他日公主下嫁，见府上无规无矩，我亦无家主之威，如何向公主交代、向陛下交代？阿力，家法伺候，杖二十！”

阿力起身就去找竹杖。

赵峰意识到燕思空要立威，真的害怕了，顿时哭号哀求起来。

阿力一手持杖，大踏步走来，院中已围满了府上的人，大气也不敢出。阿力走到近前，对赵峰的哀求充耳不闻，高高举起竹杖，朝着赵峰的背脊、腰臀抽去。

虽说都是杖刑，但家法之仗刑自然不能与朝堂、军队中的相比，这竹杖薄而柔韧，抽人极疼，但只会伤及皮肉。

赵峰无处可躲，发出了杀猪一般地惨叫。

燕思空站在一旁，面无表情地看着。

这竹杖并非只抽在赵峰的身上，也抽在谢忠仁的脸上，此举既能震吓住赵峰和府上其他心怀不轨之人，亦是对谢忠仁的报复，左右他要亲自去退贺礼，免不了受辱，这一遭不能白挨。

二十下抽完，赵峰已经疼晕了过去。

燕思空没再看他一眼，吩咐道：“抬上这些贺礼，昨天从哪儿来的，给我送回哪儿去。阿力，你跟他们一起去。”

阿力点点头。

仆役们畏惧地低垂着眉眼，齐声：“是。”

燕思空毫不犹豫地转身离去，他现在就要入宫，主动去见那个他不曾说过一句话、不曾正面相视过一次的谢忠仁，那个大晟最有权势的宦官，最该杀千刀的奸佞——也是他最恨不能生吞活剥的仇人！

穿过层层回廊，绕过座座楼宇，燕思空在小内监的带领下，来到皇帝赏赐给谢忠仁在宫中的独院，而皇帝或许知道或许不知道的是，谢忠仁光在城内，就有三座宅邸。

小内监进去通报后，将燕思空引了进去。

尽管燕思空已经忐忑了一路，但当他真的跨过那道门槛，他的心更加剧烈地颤动，他的大脑一片空白，他甚至能感觉到冷汗顺着背脊在往下流——就算现在是初冬时节。

那是仇恨，亦是恐惧，他恐惧的并非谢忠仁，而是因谢忠仁而起的那些惨痛不堪的回忆。

十三年了，当年那发毒誓要报仇雪恨的少年，已经长成了坚韧不拔的青年，而这一刻，他终于要直面自己的仇敌，直面他十三年来的噩梦。

燕思空的视线里，终于出现了那个须发灰白，眼眸却如鹰隼般阴沉的老者，他走得不快，却步履稳健，探究的目光在燕思空身上放肆地逡巡，仿佛能将人一眼望穿。

燕思空只觉呼吸一窒，身体的血液如被抽空了一般，冷得他浑身发抖。

谢！忠！仁！

尽管内里翻江倒海，燕思空也不得不压下汹涌的恨意，恭敬地施礼："晚辈……见过谢公公。"

谢忠仁坐进了太师椅，吊着嗓子轻咳一声，徐徐道："燕主事啊，不必多礼。"

燕思空直起身，双目一眨不眨地盯着谢忠仁，将那苍老灰白的脸上的褶皱、纹理、毛发、斑点一一收入眼底，仿佛看得愈仔细，就愈能了解他的对手。

谢忠仁也看着他，目光老辣，好整以暇地等着燕思空发话，虽然燕思空此行的目的，二人心知肚明。

"晚辈今日冒昧来访，是特来向公公请罪的。"燕思空拱手道。

谢忠仁呵呵一笑："这话咱家可听不懂了，燕主事请的哪门子罪？"

"蒙公公赏识，昨日晚辈府上收到公公赠予的厚礼，晚辈公务繁忙，尚未来得及搬家，昨日并不在府上，我那家仆不懂事，竟自作主张收了下来……"

"哦，这事儿啊。燕主事在吏部供职大半年，勤勉公允，有口皆碑，如今又是万阳公主未来的夫婿，咱家着实欣赏燕主事这样的青年才俊，有意结交……"谢忠仁勾唇一笑，"莫非燕主事瞧不上我这有缺之人？"

燕思空不卑不亢道："晚辈绝无此意，只是无功不受禄，晚辈实在不敢承此大礼，已命人送回公公府上。晚辈门户不严，自知此事做得欠妥，因而特来向公公请罪。"

谢忠仁长长地"嗯"了一声，阴阳怪气地说："这礼收了还要退回来，燕主事，你这可是打咱家的脸啊。”

“晚辈不敢，晚辈一向敬重公公，求公公大人大量，不与晚辈计较。”

谢忠仁低笑不止：“你身为颜阁老的得意门生，当真敬重于咱家？”

“公公在陛下身边服侍多年，为陛下分忧，功不可没，仅凭这一点，也值得天下人敬仰。”

谢忠仁笑着说：“素闻燕主事能言善辩，八面玲珑，今日一见，果然了得，还站着做什么，坐吧。”

燕思空这才坐了下来，立刻有小内监奉上香茗。

“其实这礼退与不退，有什么紧要，咱家看着万阳公主长大，这礼便当是赠予公主的嫁妆吧，燕主事不愿意收，可是怕颜阁老介怀？”

“若说完全不怕，那便是欺瞒公公了，晚辈是颜阁老的学生，颜阁老对我多有提拔，晚辈以为，还是要避嫌的。”

谢忠仁哼笑了一声：“无论是你我，还是阁老，皆是为陛下效力，为国家尽忠，本不该有亲疏、远近之分，如今朝廷党派对立，互相掣肘，这是陛下最不愿意看见的，我也为此忧心忡忡啊。”

燕思空心里大骂这阉狗寡廉鲜耻，若非他身为宦官却过度干政，又怎么会造成党争对立，朝廷乌烟瘴气，如今反倒“忧国忧民”起来，真是贼喊捉贼。他谨慎而敷衍地附和道：“公公说得有理。”

谢忠仁话锋一转：“你身为吏部功考司主事，听说此次靖远王的列题便是你做的，你对削减大同军备一事，有何看法呀？”

总算提到重点了。

燕思空轻咳一声，把他应付刘岸的话略加修饰，搬了过来，一番话说得滴水不漏，绝不显出个人的意见与情绪。

谢忠仁听完，微微蹙眉：“刘尚书亦是这么说的，该不会是他怕担责任，叫你们统一口径吧。”

燕思空拱手道：“这列题是刘尚书与我商议决定的，我二人对此事的想法差不多。”

“呵呵。”谢忠仁轻笑一声，“这话咱家就不信了，那刘尚书可没被靖远王世子当面羞辱过吧？”

燕思空愣了愣，一时沉默了。

谢忠仁想要利用的果然是这一点，封野在大宴上当众反对婚事，他后来求见，又被晾在府外站了两个时辰，还有那次周觅星的酒局，封野更是对他冷嘲热讽，甚至将他当作娼妓调戏，极尽羞辱，这些可谓是城中人尽皆知，就算谢忠仁不轻信流言，他安插在花柳街的眼线夜离，可是亲眼看见的。

绝大多数人，都不会相信什么荒唐谣言，只认为封野出身尊贵，便看不上他是寒门子弟，这在上下通婚之中，并不鲜见。

文人都极好面子，在外人看来，他燕思空受此奇耻大辱，定是怀恨在心，只不过敢怒不敢言罢了。

谢忠仁想利用这点离间他们，他或许可以将计就计……

谢忠仁想从他脸上看出个究竟，但见他面无表情，心中更以为那是在故作镇定，继续道：“燕主事与世子曾是好友，不想他却丝毫不念旧情，他日就算你与公主完婚，怕也是得不到封家的助力。”

燕思空低着头：“晚辈只做好自己的分内之事，其他的，不便多想。”

谢忠仁笑道：“是不便，还是不敢呢？你就当真忍得下这口气？”

燕思空抿了抿唇，静默半晌，才沉声说道：“不知公公此番话，是何用意？”

“明人不说暗话。”谢忠仁语气轻飘飘的，“你是颜阁老的学生不假，可谁才是你的主子，你的君，你的父？”

“……陛下。”

“你尊师敬上，一心唯颜阁老之命是从，本也无可厚非，可如今你就要成为驸马了，说得再直白一点，你可要跟陛下成为一家人了，这亲疏远近，你分得清吧？”

燕思空惶恐道：“晚辈……晚辈不明白。”

“咱家也不怕与你说实话。颜阁老处处与陛下作对，陛下想立二殿下，他就指使大臣百般抗议；陛下想削减大同军备，他又与靖远王勾结一气，把死兵权不放，哪还有半点为人臣的样子？”

燕思空面色一白，这倒并非装的，是他意识到昭武帝已经把立储和削减军备的挫败，都迁怒于颜子廉。从前昭武帝再昏庸糊涂，对颜子廉还是又敬又畏的，如今谢忠仁敢当着他的面说出这样一番话，便证明昭武帝对颜子廉的不满已经到了顶点，恐怕想要一起整治了。

这个消息令燕思空顿时浑身发冷，看来，眼下深陷危机的，已不止封家。

谢忠仁见自己的话奏效了，更是循循善诱：“燕主事如此聪明，该明白咱家是什么意思，若是换作别人，我何必多费口舌，可燕主事是陛下亲选的驸马，陛下对你赏识有加，过了冬，便要择良辰吉日为你和万阳公主完婚了，君子不立危墙之下，你可不要辜负了陛下的期望。”

燕思空脸色铁青，沉声道：“公公的意思是……”

谢忠仁冷笑：“你若能劝得颜阁老悬崖勒马，那是最好不过，如若不然，咱家便劝你早为自己打算，陛下亦不想废了你，有损公主声誉，你可明白？”

燕思空双拳紧握，身体轻轻颤抖着，他轻声道：“晚辈对陛下忠心耿耿，绝无半点违逆之心，望公公明察。”

谢忠仁露出一丝满意的笑容：“燕主事是明理之人，咱家会为你禀报陛下的。”

“谢公公！”

谢忠仁压低声音：“若颜阁老和封剑平有什么动向，你是否也该如实禀告陛下呢？”

燕思空沉默不语，面露难色。

他若答应得太爽快，谢忠仁定会起疑。

谢忠仁笑了笑：“看来燕主事还是不够通透啊。”

“我……”

“也罢，燕主事不妨好好思量思量，咱家是为了陛下，为了万阳公主，才对燕主事说这一番肺腑之言，若燕主事不迷途知返……”谢忠仁口气骤冷，“那就可惜了。”

“……多谢公公提点，公公一番话，醍醐灌顶，晚辈铭记在心。”

谢忠仁唇角含笑，慢慢啜了一口茶。

燕思空眸中闪过一丝阴寒。如今屋内除了他们，只有两个弱不禁风的小内监，他要杀这个老阉狗，不费吹灰之力，他多希望能用手掐住那枯柴的脖子，看着这阉狗眼中流露出悔恨、恐惧和绝望，他无数次幻想让其求生不得、求死不能，如今两人近在咫尺，他却什么都不能干。他深吸一口气，强压下心头翻涌的恶意，拱手道：“晚辈，亦有一事想请教公公。”

“请讲。”

“陛下，当真想调兵辽东吗？”

谢忠仁不咸不淡道：“如今金人蠢蠢欲动，即便调兵辽东，也是为了大局着想。”

燕思空暗暗握紧了拳头：“晚辈……明白了。”

谢忠仁淡笑：“你明白什么？”

燕思空顿了顿，面无表情道：“明白陛下的决心了。”

第二十一章 可这件事，我还是相信你

谢忠仁给燕思空送厚礼的消息，自然很快就传到了颜子廉耳中，但颜子廉沉得住气，率先找来的，是封野。

两人已数日未见，这次是谢忠仁的动作，令封野嗅到了什么。

“你见到他了。”封野看着燕思空，语调是肯定的，口气是温和的，他知道与谢忠仁近距离、面对面地交谈，对燕思空来说不是一件容易的事。

燕思空点点头：“见到了。”

“他可有为难你？”

“没有，只是……”燕思空轻轻咬住下唇，盯进封野的瞳眸深处，声音有些颤抖，“我很想杀了他，在与他说每一句话时，都幻想着要如何杀了他，他那样老迈、那样孱弱，我想着我只需要一只手，就能拧断他的脖子……”他说到最后，牙齿咬得咯咯作响，眼中充满了血丝。

“我明白。”封野顺了顺燕思空的头发，“幸好你不是冲动之人。”

燕思空深吸一口气，叹道："是啊，我为复仇，忍辱负重十余年，又怎会忍不了这一时。"

封野安抚道："他早晚要死在你手中，而且是不得好死。"

燕思空眼中闪过狠厉。

"送礼之事，那阉贼是何用意？"

燕思空脸色铁青："他找我说了一番阴阳怪气的话，半是威胁，半是警告。"

"想拉拢你？"

"不，不止，他想通过我探知老师与你们的关系，更想利用我离间这样的关系，在我没有表态之后，又向我透露出皇上对老师颇有微词，意图劝我与老师和封家撇清关系。"

封野眯起双眸："如意算盘打得真好，可惜他不知道，我们都想要他的命。"

"不过，有些事他或许并非危言耸听。"

"他到底说了什么？"

燕思空忧虑道："他没有明说，但显然削减军备一事，是不容商量的，还有陛下对老师日渐生起的不满。老师德高望重，门生故吏遍布朝野，从前陛下对老师是礼敬三分的，朝中大小事，也多以内阁的意见为主，只是在立储一事上，陛下与以老师为首的士族一派闹得十分难看，之后便明显对老师疏远了很多，时至今日……我担心此次老师亦不能全身而退。"

"颜阁老位高权重，又有满朝的士族官员唯其马首是瞻，要动摇他的地位，谈何容易，你不要被谢忠仁唬住了。"

"话是如此，可再是位极人臣，也依旧是臣。"燕思空沉重道，"我不相信老师毫无警惕，我想这就是他一直以来劝你们退让的原因，他担心事态超出他能力之所及啊。"

"这世上本就没有什么事是尽在掌握的。"封野沉声道，"他既已身在其位，该有所觉悟才对……我们都有此觉悟，所以，便都不会坐以待毙。"

燕思空看着封野，语气有些忐忑："你这次来，可是带了什么好消息？"他指的，自然是他们所谋的大事。

封野站起身，背对着燕思空，看着墙上的字画，没有言语。

燕思空叹道："殿下不愿意，是吗？"

封野的声音透着冰冷："他从不是优柔寡断的性格，唯独这次，他始终对那昏君心存侥幸。"

"若等到殿下醒悟，怕是为时已晚。"

封野转过身："颜子廉的态度呢？"

"只要殿下同意。"燕思空的瞳仁漆黑不见底，"我告诉他，我们可以效仿马嵬驿兵变，清君侧，但只要我们夺了权，一切就在我们执掌了。"

"没有我爹，我们说服不了赵傅义，更调动不了封家军。"封野恨恨道，"那昏君都要把封家肢解了，他何苦守这愚忠！"

燕思空按住封野的肩膀："别乱，我相信殿下此刻定也是十分煎熬，你和殿下是一家人，你的话，他是不会全然不在乎的，我们还有时间。"

封野转过身，直视着燕思空，满脸的难色："我敬重我爹，不想忤逆于他，可他如此执迷不悟，恐怕错过我们最后自救的机会啊。"

燕思空沉重地颔首："若此次殿下退让，就算只是削减了军备，并不危及性命，但失去了倚仗的兵权，以后便只能任人宰割。这些，我不相信殿下没想过。也许比起兵权，殿下更加舍不下的，是他的忠义之名。"

封野苦笑："你说的对，他为大晟戎马一生，不想到最后落个叛臣的骂名。"

燕思空叹息道："这一点，殿下不如老师通透，老师眼中先有国，才有君，忠国与忠君，有时未必能两全。"

封野低声道："我想自己去找赵傅义，我绝不能眼看着封家军支离破碎。你觉得呢？"

燕思空低下头，眉头紧锁，心中很是犹豫。

"你觉得不妥？"

"不妥，你毕竟年少，难以取信于赵将军，如此大事，他岂能听你二三之言？再者，就算你真的说动了他，若被殿下知道了，不知会生出什么事端，这实在是下下之策。”

“下下之策也是策，否则，你可有良策？”

燕思空想了想：“你可有办法调动城外的两千封家军？”

“我能盗出我爹的兵符。”

“这两千兵马使用得当，绕过赵傅义，也能成事，我们只要控制了皇帝一人，就足够了。”

“你打算怎么做？”

“若太子与我们里应外合……毕竟，他能随意出入皇帝身边。”

封野不赞同：“一介垂髫稚子，岂能共谋此等大事。”

“我当年立誓报仇时，比他还要小。”燕思空认真地说，“此子是帝王之才，不要小瞧他的胆量。而且，我们未必一定要让他知道我们要做什么，他知道了反而不安全，但他对我十分信任与依赖，多半会听我的。”

封野一脸的凝重，他长叹一口气，后退几步，坐在了椅子里，疲倦地抹了一把脸：“这是谋反啊，是何等的惊涛骇浪，我们竟要指望区区一个少年？”

“自然不能全指望他。”燕思空伸出手，轻拍封野的肩膀，“我们还有老师，还有封家的精兵，最重要的是……还有我们自己。”

封野抬起头，一眨不眨地望着他，纠结的眉心微微舒展。

燕思空露出苦笑：“封野，我心里很疲倦，恨不能一觉醒来发现这一生都是一场梦，我就是做个乡间的放牛娃，也不想做燕思空。”

封野勾唇一笑：“多希望我们不用陷入这些钩心斗角、腥风血雨。”

燕思空凝望着封野闪着光的眼眸，心脏被哀伤和无奈淹没，谁不想过无忧无虑的日子呢？

“何时我们才能过上这样的日子？”封野缓缓说道。

“我不知道，但一定能。”

“为什么？”

“因为……”燕思空鼻头一酸，颤声道，“因为我们付出的所有，都是为了那一天。”

封野上前靠近燕思空：“我相信你。你骗了我很多次，可这件事，我还是相信你。”

燕思空郑重地说：“你是唯一值得我全心信任的人，这件事，你不必怀疑。”

封野露出笑意：“好。”

“我会择日进宫，现在太子应该对春猎的安排十分清楚了，此事定要做得天衣无缝。你那边，若殿下改变了主意，便随时通知我。”

“好。若我封家有执掌大权的那一日，你居功至伟，我定要你与我共享这大好山河，至于那小太子……听话就好。”

燕思空眼中闪过一丝异色。

他很早已经看出来，封野的野心和胆量远在封剑平之上，而同时又不受传统礼教的束缚，恐怕什么都做得出来，这样锋利的脾性，是一把双刃剑，幸好，他驾驭得了。

年关将近，燕思空也要准备搬去新宅了，他虽然并不想搬，但此宅乃圣上亲赐，再拖下去，难免落人口实。

只是，搬了过去，以后要与封野见上一面，就更加难了。府上仆役二三十，人多眼杂，封野再也不宜暗中来访。

思来想去，燕思空将他专门供奉父母灵位的地方告诉了封野，约定以在燕府旧宅门上泼水成冰为信，见信即赴约。

搬入新宅，自然要庆贺乔迁之喜，何况明年燕思空就要迎娶皇女，一时可谓风头无两，受邀参加乔迁晚宴的就多达百人，送礼之人更是要踏破门槛。

谢忠仁仍旧礼数周全，把上次燕思空退回去的贺礼，又原封不动地抬了回来。燕思空早料到他有此一招，很干脆地收下了，他若不收，则其他人的也不当受。何况此次情形与上次不同，一来他确实有喜可贺，二来他要让谢忠仁以为上次那番软鞭子多少奏效了。

燕思空忙进忙出地迎着宾客，不一会儿，门房通报颜子廉来了，他连忙去门口迎接。他自然是往颜府送了请帖的，但以颜子廉的地位，通常不会亲自来，送份薄礼已是给足面子，躬亲赴宴，无非是要借机与他议事。

燕思空恭敬地迎接恩师，颜子廉与宾客们寒暄了几句，就借故与燕思空避开人群，去了内书房。

掩上房门，燕思空悄声道："老师，府上到处都是谢忠仁的眼线，我已让阿力守在外面，但我们不能在此久留。"

颜子廉急道："我们已有半月未见，你这边怎么一点消息也没有？封将军是否有了打算？谢忠仁找你又谈了什么？"

燕思空不敢隐瞒，一五一十地说了。

言毕，颜子廉面色越发难看："那日你跟我提议，我就担心封将军不会应允。"

"我已跟世子商量，只要能调动那两千封家精兵潜入山海猎场……"

"不行。"颜子廉口气严厉，"若没有封将军和赵傅义的协助，一切都是徒劳。燕思空，你们是初生牛犊不畏虎，还是病急了乱投医啊？居然想瞒着封将军起事，还想把太子扯进来？你就没掂量掂量自己？！"

这是颜子廉对他说过的最刻薄的一番话，却是句句在理，这些天他头脑已冷静些许，知道此事本就凶险万分，若缺少助力，恐怕真是自掘坟墓。

只是，一旦昭武帝下了削减大同军备的圣旨，一切可能就无法挽回了，他们要么被动地等着被削弱、被践踏，最后彻底消亡，要么，抵死一搏。

燕思空低声道："老师教训的是，可我们眼下该如何？"

"……我择日亲自拜会封将军。"颜子廉凝重道，"思空，若无完全把握，我绝不妄动，就算被裁军、调兵，我们仍有一线生机，可'那事'一旦失败，就是万劫不复。"

"学生明白。"

颜子廉深吸了一口气："至于谢忠仁，我早已猜到他找你的目的，他所说也并非危言耸听，陛下对我的态度日渐淡漠，我比任何人都清楚，但若内阁首辅变成了只会曲意逢迎、妖言媚上的佞臣，这朝廷还有救吗？"

“老师不必讨好陛下，但也不得不防备陛下对老师不利。”

颜子廉坦然一笑：“我早已将生死荣辱置之度外，不过你说的对，此事不得不防。既然谢忠仁想利用你和封野的恩怨离间我们，不如我们将计就计，演一出好戏。”

“老师有何打算？”

“若叫谢忠仁以为，你和封野已是水火不容，你猜他会如何？”

燕思空想了想：“他也许会利用这一点，怂恿我在列题上做文章，届时再买通了刘岸，便可以绕过内阁，由陛下钦定考核之结果。如此，以京察不合格为由向靖远王发难，就可以名正言顺地大幅削减大同军备。”

“不错，陛下迟迟不下圣旨，又迟迟不就京察召见封将军，一是担心封将军不服，二是担心天下人不服，但若以京察为据，便占了理，歪理也是理，只要有借口就够了。”

“那我们该如何就这个计？”燕思空见颜子廉笃定的模样，知道其定然已经有了妙计，可他还是没想通颜子廉想干什么。

“你先与世子演一场戏，这场戏务必要能以假乱真，之后，谢忠仁若来找你，你就假意屈服，但你要让他知道，你只是想要报复封家，绝不敢背叛于我，否则他一定会起疑心。”

“学生明白。”在官场之中，师生之情是比姻亲、同乡还要紧密、牢靠的一种纽带，因文人有尊师重道的传统，敬师如敬父，同一年的进士，都算作那一年主考官的学生，入仕之后也多半偏向老师的派系，少有例外，所以若燕思空为了私人恩怨背叛自己的老师，那可是大逆不道，换谁也不会轻信的。

“然后，那份内阁已经审过的列题还压在刘岸手里，谢忠仁定会说服刘岸，与你篡改列题。你以害怕被我发现为由，只改题，不准他们透露风声，改完之后，谢忠仁就会把这份列题偷偷呈交陛下，让陛下批红之后，直接给封将军。”

“如此一来，封将军岂不就要用那份蓄意刁难的列题来考核？”

颜子廉寒声道：“在那之前，我就会弹劾刘岸，不经内阁票拟而私改列题。”

燕思空心中一沉，万万没料到颜子廉会如此大胆。

颜子廉此举，是赤裸裸地刀剑往来，是硬碰硬，是没有对策之下的对策。因为倘若真的走到了那一步，颜子廉弹劾的便根本不是刘岸，而是皇帝。

放眼天下，谁有权力不经内阁就下达旨意？无疑只有皇帝，没有皇帝允诺，就是给刘岸一百个胆子，他也不敢公然越权。可皇帝此举，却是违背大晟律法、违背祖制的，法理皆难以服众，谢忠仁和刘岸恐怕不会想到，颜子廉已经疯狂到敢与皇帝叫板，甚至连皇帝自己都不会想到。

一旦颜子廉这么做了，昭武帝多半会丢车保帅，治刘岸的罪，总不能承认是自己知法犯法，也定会对谢忠仁出的馊主意羞恼不已。可同时，颜子廉在他心里怕是再也容不下了。

燕思空凝重道：“老师，此举恐怕得不偿失啊。”

“若封将军能通过京察，裁军一事可能还有转圜的余地，至少没有了京察这个借口，陛下不好治他的罪。”颜子廉沉声道，“眼下处境之艰难，根本顾不上什么‘得’，只是在竭力减少我们的‘失’。”

“可老师若当真公开指责陛下，陛下就算这次忍气吞声，以后也定会找机会刁难。”昭武帝虽然是个优柔寡断、昏庸无能之辈，可此人又极好面子，当年他就是瞅准了这一点，才利用新编史一案干掉了内阁次辅王生声，颜子廉弹劾刘岸，简直就是在当着群臣和天下人的面儿扇昭武帝的耳光，兔子逼急了也咬人，何况那是九五至尊。

颜子廉凛然道：“那又如何，你我皆知不能坐以待毙，陛下已经被谢忠仁完全蛊惑，我们已经被阉党逼得退无可退，我说了，我早已不在乎生死荣辱，但凡有一线希望，不妨一试。”

燕思空重重嘘出一口气：“老师的计谋，确实值得一试，学生只是担心老师……既然老师心意已决，学生自当鼎力配合。”此计虽然凶险，但他们背后的刀枪更锋利，再退下去，就要开膛破肚，死无葬身之地了。

颜子廉点点头：“要成事，须每一步都天衣无缝，才有可能骗过谢忠仁，你之前说过，那汀兰阁花魁夜离是谢忠仁安插在烟柳街的眼线，你与她素有往来，此人或可利用。”

“学生正有此意。”燕思空道，“此女乃顺天府尹的大公子周觅星的红粉知己，周觅星差点纳她为妾，学生与周觅星交好，已想好了这出戏该怎么演，老师尽管放心。”这也许是他们最后一次文斗的机会，他一定要办到！

颜子廉微微松了一口气，但他寻思片刻，又道：“你与世子之间，我本不愿过问，但意气用事最易坏事，如今城中也有不少你二人不合的谣言，虽然大多无人相信，但也不是什么好事，这一点，你要有分寸。”

“……学生明白。”

第二十二章 『闹剧』

腊月里，京城已连下了两日的大雪，厚半尺有余，出行多有不便，马车的车轮也频频被泞住。但街上却不减热闹，因为现在正是置办年货的时候，大街小巷充斥着吆喝声、叫卖声。

燕思空搬入新宅不足一个月，今天是第二次设宴，与前次不同的是，这回他宴请的都是些与他年纪相仿的朋友，就是平日与他厮混的周觅星、梁随等人。

过去他俸禄微薄，比不得周觅星的公子派头，多是蹭吃蹭喝蹭嫖，但现在他出人头地了，还住进了皇帝赐的豪宅，礼尚往来，也该单独请这帮友人一聚。

如今他身份非凡，早已不是那个跟在梁随身后的穷酸进士，他发出了邀约，这帮公子名士自然是欣然答应，都很乐意来一偿他炫耀的心愿。

不想天公不作美，恰逢大雪，燕府的门房又疏导不当，致使门前一下子拥堵了十余驾马车，不少马车的车轮陷在雪泥之中，一时动弹不得，几乎将整条街都堵住了。

即便有人驾车路过时心有抱怨，但也都绕道而行了。

府内，燕思空正与周觅星等人烤着炭火、吃着美酒，谈笑风生。燕思空做东，请来了汀兰阁的一群姑娘，夜离身为周觅星的老相好，可是赫然在他的请帖之上的，此时就坐在周觅星身边，巧笑嫣然，那盛放的绝美姿容，令寒冷的冬日都缤纷了许多。

酒过三巡，不知是谁提议，他们竟比起了艳诗。

这艳诗是非常有讲究的，要媚而不淫，艳不露骨，却又让人遐想联翩，要作出好的艳诗，是需要功底和雅趣的。

开始，这帮人还搜肠刮肚地吟作，可一帮喝了酒的男人，美人在怀，此处又是非常安全的私宅，一个个便越来越放肆，诗句也越发淫邪，渐渐不堪入耳。

燕思空此时满面红光，谈笑间，与这些酒肉朋友你来我往地用诗句调戏美人，这般放浪形骸的模样，与平日可是大相径庭，众人都以为他是得意忘形了。

正在兴头上，府内的下人匆忙跑了进来，神色有些慌张，叫了一句“公子”，但见一屋子宾客，似是不便开口，着急地看着燕思空。

燕思空朝他勾了勾手指，然后笑着示意大家继续喝。

下人跑到燕思空身边，在他耳边悄悄说了什么。

燕思空皱起了眉：“门口还没疏通开？你们都干什么呢？”

“那雪下了化，化了下，地上乱七八糟的，小的们已经疏通了一半了，可是……”下人脸上的表情明显有些害怕。

“你们利落点，赶紧把各位大人的马车安置好。”燕思空不耐烦地挥挥手，“有人过来，就让他们绕道。”

“那辆车不肯绕，态度还十分霸道……”

一旁的梁随听到了：“怎么回事儿啊？马车怎么了？谁霸道？”

“没什么事儿。”燕思空佯怒冲那下人道，“真是废物，这等小事也要打扰诸位大人的雅兴。”

“可是公子，那车好像是靖远王世子的车……”

燕思空刚举起杯的手一抖，酒洒了一半。

下人赶紧用衣袖擦他身上的酒渍。

燕思空瞪起了眼睛：“你说谁？”

“靖远王世子……”

下人的声音不大，但燕思空左右之人也都听到了，纷纷竖起耳朵，朝他们看了过来，目光充满询问。

燕思空抹了一把脸，神色变了，他站起身，干笑着拱了拱手：“各位继续喝，小弟去去就来。”

匆忙来到府外，老远就听到了一声咆哮：“给我滚开！”

燕府的府门大开，门前横七竖八地停了几辆马车，府里的一帮下人正在奋力推着马车，想要让出一条道来，但一时还是难以疏通。

阿力穿着崭新的裘皮袄子，门神一般挡在一辆马车前，一步不让，丑怪的脸看上去颇有几分凶神恶煞。

马车的车夫狠狠往雪地里一挥鞭子，厉声道：“大胆贱仆，竟敢阻拦世子的马车，滚开，你是不是聋啊！”

阿力生硬地往身后比画两下，又用手在空中打圈，意思是让他们绕路。

“笑话，世子的马车岂有为你们绕路的道理！”车夫怒了，举起鞭子朝着阿力挥了过去。

“阿力——”燕思空大惊失色，想要阻止已是不及。

阿力眼疾手快，竟一把揪住了鞭子，快速在粗壮的胳膊上绕了两圈，再狠狠一拽，那车夫就像个风筝一样被阿力拽了起来，抛上半空，然后重重地摔进了雪地里。

车夫趴在地上，大声哀号。

一直静默的车厢被一脚踹开，封野寒着一张脸从里面走了出来，他居高临下地站在马车上俯视着众人，目光阴冷。

燕思空连忙拱手：“世子，下官不知世子驾临，有失远迎。”

封野冷冷道："燕思空，你好大的胆子，敢阻我的车？"

"下官万万不敢，实在是天降暴雪，道路泥泞，下官今日宴请朋友，使得门口马车拥堵……下官已极力敦促下人疏通，不想还是阻了世子的道，请世子恕罪。"

"这不是我的道，是陛下的道，普天之下，莫非王土，这一草一木皆归陛下所有，谁给你的狗胆，连陛下的道也敢占，还要旁人绕道而行！"

"下官不敢，下官知罪。"燕思空惶恐地弯着腰。

周围聚集的人越来越多，哪怕这死冷寒天，也不缺看热闹的。

"还有你这个恶仆！"封野恶狠狠地瞪向阿力，"阻道不说，竟敢伤我的车夫。"

阿力依旧傻愣愣地站着，面上没有惧色，只是询问地看向了燕思空。

燕思空颤声道："下官管教不严，求世子看在他心智不全的分儿上恕罪。"

封野冷哼一声，突然足尖一点，高大的身形凌空腾起，鹏鸟展翅一般俯身冲向了阿力，众人甚至来不及眨眼，就看到封野一脚踹在了阿力的胸口，将那近七尺的雄壮身躯踹飞了出去。

"阿力！"燕思空急忙跑向了阿力。

只见阿力全身抽搐、口吐鲜血，浸染了身下的雪，看上去触目惊心。

"阿力！"燕思空将阿力扶了起来，面色焦急，"阿力，你没事吧。"

阿力口中不断涌出血来，他发出低哑的呻吟，却无法说话。

燕思空转头看向封野，眸中显出了愤恨，他咬牙道："世子高高在上，何至于跟一个下人计较，不怕有失身份吗。"

封野冷笑道："我看你跟这怪物主仆情深，料你是不会责罚于他，便代你教训教训下人，你该谢我才对。"

燕思空朝其他仆役使了个眼色，要他们把阿力抬走。而后站起身，握紧了双拳："府上下人冒犯了世子，是我管教无方，我应代其受过，世子有气没撒完，不如冲着我来！"

"哎呀，这是怎么了！"

周觅星大喊着跑了出来，他身后跟着今日宴请的诸多宾客。

门前已经乱成了一团，燕思空和封野在雪地里对峙，分明是剑拔弩张的模样，明眼人一看就能猜到是怎么回事。

周觅星赶紧打圆场：“世子，这大冷天的，何必在雪地里挨冻，不如进府一叙，让思空给你赔罪……”

封野抬眼看了看这阔气的府邸，“啧啧”两声，轻蔑一笑：“燕驸马这上门女婿当得太划算了。”

燕思空脸色已是极为难看。

周觅星和梁随对视一眼，都尴尬极了。

“进府就不必了，哪有不请自来的道理。”封野傲慢道，“今日我回府路过此地，本是两相无碍，谁知有那不长眼的狗奴才，敢阻塞官道，还敢叫我绕路，甚至伤我的车夫……燕驸马，别说你我曾共赴沙场，就说我俩马上要结姻亲了，你也不该对我这么放肆，我要一个交代，不算仗势欺人吧？”

燕思空冷道：“下官愿代家仆受过。”

封野勾唇一笑，从雪地里捞起了自己的车夫，放进了马车里：“你那狗奴才伤了我的车夫，我现在急着回府，不如燕驸马送我一程？”

众人大气也不敢喘，但心中纷纷觉得封野欺人太甚，竟叫燕思空一个堂堂吏部主事、未来的准驸马给自己驾车？

早知封野骄蛮不驯，谁知得罪了他，他竟这般地不依不饶。

燕思空抿了抿唇，忍着屈辱，沉声道：“下官遵命。”

封野哈哈大笑两声，坐回了车里。

众目睽睽之下，燕思空过去牵起了马，燕府的家仆抓紧清出了一条能通过的路，但非常狭窄，他暂时不能上车，必须亲自领着马儿通过，于是一脚一脚地踩进厚厚的积雪，艰难地驱着马车走过了府前的那段拥塞的路。

下人赶忙追上来，给衣着单薄的燕思空披上皮氅，却被燕思空恶狠狠地扔在了地上，他爬上了马车，挥舞马鞭，喊了一声“驾”，驾着马车往靖远王府行去……

众人目送马车远去，议论纷纷，站在一旁的夜离更是若有所思……

燕思空驾着马车穿城而过，此时暮色已浓，街上行人渐少，但仍有不少人看到了这反常的一幕。

燕府的下人则一直跟在后面。

到了靖远王府，马车停了下来，燕思空已经冻得浑身僵硬，牙齿打着战说道：“世、世子，到了。”

封野从车厢里钻了出来，看着他脸色煞白的模样，压低声音道：“衣服也不穿，你是不是傻？”

燕思空苦笑一下，小声道：“你刚才收力了吧？”虽是事先商量好的，但封野的一脚可不是寻常人抵得住的，他有点担心阿力。

“放心吧。”封野跳下马车，高声嘲讽道，“燕驸马这车驾得真稳，只做驸马怕是屈才了。”

燕思空也下了车，头也不回地转身离开。

下人们赶紧跑了过来，给他披上厚衣服，他做出踉跄的模样，倒有一半是真的——他实在被冻得快要感觉不到自己的腿了。

他被搀扶上了马车，车内烧着温暖的炭火，他缩在火盆边，感觉手脚逐渐有了知觉，才缓缓地嘘出一口气。

今天这一出，能骗过夜离吗？能骗过谢忠仁吗？时间如此仓促，他们只能做到如此了，他料想那谢忠仁同样心急如焚，想要抓住一个可以整治封剑平的“理”，否则以封剑平那名满天下的盖世功勋，就算是皇帝也不敢轻举妄动，而京察是眼下唯一可行的名目了。

颜子廉也同样孤注一掷，若能借此机会铲除摇摆不定的刘岸，一来可以大杀谢忠仁的威风，二来可以让他们想利用京察构陷封剑平的阴谋破灭，也许这削减军备之事，就不必走到动武的那一步。

燕思空虽是冻得血液都快凝固了，大脑却异常清醒，反复思索着可能发生的一切后果，他不得不清醒，在这危机四伏的朝堂之中，糊涂半点，都可能丢了身家性命。

待燕思空回到府上时，已是深夜。宾客大多都走了，只有周觅星、夜离和梁随还在等着他。

燕思空一脸的落魄失意，见到他们，还要满怀歉疚地鞠躬：“小弟非但未能尽地主之谊，还扫了所有人的兴，真是羞愧不已，羞愧不已。”

“哎呀，思空，你可千万别见外。”周觅星拉着他坐下，被他冰凉的手吓了一跳，“你看看你，可别冻出个好歹啊。”

夜离连忙倒了一杯热茶，让燕思空捧在手中，温柔地说：“燕大人，身体要紧。”

燕思空摆摆手，声音透出屈辱：“今日，让诸位看笑话了。”

“这靖远王世子欺人太甚了。”梁随气得直跳脚，“你们以前好歹也是朋友，还曾一起征战过荆州，他居然因为门第之别，而如此不留情面！”

周觅星也皱眉道：“世子他……他至于吗？英雄不问出处，你又是前途不可限量之人，他何至于如此介怀门第啊。”

燕思空叹了一口气：“其实……其实不止如此。”

夜离的眉毛微微抖了抖。

“我就说肯定还有隐情！”梁随眼珠子一转，神色略有些尴尬，“不会真如外界传言那般，你和他是……”

燕思空苦笑着摆手：“那纯粹是胡扯了，我和他的矛盾，主要在伐梁王一役。”

“哦？莫非是因为功劳？”周觅星立刻就反应了过来，战场之上为了抢一颗人头，士卒间都会暗自争斗，毕竟那就是白花花的银子，将领间为了升迁和奖赏互起争端，自古以来更是屡见不鲜。

燕思空沉重地点了点头：“燕某将诸位当作挚友，才将憋了许久的心事吐露，望诸位务必为我保密。”

“思空你放心。”

夜离感动地说：“燕大人不嫌弃小女卑贱，小女感激不尽，绝对半个字都不会泄露。”

燕思空叹道：“夜离姑娘是周兄心爱之人，在我心中，自然不是外人。

其实，并不是什么大事，也过去了很久，只是我不想传到赵傅义将军耳中。”

“哦？”

燕思空感慨道：“那时我与封野一同随赵将军出征，我出使夔州劝降了叛军，又出谋奔袭青须谷，绕道梁王后方，我不敢自居立有大功，但赵将军对我赞誉有加，对我的器重，似乎……似乎还在世子之上。”

“这也是合情合理啊。”梁随道，“若非思空你动动嘴皮子就劝降了叛军，此役胜负还得两说呢，平叛一战，你的功劳就是在封野之上。”

“是啊。”周觅星附和道，“虽说战场之上，文斗武斗没有轻重之别，但若不是你拿下夔州，若不是你出奇招，任凭他小狼王再是神勇，还能一人杀退叛军不成。”

夜离幽幽道：“世子未免气量狭小了。”

“从那以后，他对我就明显不同于前。”燕思空摇摇头，“陛下赐婚之后，他更是变本加厉，我一忍再忍，可他……”说到最后，他的口气带了明显的愤恨。

“欺人太甚！”周觅星皱眉道，“他本就自视过高，在京中谁的账也不买，他若不是靖远王的儿子，哪儿来的底气这般傲慢。”

梁随怒道：“是啊，上次，上次周兄好心好意组个局，想让你们冰释前嫌，他竟然当众羞辱思空，连周兄的面子也不给啊。”

想起上次发生的事，周觅星的脸色亦是有些难看，他虽无一官半职，但身为顺天府尹的大公子，在京中是人人敬重有加的，还没人这么扫过他的颜面，从那以后，他私底下没少说封野的坏话。

言至此，几人都愤恨地批判起了封野的种种劣行，可说到最后，燕思空不免叹息：“可再是心有不甘，我也只能忍气吞声，他毕竟是靖远王的世子，得罪不得啊。”

屋内一时都沉默了。

“我听到风声，陛下要削减大同军备。”梁随看向燕思空，语气带着试探，“思空，老师最是器重你，你应该知晓一二吧。”

燕思空双目一瞪，连忙摆手：“此事不可说，不可说。”

夜离微微眯起了眼睛。

几人又安慰了燕思空一番，但毕竟对方是靖远王世子，就像燕思空说的，骂上几句泄愤后，也只能忍气吞声了。

好不容易送走了周觅星等人，燕思空已经是疲惫不堪。他强撑着疲倦地身体，去看了看阿力，阿力没什么大碍，只是胸口瘀紫了一片，吐出来的血也是假的，不过，要假装卧床一段时日。

燕思空这才放下心来，回到寝室内，倒头就睡着了。

燕府门前这一出闹剧，很快就传遍了京城，燕思空去衙门的时候，同僚都纷纷对他抱以同情，他只能苦笑，一边说着不敢对世子有所埋怨，一边又让人看出他其实深受其辱，已是满腹愤恨。

这个局已经正式开始，就等着谢忠仁来上钩。

几日之后，燕思空给陈霂讲完课，正打算回家的时候，就被一个太监拦住了，让燕思空随他走。

给燕思空引路的小内监有些犹豫："燕大人授完了课，奴才应立刻送大人出宫的。"

那太监一瞪眼睛，低声道："我奉了谢公公的命，轮不到你多嘴，该干什么干什么去。"

一听到谢公公，小内监露出害怕的神色，二话不说就走了。

那太监笑眯眯地说："燕大人，请吧！"

燕思空不肯动："公公，未有旨意，外臣不能擅自在后宫行走，这不妥吧。"

"哎呀，有谢公公的命令，还需什么旨意，走吧。"

燕思空犹豫不决。

"燕大人，走吧。"那太监加重了口气。

燕思空状似无奈地跟着走了。

这次见谢忠仁的地方，与上次不同，燕思空也不知道这是什么地方，但十分偏僻，一路过来几乎没见到什么人。

但那阉党之首，却还是同上次一样，阴阴沉沉，皮笑肉不笑的模样。

“谢公公。”燕思空施了礼，“多谢公公的乔迁之礼。”

谢忠仁“呵呵”了两声：“这早收晚收还不是收，你们读书人啊，就是矫情。”

燕思空没有接话，整个人显得很不安。

谢忠仁斜了他一眼：“怎么，你害怕咱家？”

“晚辈……敬畏公公。”

谢忠仁阴阴地直笑：“你敬畏咱家，却不想跟咱家扯上关系，是不是？”

燕思空做了个吞咽的动作：“晚辈以为，上次已和公公言明了，晚辈毕竟是颜阁老的学生，虽是对公公尊敬有加，但……但恩师待晚辈不薄，晚辈应该避嫌。”

“咱家明白。”谢忠仁又嘲弄道：“你们便是一根筋，脾气死硬，咱家只是找你说说话，又不是要让你背叛恩师，你紧张个什么？”

“……不知公公找晚辈，所为何事？”

“咱家身在宫中啊，消息难免有些闭塞，昨日才听闻，那靖远王世子在你新府门前大闹一场？”

燕思空脸色微变：“传言未免夸张，世子只是因为被马车阻了道，略有不快，已经过去了。”

“呵呵。”谢忠仁冷笑，“可咱家听到的却不止如此，听说那小世子差点一脚踢死跟了你多年的忠仆，还让你穿着单薄的衣裳，在腊月天为他牵马驾车，可是真的？”

燕思空抿了抿唇，没有说话。

谢忠仁眸中闪过精光：“看来是真的了。”

“不知公公……”

“那小世子当真是欺人太甚！”谢忠仁突然变得义愤填膺，“此事已传遍了京师，不少人都为你打抱不平，你受此奇耻大辱，难道就这么忍气吞声了？”

燕思空谨慎道：“那日，晚辈宴请宾客，恰逢大雪，门房疏导不当，阻了世子的马车，是晚辈有过在先，晚辈不敢怨恨世子。”

“嗯，你确实不敢。”谢忠仁嘲讽道，“那小世子就算骑到你脖子上撒尿，你也不敢放个屁吧？”

燕思空脸色一变，气得身体微微颤抖：“公公何必如此羞辱晚辈，若晚辈有得罪之处，公公直说便是。”

“是咱家羞辱你吗？”谢忠仁拔高了音量，“接二连三挑衅你、羞辱你的人，是封野吧。”

燕思空有些恼羞成怒：“即便是，又如何？晚辈以为应宽以待人，能容小人，方成君子。”

“燕大人，你好歹也熟读圣贤，咱家虽然没读过太多书，但也知孔子说过‘以德报怨，何以报德？’”

燕思空语塞。

“下面是什么来着？”谢忠仁挑眉看着燕思空。

燕思空沉声道：“……‘以直报怨，以德报德。’公公究竟想与晚辈说什么？”

“咱家……”谢忠仁冷笑两声，“想给你一个‘以怨报怨’的机会。”

燕思空神色略有慌乱，看着谢忠仁的目光直闪躲。

谢忠仁低笑两声：“那小世子现在就频频给你难堪，待你以后娶了公主，与他成了姻亲，他还不知道要怎么拿捏你呢。”

“……公公究竟想说什么？”

“其实，咱家今日找你，是有陛下口谕的。”

燕思空在心中痛骂，这阉狗神色如常，恐怕不是第一次假传圣旨了，还有什么是他不敢干的？

燕思空做出惊诧的模样：“陛下？”

“你呀，是陛下未来的女婿，陛下心里是向着你的，陛下得知封野如此蛮横跋扈，也十分生气，但又不便直接斥责，便叫咱家来宽慰你。”

“陛下也知道此事了？”燕思空有些不安，“那……那公主知晓吗？”

“公主哪会知道这些杂事，再说，就算知道了，封野是公主的表哥，你是公主的驸马，你叫她如何啊？”

燕思空局促地点了点头：“陛下能体谅臣之委屈，臣已经知足了。”

“啧啧，燕主事，你这脾性……这么肉，也难怪封野觉得你好欺负了。”

燕思空脸色微变。

“你是想以后看一辈子封野的脸色，让公主也瞧你不起？”

燕思空抿了抿唇，没有言语。

“难道你就不想报一箭之仇？”

燕思空抬起头，沉声道：“公公究竟想让晚辈做什么？不妨直说。”

“咱家只要你做一件小事，不但能让你报仇雪耻，还能让封野今后再也不能骑在你头上羞辱你。”

燕思空咬了咬牙：“什么事？”

“列题。”谢忠仁眯起眼睛，目光阴冷，“你为列题做了最完备的准备，你还因为颜阁老，而对大同的情况有更深的了解，只有你，能想出最戳封剑平痛脚的列题。”

燕思空怔住了，眼珠子不安地转着。

“怎么，不敢做？”谢忠仁冷笑，“封野先当众羞辱你，再把你当车夫，以后还不定怎样把你当牛马一样践踏。他可是靖远王世子，他想对你做什么，就对你做什么。”

“公公……别说了……”燕思空踉跄着后退了两步，“我不能背着老师做出这样的事。”

“颜阁老不会知道。”谢忠仁逼近了一步，用那苍老而阴沉地嗓音说，“没有人知道，你只需把列题交给咱家，神不知鬼不觉。”

燕思空急道：“可是，列题我早已交给刘尚书，刘尚书也已呈交内阁和陛下审核，不可能再改了呀。”

“这你无须操心。”谢忠仁阴笑道，“咱家不会告诉任何人，所以没有人会知道列题是你出的，刘岸不知道，颜子廉不知道，封家不知道，即便他们怀疑，也没有证据，但是不久之后，咱家一定让你大仇得报。”

燕思空沉默地思索着，迟迟没有开口。

“燕主事，你可就这一次机会，你想想，就算今日你忍了，明日呢？往后呢？有一天太子登基了，那封家势力如斯庞大，定会威胁皇家，陛下也是为了江山百姓啊，于公于私，你都该助朝廷削减大同军备。”

“陛下，当真是这个意思？”燕思空的神色有些迷惑和犹豫。

“陛下早已将你当作自家人，才会令咱家跟你说这些实在话。”谢忠仁轻咳了一声，“燕主事，咱家要再提醒你一遍，你最大的倚靠，和唯一的主子，不是颜子廉，是陛下。你的好，陛下会记得的。”

燕思空忙拱手：“为陛下分忧，乃人臣之本分。”

谢忠仁满意地点点头：“你明白就好。”

燕思空紧了紧双拳：“晚辈可以……出三道列题，混入现有的列题之中，我口述，公公记下，出了这扇门，此事我不知不晓，往后发生什么，也与我无关。”

谢忠仁大笑道：“谨慎得很嘛，好！”

燕思空深吸一口气，将早已酝酿好的列题说了出来。二品以上大员的考核，列题都要根据该人实际的政绩来出，如果出题者有意刁难，就会专揪错处问，还会故意挖坑，让答题者在皇帝面前丢丑，而这些正是谢忠仁要的。

当然，燕思空也留了后手，倘若颜子廉弹劾刘岸不成，昭武帝执意使用这份列题做封剑平的考核，则部分内容与实际有所偏差，稍一推敲就能戳破。

看着谢忠仁成功上了钩，燕思空心中却无半点欣喜，颜子廉的计划，是杀敌一千自损八百的打法，没人能预料他们要付出什么，但眼下竟是没有更好的对策了。

由于那种被黑暗逐渐灭顶的恐惧感日趋强烈，燕思空甚至生出了直接杀了谢忠仁的冲动，他不再执着于要将谢忠仁绳之于法、公开审讯，因为他愈是靠近谢忠仁，就愈是感觉到此人的强大，仅仅是想要在这场暴风雨中自保，就已经快要耗尽他们的所有。

从后宫离开时，燕思空感觉背上冷飕飕的，那是他冒出来的汗，被冷风吹过后，变成了一层紧贴着皮肤的寒霜，那种战栗令他头皮发麻。

燕思空一路思索着，倘若颜子廉真的弹劾成功了，然后呢？

最多也只是解了燃眉之急，但昭武帝并不会放弃削减大同军备的念头，谢忠仁也不会停止自己对权利的蚕食，定会找寻别的方法，而他们可能毫无防备。

解决刘岸，只能暂缓危机，并不能真正解除，若就此掉以轻心，他们就完了，要想彻底渡过此劫，根源还是要追溯到阉党、也就是谢忠仁头上。

燕思空眯起了眼睛，目光阴恻恻的。他理解封剑平的举棋不定，也明白颜子廉的忧心忡忡，可但凡是个明白人，心里都该十分清楚，扶太子上位，才是他们唯一的生机。

自上次燕思空赏了管家赵峰一顿板子，他规矩了许多，见到燕思空都唯唯诺诺的，凡事都要前来报备。

这日，赵峰正领着全府上下迎新年，恰逢“三节两寿”中最重要的春节，往来送礼的人不断，仆役们里里外外地拾掇这大宅子，光是置办年货的，一天下来都进出好几拨。

燕思空看着府内张灯结彩，眸中映射出的尽是红彤彤的过节装饰，喜庆的气息充斥着每一个角落，他心中却无法感染半点，因为脑子里纠缠着数不清的复杂思绪。

他叫来赵峰，询问可有给沈鹤轩的夫人送去年货。

赵峰点头哈腰：“送了，早早就送去了，公子放心。”

“你去邀他们母子来府上一起过年，若她执意拒绝就算了。”

“是，老奴这就去。”赵峰恭敬地退走了。

燕思空知道此人定是阳奉阴违，心里怕是恨极了自己，这府上除了阿力，没有一个可信之人。

过年那几日，定然是应酬不断，他仅是想想已感到疲惫不堪，但他还是十分期待除夕夜的到来，因为他曾和封野约定，届时定去燕府旧宅一起喝上一杯新春的酒。

第二十三章 过年

转眼已是大年三十，与过去的每一年一样，朝臣们和皇亲们要起个大早，陪皇上祭天祀祖，晚上则一同在太和殿庆贺新春。

一年过到了最后，朝廷上下都十分默契地不在这一天找事儿，不同党派之间亦能虚伪地互相恭贺，否则晦气事小，触了龙须事大。

燕思空在晚宴上看到了明显有些消瘦的封剑平，想来这段日子他跟所有人一样煎熬。

他也看到了封野，但两人始终不敢对视，生怕被人看出异样。

晚宴上的歌功颂德、觥筹交错，亦与往年大同小异，燕思空心不在焉，只想着早些结束。

晚宴吃到一半，朝臣们喝了酒，都放肆了些许，燕思空也站起身，去给颜子廉等人敬酒，敬了一圈，看到陈霂那边终于有了空隙，便举杯走了过去。

“先生。”陈霂喝得小脸通红，过了今夜，他便虚岁十五了，不过几年的时间，他已褪去了孩童的青涩与稚嫩，出落得越发英俊挺拔、器宇不凡，加之早慧而性格沉稳，燕思空逐渐在他身上看到了那暗暗涌动的王气。

燕思空一向只信有实有据的判断，可他如今有一种预感，预感陈霂一定会承继大统，君临天下。

“殿下。”燕思空恭敬道，“臣来敬殿下一杯薄酒，殿下随意。”说完，仰头干了杯中酒。

陈霂的背脊挺得笔直，他私底下与燕思空亲近，但当着外人的面，却十分庄重自持，仅是淡淡一笑，微微抬杯：“多谢先生，这一年也有劳先生了。”

“能为殿下讲学，是臣三生有幸。”

两人往来客套着，周围的大臣也趁机拍拍马屁，喝了两杯之后，陈霂将燕思空带到一旁说话，大臣们就识趣地散开了。

陈霂朝封野的方向瞄了一眼，皱眉道：“我听说封野羞辱于你，可是真的？”

燕思空笑道：“言重了，殿下不要轻信那些太监说的话，他们碰上山猫也要说是老虎。”

陈霂将信将疑：“我可不准别人欺负先生，先生若有难处，一定要告诉我。”

燕思空感动地说：“殿下如此关心臣，臣就是被人欺负了心里也甘愿啊。”

陈霂笑了，压低声音道：“等我做了皇帝，天底下没人能欺负你。”

燕思空心中叹息，面上却只能回以笃定的神情。

陈霂想了想，又道：“我看那封野有些不对劲儿，他已经不是头一次跟你不对付了吧。”

燕思空想要避开这个话题，陈霂却有些不依不饶，他只好道：“我与世子大约只是有些误会，但并非什么大事。”他悄声暗示道：“我们仍以大局为重。”

陈霂微微蹙起眉，顿了一顿：“我还听那些太监说……”

燕思空心中感觉不好。

“说……”陈霂瞥了燕思空一眼，试探地问道，“说你和封野……‘往来过密’。”这四个字是他斟酌之下的用词，身为东宫太子，又岂能随便将那些市井流言宣之于口，但他所指为何，两人都清楚。

燕思空扑哧一笑：“殿下信吗？”

陈霂似乎松了一口气，也笑了：“未免荒谬。”

“太荒谬了，那些太监啊，被去了势，又常年待在深宫内院，嘴比女人还碎，殿下切记与这些阉人保持距离。”燕思空意有所指地朝谢忠仁努了努嘴。

陈霂道：“放心，我从来都防着他们。”

封野在大殿的另外一头，若有所思地看着谈笑风生的二人。

燕思空回到府上时，已是深夜，他虽酒量极好，但此时也不免有些醉意，可他仍然十分清醒。

他让下人打了水，洗了个澡，又喝了两杯茶解酒。

待到寅时，府内已是安安静静，燕思空才换上一身夜行衣，从后院潜出了府，往旧宅走去。

大年夜，街上一个行人也没有，偶有那巡夜的禁卫，也被他躲了过去，他悄悄地溜到旧宅的墙根下，攀墙而上。双足轻轻落地时，不免觉得好笑，回自己的家，竟像做贼一样。

还未等他站稳脚步，突觉背后有些异常，他刚要转身，就被双手扣住手腕将手反拧到了背后。

封野的声音在燕思空的耳畔响起：“哪儿来的小蟊贼，胆敢擅闯朝廷命官的宅邸。”

燕思空笑道：“你要将我送官吗？”

“送官大可不必。”封野调侃道，“我来审你即可。”

“你这是滥用私刑。”燕思空有些好笑。

“是啊，你奈我何？”

燕思空笑道：“不闹了，外面太冷，进屋吧。”

燕思空搬过去尚不足一个月，屋内的陈设和被褥之类的用具物品都还在。

屋内早已烧起了炭火，炉上还温着酒。

燕思空脱下棉袄：“你早就来了？”

“刚到。”封野拿起酒壶，给两人倒上酒，“你没少喝酒吧？”

“还成。”燕思空举起杯，“那些酒，怎么能跟你的酒相比。”

封野挑眉：“哦？我的酒好在哪儿？”

“好不好，不在酒，在人。”燕思空笑道。

封野亦是十分开怀：“我们明明就在一座城池之内，没想到见一面却这么难。”

燕思空与他碰了碰杯：“不会一直如此的，也许很快……”

“今晚我可不想谈‘正事’，别想那么多，好好过个年吧。”

燕思空与封野饮尽杯中酒……

过年期间，燕思空几乎一天也没得休憩，大多数时间耗在了互相拜年、走动上。

他还抽空给沈鹤轩回了一封信——年前刚刚收到的来信。信中先是说了他在地方的事务，感叹某些吏员的不作为以及他的志向，然后又感谢燕思空对他妻儿的照料，并拐着弯儿地说家书中看似一切安好，不知是不是妻子报喜不报忧。

燕思空感到好笑，他猜沈鹤轩定是绞尽了脑汁，想要用最精炼的词句将自己对妻儿的思念与担忧尽量抹淡，对于沈鹤轩这样严于律己、公私分明的人来说，确实是难以启齿的。

其实沈鹤轩也可以带上妻儿赴任，但小公子尚在襁褓，经不起旅途劳顿，再三考虑，才将母子二人留在了京城。燕思空觉得他这个决定十分明智，在京师这一家人已经过得十分清贫，何必还不远万里带着妻儿去地方受苦。

回信中，燕思空照例安慰、夸赞了他一番，说颜子廉和同僚们都很挂念他，陛下亦对他寄有厚望云云，而后说了说沈府的近况，叫他安心。

对沈夫人母子，平日赠些吃穿用度是很寻常的，沈府上有什么活计，也都是燕府派下人去干的。

燕思空知道沈夫人是外柔内刚的女子，否则也不会和沈鹤轩这般契合，所以他从不亲自去沈府，免得有损她清誉，送东西也很讲究，一般是做好了饭菜点心，给她拿上几样，不直接送米面菜肉；缝制好的小儿衣物，隔三岔五让府上的绣娘送去一两件。

沈夫人蕙质兰心，时而帮下人们写写信、润润笔，作为回报，自沈鹤轩离京后，燕思空自认将她们母子照料得不错。

他就是要沈鹤轩欠他这份人情，这个脾性极难相与的旷世之才，谁也没笼络成，甚至招了不少人讨厌，只有他一直降低姿态、谦恭礼让，才和沈鹤轩成了朋友。

他设想着，有一天陈霂登基了，这个人会是治国的良才。当然，要在他的掌控之下。

七日的年假眨眼就过去了，按大晟律，吏员平日是“五日一休沐”，仅在过年的时候可以连休上七日，但这七日大多比当值还要累，朝臣之间的礼尚往来不仅耗费不少钱财，也令人身心俱疲。

而对于燕思空等人来说，这七日更是十分煎熬，因为他们知道，谢忠仁在这七日里，肯定没闲着。

他很快听到消息，只针对封剑平一人的京察正式开始了。封剑平需先“列题”后“引见”，列题便是根据吏部给出的内容进行回答与阐述，多为政绩相关，吏部要记录下每一个字，呈交内阁和皇上，再由皇上亲自“引见”，聆听圣训、回答主疑。

当封剑平做完的列题送到内阁时，颜子廉就会发现，列题与事前审核过的那一版有所出入，而刘岸不可能胆敢亲自改动列题，此举必有皇帝的授意。

在每一位内阁首辅的为官生涯中，都不可避免地要碰上几次皇帝越过内阁发号施令，这虽然有违律法，但天子本人就是法，也莫可奈何。但皇帝是知道轻重的，滥用皇权必会招致不良后果，所以在这一点上也很谨慎，若事情不大，内阁便睁一只眼闭一只眼，反之则可能遭到群臣的抵制，比如当年立长立爱的储君之争。

对于眼下这事儿，便应该算作前者，就算颜子廉当真觉得不妥，也该私下与皇帝商议。

所以当颜子廉在早朝上声色俱厉地弹劾刘岸时，不仅仅是谢忠仁傻了眼，昭武帝也一时不知所措起来。因为颜子廉此举，是在公然指责天子滥权——虽然他没有一句是指向昭武帝的，但群臣心中明镜一样，一听就知道是怎么回事。

此事令人惊异的地方在于，谁都知道昭武帝不占理，但颜子廉在早朝之上公然揭开，置皇帝颜面于不顾，根本不该是一个宦海沉浮四十余载、老谋深算的内阁首辅干得出来的，这无异于自掘坟墓。而且，刘岸与颜子廉之间没有过节，也并非阉党一派，颜子廉突然想要他的命，未免太过冷酷，亦不是颜子廉一贯的行事作风。

颜子廉当场拿出内阁票拟和昭武帝批红的文书，证明封剑平的列题被私自篡改，指责刘岸假公济私、胆大包天，以有失实据的列题刻意刁难功勋名将，按律当斩。

刘岸吓得伏在地上，他无法辩解，只能微弱地求着昭武帝“明察”。他无法反驳颜子廉的指责，但也不敢把谢忠仁供出来，倘若昭武帝真要拿他做替罪羊，出于歉疚多半也就是革他的官职，可他若乱说一句话，老命可就没了。

燕思空听说，那日昭武帝极其羞恼，面对颜子廉和诸多大臣的抨击，无奈之下，只得将刘岸先下了狱，说要“彻查此事”。

虽然事情在循着颜子廉的计划走，但燕思空却越发忧心忡忡，如果说当年储位之争，让昭武帝对颜子廉心生不满，那么这一回，颜子廉是彻底将昭武帝得罪了，他不仅让昭武帝大丢颜面，还坚定地表明了自己对封剑平的庇护之心，此举算是破釜沉舟了。

只是，就算他们除掉了刘岸，扳回一城，只要昭武帝削弱大同军备之心不死，这场不见血腥的较量就远没有结束。

此案没有什么悬疑之处，真真地证据确凿，刘岸心灰意冷，很快招认是自己一时糊涂，拿错了列题。

如此荒诞可笑的借口，却被从上至下地接受了，毕竟没有人关心他究竟是怎么“拿错”的，昭武帝革了他的职，让他回家种地去了。

在一个暖阳高照、春雪融化的日子，这个统领吏部四年，可谓无功无过的吏部尚书，萧瑟地举家离京了。

由于去年的京察刷掉了三个吏部的官员，人员本就吃紧，刘岸一走，吏部左侍郎立刻走马上任，燕思空也顺理成章地升了官，成为正五品的郎中。

看似颜子廉赢了一局，可朝堂之上，昭武帝对其态度明显有变，在接下来的近一个月里，内阁票拟后呈递上去的奏折，有一半都被否决了。颜子廉亦变得更加小心翼翼，他深知若自己现在出错，恐怕回天乏力。

封剑平亦用原先的列题完成了京察，哪怕昭武帝有意刁难，浮上水面的也都是小过，实在不足以成为大动干戈裁军的理由。

但无论如何，削减大同军备一事再次被搁置了，只是封剑平年前年后已经两次上书要求返回大同整顿军务，均被拒绝。

之前是以京察为由拖延，现在京察已经过去，封剑平若再上书求归，怕只有燕思空和万阳公主的婚礼能再拖上一段时日了。可昭武帝却迟迟没有公布婚期，虽然皇太后殡天时曾说过，万阳已是正当年华，不必为其守孝三年，但若连一年都不守，未免太过不孝，只是眼下离秋季尚有半年光景，实在牵强。

正巧马上就要春猎了，封剑平料到昭武帝定会让他参与春猎，便暂时没提要回大同。

京城内就此平静了一段时日，但燕思空一直不敢掉以轻心。

这日，他进宫去见太子，一路上都在犹豫，要不要将陈霂更深地带入他们的棋局，这盘棋肯定尚未下完，只不过现在都按子不动，他没有放弃逼宫大计，但眼下似乎又没有条件，若贸然告诉了陈霂，可能适得其反。

思虑再三，他还是决定像往常一样，只是讲讲学，再见缝插针地教导陈霂真正的帝王之术。

很巧的是，这回又碰上了祝兰亭。毕竟马上就是春猎了，陈霂身为太子，春猎上可不能输给其他皇子。

祝兰亭老远看到燕思空，便一直盯着他，眼神与往日有些不同。

燕思空敏锐地发现了，但那种探究的眼神又一闪而过，他有些怀疑是不是自己看错了。

两人照样是礼貌而疏离地互相施礼，燕思空客气地说："祝统领近日公务繁忙，还一早来指导殿下武艺，真是辛苦了。"

听说前些时日有个胆儿肥的醉汉在宫墙上撒了泡尿，一时沦为京中笑谈，此事当属值班的禁卫失职，弄得祝兰亭也有失颜面，加派了巡夜的人员，肯定是相当忙了。

祝兰亭也回了句"分内之事"的客套话。

两人素来不熟，一般也就止于此，燕思空正要与陈霂进屋读书，祝兰亭却又叫住了他。

"燕大人。"

燕思空转过身。

"听闻……燕大人与靖远王世子有过节。"

燕思空挑了挑眉，就连陈霂也流露出一丝惊讶，毕竟祝兰亭可不是那些爱乱嚼舌根的人。燕思空谨慎答道："不过是一点误会，不知祝统领有何指教？"

祝兰亭用一双清明英锐的眼眸直直盯着燕思空，平静说道："在下只是想提醒燕大人，若如此，春猎上便离世子远一点，毕竟猎场上场面混乱，容易浑水摸鱼。"

燕思空怔了怔，旋即笑道：“多谢祝统领，不过在下一介书生，最多遥遥看上几眼，又怎会去猎场呢，世子的弓箭马蹄，够不着我。再者，再者也不好恶意揣测世子嘛，哈哈哈……”

祝兰亭眯起眼睛：“燕大人当真不想上猎场舒展一下筋骨吗？那真是可惜了。”

燕思空心中一惊，他意识到，祝兰亭看出他会功夫了。

本身有不俗功夫底子的人，若是眼光再老辣一些，就能从他人的动作里，分辨出这人是不是练过，功夫越是浅薄的人，越不会掩饰，女子为了练功，对身形体态改变比男子大，则更难隐藏，比如夜离。他已经将一些动作演练过很多次，用来掩饰自己，而且与祝兰亭见面时多是恭谨地站立或鞠躬，没想到还是没逃过这大内第一高手的一双明目。

陈霂不明所以，便道：“祝统领应该是多虑了，不过，我也会派人看着先生的。”

“如此甚好。”祝兰亭躬身告辞了。

燕思空脸色有些发青，他猜祝兰亭不该是第一天看出来，也许从两人第一次打照面就已经看出来了，可是这么长时间以来，从不曾表现出什么异样，为何今日突然说了这么一番话？究竟有何目的？

“先生？”陈霂将手在燕思空眼前晃了一晃，“你不会真的害怕了吧？”

燕思空回过神，笑道：“怎么会呢？”

陈霂认真地说道：“不必害怕，我一定会保护先生的。”

“多谢殿下，不过，殿下也多虑了。”

陈霂想了想：“走，进去说。”

两人进了屋，陈霂照例挥退了所有人，有些不解地问道：“刚才祝统领是什么意思？他怎么会让你上猎场舒展筋骨？”

“大约……是想让我去骑骑马吧。”

“先生骑术如何？”

“尚可。”

“你若真想去玩玩儿，便与我一起，待在我身边，封野绝对不敢造次。”

燕思空笑道："这天儿这么冷，臣情愿在帐篷里待着。"

陈霂也笑了："先生不要整日憋在屋里读书，也要多动动嘛。我想，春猎时先生还是跟着我吧，我本不以为意，可祝统领说完之后，我心中就不安了起来，春猎场上那么乱，万一封野真要找你麻烦可怎么好，不行，你要在我身边。"

燕思空虽然不愿意，但也不能拒绝，只好道："听凭殿下做主。"

陈霂高兴地拉着燕思空的手，语带傲慢地说道："到时候便叫先生看看我的箭术，那封野能开二石弓，我也不差。"

燕思空含笑道："殿下如此英武，定能在春猎上拔得头筹。"

第二十四章 春猎

燕思空还记得四年前的春猎，封野开重弩、驯烈驹，那鲜衣怒马、英姿勃发的少年模样，至今深深地烙印在他脑海中。

一眨眼，四年过去了，他已从一介小小翰林升任五品郎中，封野亦逐渐褪去了少年的青涩，越发有了男人的模样。只是他们二人一路走得都格外坎坷，且危机四伏，谁也不敢断言他们是否能拥有平安的余生。

眼看着春猎的日期逼近，两人在燕府旧宅偷偷见了一面，燕思空虽知道希望渺茫，但还是率先问道："殿下可曾改变主意？"

封野绷着脸，摇了摇头："陛下今日已经亲口允诺，春猎后就放我爹回大同。"

"当真？"

"鬼知道。"封野眯起了眼睛，"如今京察已经过去，陛下又迟迟没有下旨削减军备，我爹更不可能节外生枝了。"

“他们煞费苦心，怎么可能就这么放殿下回大同。”燕思空摇着头，心里一百个不相信。

“我也是这么跟我爹说的，但我爹极为固执，我猜他心中未必没数，只是不愿做那乱臣贼子。”

“就连老师都起意了，殿下却……”燕思空重重地叹了口气，充满了无力，“那你呢？你如何想？”

封野顿道：“就算我偷得兵符，也只能调用两千兵马。你我都熟悉山海猎场的地势，要想绕过赵傅义的卫戍军，只能从山的西南麓攀上偷袭大营的后方，但这样一来，我们既没有马，也带不了重甲器具。”

“我们不需要跟赵傅义的大军硬碰硬，只要火速冲入大营，杀了皇帝的贴身禁卫，将其软禁，则大事可成。”

封野微微颔首，却不答话，皱眉沉思着什么。

沉默片刻，燕思空道：“你也犹豫了，是吗？”

封野握了握拳头，“若我如此做，无论成与不成，我爹都不会原谅我。”

“是，但却可以真正保住封家。”

封野看着燕思空，眼神闪烁着。

燕思空抓住了封野的胳膊，急道：“封野，当初殿下决意回京，已经失去了一次机会，此次春猎若不起事，则失去了第二次机会，从今往后，封家就要任人搓圆搓扁，再无力反抗了啊！”

“或许……事情没有你想得这般糟。”封野抿了抿唇，神色极为挣扎，“我爹与我彻夜长谈，他认为瓦剌一天不死，陛下还是会倚重他，只要裁军几万，此事就能平息。”

“可瓦剌如今已是半死不活，恐怕十年内都无力再扰边境，难道陛下这一系列的作为还不能让你们清醒吗？兔死狗烹、鸟尽弓藏，多少前车之鉴啊封野！”说到最后，燕思空已是在吼。

“我……”封野也低吼道，“我娘早早不在了，大哥也已经死了，我爹只有我了，若我再如此大逆不道，他……”

燕思空看着封野那甚至已有几分扭曲的面容，心中凉透了。他知道封剑平迈不过“忠”字一道坎，而封野迈不过“孝”，封家父子虽然性格迥异，但在大是大非上，到底是父子。毕竟先偷兵符、后窃皇位，这是何等滔天的大罪，即便是他这般有反骨之人，若把封剑平换成元卯，他也不知道自己能不能做到。

他又如何能说封野怯懦。

他失落地松开了手，低声说：“走错了，封野，从殿下回京的那一刻，这一步就走错了。”

封野抹了一把脸，艰涩说道：“走过的路，遑论对错。”

燕思空难过地闭上了眼睛，心中快要被翻涌的绝望淹没了。其实他早料到会如此，若封剑平不同意，赵傅义那关他们就过不去，颜子廉也跟着犹豫了，毕竟此事风险太大。

他也希望只是自己过虑了，也许是他复仇之心在作祟，因而故意将事态想得严重，以用来说服封野、说服自己，可他考虑的，绝不仅仅是报仇，比起报仇，他更加担忧封家。

可惜一切都是徒劳。

又或许是因为早已有了准备，他很快就平静了下来，就如第一次他不能阻止封剑平回京，这一次，他亦是他无能为力，而他能做到的，就是无论这盘棋已经走成了什么样，他都要努力走好下一步，毕竟就像封野说的——走过的路，遑论对错。

封野忍不住握住燕思空的肩膀：“别担心，我封家没你想的那么脆弱，我爹也一定有自己的考量。”

燕思空点了点头。

“那阉狗也不会再嚣张多久了，我爹已经恨极了他，待我爹回到大同，就以兵权谏诤，弹劾谢忠仁。”

燕思空轻声说：“封野，你以为我是担心错过报仇的机会吗？比起报仇，我更希望封家平安。”

这十几年来，为了复仇，他连生死也能置之度外，他曾以为这世上不会有什么比复仇更重要，若当真有，就是眼前这个人的安危。

封野侧过脸，注视着燕思空："我知道，我明白。"

他多希望这一刻时光凝结，他们能相望至山海的尽头。

在一个春雨沥沥、寒意未散的清晨，山海猎场迎来了皇家春猎。

春猎通常是一年一度，但前两年灾乱、战祸不断，国库吃紧，不宜将银钱挥霍于此。如今削藩已有所成，瓦剌亦被重挫，大有国运亨通之象，举办一次春猎，不仅算作庆典，也能一扬陈氏皇朝尚武的优良传统。

这次的春猎，重头戏在几位皇子身上。

封野回京的那年，陈霂才十一二岁，其他皇子更是年幼，骑马都困难，如今不仅陈霂业已长大，二皇子和三皇子也是少年初长成，都争相要在春猎上表现一番。

由于春猎首日一直在下雨，昭武帝便将围猎推后了一日，先找来戏班，唱一出《草船借箭》助兴，看着那些戏子在细雨中走起十字花，摆灯布阵，大声喝唱，确实唱出了几分杀气。

依照陈霂的吩咐，燕思空就坐在陈霂身后，所以他其实就在昭武帝的侧下方，离得非常近。他暗中观察，发现平日最喜欢热闹的昭武帝，今日对这出戏的反应却十分平淡，并非那戏唱得不好，这可是京城最有名的戏班，只是他显得心不在焉。

"先生。"陈霂回头唤了燕思空一声。

燕思空在蒲垫上跪行了几步，来到陈霂身边："殿下。"

"这戏唱得好不好？"

"好，这是臣听过的最好的《草船借箭》。"

"哦，我没大听过戏，我见父皇好像不怎么喜欢，还以为他们唱得不好呢。"

连陈霂也发现了……

燕思空偷瞄了昭武帝一眼："陛下可能是有心事吧。"

陈霂压低声音道："我发现封野总朝这边看。"

燕思空朝封野看去，封野却不与他对视，他笑道："臣跟在殿下身边，谅他也不敢怎么样，只能看看了。”

“当然，他还敢当着我的面儿挑衅先生不成。”陈霂道，“这戏真没意思，唱得好我也不喜欢，真想去打猎。”

“殿下少安毋躁，今儿这个天，是不大好打猎了。”

陈霂撇了撇嘴，又冷冷道：“那个女人，都快跟皇后平起平坐了。”

燕思空知道他口中的“那个女人”，指的是文贵妃，此时正与沈皇后一左一右地服侍皇帝，妃子再得宠，也终究是妃，按礼数不能与皇后同坐，但沈皇后性格与世无争，昭武帝又纵容，才有了这一幕。

当然，陈霂最在意的，并非文贵妃坐在那儿，而是因为文贵妃坐在那儿，所以二皇子便坐在她侧下方，众目睽睽之下，他的位置几乎与自己的太子位齐平。

陈霂自然是敢怒不敢言。

燕思空小声安抚道：“殿下不必放在心上，皇位只有一个，无人能与之平起平坐。”

陈霂的眼中燃烧着熊熊的野心，他看了燕思空一眼，笑道：“先生总能一语正中我心，怕是天下最知我的人了。”

燕思空也笑道：“臣受宠若惊。”

“今晚先生与我一同回营帐吧。”

“这可不妥。”燕思空忙道，“臣不可僭越。”

“有何不妥，这儿又不是皇宫，先生为我讲学多年，我一直想与先生秉烛夜谈，让先生带我神交于古圣先贤。”

燕思空再次推拒，但陈霂还是坚持，他无奈道：“那臣就恭敬不如从命了。”

陈霂高兴地说：“如此，谁也别想找先生的麻烦。”

夜幕垂落，猎场内散布着百十个营帐，一个个都掌起了灯火，太子的营帐离皇帝的大帐很近。皇帐最大且居中，从帐幕内透出的火光也最是明亮，呈众星捧月之势，与此时夜空的星月相映成趣。

太子帐内，已经用过了晚膳的陈霂和燕思空，正在欣赏陈霂的弓。

“这把弓是上好的紫衫木雕成，弓弦由桐油浸泡虎筋九九八十一天而成，据说韧度可以拉动一辆车。”陈霂用手抚摩着弓身，一脸的喜爱。

燕思空赞叹道：“真是一把好弓，不知出自哪位大师之手？”

“淮南王氏，其祖上便以制弓箭而闻名天下。”

“就是那个传说中造出龙舌弓的王氏？”

陈霂笑道：“正是，当年吕布辕门射戟，用的就是王氏祖辈做的弓。”

燕思空颇有几分感慨：“吕布一身好武艺，龙舌弓、方天画戟，样样都乃神器，可惜了他。”

“可惜了他是个三姓家奴。”陈霂调侃道。

燕思空笑了笑：“殿下觉得吕布的结局，是谁之过？”

“这等不忠不义之辈，当然是他咎由自取。”

“臣却不这么看。”

“哦？”陈霂咧嘴一笑，“先生又要给我讲道理了。”

“臣觉得，吕布就像这把弓，弓是顶顶好的弓，若是握在能驾驭它的人手中，就能横扫千军，否则就会被反噬，丁原、董卓，都不是那驭弓之人。”

“可吕布品行不好，这样的人，难堪大用。”

“这就要看怎么用了，朝廷选贤任能，都要求忠孝两全，德才兼备，可有几个人能样样尽如人意。臣以为，殿下以后用人，不要求完人，要求能人，倘若一个人有救世济民的大才，又何必在乎他没有小德。”

陈霂思索道：“先生这番说辞，却与先贤的教诲有出入，一个人没有小德，又怎会有兼济天下的大德呢？一个人若不孝父母，又怎会对朝廷尽忠呢？”

“读书是为了取其精华，去其糟粕，臣读书万卷，汇先秦诸子百家之学思，逐渐明白一个道理，那就是天下之大，没有任何一个道理是能够放之四海而皆准，都要因人而异，因地制宜。”

“可自秦皇汉武以来，便独尊孔孟，先生说的诸子百家……”陈霂犹豫地压低了声音，“听说都是些邪门歪道。”

“秦皇汉武是要用孔孟之道统御百官万民，倘若百姓有了太多想法，这天下就不安定。”燕思空微笑道，“可殿下未来就是那统御之人，又怎么能受一派之学思束缚呢。”

陈霂怔了半晌，道：“先生教了我好几年的孔孟，为何现如今才与我说这番话？”

“因为殿下过去太年幼，现在殿下终于长大了。”燕思空目露精光，“熟读孔孟，是为了让殿下了解底下的臣民，以期更好地驾驭他们，臣今后要教殿下的，将是真正的帝王之术。”

陈霂深吸了一口气，将手中的弓递给了燕思空：“先生会让我成为能驭弓之人。”

燕思空拍了拍陈霂持弓的手：“天下良弓，有长有短，有轻有重，各有所利，臣要教殿下如何扬长避短地用好每一把弓！”

两人的目光在空气中碰撞，都窥见了彼此眼中那名为野心的旺盛火焰。

陈霂将弓放回架上，拉着燕思空来到卧榻前：“先生，请坐。”

两人坐在了矮桌前。

陈霂亲自给燕思空斟了一杯酒，他举起杯，正色道：“我能遇上先生，是今生之幸事，未来，也定是万民之幸事。”

燕思空也举起杯：“臣不敢当，辅佐殿下，是臣的使命。”

两人一碰杯，利落地痛饮而下。

燕思空看着陈霂转过脖子，一张小脸被辣得皱成一团却不愿意被他瞅见的模样，不禁脸上含笑。

陈霂放下杯子，故作镇定地说：“先生不妨现在就给我讲讲吧，讲什么都好，讲新鲜有趣的，我最爱听先生讲学了。”

“殿下如此好学，臣真是欣慰。”

两人聊起了天，此处不比东宫，可以不用太过拘谨，他们谈笑风生，到了深夜都毫无倦意。

还是燕思空提醒陈霂道：“殿下明日一早还要去围猎，不宜晚睡，早点就寝吧。”

“也是。”陈霂往后蹭了蹭，退到卧榻的里侧，朝燕思空伸出手，“先生来，来我旁边。”

“这……”

“先生不是答应与我秉烛夜谈了吗。”

“我们不是谈完了吗？”

“我还没尽兴呢。”陈霂笑道，“我现在可毫无倦意，但说不定聊上一会儿，就睡着了。”

燕思空调侃道：“殿下已经长大，指不定哪天陛下就赐婚了，殿下若是着急，可在东宫中选个俊秀的……”

“先生！”陈霂羞恼道，“你胡说什么呢，我没想女人。”

燕思空笑道：“殿下别恼，就是想也是理所当然的，何不先纳个侍妾？”

“那些宫女都蠢笨得很，我才不要。”陈霂嘟囔，“她们若有先生一半聪明……不，有先生一根脚趾的聪明，我说不定会有兴趣同她们谈笑。”

燕思空低低笑了起来：“臣倒觉得，太聪明的女人让人头疼，依臣看，不是不够聪明，是不够貌美吧。”

陈霂轻哼一声，而后沉默了半晌，再然后，就转过了身，面冲着燕思空：“不错，她们也没有先生一根脚趾好看，我说了，先生是我见过的最好看的人。”

燕思空微微偏过头，看到陈霂在盯着他，便笑道：“臣好不好看，有什么紧要。”

“当然有。”陈霂的声音变得有些怯怯的，“先生就是我心目中的完人。”

“臣不但不是完人，还是一个满身缺点的人。”燕思空淡道，“殿下不可以貌取人啊。”

“我可没有以貌取人，我知先生，就像先生知我。”陈霂抓着燕思空的手，“他们都说先生是祖上积德，才能成为驸马，可我却觉得皇姐能嫁给先生，才是三生有幸。”

“嘘，这话殿下可不能再说了。”

天刚蒙蒙亮，参与春猎的皇子皇亲，就已经在自己帐前整装完毕，他们各自带着马匹、弓弩、侍卫和猎犬，争相要在春猎上出一回风头。

此时正值大地回暖，万物复苏，不少猫冬的动物都会出来觅食，但始终不如夏秋那般丰盛，所以要找到猎物，并非易事，各家要全凭本事了。

燕思空换了一身量体裁制的白色云纹骑装，比起平日袍宽袖广的朝服，这一利落的装束将他衬托得更加身姿挺拔、俊逸不凡。

陈霂看着燕思空，眉目含笑：“这还是第一次见先生着骑装，比往常还要潇洒几分。”

燕思空笑道：“我也好久没骑马了，这身衣服一穿上，也忍不住想要纵驰八百里啊。”

“哈哈哈，那这皇家猎苑都不够先生跑的。”

“若能助殿下觅得好猎物，臣就是跑遍整个猎场也在所不辞。”

陈霂抿唇一笑，亲自给燕思空挑了一匹好马：“先生就骑这一匹吧，我可不用一个书生为我去寻猎物，你在我左右即可。”

“得令。”

陈霂吩咐侍卫道：“进了猎场，箭矢不长眼，马儿也容易因猎物而惊乱，你们要好好保护先生。”

“是！”

陈霂率先翻身上了马，燕思空也踩蹬翻上马背，还故意显出一丝笨拙。

迎着晨间的凉风和初升的太阳，陈霂远眺一望无际的树林，眸中闪着志在必得的傲然，仿佛那就是他将要征伐的天下。

不出意外的话，此次春猎，陈霂应该独占鳌头，他贵为太子，其他人不会不识相地去跟他争抢这个在皇帝面前表现的机会，不过那面还有个对皇位虎视眈眈的二皇子，说不准就会在春猎上较劲儿，所以陈霂定然要全力以赴。

他一夹马腹，发出清亮而英气的喝声：“出发——”马儿箭一般蹿了出去。

众人紧随其后，朝着猎场奔去。

很快，侧方也跑来一队人马，正是封野带着家仆。封野遥遥向燕思空看来，燕思空还未做出反应，陈霂已经冷冷瞥了封野一眼，然后放慢了速度，逐渐退到燕思空身边，让两匹马儿并骑，陈霂的马比燕思空的马高壮上一些，竟将他完全挡住了。

进入猎场后，各队人马分散进了广袤的林子里，寻找自己的猎物。

燕思空混在队伍中，倒也派不上什么用场，就适时地拍上几句马屁，哄陈霂高兴就够了。

他们很快发现了一只羊，侍卫带着猎犬从侧方收缩包围，陈霂一骑当先追向那只羊，他快速挥动着马鞭，高喊着："驾——"

那羊被赶得慌不择路，在树林中胡乱逃窜，陈霂双腿夹紧了马腹，从背后拿过了弓，抽出一支箭搭在弦上，缓缓地拉开了。

那只羊又绕了个圈，拐向了南边，陈霂只得收了弓，拉着缰绳掉转马头，由于拐得太猛，看起来似乎要掉下马去。

"殿下小心啊。"侍卫担忧地喊道。

陈霂却充耳不闻，一心去追赶那只羊，待到林木稀少，视野稍微开阔的地方，他快速拉弓搭箭，少年劲瘦的身板爆发出了令人惊讶的力量，不过一刹那，箭矢离弦而去，如一道银光，飞向了奔跑的羊。

只听"咚"的一声闷响，那只羊在疾跑中狠狠栽倒在地，在地上滑出了几丈远，四蹄乱颤，还在挣扎。

陈霂放慢了速度，马儿踱着小步走到了那只歪栽在地的猎物前，居高临下地看着，面上没有一丝表情。

侍卫连忙道："恭喜殿下，殿下定是诸位皇子中第一位猎得猎物的，这羊少说有一百来斤！"

陈霂道："它怀孕了。"口气似乎带着一丝悲悯。

众人面面相觑，燕思空静静地观察着陈霂，他有些好奇，这个少年会怎么做。

陈霂顿了片刻，突然抬起弓，一箭射穿了母羊的脑袋：“将它腹中乳羊单独刨出来，献给皇后娘娘做羊羹。”

“是。”

燕思空微眯起了眼睛。

自猎到那头羊后，他们寻觅了一早上，也只抓到了一只兔子，实在令人有些懊恼，眼看就要正午，他们要返回营地用膳，自然要跟其他人比较一下早上的战绩，光是一只羊一只兔子，可不算个好的开场。

陈霂有些不耐烦了：“再去找，给我找一只块头大的。”

“是。”侍卫带着猎犬往四方寻去。

燕思空安抚道：“殿下不必心急，这冬雪刚化，出来活动的猎物本就不多，咱们若找不到，其他人也一样。”

陈霂点点头：“若实在寻不到就算了。”

等了半晌，一名侍卫带着猎犬回来了，老远就吆喝道：“殿下，小的发现一头鹿！”

陈霂眼前一亮，策马跟了过去。

猎犬一路带着他们跑进林木深处，果然，在那刚刚冒出新绿的树林间，发现了一头漂亮的梅花鹿，还是一头体态矫健的雄鹿，正警惕地左顾右盼。

陈霂放慢了速度。这一头正值壮年的雄鹿，极其灵活敏捷，是非常难以猎到的，此时距离尚远，若惊扰了它，定是一溜烟就跑没影了，侍卫先带着猎犬分散开来，从两面包抄，防止它跑出弓箭的射程，陈霂则小心翼翼地靠近。

那头鹿发现了他们，扭头就跑，它一起一伏地跳跃，速度极快，且非常优美。

陈霂策动马儿狂追，并大声指挥：“东、西两面都守住了，别让它跑了！”

一时间，吆喝声、马蹄声、狗叫声连成一片，那刚从寒冬中苏醒、尚显萎靡的树林，瞬间生动热闹了起来。

陈霂身边所有的侍卫都去包抄雄鹿了，只有燕思空紧紧跟着陈霂，他有些担心陈霂这么求胜心切，会从马上摔下去。

“驾——驾——”陈霂紧追着雄鹿在林中奔跑，速度快得令人眼花。

燕思空在后面叫道：“殿下，小心安全啊！殿下！”

就在陈霂已经拉近了跟雄鹿的距离时，远处突然传来一阵杂乱的马蹄声，燕思空扭过头，原来是另一队人从东南面横插了进来，目标也是那头雄鹿，他定睛一看，为首的正是二皇子！

陈霂也发现了二皇子，目光一冷，更加奋力地追向雄鹿。

二皇子仅比陈霂小一岁多，个头儿也快要与陈霂齐平了，自然不甘示弱，不仅追了上来，还挽起了弓，想要先一步抢下那头雄鹿。

陈霂咬起牙，也腿夹马腹，想要拉弓射箭，可他眼前林木丛丛，视野远不如二皇子开阔，那雄鹿速度快得已经将要重影，别说他一定射不中，就算二皇子也不太可能射中。

“殿下，太危险了！”燕思空急叫道。陈霂这般冒险，很可能从快马上摔下去！

陈霂却是充耳不闻，显然不能忍受二皇子在自己眼皮子底下逐得雄鹿。他到底年少，在狂奔的马上保持身形已是艰难，拉弓时身体直晃，看上去非常危险。

燕思空手中马鞭甩得啪啪响，奈何始终追不上陈霂的马。

只见二皇子拉弓指向了雄鹿，可箭矢却分明朝着陈霂马头前方射了过去！

陈霂一惊，不得已扔下弓，一把拽住缰绳，狠狠勒住。

马儿顿时受惊，前蹄弹地而起，马身几乎直立起来，陈霂再也坚持不住，缰绳脱手而出，人从马上掉了下来。

情急之下，燕思空也顾不得许多，飞身跃起，扑向了陈霂，将他紧紧抱在怀中，尤其护住了头，两人双双滚落地上，直至燕思空的背部撞上了树干，才被迫停下。

燕思空只觉浑身剧痛，眼前发黑，杂乱的画面在脑中奔腾而过，他在半昏迷间挣扎着。

陈霂被燕思空护在怀里，只受了点皮外伤，马上就爬了起来，他看着燕思空额上涌出鲜血，怒吼道：“陈椿你大胆，你想行刺太子吗！”

二皇子陈椿坐在马上，冷冷地看着陈霂，脸上没有一丝惧意，不咸不淡地说道：“皇兄息怒，弟弟只是想射鹿，绝不敢冒犯皇兄。”

“你、你浑蛋！”陈霂大吼，“来人，来人啊！”他浑身发抖，半是气恨，半是羞辱，他身为堂堂太子，却被欺压至此！

侍卫们从四面冲了过来。

“快抬架子来！”陈霂抱着燕思空，眼圈泛泪，“先生，先生，你没事吧？”

燕思空虚弱地睁开眼睛，轻声道：“臣，无碍……殿下呢？”

陈霂摇头，哽咽道：“都是我的错，我急功近利，还连累先生受伤。”

“殿下不必……自责，臣没事……”燕思空按照疼痛的部位，稍微自诊了一下，大约肋骨是断了，脑袋怕也破了，不过手脚都还有知觉，应该是没有大碍，只是实在疼得厉害，心里恨极了陈椿。倘若陈霂有个好歹，他所做的一切都可能功亏一篑。

这时，一阵马蹄声由远及近地响起，燕思空在模糊地视线中，认出了封野常骑的那匹马，不是醉红，而是一匹黑马，也是一匹不可多得的上上良驹。

封野行到近前，看着一身脏污狼狈、虚弱地躺在地上的燕思空，眼睛几乎要瞪出血来，翻身就要下马。

燕思空却朝他摇了摇头，倘若封野这时候露出破绽，他们就完了。

封野硬生生顿住，用力紧握着缰绳。

陈霂抬头看了封野一眼，迁怒道：“封野，你见了本殿，为何不下马？”

封野用力压制着自己的情绪，以防被人听出波动，淡道：“这头鹿害得殿下险些受伤，实在该死，臣猎了它来，献给殿下，由殿下发落。”他稳坐马上，口气虽平淡，态度却十分倨傲，根本没有下马的意思。

陈霂愣了愣，往封野身后看去，封府的侍卫赫然拖着那头重逾三四百斤的雄鹿。在这样复杂的树林，猎得一头四处逃窜的壮年雄鹿，是何等的困难，封野却说得像是在围栏里抓了一只鸡那般轻易。

陈霂咬紧了牙关：“本殿再不济，也不屑拿别人的猎物邀功！”他的嘴唇被生生咬出血来，可他却丝毫不觉得痛，比起他所遭受的屈辱，疼痛算得了什么？陈椿、封野，一个个都不将他放在眼里，一个个都伤害燕思空！

侍卫将拖羊的架子改装了一下，铺上干净的雨布抬了过来：“殿下，把燕大人放上来吧。”

陈霂轻柔地说：“先生，你忍一忍，我马上送你回去找御医。”

燕思空点点头。

侍卫将架子抬了起来，陈霂用袖子擦拭着燕思空脸上的血迹，红着眼圈说：“先生，我们现在就回去，你哪里疼就告诉我。”

第二十五章 封家谋反？

燕思空被抬回了陈霂的营帐，陈霂传来太医，诊断一番，幸而伤势并不重，燕思空落地时已尽量护住陈霂和自己的要害，头上的血迹实际是擦伤，肋骨大约是有一节撞裂了，其余均是皮外伤。

其实疼痛渐缓之后，燕思空令气血游走经脉，也发现自己并无大碍，但他还是要装出虚弱的模样，其实心中在担忧自己当时飞扑而上，恐怕被人瞧出自己会功夫。

陈霂又是自责又是难过，想起陈椿，更是气得浑身发抖。

燕思空便耐心安抚他："殿下，小不忍则乱大谋，当时多人在场，肯定早已传到陛下耳中了，待会儿陛下传唤你，你要稳重，不可自乱阵脚。"

陈霂咬牙切齿："父皇肯定会偏袒他的，他好大的胆子……他真的想杀了我吗？"他并未从刚才的惊乱中完全回过神来，尽管他知道陈椿觊觎太子之位，但他们毕竟是亲兄弟，陈椿射出的那一箭，他是始料未及的。

燕思空握住陈霂的手："殿下现在不必思索这个问题，无论他是有心还是无意，他都差点害得殿下受伤，这个罪责他逃不掉，你在陛下面前，切不可表现出憎恨与愤怒，要惊讶，要委屈，要痛心疾首，不要让陛下觉得你在拿此事胁迫他，他当着群臣的面儿，自然会给你一个公道。"

陈霂深吸了一口气，身体依然克制不住地颤抖，目光十分阴冷："好。"

燕思空心想，到时候封野肯定会为陈霂做证，封剑平和颜子廉也不会错过这个机会，定然要引导群臣施压，昭武帝心里定然不痛快，只希望他尽量不要迁怒陈霂。

此次的事件，也可看出平日文贵妃是如何教导陈椿的，恐怕在陈椿心中，当年那个闯入后宫行刺他的人，就是他的皇兄派去的。只是谁都没有料到，他居然这么胆大妄为，这是被昭武帝宠得不知轻重了。

燕思空把御医留下来的药水给陈霂抹了些在脸上、脖子上、手上，令他看起来伤势重一些，并反复叮嘱他要克制情绪。

果不其然，很快，于吉亲自来到太子营帐，说陛下传唤。

陈霂看了燕思空一眼，燕思空回以坚定的眼神，陈霂点了点头，起身离去。

燕思空长嘘了一口气，放松地躺在榻上。

不一会儿，小内监端着汤药走进来，谄媚道："燕大人真是神勇无比，忠心耿耿，护着殿下从马上摔下，仅是受了轻伤，实是不幸中的大幸啊。"

燕思空淡笑："我抱着的可是真龙之子，什么山神啊、土地啊，自然要给几分面子。"

"燕大人所言极是。"

喝了带有安神作用的汤药，燕思空不知不觉便睡着了。

一觉醒来，天已经全黑了，燕思空模模糊糊地看见床头坐着一个人，他神智尚未清醒，张嘴说了句什么。

"先生？先生你醒了。"陈霂俯身来查看他，"你说什么？"

燕思空顿时醒了过来，他勉强睁开眼睛，陈霂稚气未脱的俊脸近在咫尺，他惊出一身冷汗：“殿、殿下。”

“你好些了吗？可还疼？”陈霂关切地问道。

“好多了。”燕思空问道，“殿下几时回来的，怎么不叫醒臣？”

“你受了伤，自然要多休息。”陈霂给他掖了掖被角，“晚上还有些寒凉，你觉得冷吗？”

“臣没事。”燕思空急道，“陛下那边……如何了？”

闻言，陈霂的脸瞬间沉了下去，双目灰败，毫无神采，显然是失望至极。

“难道，他还一味偏袒二皇子？”

陈霂面上闪过一丝狰狞：“他表面上责骂陈椿，实际上处处回护，陈椿又咬死了是无心之过，最后只是罚了今年的岁礼，面壁三日。”陈霂恨道：“区区小惩，怎抵得过先生受的伤。”

燕思空叹了口气，心中也预料到这样的结果，他只能宽慰道：“至少陛下还是惩处了二皇子，给了你一个交代，至于臣受的这点伤，实在无足挂齿。”

“他可是要行刺太子！”陈霂低吼道，“他朝我射箭！换作他人，就是死罪！”

燕思空拍着陈霂的手，语重心长道：“是，可他不是‘他人’。他的母妃是陛下的宠妃，他是陛下最宠爱的皇子，殿下应该明白这些。”

“我明白，我早已明白……”陈霂的脸冷若冰霜，“无论我如何聪颖好学，他都不会让我参与处理政务，无论我怎样卖力地让自己样样比其他皇子出色，他都不会正眼瞧我，就因为我是宫女的儿子，他多年来对我母子不闻不问，现在处心积虑地想将我废掉，甚至不惜逼死我的母妃，将这大好江山交给那个娇纵无能的陈椿！”他说完，满腹的恨意如泄洪一般喷薄而出，那扭曲的、阴狠的声线根本不似一个少年能发出来的。

陈霂狰狞的神情令燕思空怔了一怔，他心中百感交集，因为他在陈霂脸上看到了十几年前的自己，他知道这恨意会让人变得更加强大，但同时，也会煎熬、折磨怀揣着它的人。

燕思空只得安抚陈霂要沉住气，同样的话他已经说过了无数次，陈霂大约也听腻了，转而安慰他，将他按回榻上，让他好好休养。

燕思空道："外面似乎有舞乐声？"

"嗯，父皇在举办晚宴。"陈霂冷笑一声。

"今日谁猎得最多？"问完燕思空就后悔了，因为他马上想起来，除了封野怕是没别人了，陈霂现在对封野颇有敌意。

"……封野。"陈霂眯起眼睛，"他今天竟提出要将鹿赠予我，岂不是有意羞辱我？"

"殿下误会了，封家可是支持殿下的。"

"先生不必为他申辩，他见了我，竟安坐马上，如此傲慢。"陈霂冷哼一声，"他封家拥立的是皇长子，是传统，是祖制，不是我这个人。无论是陈椿，还是他封野，都压根儿瞧不起我。"

燕思空心里有些担忧，未来倘若陈霂登基，他与封家的关系应以和为贵，否则朝廷定无宁日，幸好陈霂尚年少，且很听他的话，他正色道："殿下切不可这样想。封野从小生长在军营，不循礼教，野性难驯，加之年少有为，性格便是如此狂傲的，绝非针对殿下。殿下想想，封将军可曾对殿下有过一丝一毫的不敬？"

陈霂想了想："不曾。"

"这就是了，等封野再年长几分，他自己会慢慢知道轻重，即便他不知道，殿下还记得前日臣与殿下谈过的吕布吗？"

陈霂似乎明白燕思空要说什么了。

"殿下要做那驭弓之人、执剑之人、驾车之人，封野是天生的将才，殿下若是用得好，就是殿下的本事，怎可和一介武夫置气呢？"

陈霂点了点头："先生说得有道理。"

燕思空笑了笑："他日殿下登基，会碰到比封野刁钻十倍的各色人等，殿下要驾驭着他们，掌舵天下。"

陈霂勾唇一笑："那时，我要实现富国强民、威服四海的大业。"

"臣万死不辞。"

帐外依旧是舞乐升平，哪怕看不见，也能想象此时宴上酌金馔玉的热闹场面，而这热闹，似乎跟太子营帐毫无关系。

十五年来，陈霂已经习惯了被冷落，虽然，他越来越不甘于这样的冷落。

两人就伴着那舞乐，畅聊了半宿。燕思空能感觉到，陈霂对他的依赖和信任已经超越了这世上任何人，尤其在惠妃死后，陈霂将他当成了最重要的人。

燕思空感到满意的同时，隐隐也有些担忧，倘若最后陈霂不能当上皇帝，那么将来无论是谁称帝，他都要被毫不留情地扫到边缘。

不过，他需要担心的事太多，暂时便不作深想了。

明日是春猎的最后一日，陈霂想着要竭尽全力打下更多猎物，而燕思空眼见着封家夺权的唯一机会就要丧失，未来不知要面对多少凶险，只剩下满满的痛心和焦虑。

一觉醒来，已近晌午，燕思空仍觉得后背疼痛，但比之昨天已经好了不少，他在营帐中待得实在闷，便撑起身子，蹒跚地走了出去。

东宫的小内监一见他出来，吓坏了，忙过来扶他："哎呀燕大人，可怎么起来了，您的伤还没好呀。"

"不碍事了，出来透透气。"

"您可别吓唬奴才了，殿下要您好生歇着，您要是有个闪失，奴才担待不起啊。"他忙搬过来一张椅子，扶燕思空坐下。

"没事，我就动一动，待会儿用午膳我就回去。"燕思空老远见着一个内监端着个木盆从封剑平的营帐里走了出来，边走边瞥头、皱鼻子，显然是盆里的东西味道不好闻。

小内监顺着他的目光看去，道："靖远王殿下昨夜喝多了。"

"看来是喝了不少。"

"是呀，陛下说要给靖远王饯行，不少人敬酒呢，醉到这时候恐怕是刚醒。"

“那……世子呢？”

“世子到底是年轻，昨夜也喝得烂醉，但今儿一早还是去打猎了。”

燕思空点点头：“希望殿下今日满载而归。”

燕思空晒着春日的暖阳，看着远处无边无际的山林，偶有微风拂过，林木整齐划一地晃动，似是冥冥之中有一只手在操控着它们。

这本是十分平静的画面，可当林中突然惊起一阵飞鸟时，他的心跟着咯噔了一下，阵阵发毛。他说不上那是什么感觉，仿佛那静谧的树林中藏着什么洪水猛兽，封野、陈霂都在其中狩猎，可又好像都是入瓮之鳖，是别人的猎物……

他顿时感到不舒服起来，甚至不愿意再去看那片山林，他沉声道：“扶我进去吧。”

“燕大人定是饿了吧，奴才这就给您准备午膳，吃完饭，才好喝药。”

燕思空回到营帐中，内监很快就端来了丰盛的饭菜，他沉默地吃着，心头那股强烈的不安却是挥之不去，佳肴入口，味同嚼蜡。

吃到一半，只听得营帐外传来一阵嘈杂声，接着是哨声，他心脏一沉，扔下筷子就冲出了营帐，哪怕牵动了伤口疼得他面色煞白，也没有令他缓下步伐。

只见好几支队伍将皇帐里三层外三层地护卫了起来，祝兰亭正在大吼着步兵摆阵，另有一支队伍快速整编完毕，策马向着猎场奔去。

燕思空一把抓住小内监：“发生什么事了？”

小内监也一脸惊慌和茫然：“奴才不知啊。”

整个营地都乱了起来，不少人跑出账外，懵懂地左顾右盼。

混乱之中，燕思空听得祝兰亭在喊着“护驾”。

护驾？护什么驾？

燕思空浑身发冷，他实在推测不出究竟怎么了，但他直觉出大事了，而且是坏事，大大的坏事。

燕思空不顾内监的阻拦，朝皇帐走去，想亲自询问祝兰亭。

可还未近皇帐，就被侍卫的一排长矛挡住了：“任何人都不得靠近圣驾！”

“我要见祝统领。”燕思空大声道。

侍卫冷硬地回道：“任何人都不得靠近圣驾！”

“究竟发生什么事了！”

“燕大人，燕大人。”小内监惊恐地拽了拽燕思空的袖子，朝他身后指了指。

燕思空回过身去，就见一队人马，已经将封剑平的营帐团团围住了！

燕思空浑身的血液仿佛瞬间被抽空，他止不住地颤抖起来。

那些侍卫的长矛，不似护卫皇帐一般对外，而是对内的！

他心中只有一个念头——完了。无论发生了什么，昭武帝已经动手了，就在此刻，就在现在，对封剑平，对封家，动手了！

他只觉天旋地转，要紧紧抓着小内监细瘦的胳膊，才能稳住身形。

“燕、燕大人，您没事儿吧？”

燕思空瞪圆了双目：“去打听打听，发生什么事了。”

“呃……”

“快去！”燕思空厉吼道。

小内监吓得一激灵，转身就跑了。

燕思空脑中纷乱不堪，但狠掐了自己一把，强迫自己镇静下来，然后忍着剧痛去找颜子廉。

可走出去没多远，他就被侍卫拦下了，说皇上有旨，所有人都回营帐，不得随意走动。

燕思空急道：“发生什么事了？”

“燕大人，您先回……”

燕思空一把揪住了那侍卫的胸甲，凶神恶煞地低吼：“发生什么事了！”

侍卫吓得僵了一僵：“封家军……谋反，意图闯入猎苑行刺陛下。”

燕思空如遭雷击，他双腿一软，径直跪坐在了地上。

“来人，将燕大人送回营帐。”

封家军……谋反……

封剑平人尚在大营内，封野更不可能背着他们莽撞行动，封家军怎么可能谋反？

区区两千人，怎么敢明目张胆地谋反？

唯一的可能就是——他们被陷害了！

燕思空马上想起小内监说的话，昨夜封家父子被灌得烂醉。

之前他与封野商议逼宫，封野曾说过，封剑平的兵符向来随身携带，就藏在腰带扣内，他要偷来并不难。

若有人偷了封剑平的兵符，去调集那两千封家军闯入山海猎场，岂不是百口莫辩！

燕思空心下一片发寒，他知道昭武帝和谢忠仁先下手为强了，他没想到他最担心的，竟会如此迅猛地发生。不，他早该有所警惕，昭武帝又怎会放虎归山！

燕思空只觉汗毛倒竖，彻骨的寒意和无边的恐惧顷刻间将他淹没。上一次他如此害怕，还是在元卯的行刑台前。

怎么办？封家怎么办？封野怎么办？他们想要封野的命啊！

燕思空咬紧牙关，一双眼眸几乎要瞪出血来，无论发生什么事，哪怕拼尽性命和他多年布局的所有，他都不会让封野死，他已经失去了所有他在乎的人，他绝不会让谢忠仁再夺走封野！

焦心地等待，终于等来了陈霂返回营地。

只见他神色凝重，目光游离，许是跑得太急，发髻都有些散乱，一见燕思空，便颤声叫道："先生，大事不好了！"

燕思空沉声道："他们说……封家军谋反？"

"我们正在狩猎，封家军不知从哪儿窜了出来，想要横穿山林，攻向营地。"陈霂慌乱地说，"但他们很快就被赵将军截住了……"

燕思空本想询问事态，可他却忍不住，率先追问道："世子如何了？"

陈霂双眉紧蹙："封家军遭到卫戍军的围剿，被打得七零八落，死的死，擒的擒，至于封野，也被押解回大营了……"

燕思空只觉眼前一黑，面上无一丝血色："他……被擒了……"他尚且抱有一丝希望，封野可以趁乱逃脱，可内心深处，他也知道不可能，且不说封野能不能于大军中脱身，即便真有这个通天本领，封剑平还在大营，封野只能束手就擒。

“先生，封家真的要谋反吗？”

“不可能！”燕思空厉声道，“封剑平人尚在大营之内，如何谋反？哪有这般自寻死路的谋反？”

“我也觉得此事蹊跷，可那封家军为何会出现在山海猎场，他们不是应该驻扎在城外吗？”

“他们一定是被陷害的。”燕思空咬牙切齿，“一定是谢忠仁干的。”

“倘若封家真的坐实谋反……”陈霂脸色发青，“没有了封家，他要废掉我就更加容易了。”

燕思空用力抓住了陈霂的胳膊：“殿下，你说的对，封家保不住，你的太子之位定然岌岌可危，我们万万不能乱，封家一定是被冤枉的，我们要想办法，想办法……”

“皇上已经下旨，即刻班师回朝。”陈霂道，“我们必须马上就走。”

“我要去见颜子廉，殿下可否带我去见老师？”

陈霂摇头：“营帐外全是卫戍军和禁卫军，我们哪里也不能去，必须马上回朝。”

燕思空无力地坐回了椅子里，只觉天昏地暗，不知前路在何方。封剑平和封野都被擒了，封家军贸然出现在山海猎场，这谋反的罪名，恐怕是百口莫辩。

他原以为封剑平坐失良机，大同军会被一步步蚕食，却没想到昭武帝和谢忠仁歹毒至此，竟想将封家一网打尽，他到底是低估了人心之险恶。

他恨，恨到想要生食恶人的血肉。

他该怎么办？封野该怎么办？

陈霂看着燕思空失魂落魄的模样，心生不忍：“先生，你伤势未愈，眼下一定要保重身体。”

燕思空充耳不闻，他喃喃道：“回城吧，现在就走，我要去找颜子廉……”眼下也许只有颜子廉能救封家了。

靖远王谋反的消息已经先他们一步回到了京城，而且数日之内，定能传遍整个大晟江山。

燕思空返城后，马不停蹄地去找颜子廉，颜子廉却并不在府中，恐怕早已入了宫。

燕思空又去找周觅星和大理寺卿孟铎，此二人一个是顺天府尹之子，一个与祝兰亭交好，或许可以探听出一点消息。

他带伤奔走了半天，才得知了个大概。

如陈霂所言，突袭山海猎场的，正是封剑平带回京的两千护卫，他们突然从南面的山林闯入猎场，被及时赶来的卫戍军堵截，混战之中，封野被赵傅义擒下，那两千封家军或死或俘，而祝兰亭得到消息后，也马上缉拿了封剑平。

目前能探听到的消息，便只有这些，燕思空询问那两千封家军是否由封野领兵，原本驻守猎苑外围的赵傅义为何会突然出现在猎场之内，此二人却无法回答他，但他已经足够肯定，封家父子确实是被陷害了。

目前父子二人被关在诏狱，靖远王府已经被重重围住。

燕思空一想到他们的处境，便揪心不已，他片刻也等不得，半夜时分，又折返颜府，这时颜子廉终于回来了。

燕思空一见到颜子廉，就重重跪在地上：“老师，封家是被冤枉的啊！”

颜子廉一把将他拽了起来，那力道似乎不像古稀之年，他瞪着一双灰浊的眼眸，大声道：“到底是怎么回事？封剑平不是不肯冒险吗，封家军为何会出现在猎场？”

“他们被陷害了！”燕思空急道，“春猎之前，我与封野曾见过一面，封剑平宁愿裁军，也不愿背负不忠的骂名，他只想尽快返回大同，倘若他们真要谋反，早就起事了，何至于做得如此拙劣！”

颜子廉咬了咬牙：“我亦感到此事蹊跷，哪有人谋反不先顾全自己的安危？昨夜封剑平喝得烂醉，今日父子二人双双被擒，两千护卫毫无章法地闯入猎场，几乎全军覆没，这两人要谋反，怎可能愚蠢至此。”

“定是谢忠仁派人偷了封剑平的兵符！”燕思空紧紧抓着颜子廉的衣袖，“老师，倘若封家父子就这样被冤枉，我们和太子定会步他们后尘的！”

颜子廉深深地换了一口气，颤声道：“此事漏洞百出，难以服人，可要还他们清白，怕是难上加难，如果陛下有意要赶尽杀绝，我们做什么也是徒劳。”

燕思空心如死灰：“他真的不留一点余地吗？封剑平驻守大同三十余载，为大晟江山立下汗马功劳……”

颜子廉踉跄了两步，扶住墙柱才站稳身形，他缓缓道：“从封剑平回京的那一刻起，陛下就没打算让他全身而退，可我万万没想到……没想到……”

没想到一向优柔寡断的昭武帝，竟会冷酷至此，他本是贪图享乐、多一事不如少一事的脾性，可想而知，他对谢忠仁的宠信，几乎已到了言听计从的地步。

燕思空摇了摇头：“我们断不能束手就擒。”

“我今日去求见陛下……”颜子廉失神地说，“刘岸一事，令他对我心存芥蒂，他见都不肯见我，我们竟一步步被谢忠仁逼到了这般境地。”

燕思空忍不住回顾自封剑平回京以来发生的种种。谢忠仁机关算尽，用了各种各样的手段要逼封剑平裁军，他们见招拆招，全都一一化解，让封剑平顺利通过京察，还赶跑了一个吏部尚书，看似凶险的每一步，他们都走赢了。

为何到了最后关头，却突然被翻盘？！

归根结底，不过是因为那高高在上的九五至尊，铁了心要过河拆桥，要从封家手里夺回令他坐立不安的兵权。他们都疏忽了，他们的对手，一开始就不仅仅是谢忠仁，还有大晟天子。

为臣者，如何斗得过君？

或许，或许当初封剑平认了裁军，老实地交出一部分兵权，还能被放回大同，正是他们一次次抗争，令昭武帝倍感威胁，才被激起了杀心。

燕思空只觉身在冰窟，冷得他浑身发抖。

颜子廉凝重道："思空，他们给封家头上安的，是抄家灭族的大罪，此事不可能善终，你我心里要有数。"

燕思空的声音细若蚊蚋："老师，你要救救封野，他不能死啊。"

"我明日一早，就去见赵傅义和祝兰亭，详明此事，此二人都是正派之人，尤其赵傅义，还曾是封剑平的旧部，倘若能找到有力的证据，或可以保住封家父子的性命。"

"学生能做什么？"燕思空急切地问道。

"你千万不要轻举妄动。"颜子廉正色道，"封家父子已经如此了，你可不能再被牵连进去，外人都以为你和封野交恶，此时反而算是不幸中的大幸，否则谢忠仁定会斩草除根的。"

"学生不在乎自己的安危。"燕思空咬牙道，"只要能救他，哪怕是豁出去这条命……"

"燕思空！"颜子廉厉声道，"你向来冷静自持，现在出了大事，你就要自乱阵脚了吗！"

燕思空僵住了。

"你的命值几个钱？你就是搭进去一百条命，也未必救得了谁，只有先保全了自己，才有可能帮他们。"颜子廉握住燕思空的肩膀，"现在封家父子身陷囹圄，太子之位亦是岌岌可危，他们能仰仗的，只有你我了。"

燕思空紧握着双拳，力道之大，指甲几乎陷进肉里，他郑重地点了点头，目光坚毅且充斥着凌厉的杀伐之气："对，他们能仰仗的，只有你我，我一定要救他，一定，一定要救他！"

第二十六章 陷害

靖远王谋反一案，在朝野掀起惊涛巨浪，天下为之震动。

非议之声流窜于庙堂市井，众说纷纭之间，事实的真相已如那海上的浩渺烟波，重重的雾霭后究竟藏着怎样的恐怖，谁也不敢妄断。

昭武帝已下旨三法司会审此案，谢忠仁手下的走狗言官，开始了疯狂的撕咬，数日之内，就堆列出了封剑平的种种罪行，除了行刺、谋反之外，尚有贪墨、聚敛、专制、擅权、克扣军饷、谎报军需、霸占田亩、纵容将士欺压百姓等多项大罪。

这是构陷一个官员的基本路数，凡是身在朝中的，无人不熟悉。

此前巡按大同的章御史严词驳斥，称这些指控并无实据，且封剑平在大同深受百姓爱戴，军民亲和。

颜子廉躬亲上阵，带领士族官员与他们唇枪舌剑，并跪求昭武帝明察秋毫，为封家父子鸣冤。

昭武帝却毫无耐性，提前退朝，留下一众官员面面相觑。

燕思空每日都备受煎熬，焦心地探听和等待着封家父子的消息，但情况极为不利，光是封家军出现在山海猎场，已经令封剑平百口莫辩。

虽然颜子廉告诫他不要轻举妄动，但他如何能真的什么也不做，他去找了佘准，倘若封家父子真的被定了罪，那么他就只剩下一条出路了。

佘准见到他时，神色同样凝重："事情怎么会变成这样？封家真的想造反？"

"他们被陷害了。"燕思空看着佘准，目光阴沉，"那狗皇帝对封家早已忌惮，又有谢忠仁暗中布下阴谋诡计，我们已是见招拆招，化解了数次危机，没想到这最后一次……"

佘准咬牙道："民间多不信靖远王会谋反，但仍是人心惶惶，这昏君和那阉狗都该死。"

"我曾与封野谋划逼宫，扶太子上位……"燕思空握紧了拳头，又恨声道："奈何靖远王赤胆忠心，怎么也不肯做叛臣。他若知道他一心效忠的狗皇帝早已欲对他除之而后快，不知道会不会悔不当初。"

佘准重重叹了口气："倘若用心谋划，在春猎时下手，现在恐怕天下已尽入封家掌控。"

燕思空胸中升起难言的悔恨和绝望，封家错失了坐拥天下的天大良机，而后就毫无意外地被推落悬崖，直坠阿鼻地狱。

佘准看着燕思空消瘦、苍白的面容，低声道："我听说你在春猎时受了伤，你伤还没好吧？"

燕思空几时顾得上自己的伤，他抓住佘准，哑声道："佘准，你要帮帮我。"

"你要我如何帮你？"

"谋反一案，我们恐怕已经无力回天，现在只奢求能够保住他们的性命，但若……但若那狗皇帝要斩草除根……"燕思空道，"我绝不能看着封野死。"

"你想……"

“万不得已时，我要劫狱。”

佘准大惊：“那可是诏狱！关押的都是重刑犯，是全天下最坚固的牢笼！”

“我知道，所以我求你，佘准，只有你能办到。”燕思空紧紧揪着佘准的胳膊。

佘准推开了他，正色道：“那诏狱铜墙铁壁，戒备森严，官兵昼夜交替、重重把守，别说是个人，就是飞鸟也徒叹奈何！”

燕思空顿了顿，双膝一屈，跪在了地上。

佘准双目一瞪：“你……”

燕思空抬头看着他，平静说道：“佘准，你我相识十年，我从未求过你什么，如今我就求你这一件事，帮我救出封野，我可以给你我全副身家，哪怕豁出这条命也在所不惜。”

“燕思空！”佘准的怒火直接烧进了眼底，“对，你我相识十数年，哪怕是最苦、最难，生死与共的时候，你也从未真正把我当朋友，今天你能为了封野命也不要，倘若有一天是我危在旦夕，你会顾念我的死活吗？”

“倘若有那一天，我也会竭尽全力救你。”

“你不会的。”佘准再无平日的玩世不恭，他道，“我一直以为，你是天生薄情，在你心目中，复仇重于一切，我能成为你唯一信任的人，已经该知足了，可原来你也可以为了别人豁出去一切，只是那个人不是我！”

燕思空怔怔地看着佘准。十多年前的他们为了活下去，相依为命，那些被欺辱、被逼迫、数次险象环生的时刻，都是他和这个人一起走过来的，佘准确实是这世上他难得可以信任的人。

他始终不曾忘记元少胥骂他“煞星”，所有他在乎的人，仿佛最终都难逃厄运。

佘准苦笑两声，他不再试图遮掩，恨不能把所有压抑的情绪和不满都宣泄出来：“南玉，我将你当成唯一的兄弟，你将我当成什么？”

“我也将你当成兄弟。”燕思空声音有了一丝哽咽，“但是我……我不想再有兄弟了。我恐怕真的是个煞星，我两次家破人亡，与我亲近的人，都不得善终，就连封野，我以为他身为靖远王世子，命定然是比我硬的，没想到……佘准，我是真的怕了。”

佘准定定地看着燕思空，看着他脸上的痛苦和脆弱，那是他许久不曾见过的燕思空，时间仿佛倒退回到了十多年前，他们挣扎着只为混上一口饭，一个栖身之地，他们互相舔舐伤口，因为世上除了彼此，再无他人在乎他们的死活。那样的燕思空，自从变得越发强大、将自己裹进坚厚的外壳之后，就不曾出现过了。

这才是他熟悉的那个人，那个“南玉”。

佘准闭上了眼睛，深吸一口气，抓住燕思空的肩膀，将他从地上提了起来：“谁叫你我当年露宿同一片街头，像两条野狗一样相依为命，只能跟你做兄弟了。”

燕思空凄切地看着佘准。

佘准叹道：“要劫狱，恐怕要付出极大的代价，也绝非一朝一夕能成的，你必须给我足够的时间。”

燕思空哑声道：“佘准，谢谢你。”

佘准讪消一笑：“我大约上辈子欠了你什么，这辈子玩儿命也要还。”

“我会想办法弄到诏狱的图纸和所有守卫的名字。”

佘准点点头：“我则有许多需要调查，你要准备好银子，此事该有不少人需要打点。”

“我明白。”

佘准凝望着燕思空：“你要知道，我没有十足的把握，那毕竟是全天下守卫最森严的诏狱，就算我们真的将人带出了诏狱，还得弄出城，就算出了城，还得摆脱追兵，就算他真的逃跑了，你可能会因为此事而暴露。”

“我顾不上那么多了，我会给大同府去一封密信，此时镇守大同的是封剑平的义兄，让他派兵于城外接应，阻拦追兵。”

佘准摇了摇头：“南玉，你为了复仇布局十余年，辛辛苦苦走到了今日，这一回，你可能会失去一切。”

“只要封野活着，我可以重来。”

只要封野活着，他愿意拿任何东西交换，他绝不再让谢忠仁夺走他在乎的人，否则他燕思空自十三岁那年忍辱负重到现在，就白活了！

此时，他心中的憎恨与不甘，已足够燃烧整个大晟王朝。

数日之后，燕思空从颜子廉处得知了审讯的情况。

对于行刺、谋反，封家父子自是抵死不认，而俘获的几个封家军，坚称是封府的侍卫拿着兵符来调兵，说皇上和封剑平在山海猎场遇刺，让他们去救驾。

可他们口中的侍卫，却早已在混战中不知所踪。

刑部派人去清点山林中的尸体，经过多人辨认，找到了那个已死透了的侍卫，在其身上发现了封剑平的兵符。

可这并不足以洗脱封家父子的冤屈。

燕思空轻声问："他们……被上刑了吗？"

本朝律法，审讯前无论是否有罪，都要先鞭刑十下，以扬法威、震慑不轨，审讯之中，更是免不了刑罚，何况封家父子进的，是有人间炼狱之称的诏狱。

他明知道封野现在正在经历什么，却无能为力。

颜子廉沉重地点了点头："我已嘱托孟铎尽量照料，但是，陛下一直在施压，命三法司尽快审明此案。"

"那侍卫已死无对证……可还有其他有利的证据？"

"封将军身在营地这一点，可以作为回击，但封野当时就在山林中，也加入了混战，虽然，他说他是要阻止封家军。"

"那赵傅义呢？难道他没看到究竟是谁领的兵吗？"

颜子廉摇头："当时林中正好起了雾，他起初甚至不知道来者是封家军，只是接到巡山的哨兵来报，说有人偷袭山海猎场，就赶过去杀敌了。"

"他当真能这么快就得到消息？那哨兵是何人，应该一并提审。"

"我会让孟铎提审那哨兵。"颜子廉沉声道，"无论如何，眼下形势极为不利，赵傅义也不相信封家会谋反，但他身为卫戍军统帅，只得亲手拿了封野。"

燕思空思索片刻："我要亲自去拜访赵将军。"

"你去做什么？"

"他既相信封家父子的清白，也一定顾念着旧情，便会帮我们。"

"如今朝野内外到处都是谢忠仁的眼线，你去找他，未必有用，反而会暴露自己。"颜子廉道，"你们不可直接见面，此事由我来安排。"

"听老师的。"燕思空迟疑道，"学生还有一个请求。"

"你说。"

"我……我想见封野。"

颜子廉皱起眉，没有接话。

"有些话，恐怕封野只愿意对我一人说，那日在猎场究竟发生了什么，我要巨细无遗地知道。"

颜子廉犹豫片刻，答应了："我会让孟铎安排，你行事定要小心。"

燕思空深深鞠躬："多谢老师。"

"思空。"颜子廉面无表情地说道，"倘若……倘若陛下真的要杀他们，你当如何？"

燕思空握紧了拳头："学生拼尽性命，也要救封野。"

"你想怎么救？"颜子廉一字一顿地问道。

燕思空僵立在原地良久，才从薄唇中轻吐出两个字："劫狱。"

颜子廉瞪直了双目，面色一白，身形跟着晃了晃，突然往后踉跄了一大步。

"老师！"燕思空忙冲上去扶住了他。

颜子廉狠狠地咳了两下，枯瘦的身板跟着剧烈地颤抖，他以衣袖掩住口鼻，却眼见着袖口被猩红的血浸染……

"老师！"燕思空大惊失色，忙从怀中掏出软帕，擦拭着颜子廉渗血的唇角，"老师，老师你怎么了？"他将颜子廉扶到椅子上坐下。

颜子廉摆摆手，又咳了半天，直至满脸充血才慢慢地停了下来。

燕思空跪在颜子廉身前，哑声道："老师……"

颜子廉喝了口水，渐渐平复了下来：“不……不怪你，人生司命而应有时，我已经老了。我本想着，豁出这条行将就木的老命，也要为我大晟铲除奸佞，到了大限之日，才能放心地挥袖而去，可如今……”

燕思空悲切地看着颜子廉。

颜子廉深吸一口气：“我清楚你的脾性，看似八面玲珑，独善其身，实则对认定之事非常执着，不择手段亦要达成，我总觉得，你能做成颠覆天下、逆转乾坤的大事，可惜为师未必看得到了。”

“老师千万不可这么说！”

颜子廉挥手制止他：“思空，我为官四十载，门生故吏遍天下，你最聪明、最得我赏识，我希望由你承继我的衣钵，拯救这江河日下的朝堂和万千黎民百姓，你可以吗？”

燕思空颤抖着点头。

“老师……败了。”颜子廉伸出手，那苍老的、枯瘦的手指，抚过燕思空浓黑的鬓发，他声音凄楚，“最终还是败给了那阉狗……你我再是奔走，恐怕也救不了封家了，但你不能认输，只要保住了你，为师下了黄泉，也能看着你将那阉狗千刀万剐。”

燕思空双目悬泪，郑重地点了点头。

“无论你要做什么，都要先保全自己，倘若能够救出封家父子，一切就还有希望。”颜子廉紧紧抓住燕思空的手，“为师会帮你。”

燕思空哽咽道：“学生万死，不足以报师恩。”

颜子廉灰浊的眼眸中迸射出犀利的精光：“大好江山落入奸佞之手，我死也不能瞑目，太子年少，国祚危急，思空，往后就靠你了。”

燕思空闭上了眼睛，反握住颜子廉的手，沉重道：“学生绝不负老师。”

在孟铎的安排之下，燕思空于一个月黑风高之夜，偷偷进了诏狱。他一路观察诏狱的地形，默默记在心中，虽然他有把握颜子廉能弄到最详尽的图纸，但也需有人实地勘察一番。

封家父子均被关在诏狱最深处关押重刑犯的牢房，但二人不在一个地方。

一进入大狱，燕思空就闻到一股沉闷、阴暗、腐臭的味道，嗅之令人反胃，他却深吸一口气，毫不介意，因为他知道，无论他此时感到多么不适，或在外面如何焦心，都比不上封野所遭受煎熬的十分之一。

穿过昏暗的长廊，燕思空跟着狱卒拐进了最里间的囚室，他一眼就看到了窝在囚室深处、隐没在阴影中的人。

狱卒拱手道：“燕大人，您只有一炷香的时间，小的在外等候，千万不可久留。”

燕思空强忍着心头的波动，点了点头。

囚室内的人听到动静，动了一下。

狱卒转身走了，燕思空急忙扑上前小声叫道：“封野……”

黑暗中的人往前挪了挪，出现在火光之下。

燕思空的眼泪瞬间掉了下来。

昔日那意气风发、鲜衣怒马的少年世子，此时污面糟发，囚衣上沾满了血，那张曾宛若天人的俊颜，只剩下憔悴与狼狈。

封野见到燕思空，怔了怔，眼神极为挣扎。

“封野，封野！”

他恨，恨谢忠仁，恨昭武帝，恨这多灾多难的人世！

封野却停在了那儿，一动也不动地看着燕思空。

“封野……你伤得重吗？你吃得消吗？”燕思空的声音抖得不成样子，“我很担心你，我、我带了最好的伤药，我……你说句话啊！”

封野慢慢挺直了身体，从他扭曲的神情上，也能看出这个动作令他多么痛苦，但他还是办到了，他张了张干裂的嘴唇，用沙哑的声音说：“你来了，正好我有话要问你。”

燕思空愣住了，封野那不同寻常的语气和态度，令他深为不解。

“你可知拿了兵符去调兵的侍卫是谁？”

“……是谁？”

“小六。”

“你的……车夫？”

“不错，他被人收买了，他没有家、没有亲戚，除了府上的人，谁也不认识，可在我们去春猎之前，有个人曾经去找过他。”

“谁？”

“你的忠仆，阿力。”封野目露寒芒。

燕思空呆住了。

“这是薛伯前些天来探监的时候告诉我的。”封野眯起了眼睛，蓬乱的头发和凝固在脸上的血迹，令他杀气四溢。

“阿力……阿力为什么要去找小六？”燕思空喃喃道，他从未听阿力说过。

“这是我要问你的。”封野探身向前，尽管形容狼狈，目光却犀利如猛兽，凶狠不减当初，“我爹的令牌藏于腰带之中，我只告诉过你，那晚酒宴，只有你不曾出现，我两千封家军从西南山麓闯入猎场，与你我当日商议过的路线一模一样！”

燕思空跪坐在了地上，呆滞地看着封野，他如遭雷击，一时气血翻涌，颤抖道：“你……怀疑我？”

“你要如何解释？”封野深深地盯进他的眼眸。

“那日我为救太子受了伤，一直都未离开过大帐，靖远王帐外有侍卫把守，除了封府家仆，谁能随意进出？他们从西南山麓出现，那是唯一能绕过卫戍军进入猎场的路，我们能想到，别人也能想到！”燕思空的胸腔剧烈起伏着，他咬牙道，“至于阿力……我不知道他为何去找小六，我定会查明此事，若他背叛我，我亲手杀了他！”

封野恶狠狠道：“你总有借口为自己辩驳，你为了复仇不择手段，我封家没有照你说的逼宫，你就想自己动手。”

“胡说！”燕思空的眼睛几乎瞪出血来，“倘若此事真是我燕思空干的，就不会是这么个结局！我怎么会蠢到把你爹留在大营中，我怎么会蠢到毫无计划，我怎么会蠢到让你被擒！”

“你是没料到自己会受伤吧？也许这件事打乱了你的计划。你看着封家步步退让，看着颜子廉尽失圣宠，你害怕了。”封野几乎字字带着杀气，“你怕自己失去所有的倚仗，怕陈霂被废，怕你多年的处心积虑化作泡影，在我拒绝你之后，你便铤而走险。”

燕思空心痛难当，他低吼道：“封野，我燕思空再丧心病狂，也绝不会将你们置于险境，你说过你相信我……”

“我相信过你！”封野狰狞道，“我一次次拆穿你，却又一次次体谅你，你这样工于心计、阴险狡诈，我依然想要相信你，而你又一次次告诉我，你根本不值得相信！”

燕思空只觉一字一句都狠狠刺进了心脏，他费尽心思、不顾生死想要救的人，却如此误会于他。

燕思空双目濡湿，面上满是愤怒与伤心：“封野，你动动脑子好好想一想，是谁最想害你封家，是谁将你爹灌得烂醉，是谁令赵傅义那么快就得知消息，如今你父子二人身陷囹圄，是谁最得意，是谁！”他大吼道：“是我燕思空吗？”

封野眸中闪过了挣扎，他只觉五脏六腑都拧到一起，疼得呼吸亦是困难，他哑声道：“你，燕思空，细数你干过的种种，叫我如何能不怀疑你？”

燕思空忍着心痛说道：“封野，你嘴上说着体谅我、相信我，其实心中从未真正释怀，在你眼里，我始终是个阴毒小人。”

封野沉默地看着他。

燕思空重重喘息，他看了眼已经燃了一半的香：“也罢，我今日来此，不是为自己辩解的，我与老师四处奔走，想为封家洗清冤屈，我要你将那日所见从头到尾说一遍，包括前一晚醉酒之后发生的事。至于你我之间……不议也罢。”

封野顿了片刻，用毫无波澜的声音，说起发生的种种，整件事逐渐在燕思空面前勾勒出形貌。

大宴当晚，昭武帝以春猎和为封剑平饯行为由，赏了群臣不少酒，尤其是封剑平，加之有人频繁敬酒，哪怕封野挡了不少，父子俩也都喝醉了。

据薛伯所说，那晚除了他与封府家仆照料父子俩，昭武帝亦派了几个内监来送醒酒汤，收拾秽物，至于小六，他身为封野的车夫，也出入过大帐，兵符究竟是何时、谁人窃走的，尚无法断定。

次日一早，封野就去打猎了，山海猎场因为地势低洼，河水环绕，一年中大部分时候都会起晨雾，那日也不例外，他听到动静时，卫戍军和封家军已经遭遇，赶到近处才发现侵袭的“行刺者”是封家军，他想要阻止，可混战之中根本无力回天，赵傅义亲自令他下马投降。

至于小六，身中数箭而亡。

燕思空愈听愈是浑身发冷，这全盘计划漏洞百出，明眼人一看就知道封家是被陷害的，可谢忠仁依然敢用如此拙劣的伎俩构陷忠良，令他有恃无恐的原因，就是昭武帝想杀他们，于是“莫须有”也是罪，遭人陷害的“谋反”亦是谋反。

封野说到最后，愤恨与不甘交织，一时气血攻心，牵动伤口，一口咳出血来。

“封野！”燕思空慌乱地从怀中拿出上好的金疮药和内服丹，扔进了囚室，“你的身体绝对不能垮，我一定会救你出去！”

封野望着燕思空，眼神在挣扎：“你要怎么救我？我们已经被擒，谋反大罪兜头扣下，等在前面的只有一个死。”

燕思空下意识地左右看了看，他抓着铁栏，沉声道：“倘若老师也无力回天，我已和佘准策划劫狱。”

封野僵了僵：“这可是诏狱。”

“就是炼狱，我也要救你出去。”燕思空的嘴唇抖了抖，“哪怕你怀疑我……我也绝不让你死。”

封野有些动容，可燕思空骗了他岂止一次两次，如今他和整个封家面临灭族之灾，皆因身边之人背叛，他心中满是憎恨，无法再轻易相信任何人。

燕思空小声说：“我要走了，封野，你要坚持住。”

封野身形微微晃动，两人隔着不足一丈的距离相望，可彼此之间，却又似横亘着深渊裂谷，仿佛就算拼尽性命，也无法靠近。

一炷香眼看就要燃尽了，忽明忽暗的微小火光在垂死挣扎，燕思空看了一眼香，又看了一眼封野。

突然，封野抓住了燕思空的手。

燕思空紧紧握住那只手，那布满血污的身体，与自己脑海中那不可一世的神勇少年判若两人。他哽咽道："封野，你要活下去，我一定会救你，一定会救你。"

封野眼圈泛红，紧咬着嘴唇，他不肯在燕思空面前露出一丝软弱，他甚至宁愿今日两人并未相见，那么他就不用质疑，也不用将自己最狼狈的一面赤裸裸地袒露在此人面前。

那香彻底熄灭了。

封野用沙哑的嗓音坚毅说道："我不会死，我封野生来就要颠覆天下，绝不会死在这区区牢笼之内，我要让所有胆敢谋害我的人，都求生不得、求死不能！"

封野松开了手，燕思空深深看了他一眼，转身离去。

燕思空回到府中已是深夜，他没有走大门，而是悄无声息地从一个暗门潜回了府内，然后从书房里拿了一把匕首，走到阿力的房前，轻轻叩了叩门。

半晌，阿力打开了门，看到燕思空，略有些惊讶。

燕思空面无表情地进了屋，掩上门，阿力正要比画着问他为何深夜来访，他突然发难，飞起一脚踹在了阿力腹部，那高壮的身体顿时倒飞了出去，狠狠摔进了床里。

燕思空身形一晃，已经跃到了床榻之上，以膝盖顶住阿力的胸口，一刀刺向了他的眼睛。

阿力眼瞪如铃，充满了惊慌、不解、畏惧、委屈，他下意识地想去挡，可挥出去的胳膊却硬生生地僵在了半空中，在那电光石火之际，所有的情绪在他眼中凝结成绝望，他眼睁睁地看着燕思空的匕首刺了下来。

闪着寒芒的刀尖，停在了阿力眼球上方，只要再下沉一点点，他的眼睛就没了。

阿力瞪着眼睛，大气也不敢出。

燕思空阴冷道："为什么去找小六？"

阿力比画道：公子，小人做错什么了。

"为什么，去找小六。"燕思空的匕首又欺近了些许，"你若敢撒谎，我就杀了你！"

阿力的手直发抖，比画道：那次我伤了他，心中有愧，偷偷给他送了一点补药。

燕思空愣了愣。

阿力指的，是他和封野在自己府前演的那场戏。此前他还在旧宅居住，连马车也没有的时候，小六时常依封野之命接送他，与阿力见过许多次，或许，算是阿力为数不多的"朋友"。

阿力天生蛮力，那次将小六摔下马，恐怕没控制好力气，心里一直惦念，他想起，后来阿力还曾问过他小六伤势如何，只是他从未将小六放在眼中，又怎会多加在意。

看着阿力委屈又惊恐的模样，以及那刀尖逼近也不闪不避的顺从，实在不像作伪，燕思空心中五味杂陈，低吼一声，狠狠给了阿力一耳光。

阿力眼圈红了，颤抖着比画着：公子，小人到底做错什么了？

燕思空站起身，咬牙道："前日靖远王谋反一案，是小六偷了兵符去调兵，他被谢忠仁收买了！"

阿力慌乱地比画道：小六提过跟一女子暗许终身。从言辞中，他感觉那女子是烟柳街的。

燕思空冷道："去查。"

阿力点点头。

"以后没有我的命令，不准擅自行动。"

阿力爬起身，跪在了地上，激动地比画：小人的命是公子给的，小人宁死也不会背叛公子。

燕思空长叹了一口气。

倘若小六早已被谢忠仁收买，那谢忠仁岂不是该知道他和封野一直在做戏？可此前刘岸一事，谢忠仁看起来丝毫不知情，他不可能为了麻痹自己，白白牺牲一个尚书，以此看来，只有两个可能，一是小六并未透露他和封野的真正关系，二是谢忠仁收买小六是在刘岸被贬之后。

他必须要确定谢忠仁究竟知不知道真相，这关乎他之后的举措，而那名女子，也许可以给他答案。

第二十七章 谄媚屈膝

深夜，一辆马车停在了一栋破旧的宅院前，此宅位于城内最偏僻之处，传说风水大凶，还曾闹过鬼，已没人居住，就连禁卫军巡夜，都不怎么来这一片。

车夫停下车后，左顾右盼一番，而后钻进车厢，不一会儿，从里面抱出一玲珑身段的女子，跳下车，快速闪进了宅院内，直奔偏屋。

打开门，屋内立着两道身影，其中一人是少见的高壮。

“燕大人。”车夫恭敬地叫了一句。

燕思空点点头。

车夫将那女子放在了榻上，屋内微弱的烛火映照出了女子的绝色姿容。

“把她弄醒。”燕思空道。

车夫从怀中掏出一根味道诡异的木芯子，在女子鼻间晃了晃，昏睡中，女子柳眉微蹙，接连几个喷嚏和咳嗽，醒了过来。

燕思空给阿力使了个眼色，阿力掏出一锭银子，抛给了车夫，车夫稳稳接住，而后一拱手："小的在屋外候着。"

此人是佘准的手下，办事利落，也是阿力最常联络的人之一。

那女子挣扎着从榻上坐了起来，有些惊恐地瞪大了眼睛，在看到黑暗中的两人时，脸色骤变，她脱口叫道："燕思空？"

"夜离姑娘，别来无恙啊。"燕思空面无表情地看着眼前的绝艳美人儿，正是京城名妓、烟柳街汀兰阁的花魁——夜离。

夜离冰雪聪明，此时已猜出了个大概，不再伪装，跳下床榻，后退数步，做出防御的姿态，冷冷道："燕大人，你着人绑架我？这是何意？"

"我可是花了重金买夜离姑娘过夜，何来的'绑架'？"燕思空嘲弄一笑，"拜周公子所赐，一般的价钱妈妈都看不上了，叫我好生破费。"

"既然如此，燕大人别辜负了这寸时寸金，有话直说吧。"

燕思空直言道："好。靖远王府的车夫小六，你认识吧？"

夜离目光微微闪烁，但面容未有波动："我怎会认识区区一个车夫？"

"你当然认识，你不仅认识，还用你那攻无不克的媚术，将他迷得神魂颠倒，甚至与他暗许终身。"燕思空微眯起眼睛，"让他为了给你赎身，不惜出卖主子。"

夜离目露精光："这番话未免荒谬，他一介车夫，在汀兰阁怕是喝不起一杯茶，他连见都见不到我。"

"没错，正因为他从没见过你，所以他至今都不知道你是艳名满京城的夜离，谢忠仁发现此人好色，月俸大多拿去嫖妓，便派你去勾引他，果真令他为你赴汤蹈火，直到死，都不知道自己被利用了。"

夜离抿着唇，美眸泛出丝丝杀气。

"夜离，或者我该叫你杨楚云？"

夜离双目圆瞪，面上闪过惧意。

"你不必再装下去，我早已对你了如指掌。"燕思空露出令人背脊发寒的笑意，"你是凉州人士，八岁那年父母死于饥荒，与弟弟一起被舅母收养，十四岁时舅母将你卖入妓院，把你病重的弟弟丢在路边等死。是谢忠仁救了你姐弟二人，将你们带到京城，教你武功，从此你认他做义父，成为他在烟柳街的眼线。"他抬起手，慢慢展开五指，一串银链子明晃晃地挂在掌心。

“你对他做了什么！”夜离厉吼一声，就要冲上来。

阿力踏前一步，山一样雄壮的身体让这间小小的偏屋显得有几分拥挤，更给人以无形的压迫。

夜离刹住了身形，恶狠狠地瞪着燕思空。

燕思空将那链子抛给了她：“他很好，此时正酣然入梦，不过，明天能不能醒来，就要看你了。”

夜离双腿发软，紧紧握着链子，咬牙道：“你想要我做什么？”

“我想先问你个问题。”

夜离满脸的戒备和愤恨。

“你可知当年饿死你爹娘和几万人的那场饥荒，是因为谢忠仁指使手下盘剥灾粮，朝廷拨粮八万石，到了百姓手里，不足一万，还是掺杂了细沙的陈粮。”

夜离呆滞地看着燕思空。

“你以为谢忠仁救了你们姐弟二人，明知道他是怎样的大奸大恶，依然认贼作父，殊不知令你家破人亡、沦落风尘的，正是他。”

夜离摇着头，神情慌乱：“不……”

“你若不信，去查一查便知，汀兰阁往来恩客那么多，总有知晓内情的，再不济，周觅星就该知道。”

夜离踉跄着后退了一步，面上已无血色。

“这些年你做谢忠仁的眼线、走狗，他作的恶罄竹难书，你心里比谁都清楚，只是感念他的救命之恩，又惧怕他对你姐弟二人不利，于是麻木地助纣为虐……”

“别说了！”夜离嘶声叫道，“知道又能如何？我和我弟弟命如草芥，每一日不过苟活，我能救得了谁？谁又救得了我们？”

燕思空平静道：“我读过你写的诗，知道你尚心怀善念，为虎作伥，实是逼不得已，你若帮我，事成之后，我送你姐弟二人离开京城，带上足够的银两，远走高飞。”

夜离深深地望着燕思空，犹豫着。

燕思空眼神一变："我不像谢忠仁那般歹毒，但也绝非心慈手软之辈，你要么归顺于我，他日我定送你们离开这是非之地，要么……就算我不杀你，若谢忠仁知道你的身份已经暴露，还会留你们活口吗？"

夜离咬住了嘴唇，双目悬泪，神情凄苦，分明是楚楚可怜，但燕思空心中却无一丝波澜，她抓紧了那枚银链，捂在胸口，轻轻点了点头。

"很好。我问你，小六都跟你说过什么，有没有提过我与封野之间的事？"

夜离摇摇头："我问过，但他不愿多说。"

燕思空松了口气："谢忠仁对我知晓多少？"

"不比我多，他认为你可以利用。"

"谢忠仁是如何指使小六盗取兵符的？"

夜离再次摇头："我不清楚。"

燕思空见她表情不似撒谎，她的任务只是勾引小六，令他愿意为自己铤而走险，之后的事，定然是另有安排。

燕思空又询问了一些谢忠仁的事，他才知道这阉狗就是汀兰阁的幕后老板，以汀兰阁作为烟柳街的情报集散地，消息极为灵通，亦掌握了大量官吏不为人知的把柄，京中有什么风吹草动，他总能第一时间知晓，其情报网之敏锐，恐怕并不逊色于佘准。

不过，他到底不如佘准高明，那汀兰阁内早已渗入佘准的人，否则阿力也不会这么快就查到，那令小六卖主求荣的烟柳街女子，正是夜离。

他们聊到深夜，燕思空才放夜离离开。她坐上来时的马车，由车夫送回汀兰阁。

送走了夜离，燕思空打算顺道去主屋拜祭一下爹娘和养父，刚靠近那间年久失修的破屋子，突然，他感到暗处有些异样。

他敏锐地察觉到了什么，低声道："什么人？"

话音未落，他和阿力已经齐齐朝着房檐拐角处冲去。

一道黑影如鬼魅般闪现，快速飘向墙角，利落地攀上了围墙，向外逃去。

两人也跟着翻过围墙，奋力追去。

那黑影轻功了得，速度极快，追出百余丈，便已将燕思空甩在身后，阿力更是被落下了老远。

燕思空知道追不上了，一个翻身滚地，顺势抽出了靴间的匕首，朝那黑影甩去。

只听前方传来一阵闷哼，匕首从那人大腿上撕下一块皮肉，但那人仅仅是略一迟缓，就消失在了黑暗中。

燕思空走过去，捡起了匕首，看着上面的血渍，若有所思。

阿力赶了上来，急得乱比画。

燕思空吩咐道："把里面的牌位全都移走，那间宅子已经不安全，烧了。"

他暗自思忖，刚才究竟是何人，这人是何时盯上他们的，在院中待了多久，听到了多少，此人又有何目的？

一连串的问题涌入脑海，这个意外出现的人令燕思空很是心慌，他本已为封家之事焦头烂额，实在不希望再有对他不利的事端，倘若那是谢忠仁的人，那就麻烦了……

可那人轻功如此高强，在他认识的人中，恐怕只有封野、佘准能与之相较，若谢忠仁有这么厉害的刺客，颜子廉能活到现在吗？

此人到底是谁，一定要查出来！

燕思空握紧匕首，神色坚定。

在颜子廉的安排之下，燕思空终于偷偷见到了赵傅义，他二话不说，"扑通"一声跪下了。

"思空，哎……你这是做甚？"赵傅义连忙将燕思空从地上拽了起来。

自平叛结束后，赵傅义驻景山，他在京，虽然不过两三个时辰的路程，却没见过几面，但当年并肩作战的情谊尚在。

燕思空双目含泪："赵将军，封家是被冤枉的啊。"

赵傅义重重叹息："我也不信封家会谋反啊，只是，封家军闯入猎场是我亲眼所见、亲手阻拦，人也是我抓的，这叫我……叫我如何是好？"

"倘若封家要谋反，怎么会毫无章法地胡乱闯入猎场，又怎会轻易就被将军发现？这一切都是有预谋的，谢忠仁买通了封野的车夫，窃取了兵符啊。”

“什么？”赵傅义大惊失色，“你可有证据？”

燕思空深深蹙起眉：“我已找到了谢忠仁派去勾引那车夫的青楼女子，可如今那车夫已死，无论我们说什么，也是死无对证啊。”

“唉！”赵傅义来回踱步，顿了顿，看向燕思空，“封野折辱于你，你却不计前嫌地想为封家洗清冤屈，真乃虚怀若谷啊。”

燕思空轻咳一声：“我与封野曾并肩征战沙场、生死与共，即便后来有所嫌隙，我也不能因私人恩怨，而令靖远王这样的功勋忠臣被冤枉。况且，倘若封家被治罪，太子的储君之位怕是就摇摇欲坠了！”

赵傅义点点头：“我曾在靖远王麾下效力，也不想眼看着他被奸佞构陷，我听闻那阉贼还怂恿陛下从大同调兵去辽北，如若大同军落入韩兆兴那个废物手中，辽北怕就保不住了。”

燕思空上前一步，恳切道：“赵将军，封家蒙冤，天下为之颤动，瓦剌余孽未除，若闻此消息，恐怕会趁机卷土重来，这并非仅是封家之难，恐是国难啊。”

赵傅义脸色越发苍白：“但如今……但如今证据确凿，就算我想为他们辩驳，那日的情况，众将士皆有目共睹，我不能睁着眼睛做伪证啊。”

“将军乃三万卫戍军的统帅，将军的话在朝中举足轻重，若将军对此事有疑虑，陛下也需权衡，更可以震慑阉党。”

赵傅义神色颇为踌躇。

燕思空凄声道：“如今怕只有将军能救封家了呀！”

赵傅义长叹一口气：“我一介武夫，本无意卷入朝堂纷争，可我又如何能眼睁睁看着阉党陷害忠良，看着好不容易巩固的大同防线溃散于内。其实我早已联合几位大人，共同谏诤此案了。”

燕思空欣喜道：“多谢将军，多谢将军！”

赵傅义摆摆手：“我心中亦无把握，尤其是陛下因刘岸一事对颜阁老冷遇之后，谢忠仁逐渐拿住了大势啊。”

“非也，刘岸一案，陛下对谢忠仁亦十分不满。”

“哦？你是如何得知的？”赵傅义问完之后，恍然道：“你早知道列题的事。”

燕思空点点头：“早先的列题由我拟出，已呈送内阁票拟通过，刘岸临时改了列题，若非是谢忠仁指使，给他天大的胆子他也不敢。陛下本想用京察来削弱封家军，不想老师不顾陛下颜面，弹劾刘岸，此事偷鸡不成蚀把米，陛下自然对谢忠仁有所不满。”

赵傅义思索道：“这样看来，谢忠仁设计窃兵符，冒天下之大不韪构陷忠臣良将，怕是激怒了陛下啊。”

“正是如此，此计漏洞百出，且极为凶险，稍有差池，恐怕天下都要易主，谢忠仁定是被逼得狗急跳墙了，所以，将军之言有望撼动陛下的决心。”

赵傅义目露坚毅的精光：“你放心，我必尽我所能！”

“多谢将军！”

赵傅义说到做到，几日之后，就与几位有分量的武将联名上书，提出封剑平谋反案的种种疑点，劝昭武帝切莫被奸佞利用，重蹈高宗覆辙。

这封奏折事先并未与颜子廉商议，是在早朝上直接呈递的，当颜子廉和燕思空得知奏折内容的时候，皆是眼前一黑。

果然，这封奏折捅了马蜂窝，暗喻昭武帝是冤杀岳飞的宋高宗，把昭武帝气得当朝大骂赵傅义，阉党抓住机会，指责赵傅义曾为封剑平手下，有包庇之嫌，昭武帝一旨令下，让赵傅义滚回景山，不准再参与此案。

当然，赵傅义的目的也暂时达到了，昭武帝无法对诸多武将、尤其是卫戍军统帅的谏诤视若无睹，他虽然想要快刀斩乱麻地定了封家父子的罪，但又不得不看朝廷的风向。

此事过后，封家的审讯慢了下来，一是父子二人死不认罪，二是再没有新的证据，三是朝中风向摇摆不定，昭武帝不敢妄动。

燕思空等人得以喘息，他令阿力去催促佘准两件事，一是调查那日的黑衣人，二是继续为可能的劫狱做准备。

可就在燕思空以为看到了一丝转圜希望时，老天爷似乎不将他们推落深渊，誓不罢休。

在一次早朝上，谢忠仁麾下的言官重提江南海税，指责颜子廉包庇家乡富商，使得朝廷收不上海税，有损国库。

江南海税是朝中最禁忌的话题之一。诚如谢忠仁所言，颜子廉当上首辅之后，减免了大量的江南海税，国库每年为此至少少了百万两的进账，就连身为颜子廉学生的沈鹤轩，都对富庶江南少征税而有所非议。

可颜子廉也是不得已，他身为江南学子，与其一派系的士族官员，大半来自江南诸府道，士族官员与当地世家大族沾亲带故、密不可分，谁人能不护短。

海税触及的是士族一派的命脉，但凡提起，必然要掐个天昏地暗，两败俱伤，久而久之，也没人敢轻易提起。

谢忠仁选在这个时候重提海税，其心可诛。

果然，这一次昭武帝一反常态，不再事不关己地搅浑水，而是严厉指责颜子廉征税有失公允。

据闻，当日早朝上，已是古稀之年的内阁首辅大学士、三朝老臣、一人之下万人之上的颜阁老，被训斥得面红耳赤。

当晚回到家，就病倒了。

燕思空得到消息，立刻赶到颜府，府中一片愁云惨淡，颜子廉的长子正在命家仆收拾行李。

“颜兄。”燕思空走了过去，“颜兄这是何意啊？”

颜未明与他互施礼，叹道：“家父病重，一旦……那阉贼岂会放过我颜家，我正遣散些家仆，把亲戚送回乡下老家，以备变故吧。”

颜子廉只有两个儿子，大儿子为人和善，但精明不足，在礼部任个闲职，小儿子贪图享乐，至今考不中进士，还给颜子廉惹过些麻烦，早被赶回老家了。

颜未明也算有自知之明，士族与阉党积怨已久，颜子廉一倒，谢忠仁定会趁机报复的。

燕思空只得拉住他的手安慰道：“颜兄切莫自乱阵脚，老师乃三朝老臣，位居宰辅，为大晟江山立下过汗马功劳，若病老之际被过河拆桥，岂不令文武百官心寒？老师德高望重，门生故吏遍天下，绝不会任人欺凌。”

颜未明苦笑道：“话虽如此，可陛下如今对我爹……”

“颜兄放宽心，好好照顾老师，如今内阁有霍阁老，还轮不到阉党兴风作浪。”燕思空看了看那些行装，“不过，将亲眷们送往乡下避避风头，是明智之举。”

颜未明点点头，紧抓着燕思空的手：“思空，我爹对你最是赏识，你可定要帮我们颜家啊。”

“颜兄放心。”燕思空郑重道，“老师的知遇之恩，空没齿难忘。”

拜别颜未明，燕思空在仆人的带领下，往颜子廉的主屋走去。

一路上，他额上青筋突突直跳，适才他状似成竹在胸地安慰颜未明，心里只怕比颜未明更没底。

颜子廉病倒，由内阁次辅霍礼暂代首辅职，这霍礼是个只会做学问的老学究，颜子廉选他做次辅，就是看中他的与世无争。没有了颜子廉，霍礼在内阁怕也待不长久了。

燕思空老远就闻到了一股草药味儿。

推门而入，那浓郁的汤药味混杂于沉闷的空气中，闻来极为不祥。看着卧榻上那鹤发苍颜的老人，燕思空呼吸一窒，心脏直往下沉。若说来之前，他还抱着一线颜子廉能好转的希望，现在也彻底绝望了。

“老师……”燕思空悲切地唤了一声，轻轻走了过去。

短短数日，颜子廉已经瘦了一大圈，面如死灰，喘息微弱，昔日大权在握、雷厉风行的宰辅，如今不过是个风烛残年的老人。

燕思空鼻头酸涩。

颜子廉缓缓睁开了眼睛，见到燕思空，怔了好半晌，才点点头，用沙哑的声音说道：“你来了，我在等你。”

燕思空跪在榻前，无力地问道：“老师，你可感觉好些？”

颜子廉微微摇头：“这一次，好不了了。”

燕思空沉重地垂下了头。

颜子廉道：“你们都下去。”

几个下人一一退了出去。

颜子廉奋力想要撑起身体，却根本使不上力气：“扶我……起来。”

燕思空小心翼翼地将颜子廉扶了起来，半身靠在软垫上，又给他倒了一杯温水。

颜子廉喝了口水，顺了顺气，才将毫无神采的眼眸移向燕思空：“思空，你我心知肚明，我大限将至了。”

燕思空摇着头：“老师定能好起来。”

“不必说这些无用的话，我与你有要事相商。”

“学生听着。”

颜子廉深吸一口气，声音开始颤抖：“我……比那阉贼长了六岁，死在他前面，倒也合情合理，只是，实在心有不甘，不甘……不甘于壮志未酬身先死……”

燕思空双手死死揪住了被角。

“我二十二岁金榜题名，为官四十多年，辅佐过三任天子。刚入仕时，乃我大晟的鼎盛年代，先帝的英明仁爱令万民敬仰，先帝的文治武功令四海臣服，那时的官场，风清月白，少有不正之气……”颜子廉的眼神突然焕发出光芒，想必他眼前已经再现了当年的辉煌昌盛。

燕思空曾从史书与文献上，领略过大晟的太平盛世，那时每年来中原朝拜的海内外番邦，就有近百个，国库充盈，拥兵百万，风调雨顺，百姓安居乐业。

可兴许是盛极必衰，兴许是承平日久，武备日弛，晟明宗英武一世，独独短命，他驾崩后，晟文宗继位，国运急转直下，丢了河套，肥了瓦剌，至昭武帝继位，更是骄奢荒诞，宠信宦官，再失辽北，几十年来，中原地区战火不断，百姓苦不堪言，国祚已是岌岌可危。

颜子廉眸中的光彩便如回光返照一般，很快就消散了，他又回到了现实：“可惜啊，你没有机会亲眼看一看那样的大晟。”

燕思空能清晰地感觉到颜子廉极其为之痛心，他的一生，都希望复兴大晟，重现辉煌，可凭他一人，实是无力回天。

“先帝失河套，我人微言轻，无力劝阻；陛下放弃辽北，我尚不是阁臣，拼死谏诤，也于事无补。”颜子廉说着说着，已是老泪纵横，“如今我身为百官之首，竟又不能阻止奸佞构陷忠良。我一次又一次地看着他们自毁长城，作践我大好江山，我一生之大志，都在悔恨与无力间被消磨殆尽，你说，你说……后世会如何写我？”

燕思空含泪道：“若没有老师苦苦支撑，砥柱中流，这江山早已面目全非，贬褒毁誉，自在人心。”

“自在人心……”颜子廉苦笑着颔首，“自在人心啊。”

“老师定是能名留青史的一代功勋贤臣。”

颜子廉摆摆手：“罢了，我从前以为自己很在乎身后之名；临了，又不是很在意了。我心里想的，只有我未成之事；挂念的，只有我大晟江山，个人的是非功过，又算得了什么。”

“老师……”

颜子廉看向燕思空，声音有气无力：“思空，我今日与你说的每一句话，你都要牢牢记住。”

燕思空定定地看着他。

“我若走了，陛下再无顾忌，封家恐怕就没救了，你万事要早做打算。”

燕思空沉重地点点头。

“阉党也会借机反扑，打压我派，斩草除根。”颜子廉叹道，“你从前对谢忠仁来说尚有利用价值，现在你身为我的门生和太子侍读，定是他第一个要剪除的，你可明白？”

“学生明白，学生不惧他。”

“你不可不惧他。”颜子廉抓住燕思空的手腕，“你年轻有为，足智多谋，在为师心中，只有你能够完成我未完成的大志，封家和太子，如今也全都要仰仗你了，你万万不能出事。”

燕思空神情复杂。

仰仗他？他已没有封家可以仰仗，眼看也快要没有颜子廉可以仰仗了，他也不知道颜子廉一走，他会面临怎样的命运。

这场与谢忠仁的争斗，他们败了，败得元气大伤，败得损失惨重。

颜子廉看透了他的心思，轻声道：“思空，你还年轻，只要你活下去，就有希望。”

燕思空黯然苦笑："学生定会努力自谋生路，承继老师的衣钵，完成老师的遗志。"

"你要如何自谋生路？"

燕思空沉默了，他甚至不知道谢忠仁会如何干掉他，只能走一步看一步了。

颜子廉道："如今能保你命的，只有一途了。"

"什么？"

"万阳公主。"

燕思空怔了怔。

"你若能顺利成为驸马，一来，可保你身家性命；二来，只要婚期定下，必然是秋季以后，在此之前，皇太后年祭未到，而公主出嫁在即，均不宜执行死刑，可以拖延上数月，令你做足准备。"

"老师……说得对。"燕思空皱眉道，"可是，陛下指不定已经想悔婚了。"

"未必，因封家一事，陛下与贤妃、公主之间已生嫌隙，倘若再将已定的婚事取消，别说君无戏言，就是普通人家的父亲，也不能这般作践女儿家的名声，何况陛下是真心疼爱公主的。"

"学生该如何做？去求陛下定下婚期？"燕思空意识到颜子廉虽然病重，但脑子丝毫没糊涂，他指的这条路，不仅仅是他的生路，也是封野的生路。

"陛下连我的话也不愿听了，又怎会理会你？"颜子廉握住燕思空的手，用那苍老、虚弱的声音缓缓说道，"你，要去求谢忠仁。"

燕思空僵住了。

"当时我们为了引谢忠仁上钩，你与封野做了一出戏，如今看来，是无心插柳了。"颜子廉正色道，"思空，若换作他人，我绝不会有此要求，因为我知道他们做不到，但是你，也许只有你能做到。"

燕思空的大脑出现短暂的空白，他是何等聪明，立刻领会了颜子廉的意思，喃喃道："老师……叫我去求谢忠仁。"有些话颜子廉没有说透，但他已经明白，颜子廉是叫他去"倒戈"。

颜子廉哀声道：“思空，你说贬褒毁誉，自在人心，你可愿意为了理想，忍常人所不能忍，苦常人所不能苦？”

燕思空定定地看着颜子廉，他很想告诉颜子廉，倘若换一个人，他为达目的，可以鞍前马后给人当孙子，一个曾流落街头、跪地乞讨之人，还在乎什么顶不了饱的尊严，可那是谢忠仁啊，那是害得他家破人亡的谢忠仁啊，颜子廉让他去向那条他恨不得生吞活剥的阉狗卑躬屈膝！

师生二人沉默地对视了良久。

颜子廉双眼昏花，逐渐要看不清燕思空的面孔，而燕思空，亦是浑身冰冷，目光有所涣散。

无数思绪纠缠，就像一头狂兽在脑海中横冲直撞，痛得他目眦欲裂，若仇恨有形，早已将周遭的一切吞没，可在这绝望的旋涡之中，有一个声音在小声地提醒他，颜子廉说的对。

他需要驸马的身份保全自己，他需要与万阳公主的婚期，为封野争取时间，他需要靠近敌人，找寻命脉，以期在未来的某一天，当他有足够的力量时，可以愤而执剑，一举贯穿那肮脏的心，还冤魂清白，还江山太平！

为了那一天，他是否能忍常人所不能忍，苦常人所不能苦，顶着天下人的耻笑与鄙夷，去向与自己不共戴天的仇人摇尾乞怜？！

燕思空，你可以吗？

燕思空求见谢忠仁时，带了一件礼物。是一根超过三十岁龄的虎王的腿骨，根骨粗壮，呈自然乌亮之色，以此骨入酒，能强筋健骨、延年益寿，价值万金。

燕思空对谢忠仁的喜恶了如指掌，谢忠仁富可敌国，什么金银财宝都难入他眼，但他十分惜命，热爱搜罗珍稀药材，虎骨酒还有个更厉害的功效，是壮阳固精，他虽是个阉人，可越是阉人，还越好在这上头下功夫，以示自己姑且还是个男人。

起初谢忠仁见到燕思空，十分冷淡，想来因列题和刘岸一事，对他有所迁怒，可见了这份赠礼后，面色就缓和了一些：“燕主事何须如此客气呀。”

“不瞒公公，自刘大人一事后，晚辈夜夜不成眠。”燕思空强忍着汹涌的恨意，勉强说道，“心中愧疚，至今无法释怀。”

谢忠仁挑眉：“哦？你何愧之有？”

“晚辈……晚辈没料到老师会为了封家，公然冲撞陛下。”

谢忠仁冷哼一声：“颜阁老为了一个反贼，如此不计后果、任性妄为，实在令陛下痛心。”

那“反贼”二字，听得燕思空目眦欲裂，他唯有低下头，才能掩饰那一瞬间的狰狞，他声音轻颤着：“公公……言之有理。”

谢忠仁斜倪了燕思空一眼：“此事燕主事不必愧疚，说起来，倒是咱家叫你失望了，幸好后来……”他笑得阴险歹毒：“封野锒铛入狱，总算替你出了一口恶气。”

“……晚辈气的是封家图谋不轨，大逆不道，晚辈自己那点委屈，哪里能与陛下的寒心失望相比。”

“可不是呀。”谢忠仁装模作样地叹了一声，“陛下对封剑平的信任与器重，朝野无人能及，予他三十万重兵，赐地封侯，享万代荣华，他不但不心存感激，竟恩将仇报，意图谋反，真是人心不足蛇吞象，此等乱臣贼子，罪当凌迟！”

燕思空气得浑身发抖，指甲要深陷进肉里，用疼痛刺激自己镇定，否则一旦失控，他怕是会现在就手撕了这阉狗。

最令他痛苦的是，他还要与这阉狗虚与委蛇。

谢忠仁看上去非常愉悦，笑着问燕思空：“听闻颜阁老贵体欠安？”

“老师……如今卧病在床。”

“呵呵。”谢忠仁指了指那虎骨，“那这宝贝，怎的不送去给阁老呢？”

“此物虽是珍贵，到底不是神仙丹药，只能延年益寿，不能……不能……”燕思空迟疑了。

谢忠仁眼中闪过精光，他眯起眼睛：“你可是想说，救不了将死之人？”

燕思空低下了头，状似局促。

谢忠仁脸上的笑意甚至懒得掩饰：“人生自古谁无死嘛，阁老年事已高，不过是顺应天道罢了。”

燕思空突然“扑通”一声跪在了地上，双膝落地的那一瞬间，他只觉得身体里也有什么东西应声碎裂，他将前额重重磕在了地上，一双眼珠子几乎瞪出血来，汹涌袭来的羞辱与恨意几乎将他溺毙，他哑声道：“求公公……为晚辈做主。”

谢忠仁挑起眉：“呵呵，咱家能为你做什么主？”他居高临下地看着燕思空，就像在看一条乞食的狗。

“陛下迟迟不予晚辈和公主的婚期，晚辈惴惴难安，恐怕……恐怕陛下会因老师而迁怒于晚辈，收回婚约。”

谢忠仁以袖掩唇，扑哧一笑，嘲弄道：“燕主事不愧是聪明人，想得周全呀。”

燕思空死死地瞪着地板，将所有的屈辱都化作复仇的决心，强迫自己说着那一字一句皆违心的话，“晚辈仰慕公主，能以寒士之身与公主订下婚约，实乃三生有幸。自赐婚那日起，晚辈便日夜渴望与公主共结连理，可如今……”他颤抖道：“晚辈求公公做主。”

谢忠仁低笑两声，轻声道：“燕思空，你真有自知之明啊。”

“公公说的是……”

谢忠仁站起身，款款走到了燕思空面前，半蹲下身，在燕思空头顶冷冷说道：“颜子廉重病在床，眼看大限将至，你就来求我，你就不怕被唾沫星子淹死啊？”

燕思空声音显出慌乱：“晚辈……晚辈实在是走投无路了，晚辈曾多次奉劝老师不要与封家走得太近，老师却充耳不闻，如今落得这局面，晚辈实在是……冤枉啊。”

谢忠仁伸出手，轻佻地拍了拍燕思空的脑袋：“咱家一直十分欣赏你，你不像那些死板迂腐的酸儒，恨不能一条道走到黑，沽名卖直。君子不立危墙之下，才是大智慧，你果然没叫咱家失望。”

燕思空慢慢抬起了头，两人各怀鬼胎，对视时都想从对方眸中读出更多深意，那是一场无声的、暗暗的较量，不过弹指之间，已过了无数招，每一缕思虑，都暗藏杀机！

谢忠仁冷笑道：“咱家也不瞒你，其实陛下早与我商议过此事。”

“陛下……”

谢忠仁挥手令他噤声：“陛下对你是十分欣赏的，不然当初也不会答应将公主下嫁于你，可今日不比往昔，颜子廉已不再是宰辅，你不仅是他的学生，还是太子的授课老师，陛下呀，头疼啊。”

燕思空定定地看着他，等着他的后话。

“你想娶公主，无可厚非。”谢忠仁阴笑道，“但陛下可不想将自己疼爱的皇女，嫁给一个‘外人’。”

“晚辈对陛下忠心耿耿，求公公明察。”

“放心，你对陛下的忠心，咱家定会为你上达天听。”谢忠仁眯起眼睛，“君无戏言，陛下也不想让公主悔婚、平白受人非议啊。”

燕思空面露喜色。

“燕主事这么懂事，咱家是不会亏待……哎呀，咱家刚刚想起来，你可早就不是主事，而是郎中了。”

“晚辈无论官至几许，都愿为公公鞍前马后。”

谢忠仁大笑起来：“你如今是准驸马，咱家可消受不起呀！”

“公公折煞晚辈了。”

谢忠仁拉住燕思空的胳膊，将他从地上扶了起来：“燕驸马，咱家自会提醒陛下，为你和公主择良辰吉日完婚。”

“多谢公公……”

“哎。”谢宗仁摆摆手，“不过，咱家也要提醒燕驸马，这忠心，可不光是嘴上说说而已，你若娶了公主，陛下是君亦是父，与你是一家人，你要对谁尽忠尽孝，不必咱家提醒吧？”

“晚辈愿为陛下赴汤蹈火、肝脑涂地。”

谢忠仁满意地点了点头。

燕思空的双拳在袖中紧握，心中不断地有一个声音在说着，有朝一日，他要将眼前这不共戴天的仇人，一片一片地凌迟。

第二十八章 定罪

昭武三十四年夏，辅佐三任天子的群臣之首、文渊阁大学士、内阁首辅颜子廉在悲愤与不甘中溘然长逝。

燕思空尽管悲痛，却也同时为颜家庆幸，倘若不是颜子廉走得如此“及时”，在搞垮封家之后，谢忠仁很快就会对付颜家，颜子廉的病逝，令昭武帝保有了最后的仁慈，他念在颜子廉兢兢业业几十年的分儿上，以宰辅之礼厚葬，还亲下悼文，否则，颜子廉未必能得善终。

但燕思空知道，颜子廉一走，士族一派的灾难就要开始了。

燕思空去参加丧礼时，京中已经盛传他与谢忠仁来往过密，不少同门看他的眼神都有些异样，当年同时入仕的进士，如今境遇已各不相同，有的至今还是小小翰林，而他却是一路平步青云，忌妒和猜疑之下，不少人唤着“燕驸马”，语气却阴阳怪气。

祭拜之时，燕思空红着眼睛，重重磕了几个响头，心中默念着：“老师，您未完成的遗志，将由学生承继，学生定当荡涤奸佞，肃清朝野，重现我华夏中原的太平盛世。”

祭拜过后，梁随将他拉到了一旁，一副欲言又止的模样：“思空，近日京中有很多与你有关的闲言碎语，我道皆是耳食之言，定是阉党恶意中伤，你可……”

燕思空不客气地打断了他：“梁兄，你我素来交好，我不将你当作外人，我有几句不中听的劝告。”

梁随愣住了。

燕思空看了看周围那些也正在偷瞄自己的同门，压低声音道：“老师仙逝，谢公公独揽大权，接下来定会对士族一派大清洗，一场腥风血雨避无可避，君子不立危墙之下，望梁兄明哲保身。”他知道梁随并非什么清正高洁之人，就算他不说，梁随也会去做出头鸟，况且以此人的地位才学，根本入不了谢忠仁的眼，他这番话的目的，是为了通过梁随试探周觅星，以及周觅星背后的顺天府尹。

“你……”梁随不敢置信地看着燕思空，半天说不出一句整话，大约也没料到燕思空能够无耻到这个地步，一路提拔他的恩师尸骨未寒，他就已经真如传闻中的那样反水了？

燕思空拱了拱手，转身告辞了。

颜子廉刚刚出殡，朝堂之上就燃起了无形的战火，伴随着时节的推移，彻底进入了酷暑的盛夏。

昭武帝突然下旨，定下了燕思空与万阳公主的婚期，就在皇太后年祭过后的不久。

与此同时，谢忠仁带领着阉党对士族一派进行血洗，如今士族由新任内阁首辅霍礼领军，可他性情木讷，淡泊名利，与颜子廉截然相反，根本难堪大任，六部九卿亦分成两派互相攻击，士族群龙无首，被阉党打得节节败退。

颜未明胸无大志，但有自知之明，在谢忠仁整治他之前，就早早以丁忧为由辞了官，要举家回江南老家种田，可谢忠仁吃了半辈子颜子廉的窝囊气，怎会轻易放过他，翻出颜子廉次子的旧账大做文章，要以贪墨之名抄颜子廉的家，最后是群臣劝阻，加之昭武帝顾及颜面，只收回了对颜子廉的种种封赏，勒令颜家立刻滚回老家，永远不得回京。

三朝老臣、一代宰辅，祭月刚过便被卸磨杀驴，实在令人心寒。

而这期间，燕思空一句话都没为颜家说。

同样，谢忠仁将士族官员一派一个一个地拽下马来，杀的杀，免的免，贬的贬，朝中哀声一片，怨声滔天，燕思空也自始至终沉默。

他只能沉默，撕心裂肺地沉默，因为他知道，就算他死上一万遍，眼下，也什么都改变不了。

而他必须活着。

因无暇顾及而被他遗忘良久的沈鹤轩，于千里之外上书弹劾谢忠仁，罗列其十数项大罪，为颜子廉鸣冤，许是他人微言轻，这份弹劾并未激起太大的水花，但把谢忠仁气得直跳脚，他掘地三尺也没找出沈鹤轩的把柄，不好下杀手，便以诬告之名，将其贬斥到黔南一个偏远小县做县令，几乎再无翻身之日。

大晟二百余年历史上出现的第二个连中三元的经世之才，前途尽毁。

而不久以后，燕思空也收到了沈鹤轩的信，信中毫不留情地痛斥他为了个人荣华富贵欺师灭祖、人面兽心、无耻之尤，咒他定会位列《佞臣传》，臭名留世、万人唾骂。

燕思空一字一句地看完信，认为这封信文采超绝、字字诛心，不愧出自沈状元之手，他默默地把信烧了，但他记性太好，怕是一辈子想忘也忘不掉了。

隔日，仆人送来一个朴素的珠宝盒，打开盒子，里面是几样与那盒子十分匹配的金银首饰，和一张字条，展开来看，娟秀的字体落下八个字：两不相欠，好自为之。

仆人小心翼翼地说："是沈夫人送来的，她们今日启程，说是要回苏州老家。"

燕思空轻叹一声："把阿力叫来。"

谢忠仁心胸狭隘，睚眦必报，就算那阉狗不动，此去苏州路途遥远，孤儿寡母的也很容易有危险，他要让阿力去找佘准，派个人暗中照应。

另外，他也需要知道佘准布局得如何了。

他已经将通过颜子廉拿到的诏狱的所有资料都给了佘准，还重金收买了上次带他去见封野的侍卫长，封野和封剑平所关押的位置他们了然于胸，劫狱的方式和离京的路线正在一步步完善，以求万无一失。

他心里十分清楚，待谢忠仁清洗完士族一派，朝中再无一人敢为封家鸣冤时，就是大刀挥下的时刻，而他们要尽早完成这件事，因为一旦孟铎也失势，诏狱中的父子二人就再无人照应，他怕他们到时就算劫狱成功，救出来的也是残废了。

他每一日都在告诉自己，无论他有多么煎熬，都不会比此时的封野更痛苦，所以无论他选的这条路多么凶险，无论他遭了多少白眼和鄙夷，无论他对着谢忠仁谄媚屈膝时是多么耻辱，他都能忍。

只要封野活下去。

自春猎后，燕思空没再见过陈霂，先是封家谋反一案，接着是颜子廉病逝，他借故没有去给陈霂上课，一是实在分身乏术，二是不知如何面对陈霂，因为他此时已经无暇顾及陈霂，而陈霂想要问他的问题，他难以回答。

可今日陈霂已是第二次派人来邀，他无法再推脱，硬着头皮去了东宫。

再见陈霂，两人之间莫名地多了一丝生疏，陈霂不再想从前那样一见他就展颜，而是远远地看着他，拘谨地叫了一句："先生。"

"臣叩见太子殿下。"燕思空说着就要跪。

"不必多礼。"陈霂打断了他，"随我进来吧。"

燕思空在心头叹息，他是真心想拜的，这一声"太子"，怕是叫一句、少一句。

两人走进宫内，陈霂挥退左右，转身看着燕思空："先生的身体可好了？”

“多谢殿下挂念，臣已经没事了。”

陈霂抿了抿唇，欲言又止。

燕思空问道：“殿下近日可安好？”

“你觉得我能好吗？”陈霂自嘲道，“我眼看着站在我前面的人一个接着一个地倒下，不知道哪一天就轮到我了。”

燕思空一时竟想不出如何安慰他。

陈霂目不转睛地看着燕思空，犹豫片刻，还是走了过来，站定于他面前，仰头直视他的眼睛：“他们都说你反水了，在颜阁老重病之际投靠了谢忠仁。”

燕思空的眼神动也未动，沉默着。

陈霂的声音突然有一丝激动：“你不解释吗？！谢忠仁害死我母妃，他作恶多端……”

燕思空回望进陈霂的眼睛：“若我说这是权宜之计，我苟且偷生，是为了报仇，殿下会信我吗？”

陈霂怔怔地看着燕思空：“当真？你可知别人背后是如何说你的？你情愿受天下人唾骂，也要……走这条路？”

燕思空苦笑一声：“对，我要走这条路。”

“你……那我呢？”陈霂颤声道，“我会如何？我该如何？”

燕思空定定地看了陈霂半晌，轻声道：“霂儿，这是我们最后一次见面了。”

陈霂脸色大变，一把抓住了他的手，用力地握着：“你此言何意！”

“待谢忠仁收拾完士族与封家，你的储君之位，定然是保不住了。”

陈霂浑身颤了颤，他虽然心中早有预料，却没想到燕思空会这般毫不避讳地直接说出来，他不知所措，慌乱而愤怒，又充满无力：“你……你怎么敢……”

燕思空双膝一软，顺势跪在了陈霂面前。

陈霂眼圈一红，也跟着瘫在了地上，哽咽道：“先生……”

燕思空抱住了陈霂，满心绝望地说道：“殿下，臣无能，辅佐不了殿下了。”

陈霂流下了热泪。

“陈椿眼看就要成年，皇上一定会在他成人之前改立，殿下切莫抗争，方能保住一条命……”

陈霂充满了恨意：“为何、为何一切会变成这样！”

“老师穷尽一生，也没能诛杀阉贼，但我并未服输。”燕思空哑声说道，“只是从今往后，不能与殿下并行了。”

“我不想把皇位让给陈椿，我不想！”陈霂哭道，“我恨啊，先生，我恨啊！”

燕思空紧紧抱着陈霂，颤声道：“我也恨，可只是恨，也于事无补。我们要活下去，活下去，才有希望。”

“还有什么希望？”陈霂咬牙道，“就算他不杀我，也定会把我扔到一个偏僻之地、当个闲散王爷，一辈子庸碌无为，郁郁而终……那还不如现在就杀了我！”

“殿下切不可这么想。”燕思空捧着陈霂的脸，口气凌厉，“留得青山在，不怕没柴烧，殿下即便去了封地，也不可自暴自弃，你尚年幼，尚有大把时光，有朝一日，若臣能铲除奸佞，扭转朝局，殿下不能全无准备啊！”

陈霂深深地望着燕思空：“你是说真的吗？我还有可能当皇帝吗？”

燕思空正色道：“在臣心中，只有殿下能当皇帝，只要臣有一口气在，就不会放弃，殿下也不可放弃。”

陈霂咬住嘴唇，艰难地点了点头，眼中迸射出熊熊火焰，有恨、有痛、亦有超越年龄的野心。

燕思空将陈霂扶了起来：“往后，我不能再为殿下讲学了，殿下谨记我的话，顺从皇上，保住性命，到了封地以后偷偷地培植势力，有朝一日，必有用武之地！”

陈霂坚毅道：“好，我等你。”

两人四目相对，皆从彼此眼中看到了万死不悔的决心。

陈霂想起什么，又黯然道："先生，要娶……皇姐了？"

燕思空沉声道："唯有娶了万阳公主，我才能保全自己，也才能……"

"才能什么？"

燕思空并不打算把他要劫狱的事告诉陈霂，险些说漏了嘴，他改口道："才能完成老师的遗志，才能与殿下定下未来之约。"

陈霂张了张嘴，深深地望着燕思空的眼睛，艰涩道："我……"

燕思空静静地看着陈霂，等着他说完。

陈霂迟疑了良久，才垂下了眼帘："今日一别，不知再见是何夕何年，我舍不得先生。"

"我也舍不得殿下。"燕思空按了按陈霂的肩膀，"但你我一定会再相见。"

陈霂闭上了眼睛，少年才识愁滋味，竟是如此地痛彻心扉。

继任颜子廉的内阁首辅霍礼，难以承受来自阉党的百般刁难，在群臣之首的位置上坐了尚不足一个月，就匆匆致仕了。

阁臣讲究论资排辈，上面的走了，下面的才能顶上去，颜子廉在任时，赶走了王生声，已然独掌内阁大权，所以五位阁臣都是他的人，可如今他不在了，霍礼都难撑大局，更别提剩下的几位，眼看着士族一派被血洗，原来的三辅不愿坐首辅之位，内阁彻底乱了。

这局面正是谢忠仁所期望的，他妄图往内阁安插阉党，但昭武帝却一反常态地没有用他举荐的人。

燕思空敏感地意识到，这个狗皇帝虽然昏庸，但到底没有被酒色泡晕最后一丝理智，所谓帝王之术，在于制衡，他再怠惰朝政，漠视民生，但对屁股底下的金銮宝座还是看重得很，不会坐视谢忠仁独揽大权。

于是尽管原来的三辅——曾任工部尚书的龙图阁大学士王问语再三推却，但还是在昭武帝的授意下，登上了首辅之位。

看够了谢忠仁祸害朝臣、构陷忠良的种种恶行，燕思空终于在无尽的绝望中看到了一点点希望，此事说明，昭武帝并非对谢忠仁全心信任、毫无顾忌，他到底不会让宦官去染指相权，而谢忠仁越是张扬庞大，就越会渐失皇宠。

当然，谢忠仁服侍昭武帝半生，对其脾性了如指掌，也知道见好就收，王问语任首辅之位就是他该收手的暗示。此时牵连的士族官员已近百，哪怕颜子廉死而复生，士族一派也无翻身之日了，接下来要做的，是能讨昭武帝欢心的三件大事——江南海税、大同兵权和储君之位——他们所做的种种，都不外乎是为了这三件事。

许多年以后，燕思空回想起那时的种种，依然能清晰地忆起所有。夏末初秋的时节，天气酷热难耐，但他从不曾感觉到一丝炎热，因为周遭发生的一切，都时时令他感到彻骨的寒意，仿佛有一把无形利刃横于颈前、贴着皮肉，随时将要痛饮他的鲜血。

在无人再敢有异议的情况下，户部提出了新的海税议案，将江南海税翻了近乎一倍。

已搁置月余的封家谋反案，案子查得稀里糊涂，但昭武帝一道圣旨突降，无论二人认罪与否，为大晟坚守大同三十年、立下盖世功勋的封家，都落得个夺爵弃市、抄家夷族的下场。许是顾虑贤妃与万阳公主，许是怕天下人訾议，昭武帝念在封剑平退敌有功的分儿上，“仁慈”地没有株连。

但封府上下二百余口，再无生路，将于秋后——皇太后年祭和万阳公主大婚之后问斩。

尽管早已有所预料，但真正听到封家父子被定了死罪时，燕思空依旧感到窒息和阴寒。

这世间再无一物，脏得过人心。

那之后不久，果不其然就轮到了陈霂，昭武帝甚至懒得寻什么借口，只以陈霂聪慧不敷、德行不足为由，就废了太子，改立宠妃之子陈椿为储君，如此轻易、如此轻慢、如此轻佻，无有半点为君者的庄重。

陈霂被废后，昭武帝在泸州府赐了他一块封地，赐名号“楚王”，那里地处川蜀与黔州交界，凶山险水，不利农耕，自古是贫瘠之地，又以亲王成人后不得留京为由，逼他两日之内离京。

堂堂大晟王朝的皇长子、曾经的太子，就这样含着满腔的怨恨、狼狈不堪地离开了京师。

燕思空一语成谶，那日在东宫的一面，就是他与陈霂的道别。

他眼看着所有他重视的人，死的死、囚的囚、贬的贬、走的走，而他还要对着仇人谄媚奉迎，每一日每一时每一刻，都比死还令他痛苦，他不知上天还要将他折磨至何种地步，倘若他做坏事有所报应，为何大奸大恶之人却总是得偿所愿？

他们的报应呢？

燕思空已经没有眼泪，没有情绪，周遭人鄙夷的目光和讥讽的言语，再也激不起他心湖的波澜，他把他想让谢忠仁看到的一面，一刀一刀地刻在了血肉之上，变成了面具、铠甲，把真正的自己，藏在了灵识深处。

为了那些说出来鲜血淋漓的名字，他忍辱负重、他苟且偷生。

经过他和佘准数月的谋划、筹备，已经制订出了劫狱的全部计划，每一道关卡、每一个要害之人，他们都反复推敲、确认，但凡任何一点出了问题，都恐怕会招致全军覆没。

此时距离刑期，不过区区五十几天，眼下他们要决定的，就是何时动手，而有一个日子，令二人不谋而合，那就是——燕思空与万阳公主大婚的日子。

那一日，必是全城躁动，必是守卫松懈，必是最易浑水摸鱼、暗度陈仓的时机，错过这一日，再无下手的良机。

燕思空与佘准对视半晌，突然放声大笑，笑得几乎落泪。

他要在将封野远送他乡，也许是一生诀别的那一日。

佘准沉默地看着他。

“佘准……哈哈哈……佘准……”燕思空带着那比哭还难看的笑容说道，“我上辈子怕是一个妖祸天下的大魔头，今世才要受尽苦楚，我说我是煞星，你还不信，看吧……”

“南玉……”佘准沉声道，“你可以跟他一起走。”

燕思空的惨笑僵在了脸上。

佘准轻声道："跟他一起走吧，何必为了复仇，这般折磨自己，现在放下，还来得及……"

"来不及了。"燕思空双目失神地看着佘准，但眸中分明什么也没有，谁也没有，"大仇不报，我死不瞑目，这辈子唯有那阉狗之血，能解我煞命诅咒之毒。"

第二十九章 婚期将至

礼部早已在筹办燕思空与万阳公主的婚事，由于削藩和加征海税均大功告成，近两年国库充盈，昭武帝十分喜爱讲究排场，也想趁机展示国力，此番公主出嫁，定会是奢靡隆重。

礼部派下官员在燕府督办婚礼的各项事务，还要给燕思空和燕府的下人讲授礼仪，燕思空已经数日不得空去衙门，尽管如此，也没有人会苛责他，一是他马上就要成为驸马了，二是周遭大部分人都对他鄙而远之，这种时候还能来巴结的，大都是阳奉阴违的小人，他没空理会。

由于府上往来众多，燕思空的行动不便，就连令阿力去找佘准，都变得比以前更为小心谨慎。佘准的暗中部署都已完成，燕思空也通过那个被他重金收买的狱卒，将计划透露给了封家父子。

燕思空很想去见封野一面，因为这很可能是他们的最后一面，可他一是不能，二是不敢，他绝不能在动手前夕出什么岔子。

在这样的紧迫情况之下，他还抽出了时间去给谢忠仁祝寿。

谢忠仁在自己的六十六岁寿宴上，故意当众讥讽燕思空，说他孝顺明理，将来成了驸马，便是圣上的半子，也定会尽忠尽孝，与公主举案齐眉。

这番话不仅在暗指燕思空背叛恩师，也在嘲弄他高攀皇女。闻言，席上生出不少鄙夷和白眼，如今不光正派磊落之人与他划清界限，就连阉党亦瞧他不起。

燕思空充耳不闻，镇定自若，还亲自诵读了他给谢忠仁写的祝词，极尽谄媚之能事。

他知道谢忠仁在试探他的忠心，他会把这出戏演到最后，哪怕千夫所指，臭名留史。

宴席到了一半，燕思空起身去解手。

方从茅厕出来，突然，感到身侧袭来一股掌风，身体比思绪更快，燕思空还未来得及转头，已经伸手格挡，偷袭者的拳头擦着他的小臂而过，激起一阵火辣辣的痛，他侧身躲过袭来的第二招，足下发力，带动腰部旋拧，瞬间与偷袭者拉开了一段距离。

他定睛一看，偷袭他的人，竟然是祝兰亭。

祝兰亭收了手，冷冷地看着燕思空："你果然会功夫。"

燕思空看了看周围，相比正堂在举办的寿宴，此处十分安静，但他毕竟是在谢忠仁的府上露出了马脚，心脏一阵紧缩，他沉声道："祝统领是何用意？"

"你还要装到什么时候？"祝兰亭眯起了眼睛，"我早已看出你的身形和走姿不同寻常。春猎时，你于疾奔快马上救下太子，却只受了轻伤，旁人或许以为你命大，可我知道，你要不是会功夫，死于马蹄之下也不稀奇。"

燕思空面无表情地说道："就算我会功夫又如何？犯了哪条律法？祝统领未免咄咄逼人了。若无他事，在下先告辞了。"他说着就想走。

祝兰亭却伸手拦下了他："我忍着恶心来参加寿宴，就是为了见你。"

燕思空谨慎地打量着祝兰亭："你想干什么？"

“我有几件事要问你。”

“……说吧。”

“封家父子到底有没有谋反？”

“封家父子是否谋反，恐怕祝统领与许多人一样，心中自有衡量，但陛下既已下旨定罪，你我皆为人臣，岂可非议。”

“我要听你亲口说。”

燕思空皱起眉：“祝统领好生奇怪，封家父子是否谋反，与我何干？”

祝兰亭冷笑一声：“我祝某人做事一向求稳，若无把握，绝不会打草惊蛇，你和封野的关系，我早已知晓。”

燕思空心中一惊，背上冷汗瞬间滑落，祝兰亭是什么时候盯上他的？他竟毫无知觉？不，也许祝兰亭只是在套他的话，他不能自乱阵脚。他面上毫无波澜：“我实在听不懂祝统领所指为何，我与封野确实交恶，但此时也不愿落井……”

“去年除夕之夜，你与封野在燕府旧宅密会，可有此事？”祝兰亭不客气地打断了他。

燕思空的眼神逐渐冷了下来，他确定祝兰亭是真的知晓什么。

“你一定很想知道，我是如何知晓的吧。”祝兰亭低声道，“除夕之夜，我们逮着一醉汉在宫墙上撒尿，我自认守卫不利，十分懊恼，于是彻夜未眠，带着禁卫巡街，碰巧撞上一个人夜潜在外，我担心是不轨之徒，便悄悄尾随，没想到一路跟到燕府旧宅，发现是你和封野。”

燕思空握紧了拳头：“你当时就知道了，为何一直不说？”

“我想知道你们打算干什么，为何明明交好，人前却要做出势同水火的模样，所以自那以后，我监视了你们很久。”

燕思空感到浑身发冷，他万万没想到，很多他以为天衣无缝之事，其实百密必有一疏，不过，也只有祝兰亭这样的身手，才能跟踪他和封野不被发现，而他偏偏撞上了。

他突然想到了他绑来夜离的那一天，他眯起眼睛：“原来那天那个人，是你……”

祝兰亭却微微蹙了蹙眉："你指的哪天？"

燕思空脸色微变，祝兰亭已经向他坦白，实是没必要再隐瞒这件事，难道，那天的黑衣人不是祝兰亭？可那会是谁？！

"还有其他人？"祝兰亭追问道。

燕思空却没有回答，他深吸一口气，定定地望着祝兰亭："既然你已经看到了，我也不用再隐瞒，我与封野人前做戏，是为了钓谢忠仁上钩。"

"上什么钩？京察列题？"

"对，那是老师和我想出来的，让靖远王顺利通过京察的计谋。"

祝兰亭的胸膛深深起伏了一下："那谋反又是怎么回事？"

"谢忠仁派一个妓女勾引了封野的车夫，窃取兵符，一切都是他的阴谋。"

祝兰亭瞪圆了双目："你可有证据？！"

"没有。"燕思空冰冷地说道，"即便有，也无力回天了。"

"所以你就倒戈阉党？"祝兰亭恶狠狠地说，"你如今所做的一些，对得起太子，对得起颜阁老吗？你简直恬不知耻！"

"他如今已不是太子，而是'楚王'。"燕思空微垂下眼帘，掩饰神情的波动，又淡淡说道："祝统领切莫再说错，恐怕惹祸上身。"

祝兰亭的表情却瞬间缓了下来："你还想继续瞒我。"

燕思空深深蹙起眉。

"我刚刚是试探你。"祝兰亭道，"我跟踪了你大半年，你当真以为，我不知道你想干什么吗？"

燕思空确实不知道祝兰亭究竟知晓多少，所以每一个字都十分谨慎："你还知道什么？"

"我还知道，江湖人称'天魁白灵'的情报贩子，就在城中，而你与他有过至少两次往来。"祝兰亭深深地望着燕思空，"燕思空，我愈是调查你，愈觉得你不简单，我派人去过你的原籍，虽然确有此人，但那人绝不是你，以你的容貌、才学，乡里不可能对你毫无印象，你冒用了那人的身份，你可能根本就不是燕思空，也不是潘阳府吉安县人。"

燕思空的脑子在飞速转动，思索着祝兰亭的目的，以及如何将此事的损害降到最低。

祝兰亭继续说道："我怀疑你有不可告人的身世，说吧，你带着目的来到京城，到底想干什么？若被我知晓你威胁陛下的安危，我现在就能拿了你。"

燕思空哼笑一声："不愧是禁卫军统领，大内第一高手，祝统领心思如此缜密、目光如此犀利，实在令人敬畏。"

"少废话。"祝兰亭冷道，"你知道我为何今日来找你吗？原本我只想暗中调查你，有了实据再做打算，可你眼看就要迎娶公主，我身为禁卫军统领，誓死保护陛下和后宫安全，绝不会让心怀不轨之人染指公主，你今天若说不出个所以然来，休怪我不客气。"

燕思空讥讽地笑着："祝兰亭，你也曾向皇太后，你的外祖母发誓，一生辅佐皇长子、未来的皇帝，如今殿下被废，你不曾为他说过一句话，你有何颜面谈誓死保护陛下。"

祝兰亭脸色一变，羞恼道："你……如今阉党独大，陛下不听进言，我身为武将，不得干政，而且，我乃祝家长房长孙，岂能冒失行事而牵连全族……"

其实此事不该怪祝兰亭。昭武帝废立太子的决心，满朝文武有目共睹，在阉党揽权、血洗士族的节骨眼儿上，没人再敢有异议，否则不过是自寻死路。

燕思空的目的，不过是激将："祝统领明哲保身，也无可厚非，但你有所顾忌，我燕某人却是孑然一身、了无牵挂，非要拼着一腔热血，去拨乱反正、肃清朝野。"

祝兰亭颤声道："你、你到底想干什么？"

"祝统领不是好奇我的身世吗？我曾被谢忠仁害得家破人亡，与阉党有血海深仇，我隐瞒身份、入朝为官，是为了报仇，如今我忍辱负重、苟且于世，也是为了报仇，更为了能让皇长子承继大统，再创河清海晏、物阜民丰的太平盛世。"

祝兰亭震惊地看着他。

燕思空朝祝兰亭深深地一鞠躬："方才多有得罪，祝统领为人磊落正直，世人有口皆碑，我在祝统领面前，已是任你宰割，倘若祝统领真的愿意看着阉党毁我大晟百年基业，尽可以将我缉拿，但若祝统领尚有血性，请容在下去赴那刀山火海。"

祝兰亭的神色显出挣扎。

燕思空直起身，从容道："在下随时恭候。"言毕转身离去。

择一吉日，燕思空去行纳彩礼。

他亲率府众，带着体面的彩礼前往皇宫，送至午门之外。

纳彩次日，按照旧礼，昭武帝应携皇后、贤妃等亲族和几位重臣，于中和殿设宴，款待燕思空的亲眷，但燕思空无亲无故，就连唯一的老师也已经病故，昭武帝便改宴会为家宴，单招待了燕思空一人。

这是燕思空第一次见到封剑平的妹妹、他的丈母娘——贤妃。贤妃出身尊贵，不仅端方貌美，还富有才情，难怪从前能得昭武帝喜爱，只是封家被扣以谋逆大罪，昭武帝不杀她，已是念其服侍多年又育有公主的分儿，她以后的日子是注定难过了。

贤妃脸色极差，上好的胭脂也盖不住她的苍白和疲倦，她对燕思空亦十分冷淡，独女将要出嫁，整个人却魂不守舍，燕思空看在眼里，心中默默叹息。

昭武帝在席间不吝夸赞燕思空，但与谢忠仁一样，话中带刺，又有于吉在一旁一唱一和，将他好一番敲打，显然仍顾忌他是颜子廉的门生。

燕思空是何等的七窍玲珑心，他想讨人欢喜，连出了名的油盐不进的沈鹤轩都与他结交，哄一个贪图享乐的皇帝，犹如探囊取物，于是一席家宴，多少打消了昭武帝对这个驸马的猜疑，越发满意起来。

离开皇宫时，燕思空与祝兰亭擦肩而过，两人意味深长地对视了一眼，祝兰亭犀利的目光中充满了探究，但最终一言未发，燕思空微微颔首，大步离去。

自那日谢忠仁寿宴上的一番谈话后，祝兰亭毫无动作，这比什么都好，燕思空此时无暇顾及祝兰亭想干什么，只要能将封野救出去，其他的都不重要。

转眼，就到了大婚前夕。

出降前一日，内监官将万阳公主的嫁妆浩浩荡荡地送到了燕府，燕思空率全府上下跪拜迎接，府上早已张灯结彩，纤尘不染，就等着明日迎娶皇女。

燕思空迎完嫁妆，还要检查宾客名单和宴席，核验明日出降后的回礼，一直忙到夜幕降临，才得以摆脱众人，回到自己的卧房。

佘准已悄悄潜入多时，一见到他，戏谑道："忙坏了呀驸马大人。"

燕思空坐倒在椅子里，按了按酸胀的眉心："可准备好了？"

"嗯，明日一切按计划行事。"

燕思空沉声道："若有意外，格杀勿论。"

佘准敏感地嗅到了什么："你好像在担心什么。"

燕思空嘲弄道："明日是我大婚之日，而我们要去劫天底下守卫最森严的诏狱，你说我担心什么？"

"不，你刚才的语气，有点不对劲。"佘准一眨不眨地看着他，"不会是出了什么问题吧。"

"佘准，你何时这般了解我了？"燕思空苦中作乐地一笑。

"你我相识近二十载，我见过你无数面孔，我了解你又有什么稀罕。"佘准顿了顿，继续道："我怕是世上最了解你的人了吧。"

燕思空叹了口气，将祝兰亭的事告诉了佘准。

佘准面色凝重："我听说过此人的名号，他虽然是个官将，但性情豪爽，好结交江湖人士，且武功极为高强，没想到是被他发现了……"

"此人轻功了得，他至少跟踪了我两三次，我竟一次都没有察觉，真是大意了。"

"可他又说，那晚的黑衣人不是他？"

燕思空点点头："我试探地问了，他既然都已向我摊牌，实在没必要隐瞒这一件事，看来是真不知情，那个神秘的黑衣人究竟是谁呢……"

"我已派人查了多日，一无所获，该说是完全没有头绪，倘若他是谢忠仁的人，你现在早就没命了，可若不是谢忠仁的人，又会是谁呢？"

燕思空摆摆手："罢了，现在无暇管他了。祝兰亭没有发难，是打算观望，如今阉党揽权，祝家身为外戚，越发被排挤，他心里也很憋闷，且前有惠妃一案，他被牵连降职，对谢忠仁十分怨恨。只要我们不触及皇室安危，他应该暂时不会动作。"

"我也不很担心他，只是要更加小心，明日恐怕会遇上禁卫，而且，事发之后，祝兰亭一定能猜到是我们干的。"

"猜到就猜到。"燕思空眯起眼睛，"如今，我也顾不上那么多了。"

佘准沉默半晌，将手中把玩的茶杯抛了过去，燕思空一把接住。

佘准刚要开口，燕思空制止了他："不必再劝我了，我不会走，明天一切依计行事。"

"我可以去杀了谢忠仁。"佘准低声道，"我与那阉贼亦有不共戴天之仇，你不必一个人背负所有。"

"我不是一个人。"燕思空勉强一笑，"还有你，还有万千受他迫害的无辜之人，但总要有个人去瓦解他的势力、剪除他的羽翼，否则，就算你能越过重重护卫取他性命，死了一个谢忠仁，会有下一个顶上来。"

"你是否高看了自己。"佘准冷道，"连内阁首辅和功勋大将都败在他手中，你留下来对抗他，不过是螳臂当车。"

燕思空站起身，看着窗外皎洁的一弯明月，淡道："我既不高看，也不小瞧，我只是走我要走的路。螳臂当车又如何，我已没有什么可以失去。"

第三十章 劫狱！

大婚当日，天将明，燕府将备好的回礼送至午门恭纳，包含鞍马、甲胄、牛羊、酒食。

吉时一到，万阳公主拜别皇帝、皇后和生母贤妃后，乘上凤鸾轿舆。仪仗在前开路，送亲的女眷、女官、命妇乘舆随行。其后是陪嫁的婢女、内监。最后是禁卫军骑马护送。

皇帝嫁女，送亲的队伍浩浩荡荡地穿行过半个京城，街道两侧围满了前来看热闹的百姓，虽然不能一睹公主的风采，但仪仗之威风、轿舆之奢华、场面之气派，一生恐怕也不得见第二回，自然是万人空巷。

公主的轿舆行至燕府时，正是黄昏时分，全府内外张灯结彩，宾客盈门。燕思空早早已率全府上下站在门前，待万阳公主降舆，内监宣旨，他们齐刷刷地跪地，迎接这金枝玉叶。

燕思空着一身大红吉服，内衬雪白中衣，吉服上绣有四爪蟒纹，腰缠昭武帝亲赐的金玉带，衣摆祥云翻飞，衬得他唇红齿白、金相玉质，世间再多的妙语，也描不出这般的风流。

面上的薄粉掩饰了他的苍白，尽管目光沉静如水，他也硬是装出了春风得意。

大婚的礼仪他已经熟记在心，尽管满脑子都想着晚上的大事，他也强打起精神、在礼官的指引下迎接万阳公主。

当万阳公主款款步下轿舆，华美的凤冠霞帔中，伸出一只柔白的小手，搭上燕思空的胳膊，他突然浑身一激灵，仿佛大梦初醒，才意识到身边之人，将是他燕思空明媒正娶的妻子。

他说不清自己是真的忘了，还是故意不去想，直到这一刻，他真切地感受到“万阳公主”不再只是他们口中的一个词、而是活生生的人时，他才不得不去思索，他该拿她如何。

无论他对昭武帝多么憎恶，这个女子都是无辜的。

他该拿她如何?

他像是魂魄出窍一般，冷眼旁观着自己和万阳公主拜堂成亲，他的笑凝于面上，与宾客酌金馔玉、虚与委蛇，在那大片大片能将人淹没的红色里，他体会不到一丝喜悦，一桌一桌的美酒佳肴和满室芬芳的熏香，他却只嗅得到湿黏、氤氲的血腥味儿。

暮色降临，燕府灯火通明、热闹非凡，往来宾客几乎踏破门槛，尽管有不少人对燕思空十分鄙夷，但想要巴结攀附的亦不在少数，前来送礼的更是在墙根儿下排起了长龙，围了大半个府邸。

拜堂之后，公主已经被送入了洞房，燕思空则往来于桌席之间，一口一口地敬酒，虽然大半换成了白水，但也着实喝下不少。

宴席直至深夜，燕思空装出醉态，才被人搀扶着去了洞房，他还要与新娘行合卺礼。

洞房之内，光线幽暗暧昧，入目可及之处，摆满了别有寓意的喜庆之物，桌上放着一个金镶玉的托盘，盘中是两杯合卺酒，盛放在嵌有宝珠、美玉的金羽觞内，以一根红绸系着两端。

而在暖帐之下、喜榻之上，万阳公主正襟而坐，红盖头微微浮动，令人遐想联翩。

燕思空深吸一口气，方才的醉态已经一扫而空，他走近了几步，思索着该自称为“臣”，还是唤她“夫人”，这简单的两个字，竟是如此难以启齿。

没料到，他还未开口，万阳公主却突然一把扯下了红盖头。

燕思空愣住了。

凤冠之下，是一张眉目如画的俏颜，冰肌雪肤、双瞳剪水，灵动得犹如一只翠鸟。他早听闻万阳公主貌美，今日一见，不禁感慨她生得巧，容貌取封家长而避陈家短。

万阳公主陈碧夕瞪圆了一双杏目，好奇又不客气地打量着燕思空，她轻哼一声：“你就是燕思空？果然如他们所说，长得人模人样。”

燕思空沉默地注视着她，这口气不善，他要听听她还想说什么。

“你见了本公主，还不跪下？”万阳下颌微抬，傲慢地看着他。

燕思空躬了躬身，淡道：“臣与公主已经完婚，我是夫，你是妻，夫为妻纲，我不能跪。”

“我是君，你是臣，君为臣纲。”万阳将红盖头狠狠扔到了地上，“跪！”

“倘若公主定叫我跪，臣明日就进宫面圣，求陛下准我休妻，臣虽是必死无疑，也不敢违背公主。”燕思空深深地望着万阳，目光冷静而凌厉。

这小公主刚到府上，若降不住她，以后岂不是束手束脚。

万阳果然被燕思空的气势震慑住了，她咬了咬牙，厌恶道：“你连那老阉贼都跪得如此顺溜，却不肯跪我，在你心中，我比不上一条狗吗！”

燕思空脸色微变。

万阳站起身，脱下了沉重的凤冠，持冠在手，一步步逼近燕思空：“你以为我身在后宫，就什么都不知道吗？难怪表哥不愿我嫁你，他早已看出，你是个为了荣华富贵，欺师灭祖、认贼作父的无耻小人！”

燕思空垂下了眼帘，睫毛微微颤动着。

万阳一张俏脸满是愤怒与不甘：“若不是为了母妃，我万阳就是死也不会嫁给你这个奸贼，你别以为做了我的驸马，就能扶摇直上、平步青云，我不会为你诞下一儿半女，你连碰都别想碰我！”她举起凤冠，用力朝燕思空扔了过去。

燕思空躲也未躲，沉重的凤冠砸在他身上，又重重落地，昂贵的珠翠宝玉散了一地。

燕思空眨了眨眼睛，暗中松了一口气，他平静道：“殿下放心，臣不敢僭越。”他走到桌前，举起了合卺酒，“殿下不妨与臣共饮了这杯酒，你我虽无夫妻之缘，到底要同住一屋檐下，亲事上还需互相遮掩，这杯酒本是合欢之意，如今当作合作，也未尝不可。”

万阳眯起眼睛，警惕地看着那杯酒。

燕思空微微一笑：“殿下连一杯酒也害怕？”

万阳走了过来，端起酒盏，瞪着燕思空，仰头一饮而尽。尽管小脸瞬间皱成了一团，她也一声未吭。

燕思空躬了躬身，也饮尽了杯中酒。

万阳走到榻前，冷道：“不准靠近卧榻，你爱睡哪儿睡哪儿。”

“是。”

她刚坐下，眼前就开始虚晃，身体逐渐无力，慢慢地软倒在了榻上。

燕思空走了过去，轻轻地为她除下凤履，将她放平，盖好被子，然后从床底下找出早已准备好的夜行衣，换下喜服，蒙上面。

大户人家都留有暗道，以备危急情况，而这暗道通常都在主人卧房，燕思空打开衣柜，挪走柜底的木箱，赫然出现一个暗门，他掀开暗门，钻了进去。

密道直通府外的一片树林，他钻出密道时，已是深夜，四周安静得只能听到蝉鸣，他一身黑衣，悄悄消失在了月色中。

守卫诏狱的狱卒，亦属于禁卫军，但不归祝兰亭管，而是由大理寺直接号令，作为天底下守卫最森严的监狱，其中关押的多是俸两千石以上的高官重臣。

今日的喜宴上，燕思空宴请了大理寺卿孟铎和几名要员，其中就包括诏狱的典狱长，他借机灌了这些人好几杯酒。

这还不算。昭武帝近日接连收回了兵权和相权，正值志得意满，借嫁女之机，犒赏朝臣，给众官将都送去了好酒，他们自然要赏些给底下的人，共沐天恩。

不知这些酒今日有多少喝进了狱卒的肚子里。这皇帝嫁女之日，满城欢庆，人心散漫，确实是劫狱的好时机。

燕思空悄悄潜到了诏狱外围，巡视外墙的禁卫分两组，相背而行，约一炷香的时间，可绕墙一周，他们倒是好避过，但墙内亦有禁卫分拨巡逻，佘准监视了半个月，才摸清楚准确的时刻，找到了内外侍卫巡视的空当，刚好能让他们从西北角和东南角两处潜入墙内。

诏狱已经近百年不曾出过差池，守卫多有懈怠，巡视的规律都不更换，令他们有机可乘。

瞅准了时机，燕思空翻墙而入，将匕首紧握在手中，左掌心涂抹上了一层迷魂粉。

他知道佘准和手下的人定也已经潜了进来，他重金收买的狱卒已经将囚室的地图和钥匙的位置都画了出来，封家父子虽在一个牢中，但囚室相隔甚远，佘准去找封野，而他，去救封剑平，佘准的手下会赶来接应他们。

燕思空曾犹豫良久，是否应该自己去找封野，可他最终还是退却了。

封野虽在狱中，但在没有定罪之前，封府上下没有被擒，薛伯是可以去探视的，他如今种种，封野应该都有耳闻，尤其今日是他的大喜之日。窃兵符一事，他还没有机会解释，如今……他不知道封野会如何看他。

他不希望两人见了面意气用事，坏了大事，为今将他们救出去是最重要的，其他的，他不愿多想。

燕思空一路躲避着侍卫，悄悄潜到了牢房的墙根底下，值守的班房里掌着灯，屋内传来几声吆喝和阵阵酒气。

燕思空只能从窗纸上看到几个重叠的影子，分不清究竟有多少人。关押封剑平的囚室位于地下，要到达囚室，必须通过这个班房，但屋里屋外均有人把守。

不一会儿，巡视的侍卫提着灯笼走了过去，燕思空蹲下身，将自己隐藏在黑暗中，然后默默地顺着墙根往西南方向退，直退到背部抵上一丛灌木，他用手悄悄刨开稀松的土，挖出了一个布包，里面放着的是那个被他收买的狱卒准备的衣服。

接下来，他看着月色，等待着。

丑时刚过，黑夜中突然蹿起了一束火光，很快，浓雾升天，有愈燃愈烈之势，是阿力在柴房放的火。

不一会儿，就听得有人大喊“着火了”。

黑夜中，很多狱卒朝着柴房跑去，班房里的人也跟着躁动起来。

“着火了，怎么回事！”

“柴房着火了，快去灭火！”

“你们三个在这里守着，快，你们几个跟我走——”

一阵纷乱的脚步声渐行渐远，燕思空绕过房檐，慢慢探出头，门口只剩下了一个守卫，正踮着脚往柴房的方向拼命眺望。

燕思空乘他不备，迅速扑了过去，那人惊诧的眼神一闪而过，还来不及发出声音，已经被燕思空用手捂住了口鼻，掌心的迷魂粉是佘准给他的，那是江湖上有名的药师调配的，这样近的距离吸上一口，瞬间就会没了意识。

那守卫软倒下去，燕思空将人拖进了阴影之中。他深吸一口气，从怀里掏出一个掺了迷魂粉的火药，捅破窗户，扔了进去。

里面传来叫声：“什么东……迷药，咳咳咳，是迷药！”

“快开门啊！”

班房的门被粗暴地推开了，两个狱卒拿着剑往外冲，燕思空如鬼魅般从黑暗中飘了出来，一手砍在了打头的狱卒的后颈上，另一个狱卒举剑来刺，燕思空侧身躲过，一把擒住了他的手，往前一带，膝盖狠狠顶上他的腹部，那人刚吃进去的酒菜哇地吐了出来，酸臭难闻，燕思空眉头一皱，又肘击他的背心，他才彻底昏了过去。

燕思空将两人都拖进了班房，解下腰间的绳子，绑了个结实，然后拿走了钥匙，掌着灯，步下石阶。

诏狱的牢房地底是互通的，但地面上却有南北两个入口，封家父子刚好被关押在最南和最北的重囚室内，里面还有人把守。燕思空一路又放倒了两个守卫，终于找到了封剑平。

封剑平靠坐在墙上，一身囚衣满是斑驳的血迹，面容沧桑而病态，昔日那叱咤风云、所向披靡的震威大将军，在他身上已难觅踪迹，韶华易老，英雄迟暮，盖世功勋换来兔死狗烹，直教人痛心。

他的头发似是细心梳理过，并不杂乱，看他正襟而坐的姿势，显然早已在等待什么。

燕思空扯下面纱，跪在了囚室外："殿下，空……来迟了。"

封剑平面色平静无波："难道就你一人劫狱吗？"

"他们去救封野了。"

"那就好。"

燕思空掏出了钥匙，就要去打开牢门："殿下可还能走动？我这就……"

"等等。"封剑平挥手制止了他，"你听我说几句话。"

"殿下，我们时间不多，必须马上离开。"

"不急。"封剑平正了正血迹斑斑的衣襟，"思空，时至今日，封家已不能为你做什么，令你如此忍辱负重，委屈你了。"

燕思空眼眶微热："我不能救你们，是我无能。"

"颜阁老和我都没能斗过那阉贼，你又能做什么呢，归根结底……是陛下想要我的命，与人无尤。"

燕思空咬牙道："殿下一生忠肝义胆，为大晟立下累累功勋，受万民所敬仰，那昏君鼠目寸光，嫉贤妒能，必会遭报应的！"

封剑平苦笑一声："君要臣死，臣不得不死，只是我不甘于蒙冤，更放不下我坚守多年的大同防线。"

"待殿下离开这里，返回大同，定可东山再起！"燕思空急道，"殿下，不可再拖了。"他赶紧去开锁。

封剑平眼看着他打开了囚室的门，却平静说道："我不走了。"

燕思空一脚已经跨进了牢门，闻言僵住了。

封剑平淡笑道："人固有一死，我曾发誓要横刀立马、战死沙场，痛痛快快地为我大晟洒尽热血，如今却被困于一方牢笼，含冤而终，人生无常啊。”

“殿下在说什么？”燕思空过去就要扶他，“我马上就救你……”

“别过来。”封剑平突然从背后抽出了什么东西，抵在了心口。

燕思空浑身大震，那分明是被磨尖了头的木发钗。

封剑平抬了抬下巴：“退出去。”

“殿下……”

“退出去。”封剑平声音很低，却不怒自威。

燕思空握紧了双拳，只得一步一步地退到了铁栏外。

封剑平静静地看着燕思空：“封野不能死，他是我封家最后的血脉，他有天纵之才，必成一代悍将，王朝的根基已经烂了，他是百姓的希望。而我……我不会踏出这囚笼半步。”

“殿下！”燕思空低吼一声，“你这是何苦啊！”他浑身颤抖，头皮阵阵发麻，恐惧爬遍了全身。

“我若逃了，便坐实了我谋反，我封剑平可以死，但绝不蒙冤受辱。”

“殿下……”燕思空扑通跪了下来，含泪道，“封野还在等着与你团聚，他已经没了娘，没了大哥，你还要让他没有爹吗？”

封剑平眼中闪动着泪光，他嘴唇轻颤：“我满身旧伤，加之接连受刑，早已是油尽灯枯，带着一个废人如何逃命，这里便是我的归处了。”

“只要逃出这里，天下或就在你父子二人掌中，殿下不可轻言放弃啊！”

封剑平摇摇头：“你们曾劝我不要回京，也曾劝我在春猎起事，我心里什么都明白，但我封剑平做不得叛臣，我死了，封野才不至束手束脚。”

“你……”燕思空又怒又急，“没想到威震天下的靖远王，也不过是个沽名卖直的懦夫！你自己要做那千古贤臣，把最痛最难的扔给唯一的儿子，你走得安心吗！”

封剑平惨笑：“你不必激我，封野与我不同，他既不愚忠，也不在乎身后骂名，他如此年少，有机会再创盛世太平，他不该被我拖累。”

“你若死于此，叫封野如何苟活！”燕思空嘶声喊道。

封剑平从怀中掏出了一沓布，放在了身旁："思空，你足智多谋，能屈能伸，将来必是翻搅风云的人物，我知道你留在这里，是为了复仇，我已写就一封血书，他日真相大白，这就是我对天下人的交代，就交给你了。"

燕思空一拳狠狠捶在铁栏上，顺势跪了下来，哽咽道："殿下，我求你，封野只剩下你了，求求你跟我走吧，封野在等你，他在等你啊！你父子二人马上就可以团聚了。"

封剑平眸中已是灰败之色："思空，我将封野托付给你了。"

回廊里传来一阵急促的脚步声，封野低哑的声音从远处传来："爹？"

燕思空身体骤冷，他眼看着封剑平闭上了眼睛，热泪滚落的瞬间，木钗狠狠地刺进了胸口。

"不——"燕思空目眦欲裂，连滚带爬地冲进了囚室。

猩红的血大股大股地涌出了胸膛，就像瞬间绽放又萎靡的昙花，挥洒之处带走了所有的生气，空气亦为之窒息般地凝结。

燕思空接连点了几处穴道，却根本止不住喷涌的鲜血。

"爹！"封野捂着伤口、踉跄地出现在囚室前，看到的却是封剑平垂死的一幕。他疯了一般冲进了囚室，跪爬到了封剑平面前，撕心裂肺地吼道："爹——"

燕思空呆滞地看着手上、身上的鲜血，视野中只剩下抹杀一切的红、令人战栗的红。

"我的……狼儿……"封剑平颤抖着伸出手，抚了抚封野的脸，"能再见你……一面，爹瞑目了。"

"爹，你为何如此！你不要死，我求你了，爹，我们要逃出去，我们还要一起杀回来，爹！"封野泪如雨下，他徒劳地用手捂住封剑平的心口，鲜血顺着他的指缝狂流。

"我不能……走……我生得清白……死亦清白……狼儿……你要活下去……你要匡扶社稷，要荡涤蛮夷，要……要拯救天下百姓……"

封野嘶喊："我要爹看到，我要爹看到我杀光奸贼，我要爹看到我为封家洗清冤屈！爹，你要看到啊！”

“我……看得到……”封剑平凝望着封野的脸庞，那是世间他仅剩的留恋，他就这样看着、看着，瞳孔逐渐涣散开来。

“爹——”封野抱住封剑平，悲声痛哭。

佘准冲进了牢房，急道：“世子，此时不是哀痛的时候，你要活着为殿下报仇，快走吧，来不及了！”

封野充耳不闻，这半年以来，从云端跌落深渊，从兵权在握到家破人亡，他所承受的愤怒、憎恨、痛苦、绝望，都在这一刻爆发了。

佘准给手下人使了个眼色，几人上来试图拉开封野，封野被囚近半年，整个人枯瘦、衰弱不堪，却不知哪儿来的力气，将那几人狠狠震开。

燕思空扑了上去，哽咽道：“封野，殿下已经走了，我们也该走了，你要活下去，你要……”

话音未落，燕思空已被狠狠推开，那一掌续了内力，将他推出去丈余，后背冲撞在铁栏上，痛得他脸都皱成了一团。

封野缓缓回过头，如被逼到绝境地凶兽，寒声道：“你与我爹……说了什么？”

燕思空只觉心都被揪紧了，他颤声道：“殿下……殿下不愿背着谋反之名逃走，封野，你是在怀疑我什么！”

“我，怀疑你什么？”封野满脸的泪痕与血污混成一团，整个人狰狞又狼狈，“兵符之事你如何解释？倒戈谢忠仁求狗皇帝赐婚你如何解释？我爹活生生的就死在你面前，你如何解释！”

燕思空如遭雷击，一眨不眨地看着封野，突然间觉得这状似疯狂、凶恶如厉鬼的人，他不认识了。

燕思空捂住闷痛地胸口，颤声道：“我现在……没时间解释，我们必须马上离开。”

封野恨恨说道：“燕思空，我这辈子最后悔的，就是曾经信过你！”

燕思空咬住了后槽牙，从地上爬了起来：“佘准，带他走！”

佘准一把将封野从地上拽了起来，封野反手想要回击，但此时却力不从心，被佘准擒住了往牢房外拖去。

“爹——”封野用力挣扎起来，一手徒劳地伸向封剑平，那双尚未闭合的眼睛，道尽了他的冤屈与不甘。

佘准吼道：“燕思空做的一切都是为了救你，你要是个男人，就活下去为你爹报仇！”

“他做的一切都是为了他自己！”封野狂吼一声，手肘狠狠撞向了佘准的胸口，右肩向上一顶，从佘准的钳制下滑脱，再次扑向了封剑平。

佘准气得脸色发青，抬手想打，却被燕思空眼神劝止了。

封野用力抱着自己的父亲，汲取那正在消散的最后的体温，而后，才伸出手，颤颤巍巍地覆在了封剑平的面上，轻轻抹下了一双眼皮。他眼中酝酿着深不见底的风暴，就在这一刻，那个出身尊贵、狂傲不羁、稚气未脱却一身血性的靖远王世子，仿佛彻底死了，活着的那个他，眸中再没有温度。他流着泪，轻声呢喃道：“爹，你的狼儿会为你报仇，负我封家之人，必万劫不复！”

燕思空心中一片发寒。

封野为封剑平整好衣襟，顺好碎发，扶着他靠坐在墙边，自己跪于地，咣咣咣地磕了三个响头，而后站起身，紧握着双拳，强逼着自己离去。

燕思空抓起封剑平留下的血书，揣进怀中，也匆匆磕了三个头，心中念道：“殿下，我燕思空定不负你的嘱托。”

佘准催道：“快走！”

一行人往外跑去，封野身体孱弱，须扶墙而行，佘准干脆令手下搀着他，他们穿过幽暗的牢房，拾级而上，可还未走回班房，已经听得外面传来骚动。佘准道：“我去开路，你们不要管我，按计划的路线冲出去。”

燕思空看了看手上的衣服，那是狱卒的常服，原本是打算给封剑平穿的，他将衣服扔给佘准：“换上这个，或许能瞒过去。”

佘准快速换上了衣服，跑了上去。

几人潜伏在下方，听得佘准将他们骗向另一个入口，直至上面没什么动静了，他们才跑了上去。

柴房的方向火势渐弱，大批禁卫军被调集到了诏狱，院子里到处有人在巡逻，已经出不去了。

“没办法了……”佘准的手下道，“不行就硬闯吧。”

燕思空皱起眉，犹豫不决，若不是封剑平和封野拖延了时间，他们应该在火势被控制之前跑出去，现在已经晚了，可硬闯无异于送死。

“不必。”封野寒声道，“等着。”

“等……等什么？”

话音刚落，平地炸起一声巨响，伴随着爆闪的串串火光，将这个注定不平静的夜推向了更加危险的高潮。

那是——火器！

火器造价高昂，数量稀少，除非大战、要战，都难以配备，京城内的火器营戒备极其森严，定期还要盘点仓库，想要盗取一支火铳，根本是难如登天。

京郊唯一配备火器的只有赵傅义的卫戍军，但不可能是他，除非是——封家军！

春猎当日，封剑平从大同府带回的两千封家军几乎全军覆没，但仍有少数逃走，一直在被追捕，久而久之，就没了下文，能带来火器，又能拼死劫狱的，怕也只有他们了！

只是，他们原本可以里应外合，封野竟什么也不说，是不相信他吗……

燕思空感到无比心寒，但此时也无暇顾及太多，他催促道：“快，趁乱逃出去！”

火器的威力不容小觑，半个皇城都被叫醒了，在天子脚下公然使用火器，简直是胆大包天，燕思空可以想象大批的禁卫军正在赶往诏狱，那些来劫狱的封家军必是一批死士。

他们趁乱冲出了班房，火器和刀剑往来之声不绝于耳，院内喊杀冲天，几人护着封野往他们计划好的路线逃离，虽然大批人马都被火器吸引，但他们仍然很快被发现了行踪，遭到了围堵。

佘准带着剩下的人手赶了过来，一群人边杀边退，他们意图退向诏狱运送粪便的小门，那处位于整个大院最偏远的地方，门里门外都恶臭难闻，鲜有人靠近，此时快马正在门外候着。

就在他们快要退到偏院时，一大群禁卫涌了过来，同时领着封家军杀过来的，还有一个熟悉的人——薛伯。

燕思空不知薛伯是如何逃出去的，恐怕昭武帝下旨抄家时他就已经跑了，他已是半百之龄，此时一身浴血，面若罗刹，与从前笑面迎人的慈祥管家判若两人。

“薛伯！”封野叫道。

“世子快走！”薛伯大喊道，“我等殿后，世子快走啊——”

佘准一面杀敌，一面气急败坏地骂道：“你既有援军为何不告诉我们！”

封野冷冷道：“我不相信你们。”

“你……”佘准气得一剑砍倒了一名禁卫，冲到了偏院的小门前，忍着恶臭踹开了门，吼道：“走！”

封野徒手抢过一名禁卫的剑，连斩数人，气喘吁吁地叫道：“薛伯，快跟我走！”

“世子先走！”薛伯杀红了眼，吼道：“走啊！”

燕思空逼退了几名禁卫，但包围还在不断缩小，他们逐渐被逼退到了门前，薛伯一咬牙，硬是将封野等人推出了门外，昂扬喝道：“我一生追随殿下与世子，虽死无悔！世子，为我们报仇！”

薛伯在他们身后关上了门。

“薛伯——”封野瞪着猩红的双目大喊。

喊杀声、厮打声、皮开骨挫的血腥之声纷纷灌入耳膜，听得人寒毛倒竖，这一墙之隔，就是天人永隔。

佘准牵过一匹快马，催促道：“快上马！”

封野频频回头看向那道门，嘴唇生生咬出了血来。

燕思空将他推向那匹马，厉声道：“赶紧走，唯有你活下去，他们才不会白死！”

封野恶狠狠地瞪着他，拉住缰绳想要上马，但脚下虚浮，怎么也使不上力，半年的囚禁、刑讯、折磨，已经令他十分虚弱，这一路上的打斗更是耗尽了他最后的体力。

燕思空半跪下身，任凭膝盖浸入泥泞恶臭的泥里，他托住封野的脚，将人抬上了马，自己也翻身上马，抓住缰绳，低喝道："走！"

一行人纵马疾驰，朝着城南奔去，但身后很快就追上了一群禁卫。

封野脱力地伏在马背上，突出的肋骨节节分明，已经瘦得不成人形，燕思空想起封野曾经意气风发的模样，鼻头顿时酸涩起来。

撤退途中，佘准早已将一切部署完毕，他们通过一株古树时，埋伏在一旁商铺里的人引燃了火药，轰隆一声巨响，半条街都被炸得一片狼藉，追在前头的禁卫纷纷被甩下了马。

他们中途弃马，逃进了一处废弃的宅子，那里有佘准多年前暗暗部署的一条通往城外的密道。穿过密道，外面有人接应，到时封野多半就安全了。

找到密道，佘准瞪着封野："我送你出城，城外自有人接应，你先养伤，待风声过了，拿上准备好的盘缠，你就可以走了。"

封野扶着墙，深深地望着燕思空，沉重地喘息。

燕思空心中五味杂陈，他哑声道："佘准，让我与他单独说两句。"

佘准皱眉道："不要拖延太久。"

佘准和几名手下退了出去，燕思空深吸一口气："封野，你我自此，怕是……永别了。"

封野一双眼睛布满了血丝。

"你既不信我，我也不必解释，从此你我桥归桥、路归路，终究是……"燕思空深吸一口气，"各有各的命。"

封野握紧了拳头："你若要我信你，便与我一起走。"

燕思空摇头："我只能送你到这里，我要留下。"

封野瞠目欲裂："你终究舍不得你的大婚之夜？"

"对，我舍不下我辛苦得来的所有。"燕思空哽咽道，"我救你出去，就是最后的情分……"

“你救我是为了你自己！”封野嘶声吼道，“为了让我返回大同，引兵讨贼，助你报仇！”

燕思空心痛如绞，他一步步走到了封野面前，强忍泪意：“这世上无人懂我，我也不稀罕，封野，你走吧，好好活着，你我就此……恩断义绝。”

封野恨得双目赤红。

佘准推门而入，急道：“追兵来了，你该走了！”

燕思空抹掉眼泪：“你带他先走，我殿后。”

“你一个人逃不出去的，你赶紧走！”

“若被他们发现密道，岂不是前功尽弃，你快带他走。”

“南玉！”佘准厉声道，“你若有危险，我还救他做什么？！”

燕思空抓住佘准的肩膀，正色道：“我发誓，我会逃出去，阉贼一日不死，我就要活上一日，你们快走。”

佘准咬了咬牙，吩咐手下：“誓死保护燕大人。”说完抓起封野，走向了密道。

封野回头看着燕思空，燕思空心中大恸，冲上去握住了封野的手：“封野，活下去，活下去！”

封野张了张嘴，喉咙几乎发不出声音，却仍在艰难地、垂死挣扎地用口型吐出三个字：跟我走。

燕思空摇着头，用力掰开了封野的手。

佘准带着封野跳下了密道，燕思空抽出佩剑，擦掉泪水，悄悄潜出了院落，此处是城中最杂乱、拥挤、贫瘠的一片民宅，羊肠小路复杂地穿梭，不熟悉地形的人，拐过两个弯可能就迷了路，而他们早已将地图熟记于心。当大批禁卫涌进来时，他们一边引着禁卫远离密道的入口，一边伺机逃脱。

诏狱被劫，将京城在寅时唤醒，调派来追捕他们的禁卫，数量远超过燕思空的预估，他和佘准的手下决定分兵逃跑，各由天命。在朦胧的月色之下，燕思空与追兵在窄巷暗道之间追逐。

尽管此处的地形燕思空了若指掌，可追兵实在太多，令他几乎无处可逃，他发觉自己已被包围，倘若被擒，一切就都完了。

突然，背后传来一阵异响，燕思空猛然转身，举剑就要刺，却借着月光，看到了一个身形有些眼熟的黑衣人。

此人……此人是！

“你是什么人？”燕思空压低声音问道，“为何几次三番跟踪我？”

此人正是他与夜离见面那夜出现的黑衣人，之所以能辨认出来，是因为这人身形颀长矫健，不是一般的体格。

那人没有说话，而是扔给了他一套便服。

燕思空接住衣服，还有一股皂角的味道，怕是百姓晾晒在外的衣服。他不解道：“你为何帮我？你到底是何人？”

那人沉默了片刻，开口了：“你究竟是好人，还是坏人？”

燕思空愣了愣，那声音，隐约令他觉得有些熟悉，但又根本想不起来是谁。他记性极好，记得就是记得，不记得就是不记得，鲜少有这样模糊的感觉。

背后传来禁卫的脚步声，那人突然足尖一点，身体腾空而起，仿佛乘风一般轻松地跃上了房檐。

燕思空心中暗叫，好功夫。

“在那里！”禁卫大喊道，朝着那人追了过去，顿时，所有的追兵都被引开了。

燕思空快速换下了夜行衣，扔掉了佩剑，趁乱逃出了暗巷，朝着他府邸外的密道入口跑去。

他心乱如麻，已无暇思考那黑衣蒙面人究竟是谁，脑海中一片混乱。

天色未明，诏狱被劫之事已经传遍了京师。昭武帝又怒又急又害怕，从景山调派五千人马，掘地三尺追捕封野，恨不能将京郊的草皮都掀开来。

刑部、大理寺、禁卫军、诏狱等相干人等，全部受到了牵连，诏狱的典狱长当天就被砍了脑袋。

燕思空第二天以宿醉未醒的样子示人，他脸色惨白、双眼浮肿，整个人看上去犹如被抽干了魂儿，不由得人不信。实际他昨晚胸腹、腰背、手臂都受了轻伤，加之心绪已至谷底，能勉强掩盖伤口，装出若无其事的模样，已十分不易。

他从管家口中“得知”封野逃狱的消息，大为震惊。而新为人妇的万阳公主，到底年少，听说封剑平自尽而封野逃走了，悲喜交加。

不过，她对燕思空仍没有好脸色，见燕思空身体违和，也视若无睹，下人看在眼里，都窃窃私语。

燕思空屏退众人，叫来了阿力。

阿力由于身材异于常人的魁梧，容易暴露，所以昨夜偷偷放完火就跑了，他也很急切地想知道昨夜情形如何。

燕思空悄悄将昨夜发生的事告诉了他。

阿力忧虑地比画着：封野会不会被找到？

燕思空摇摇头：“佘准做事很稳妥，已经派人假扮封野逃出京城了，他藏身的地方很隐秘，待风声过去，就可以离开。”

阿力点点头，又问：那黑衣人原来不是坏人，他到底是谁，为何帮公子？

燕思空又摇头：“我已想了一夜，实在想不出他到底是谁，此人武功极高，显然一直在跟踪我，对我们的行动了若指掌。”

阿力“说”道：看来祝兰亭没有撒谎，真的不是他。

“是啊，昨夜祝兰亭也在追捕我们，那声音、那身形，也确实不是祝兰亭。”说起祝兰亭，燕思空心生忧虑，祝兰亭只要不笨，必能猜到劫狱是他们干的，他身为禁卫军统领，虽然诏狱不归他管，但在京中出此大事，一定会受到牵连，不知祝兰亭会如何动作。

阿力比画着：我再去查？

“不必了，佘准要善后，现在必是抽不出空来，既然那人是要帮我们，暂时便不足为虑，等把封野平安送出京城，再从长计议。”

阿力点了点头，担忧地看着燕思空，欲言又止。

燕思空面无表情，口气更无波澜：“我没事，都是轻伤。”

阿力顿了顿，用手指点了点心脏。

燕思空骤然心痛，他深吸一口气，挪开了目光，看着空无一物的墙，喃喃道："没事……"

其实这般也好，他和封野从一开始就不应重逢，平白让他多了一个致命的弱点，倘若没有封野，不知他现在会是如何。

他们本该陌路殊途，就此一别，日后便各自保重吧。

阿力叹了口气，将药端到燕思空床头，默默退了出去。

燕思空躺倒在床上，想着此时此刻，封野大约也伤病于榻上，心中充满了悲苦和绝望。

封野不像他，身为靖远王世子，一辈子都没受过委屈、屈居人下，却偏偏在最好的年纪，自云端跌落泥潭，蒙冤入狱，受尽刑讯折辱，眨眼间家破人亡，失去了一切。

他时不时做梦，梦到两人最好的时光，梦到封野意气风发的模样，梦到那双狂妄自傲、神采飞扬的眉眼，梦到他沙场之上所向披靡的英姿。

大梦一场，身体醒了，心却被困于梦魇，无处可逃。

燕思空用手捂住了眼睛，只觉掌心湿热，心痛难当。这就是他的命，所有他珍视的人，终会离他而去，封野能够活着，已是……万幸。

在房中待了一天，薄暮时分，门被不客气地推开了。

燕府之内，有谁敢这样推门，不用看也知道。

万阳公主端着一盘饭食走了进来，不耐烦地放在了桌上，冷冷说道："嬷嬷让我给你送饭。"

燕思空低声道："多谢公主，臣身体不适，不能起身相迎，望公主恕罪。"

"你少装模作样。"万阳眯起眼睛，"我表哥逃走了，你知道吗？"

"有所耳闻。"

"他会回来的，他是天生神力的小狼王。"万阳居高临下地看着燕思空，"他定会杀光阉贼和他的走狗，为大伯报仇，你也没几天好日子了。"

燕思空淡道："倘若他要回来报仇，那陛下岂不是也有危险？"

万阳怔了怔，驳斥道：“父皇是受到了阉贼蒙蔽，表哥一定会洗清封家的冤屈的！”

“万望如此。”

“你……”万阳听得燕思空口气满是嘲讽，却无可奈何，气得咬牙切齿。

燕思空终于抬头看向她，看着那神似封野的眉目，心中升起一丝柔软。他缓缓道：“殿下夹在封家与皇家之间，定是十分痛苦，庙堂之争，本与殿下无关，愿殿下一生单纯安乐就好。”

万阳愣了愣，哼了一声：“用不着你操心。”说完，她拂袖而去。

昭武帝将京城京郊翻了个底朝天，甚至派人循着佘准放出的假消息，一路追到了大同，也终是没有找到封野。

在劫狱半月之后，燕思空终于见到了佘准，他说封野伤势未愈就不告而别，而且据照看封野的人说，封野是跟一个蒙面人走的，如今已不知所踪。

燕思空将那晚自己碰到黑衣蒙面人的事告诉了佘准，两人对照了一下身形、特征，确定为同一人。

自那夜燕思空发现此人的存在后，佘准已派人查了许久，都没查出个所以然来，此人不仅武功高强，还善于隐藏踪迹，可他们苦思冥想，都想不通究竟是何人，能让身为逃犯、应极为谨慎的封野跟其离开，最后两人猜测，也许是封野远在大同的叔叔派出的死士。

两人既已离开，至少比藏在城外的宅子里安全，燕思空心想，海阔天空，封野终得自由，万阳说得对，他相信封野定会用一生的时间为封家报仇，在这一点上，他与封野是同一种人。

而他，终于可以倾尽所有，与谢忠仁拼死一搏了。

第三十一章 分道扬镳

三年后。

星移斗转，秋收冬藏，又是一年春来到。

千百年来，无论是改朝换代，还是沧海桑田，这人间的寒暑交替、日升月落，从不曾有过改变，花照样开，水照样流，江山依旧，却不知他日谁做主。

自那次变故后，偷享了三年太平的大晟王朝，再起风云。养精蓄锐十数载，已从大皇子熬成了金国皇帝的卓勒泰，再次举兵攻打辽东。十七年前，正值青壮的卓勒泰拥兵十万，妄图攻破辽东，直捣京师，但他的宏图霸业、狼子野心，却止步在了小小的广宁卫，这次，他誓要一雪前耻，拿下辽东。

朝堂之上，众官员正在商议辽北局势，传令官突然闯入太和殿："陛下，陛下！前线来报——"

昭武帝一见他惊慌失措的模样，心中就一咯噔："说！"

“辽东信使刚刚抵京，韩总督……韩总督……败了……”

昭武帝脸色铁青：“于、于吉……”

于吉顾不得礼仪，忙不迭地跑下丹墀，一把接过传令官手里的信，又跑回王座。

他年事已高，看上去跑得非常卖力，但实际动作很慢，左右文武看着都替他着急，恨不能代劳，昭武帝也急得直拍扶手，屁股都已经撅了起来。

燕思空站在官将中间，冷眼旁观着昭武帝的丑态。

韩兆兴会败，早在他意料之中。

那军报终于到了昭武帝手中，他颤抖着摊开一看，狠狠地“嘿呀”了一声，把军报往上一摔，痛心疾首道：“泰宁失守，狄将军战死了呀！”

燕思空眯起眼睛，藏在袖中的双手紧紧交握，指骨互相钳压，疼痛令他格外地清醒。

自广宁一战，金兵被逼退数百里，韩兆兴踩着元卯的尸骨，坐享大功，在朝廷的支持下，逐步收复辽北失地，十七年来，辽北七州已收复四州，他的家乡——泰宁亦在其列。

卓勒泰起兵后，韩兆兴趁机要求朝廷调兵，他先要大同的兵，但抵御瓦剌残部事关重大，遭到诸多大臣反对，最后从河南府调兵三万支援，由老将狄将军领兵，如今却是泰宁再次失守，狄将军身死他乡。

这一战报，在朝廷上炸开了锅，庄严肃穆的太和殿上，此时与市井一般喧闹。

“肃静——”于吉高声喊道。

昭武帝扶着额头，神色有几分痛苦：“爱卿们说说，这……该如何是好？”

孟铎出列，躬身道：“陛下，臣以为，韩总督与金人交战二十余载，多败少胜，怕是已经怵了金人，如今首战大败，狄将军战死，士气低落，之后的战况，实在堪忧。”

“这不是废话吗！”昭武帝怒道，“你有何高见啊？”

“陛下恕罪。”孟铎道，“臣以为，应另择良将去守辽东。”

谢忠仁的党羽自然不干了，御史马礼跳出来驳斥道："韩总督当年退击卓勒泰十万大军，要怵，那也是卓勒泰怵！卓勒泰起兵突袭，韩总督措手不及，如今虽失泰宁，但仍有三州横于潢水之前，自古胜败乃兵家常事，廷尉大人只因一败就要临阵换帅，真是荒唐！"

自颜子廉仙逝，士族一派已然凋落，但仍有清正刚直、一心为国为民之士，在大是大非上据理力争，大理寺卿孟铎就是其中之一。

"是啊，难道狄将军不是良将吗？连狄将军这样的老将都败于卓勒泰之手，可见金兵之强大，更胜往昔，此时若临阵换帅，更是动摇军心啊。"

"狄将军战败绝非智勇不及那蛮子，分明是他常年驻兵中原，到了辽东，天寒地冻、水土不服，要我说，一开始就不该从豫州调兵！"

"哼，当初商议从豫州调兵，也不见诸位大人这般强烈反对。"

"还不是你们昏庸误主……"

两派大声吵吵了起来，这些满腹学识的士大夫，吵起架家来也一样脸红脖子粗，毫无儒家风范。

"别吵了！"昭武帝狠狠拍案，大声道："杨玉清！"

"臣在。"

时任兵部尚书杨玉清出列。

当年的兵部尚书文宥迟，被燕思空设计回乡丁忧，如今病老，无力返朝，代尚书位的右侍郎冯闯调任去了济南府做总督，去年刚刚上任的杨玉清，之前是工部左侍郎，专管军械制造，是阉党一派，谢忠仁终究还是又把兵部抓回了自己手里。

而燕思空，自从成为驸马之后，这三年青云直上，不过而立之年，已接替冯闯成为兵部右侍郎，官居正三品。

当然，他若只是驸马，自然不会升得这么快，他用了三年时间，以非凡的手腕，不仅被谢忠仁引为心腹智囊，也利用谢忠仁和驸马的身份，成了昭武帝的近臣，他使尽浑身解数，舍弃了所有的廉耻和气节，将昭武帝哄得高高兴兴，使昭武帝对他的恩宠愈隆。

如今他虽然是右侍郎，实际杨玉清还要礼让他三分，兵部大权正一步步地陷落他手中。

昭武帝指着杨玉清："当初是你提议从河南府调兵的，你有何话说？"

杨玉清跪倒在地，沉声道："臣当日上书，已列明利害得失，除了豫州，其他地方更不合适。"

"杨司马分明是在避重就轻。"孟铎驳斥道，"当时我们还在争论该不该调兵，辽东七万驻军，粮草足备，抵御卓勒泰本是绰绰有余，何苦不远万里调兵支援？我看韩总督是趁机收拢兵权，狄将军死得不明不白啊。"

"廷尉大人这话何意！"一个言官跳了起来，"可是暗指韩总督为夺兵权让狄将军去送死？你用心太险恶了！"

"这话我可没说。"孟铎冷冷哼了一声。

陈舒将军站了出来，粗声道："当日杨司马提议从豫州调兵，臣等皆有反对，如今狄将军战死，泰宁失守，兵部不可推卸责任。"他突然狠狠瞪向燕思空："燕驸马当日也是极力怂恿从豫州调兵，怎么现在屁都不放一个了？"

众官将的目光齐刷刷地扫向了燕思空，其中有厌恶、有鄙夷、有不屑、有愤恨。燕思空的佞臣之名，在三年之中已广播天下，注定永载史册了。

燕思空不疾不徐地向昭武帝躬了躬身，平静说道："如杨尚书所言，豫州调兵，绝非一时兴起之决定，利害得失，皆已阐明，又如马御史所言，怎可因一战之成败论英雄，临阵换帅是兵家大忌，臣以为，陛下应该相信韩总督。"

他话音一落，大臣们再次吵了起来，有性子刚直地直接指着燕思空鼻子骂他"误主"。

燕思空不卑不亢，面无表情，心中种种，早已有了盘算。

昭武帝对他日渐恩宠，对谢忠仁却是日渐疏远，一是因为谢忠仁多年来恃宠而骄，阉党势力太过庞大，必遭主疑；二是他年事已高，不像从前那么会讨昭武帝欢心了，他要让韩兆兴成为压垮谢忠仁的最后一根稻草。

韩兆兴拥兵七万，看似不多，但离京城如此近，威胁亦极大，他和谢忠仁贪心不足，还想收拢更多兵权，借金兵南下，要从河南府调兵去援。

燕思空跟许多人一样，早早已看到结局，狄将军此一去，多半是有去无回，狄将军不死，豫州三万兵马怎么会顺从于韩兆兴，而他比“许多人”更了解韩兆兴的真面目，知道韩兆兴哪怕有七十万兵马，也会败给卓勒泰。他救不了自己的故土，只能将计就计，以韩兆兴的大败，换取击倒谢忠仁的筹码，唯有如此，才可能真正挽救辽东、挽救中原。

这一场舌战跟往日一样，不了了之，燕思空拖着疲倦的身心上了马车，放下车帘后，他才瘫倒在软垫上，双目失神地盯着虚无的空气。

三年了。

封野杳无音信。

三年前，封府上下两百余口被斩首，封剑平自尽，封野越狱，不知所踪。封野的叔叔原本代封剑平驻守大同，受到牵连要一并处死，他带着三千封家军出逃，消失在了茫茫西北。

封家的痕迹逐渐从世间消失，当年是如何轰轰烈烈，如今就是如何云淡风轻，仿佛封家军立下的盖世功勋，也从不曾存在，这个姓也成了本朝大忌，无人敢提。

三年来，燕思空将自己活成了精于算计的行尸走肉，他不相信任何人，他冷酷阴险，趋炎附势，谗言媚主，他助谢忠仁铲除异己，他贪墨敛财，已然声名狼藉，他走的每一步、说的每句话，都别有目的。

他不在乎遭人唾弃，不在乎身后骂名，不在乎生死得失，他好像什么也不在乎了，他豁出去一切，只要达成他的目的。

可唯有一件事，唯有那么一件事，他还在乎。

那就是封野的安危。

燕思空刚踏入府门，下人就忙不迭地来迎，一脸的惶恐无奈：“公子，您可算回来了。”

燕思空淡道：“怎么，夫人又发脾气了？”

下人苦笑着点点头：“您快去劝劝吧。”

“不急。”燕思空回到卧房，下人为他换下朝服，他坐下喝了杯茶，平复了一下情绪，才打起精神，去应付燕府的祖宗——万阳公主。

两人完婚一个月后，就已经分房，自那之后，万阳连戏也懒得演，在府上对他颐指气使、冷嘲热讽，他与谢忠仁走得愈近，万阳对他就越发愤恨。

燕思空则淡定自若地任凭她去闹，两人的“家事”早已沦为京中人茶余饭后的笑柄，甚至传到了昭武帝耳中，但昭武帝也管不了这个娇纵的女儿，甚至反劝燕思空纳妾。燕思空正是利用了昭武帝的愧疚，一步步赢得圣宠，比之谢忠仁，如今他才是御前最炙手可热的人物。

穿过回廊，燕思空老远就听到摔东西的声音。

踏入屋内，一个茶杯正好炸碎在他脚边，茶水溅湿了他的鞋面。

“公、公子……”下人颤巍巍地看着燕思空。

万阳转过身来，冷冷瞪着燕思空：“今日我回宫给母妃请安，她居然也劝我生孩子，是不是你又向父皇进了什么谗言！”

燕思空不卑不亢道：“夫人言重了，此你我家事，我又怎会拿来叨扰陛下，但陛下关心燕家是否有后，也是人之常情。”

“你肯定跟父皇说了什么！”

燕思空淡道：“不曾。”

万阳气得直抖。三年来，她与燕思空的相处一向如此，任凭她雷霆暴雨，燕思空从来和风细雨。

燕思空又道：“不过，陛下前日劝我纳妾……”

“不准！”万阳想也不想，厉声说道。

燕思空点了点头：“我想夫人也是不允的。”

一旁的仆役们大气也不敢喘，但心中颇为燕思空不平，哪怕是金枝玉叶的公主，既然嫁为人妇，也不能如此刁蛮霸道，自己不为夫家传宗接代，却连纳妾也不准，实是令人发指。

万阳一张小脸通红：“你这般阴险卑劣，若是有了子嗣，岂不是更为大晟留祸害。”

众人倒吸一口气，这话未免太狠毒了。

燕思空却神色如常："夫人说得不无道理。"

万阳美眸之中满是失望与痛苦："你娶我，不就是为了升官发财吗，现在一切都如你所愿了。我身为公主，不能自择良人，身为你的夫人，不能阻止你助纣为虐，至少有一样我不会让你如愿，我要让你燕家就此断了香火！"

燕思空凝望着万阳，心中叹了一口气，身在皇家，她何尝不是身不由己之人，可正如她所言，她的命，自己做不了主。每每他想要冷漠以对时，看着那张脸，便忍不住想到封家，忍不住就要心软。

燕思空挥退了下人，缓声劝道："殿下，你我虽无夫妻之缘分，我仍会敬你、照顾你，你想要什么，但凡我有，一定满足，你觉得怎样开心，便怎样过活，不必因我而烦恼。"

万阳咬了咬嘴唇："如果我要你与阉党划清界限，自重自爱呢？"

燕思空垂下了眼帘："我寒窗苦读二十载，正是为了功名利禄，如今谢公公权倾朝野，我自当明哲保身，怎可以卵击石呢！"

"与那阉人狼狈为奸，为世人所不齿，这样的功名利禄就是你想要的？你、你可曾有半点风骨！"万阳红着眼圈骂道。

燕思空轻声说："殿下是金枝玉叶，集万千宠爱于一身，不会懂的。"

万阳咬牙切齿："燕思空，我真可怜你。"她大步离去。

那句"可怜"，着实令燕思空怔了许久，才喃喃道："不懂也好。"

用过晚膳，下人通报，祝兰亭求见，随后将人引到了书房。

燕思空一见他黑着的一张脸，就知道他是为狄将军而来。

果不其然，下人刚带上门，祝兰亭就一掌重重击在案牍上。

燕思空给祝兰亭倒了杯茶："祝统领消消火，我那桌子未必禁得起你一掌。"

祝兰亭沉声道："燕思空，你明知狄将军去了是送死，为何不阻止？"

"谢忠仁已经在陛下耳边吹了多年的风，要往辽东调兵，这次瞅准机会，不是狄将军，就是赵将军。"燕思空一双眼眸沉静而睿智，"我问你，金国进犯辽东，狄将军和赵将军，哪个更有胜算？”

祝兰亭想了想：“赵将军。”

“不错，我泱泱大国，已几乎无可用之帅才，能与卓勒泰大军抗衡的，只剩下这两位将军，而狄将军出身江南，驻守中原，没尝过北方的恶劣气候，且年事已高，赵将军出身西北，正值壮年。最重要的是，十七年前，他就曾率兵追击卓勒泰，卓勒泰对他有所忌惮，更想一雪前耻，此番情绪之下，最容易犯错，无论怎样比较，赵将军都比狄将军胜算大得多。”

“那为什么当初不让赵将军去？”祝兰亭眯起眼睛，“难道，你就想让韩兆兴败？”

“韩兆兴的败局是注定的。”燕思空眸中闪动着无数思绪，“我阻止不了陛下给韩兆兴增援，但谢忠仁一开始想让赵将军去，他想把一直忌惮的卫戍军兵权也握进手中，是我在他与陛下中间暗暗周旋，把赵将军换成了狄将军。”

祝兰亭低下了头：“你是想等韩兆兴败了，再派赵将军去收拾残局。”

“只有韩兆兴败了，赵将军才可能执掌辽东兵马，否则他去了，就是下一个被韩兆兴设计害死的狄将军。”燕思空阴声说道，“韩兆兴，精于此道。”

“燕思空啊燕思空。”祝兰亭的面容有几分扭曲，“你心里什么都明白，却能看着狄将军去送死，看着辽东将士、百姓无辜牺牲，你……难道就没有别的办法吗？”

燕思空冷冷地看着祝兰亭：“我若告诉你，泰宁是我的家乡呢？”

“什么？”祝兰亭的大惊。

“你不是一直想知道我的身世吗，说起泰宁，你大约能猜个七七八八，也能明白我为何恨韩兆兴和谢忠仁。”燕思空深深地凝视着祝兰亭的眼睛，“祝统领，胜利是要付出代价的，牺牲一个狄将军和一城的军民，却能为辽东换上真正可以抵御金国的统帅！”

祝兰亭深吸一口气，沉默良久，才道：“你这些年，令我越发难以看透。我常常想，我当年放过你，是对还是错。”

燕思空也沉默了。

当年祝兰亭奉旨搜捕封野，他自然想到了燕思空，甚至找到了燕思空和佘准劫狱的证据。

但他最终还是装作不知情，只因他心底也相信封家的清白，更因为他相信了燕思空要扳倒谢忠仁、扶陈霂承继大统的决心。

只是如今的燕思空，冷酷阴险得令他忌惮，一个本一无所有的寒门子弟，只用了区区七年的时间，在而立之年，就官居正三品侍郎，从颜子廉处得尽了好处，转而投向谢忠仁，又混得风生水起，而今圣眷正隆，大有压谢忠仁一筹的风头，他仔细回想燕思空走过的路，为此人的心智感到胆寒。

祝兰亭心中深深明白，燕思空就是只两脚野狐，与这样的人为伍，谁能不怕被反咬一口，所以三年来，他如履薄冰。

燕思空换了一口气，淡道："祝统领，我知你心中对我满是猜疑，这世上本无人懂我，离我越近，便越是不会相信我。但有一件事，我知你是看得真切的，那就是我对谢忠仁的恨，我与他有不共戴天之仇，我必会为自己、为朝廷、为天下人切除毒瘤，这不就是你当初放过我的原因吗？"

祝兰亭犹豫半晌，点了点头。

"韩兆兴必有一场大败，届时，陛下就不得不换上赵将军，而且一定会迁怒谢忠仁，那时，就是我等待多年的良机。"自从目睹了颜子廉和封家的下场，他才明白，费尽心机剪除阉党，只是扬汤止沸，想要斩草除根，就要灭掉谢忠仁最大的倚仗——圣宠。三年来，他费尽心机讨好昭武帝，就是要玩儿一手釜底抽薪，只要韩兆兴一败，谢忠仁就离死不远了。

祝兰亭道："希望这一次，真的能如你我所愿。"

"我要让他万劫不复！"燕思空从牙缝中蹦出这几个字。

祝兰亭迟疑了一下："我今日来，还有一事……我可能有封野的消息了。"

燕思空僵了僵，看着祝兰亭的眼睛。

封野。

这个名字对他来说，是一柄利剑，无论他身着何种铠甲，都能穿心而过。

燕思空按下心头的慌乱：“你得到了什么消息？”

“嘉定府出现一伙叛军，在蜀中集结了大批灾民，短短一个月内，已经接连攻下了两座城池。”

“西南大旱，民间易起暴乱，如何判定是封野？”去年西南旱灾，百姓田里颗粒无收，自颜子廉走后，内阁力量式微，阉党横行，谢忠仁贪腐无度，至赈灾粮草被狠狠盘剥，一时暴乱四起，至今都没有平息，但此次暴乱不如当年梁王之乱势大，所以朝廷也并不十分重视。

“这伙叛军并非来自民间，而是突然出现的，起初只有几千人。他们兵甲齐备，军纪严明，一水的骑兵，不像暴民那般肆意劫掠，俨然像朝廷的常备军，而且行动极为迅猛，不足一月时间，已连下两城，正在大肆吸纳散兵游勇。”

燕思空暗暗握紧了太师椅的扶手：“你是何处得到的消息？”

难怪祝兰亭有此怀疑，若民间当真有这样几千人的骑兵，吃喝拉撒无一不引人注意，地方应该早有察觉，除非他们藏了起来。再者，凭区区几千人就能连拔两座城池，这般神勇的战力，绝不可能是吃不上饭才揭竿而起的庄稼汉，仅凭这两点，就足够令人想到消失了三年的封野了。

祝兰亭道：“怕引起慌乱，这消息是密报回京的，恐怕皇上也才刚刚得知，我自有门道。”

这三年来，封家已经成了本朝大忌，昭武帝在莺歌燕舞、酒池肉林之中，但凡有片刻的清醒，想起那身负血海深仇的小狼王还逍遥在外，恐怕都要吓出一身冷汗。

为了安抚民心，朝廷对外宣称已找到封野，擒拿之中当场毙命，但暗中一直在派人追查。封野成了昭武帝心中的一根刺，将来还可能成为他的梦魇。

燕思空心脏狂跳，半喜半忧，封野……真的回来了？

三年来，他日夜期盼着封野的消息，他始终相信封野还活着，相信封野会卷土重来，他无数次幻想，有一天封野会踏着万里长风，率着千军万马，杀回京师。

倘若那真的是封野，想必这三年，他定是吃尽了苦头。他藏身何处？他如何带得兵马？他又是如何度过煎熬的日日夜夜？

燕思空已不敢多想。

祝兰亭见燕思空神色复杂，就知道他不像表面上那般冷静：“若真是封野，你当如何？”

燕思空眨了眨眼睛，面皮未动：“我又能如何？”

“封野会回来报仇的，你我心知肚明。”祝兰亭正色道，“若他想要的，不仅仅是谢忠仁的脑袋呢？”

燕思空反问道：“难道祝统领当初放我一马的时候，就没想过，封野可能会危及陛下吗？”

祝兰亭冷道：“你当初向我发誓，只拥立大皇子。若封野要天下改姓，你会否违背誓言？”

燕思空笑了：“祝统领，我是个小人，我说的话，你至多取信一半，没错吧？”

祝兰亭脸色微变：“你是什么意思？”

“你知道陈椿继位之日，就是祝家失势之时，所以你甘冒风险，不惜违背禁卫军统领的使命，也要放走封野。你帮的不是我，不是封野，是你自己。”

祝兰亭双手握成了拳，看着燕思空的眼神越发凌厉。

“祝统领，你本是无可挑剔之人，却有一个最大的缺点，就是优柔寡断。有些事，要么不做，要么做绝。”燕思空深深盯着他的眼睛，“我与你说实话，无论你信与不信，我心中依然拥立楚王。别说以封野一介流寇，要想谋逆难如登天，即便他真有这个命，他终究只是帅才，楚王才是我心中名正言顺、独一无二的帝才。可你我之力，在天命之洪流面前不过涓埃之微，我们只能尽人事。”他加重了语气，“而且是尽足力所能及之事，因为你我已在一条船上。”

祝兰亭的胸膛重重起伏，想必心中亦是翻江倒海。燕思空说得没错，三年前他已做出了选择，如今只能往前走，回不了头了。当年皇太后将他指给陈霂做传授武艺的老师，已经将祝家绑在了大皇子一派，如今祝家全靠昭武帝垂爱，一旦陈椿继位，第一个挨刀的就是他们。所以，无论是谁，只要不是陈椿……

燕思空又轻声说："祝统领，我在朝中已没有盟友，你姑且算作唯一一个，他日赵傅义将军出兵辽东，谁是卫戍军统帅的最好人选？"

祝兰亭心中早已有这个算盘，但没敢说出来。

燕思空替他说了出来："非你不可。"

祝兰亭眼神游移着："可谢忠仁怕是……"

"卫戍兵权，事关皇室安危，陛下是绝对不会把它交给外人的，你是皇太后外戚，陛下的亲侄，又是京城禁卫军统领，还有比你更合适的人吗？我今日可撂下此话，定保你坐上卫戍军统帅的宝座。"

祝兰亭矫健的身躯微微颤了颤，看着燕思空，目光如炬。

"等你得到卫戍兵权，京城门户由你把守，想放谁进来……"燕思空勾唇一笑，"你说了算。"

祝兰亭猛地站起了身，在屋中来回踱步，半晌，才定下脚步，定定看着燕思空："你我二人，拥立大皇子继位，你可敢……可敢发毒誓？"

"哈哈哈哈哈——"燕思空大笑不止。

祝兰亭羞恼道："你笑什么！"

燕思空笑得双肩直抖："祝统领，祝大哥，我在那阉狗面前一天可发三个毒誓，若老天有眼，我早已天打雷劈、横死街头、断子绝孙，我发个誓就像放个屁，哈哈哈哈哈……"

祝兰亭看着燕思空，眸中闪动着难言的思绪。

燕思空好不容易止住笑，轻慢地说道："你不必听我的誓言，你只需看我怎么做，我会将卫戍兵权双手奉上，有朝一日，我也会与你一同迎大皇子回京继位！"

第三十二章 痛击阉党

狄将军战死泰宁后，韩兆兴退守下居。很难说狄将军的死，是否是韩兆兴故意为之，但京中已有流言，传狄将军被围时，韩兆兴没有救援，况且韩兆兴身为辽东最高统帅，令狄将军出兵泰宁必然是他的命令。

狄将军一死，从豫州带去的三万兵马尽归韩军麾下。

这些年韩兆兴似乎有意效仿封剑平。封剑平以武将的身份坐总督之位，统领大同军政大权，他也赶跑了两任总督，令昭武帝封了他做总督；封剑平有封家军，他就整编最精锐的辽东铁骑，命名韩家军。

有人私下议论，他是不是也想效仿封剑平的下场。

燕思空不以为然，封剑平是因功高盖主才蒙冤身死，韩兆兴也配?

十七年过去了，他毫无长进，依旧又蠢又歹毒，封剑平之所以坐总督之位、拥亲王之爵，是因为他担得起，封剑平之所以有封家军，是因为他养得起。西北兵个个彪悍，辽东兵也不遑多让，养兵，可不仅仅是吃饱穿暖、按时发俸，还得镇得住，韩兆兴这个窝囊废，若非有谢忠仁在，早死了不知多少回了。

朝中尚血性未泯的大臣纷纷上书劝昭武帝换帅，辽北七州之痛，至今回想起来依旧痛及发肤。

但阉党一派咬死了韩兆兴曾以广宁拒卓勒泰十万大军，以及临阵换帅乃兵家大忌，昭武帝少谋寡断，每当犹豫不决时，大多不愿自找麻烦，便就无动于衷。

朝中又是一片乌烟瘴气。

燕思空看在眼里，转头就给昭武帝送去一剂暹罗神药，令他能在龙榻上大展雄风。

几日之后，赵傅义亲自登门，要燕思空说服昭武帝换帅，口气已是相当不客气，这些年两人渐行渐远，曾经赵傅义眼中对他的赏识逐渐变成不解，最后，变成了厌恶。

燕思空毕恭毕敬地与他打起了太极。

赵傅义绝非莽夫，但到底是武将脾气，气得当场踹翻了桌子，指着燕思空鼻子大骂："燕思空，算我赵某瞎了眼，看错了人，你有才无德，见风使舵，我大晟江山就要毁在你们这帮奸佞之手！"

燕思空不疾不徐地说道："赵将军，韩总督到底是曾以广宁蕞尔小城抵御金国十万大军的名将，你们为何对他这般轻视？当年区区广宁，卓勒泰都跨不过去，如今广宁之前，还挡着下居、密州和潢水，就当韩总督擅守不擅攻吧，他拖垮卓勒泰也是绰绰有余啊。"

"不可能！"赵傅义厉声道，"韩兆兴对金兵从无一胜，他听到卓勒泰的名字，此时怕都吓破了胆！"

燕思空故作不解："大将军何出此言？广宁之战，可是一场永载史册的大胜啊。"

"广宁之胜，根本就不是韩兆兴的功劳！"赵傅义脱口而出。

燕思空知道时机已到，继续追问："将军此话何意？"

赵傅义面容有几分扭曲，桌子都掀了，他也豁出去了："我当年奉旨带兵去援广宁，那广宁卫守备元卯元将军，宁死不退，誓与城池共存亡，带着全城军民三拒金贼，才保住了辽东，保住了我大晟的北境门户，他是广宁一役当之无愧的第一功臣，却被韩兆兴设计害死了！”

燕思空心血沸腾，浑身都跟着颤抖了起来。

赵傅义面红脖子粗地喝道：“韩兆兴就是个一无是处的狗贼！辽东会死在他手中！大晟会死在他手中！”

燕思空腾地站了起来，大声道：“那你为何当年不说？！”

赵傅义怔住了，燕思空眼中的愤恨与狰狞令他不解。

“当年你知道元卯是冤枉的，知道谢忠仁、葛钟和韩兆兴构陷忠良，元卯下狱三天就被定罪斩首，死在为他喊冤的万千广宁百姓面前。”燕思空一步步地逼近赵傅义，双目赤红，“你为什么不说？”

赵傅义头皮发麻，止不住地踉跄后退，颤声道：“你……你是何人？你怎么会……”

“我怎么会知道这些？”燕思空转身打开了书架下的柜子，从暗格中小心翼翼地拿出了一样东西，摆在了桌上。

赵傅义定睛一看，那竟是元卯的灵位！

赵傅义看着那灵位，又看了看燕思空，脸色惨白。

燕思空一字一字咬牙说道：“我是元卯的养子。”

赵傅义堂堂一品大将军，京师卫戍军统帅，扑通一声跪在了元卯的牌位前，顿时老泪纵横：“元将军，元老弟啊，怪我当年懦弱，不敢为你鸣冤，十七年来，我……我备受煎熬啊……”

燕思空抬头冲天，瞪着眼睛不让眼泪流下来。

这么多年了，终于有知道真相的人愿意说出来，否则午夜梦回，他都要怀疑自己的前半生不过是一场臆想。

赵傅义用沾着泪水的手颤抖地摸了摸元卯的牌位，又如被灼烫一般缩了回来，他捂住眼睛，肩膀不住发抖。

燕思空走了过来，跪在了赵傅义面前。

赵傅义怔怔地看着他。

“将军，”燕思空哽咽道，“当年将军也不过区区小将，救不了我爹，明哲保身，无可厚非，空绝无指摘之意，但今日将军能说出真相，空感激不尽。”说着就要给赵傅义磕头。

赵傅义忙扶住了他：“思空，这么多年了，元将军的冤案始终梗在我心头，只是看着阉党一天比一天势大，我……”他羞愧道：“我也是个懦夫啊！”

“将军不必自责，在阉党的淫威之下，自保已是不易，我老师含恨病故，封家父子蒙冤入狱，他们都曾是我报仇的指望，可我都指望不上了，所以我……”燕思空低声道，“我只能忍辱负重，苟且偷生，不灭阉党，我誓不罢休！”

“你……”赵傅义用力拍了拍燕思空的肩膀，“你能屈能伸，必成大器。”

“将军，我深知要歼灭阉党，根本在于陛下，所以这三年来，我挖空心思，等的就是这一刻，只要韩兆兴一败，谢忠仁的死期就不远了！”

赵傅义惊讶道：“你早有计划？”

燕思空将他从地上扶了起来：“将军听我细说。”

他将自己的打算告诉了赵傅义，包括赵傅义任辽东主帅后，要共同推举祝兰亭做卫戍军统帅。当然，他和祝兰亭的图谋不仅如此，还有迎立陈霂，但这个他现在不会告诉赵傅义。

听完燕思空的一番话，赵傅义满脸震惊，这是何其冷酷又是何其缜密的计谋，要多年绵长而隐忍地铺垫，眼看着无辜者血流成河，才能等来今日的时机——扳倒谢忠仁的时机。

赵傅义握了握拳头，不愧是战场上杀伐果断的主帅，他冷静了下来：“我确实想过去辽东，放眼大晟，竟无几个可用之材，而我与卓勒泰交过手，我愿请缨辽东，固守北境，可我不敢毛遂自荐，怕陛下起疑心。”

“将军的顾虑是对的，陛下不会轻易同意换帅，将军若请缨，必遭陛下和谢忠仁的猜忌，等到韩兆兴败了，只有将军能够担此大任。”

赵傅义点了点头：“我前去辽东，祝兰亭确实是卫戍军统帅的绝佳人选，他也对阉党欲处之而后快。”

“将军掌辽东兵权，祝统领掌卫戍兵权，我们就断绝了谢忠仁的生路，到时候就算陛下还顾念旧情，也容不得他了。”

赵傅义眯起眼睛："待那阉狗万劫不复之时，我定开坛美酒，痛饮他三天三夜！"

燕思空挺起胸膛，再次郑重地给赵傅义跪下了。

"思空，快快起来。"

赵傅义伸手要扶，燕思空却不肯起来，他凄声道："空有一事想求，求将军务必应我。"

"你说。"

"待那一天到来，求将军为我爹正名。"燕思空白玉般的脸上满是哀痛，"空一生之所求，不过如此。"

赵傅义将燕思空扶了起来，郑重道："我以身家性命发誓，一定还元将军清白！"

"多谢将军！"

春末夏至，两个消息给予大晟王朝以痛击。

一是蜀地拔起一支叛军，在短时间内纠集了大批因旱灾垂死挣扎的流寇暴民，转眼间就从挥锄头的庄稼汉变成了持刀枪的士兵，他们军纪严明，骁勇善战，一路攻城拔寨，所向披靡，如高山滚石，从蜀地碾压到了湖南。花了几年时间才刚刚从梁王叛变中复苏的湘地，根本没有还手之力，叛军已势不可当。

而这支叛军的将领，正是从死牢中越狱，三年杳无音信的小狼王封野！

二是韩兆兴不出意料地败了。卓勒泰士气正锐，接连攻下下居、密州两城，将韩兆兴逼至潢水。韩兆兴所谓的韩家军和从狄将军手中并来的豫州兵，因主帅缺乏将威，一触即溃，密州一战，损兵两万。

韩兆兴的战败，燕思空早有预料，但令燕思空没有预料的，是韩兆兴无耻的程度——他竟然向卓勒泰投降了！

听到这个消息，燕思空心中五味杂陈，韩兆兴算是彻底将谢忠仁拖进了地狱，他本该高兴，可想到就是这样一个卑鄙下作、贪生怕死的畜生，害死了他爹、他弟弟，还有辽东几十万军民，他就恨不得将韩兆兴生剐千万回，亦不能赎这狗贼的弥天大罪。

内忧外患，屹立了两百年之久的陈晟王朝，顿时风雨飘摇。

韩兆兴降金的消息一传回京，朝野震怒，据闻谢忠仁当场就晕厥了过去。

燕思空忙去看望谢忠仁，还带了上好的补药。

谢忠仁看上去并无大碍，只是又惊又怒，浑身发抖地痛骂韩兆兴。

燕思空在一旁看着，心中十分痛快。

骂完了，他又哀号：“这个孽畜，害死咱家了！”

燕思空安慰道：“公公切莫心急，身体要紧啊。”

“他就应该死在辽东，他竟去降、降金，这个……这个畜生……”谢忠仁狠狠地捶着胸口。

小内监连忙去拉，抽抽搭搭地说着“公公保重贵体”。

谢忠仁拉住燕思空：“思空，陛下可传唤你了？”

“还不曾，陛下许是刚得到消息。”

谢忠仁一抹眼泪，恢复了奸猾的面相：“咱家不能被这个畜生拖累了，你说，眼下该如何？”

燕思空也是一筹莫展的样子，他深深叹了一口气：“公公对晚辈有大恩，晚辈一心为公公着想，不敢欺瞒，只是忠言逆耳，怕公公听了……”

“都什么时候了，有什么法子你就快说吧！”

燕思空略一拱手，说道：“公公，韩兆兴是您一力举荐的，又是您的亲外甥，如今他兵败降金，不仅众臣对您不满，就连陛下也会迁怒于公公您……”

“废话，这还需你说！”谢忠仁气得一拍案。

“公公息怒。”燕思空不疾不徐道，“依晚辈看，公公现在一定要示弱，众臣可以不计，但只要能降下陛下的怒火，就可大事化小。”

谢忠仁点点头：“咱家亦是这么想的。你说，该怎么做？”

燕思空转了转眼珠子，似是欲言又止。

“哎呀说吧。”

燕思空勉为其难道：“投敌卖国，可是诛九族的大罪，如今韩兆兴尚有老母、女儿、儿媳和子孙以及众多亲眷家仆在襄阳老家，他们是死罪难逃，倘若公公能大义灭亲……”

谢忠仁脸色骤变，一双灰蒙蒙的眼珠子直勾勾地盯着前方，目光阴冷。

燕思空知道谢忠仁心里早有此打算，只是那毕竟也是他的亲故，他不能自己说出来，只能由外人“劝谏”，最后才做出逼不得已的姿态。

果然，谢忠仁摇了摇头：“那毕竟是咱家一奶同胞的妹妹，不、不行……”

“公公呀。”燕思空劝道，“连韩兆兴都不顾全家性命投敌了，他为了自己和三个儿子，放弃了韩府百余口，您还替他顾念哪门子亲情？”

“可是……”

“就算公公无所作为，他们也死定了，若公公做出愤慨的模样，秉公灭私，再向陛下谢罪，陛下念在公公多年服侍的分儿上，定会于心不忍的。”

谢忠仁皱着两道尖细的眉，十分踌躇。

燕思空苦口婆心地劝着：“公公如此重情重义，可想过韩兆兴为了保命和延续香火，将公公置于何地？”

谢忠仁面显怒容。

“公公装个病，在陛下面前多多谢罪，我等晚辈也会为公公求情，先把这大劫渡过去，才是紧要啊。”

谢忠仁的心腹太监也劝道：“公公，驸马爷说得对啊，是那韩兆兴不义在先，再说，他一家百余口是他自己害死的，他还连累了对他恩遇有加的公公，公公对这种杀千刀的小人，还讲什么仁。”

谢忠仁叹了口气：“咱家不愿做那无情无义之人，奈何韩兆兴逼我……”

“公公想通了就好。”燕思空安抚道，“我今日就进宫面圣，先为公公求情，说公公被韩兆兴气病了，隔日公公就带病进宫，向陛下请罪，要陛下夷韩家一族，给天下人交代。”

谢忠仁攒着枯树枝一样苍老的手指，狠狠说道：“好！”

燕思空暗暗露出一个笑容。

探望完谢忠仁，燕思空马不停蹄地进了宫，他不敢有片刻耽搁，因为这是他苦等多年的时机。

谢忠仁这个扎根深广、流毒天下的巨奸，屹立三十年不倒，熬死了颜子廉，害死了封剑平，使阉党遍布朝野，多少忠臣良将成为他手下冤魂，如今置他于死地的机会终于来了，稍有不慎，再被他逃脱，这老贼怕就寿终正寝了。

进了宫，昭武帝正在大发雷霆，宫女太监跪了一地，文贵妃在一旁小声劝着，也不敢太过靠近。

内监通报燕思空求见，昭武帝马上传他进来。

燕思空无视一地狼藉，跪拜于地："臣见过……"

"免了。"昭武帝一甩手，肥硕的身体剧烈地颤抖，面色一阵白一阵红，又惊又怒。

燕思空抬起头，叹道："陛下息怒，陛下龙体乃国之根本。"

"国之根本，什么是国之根本？"昭武帝指着燕思空，"上个月的经筵你才刚刚讲过，你、你给我重复一遍。"

燕思空面有难色，看了于吉一眼，于吉无奈地摇头。

昭武帝抓起一个插花用的浅口瓶，狠狠砸在了地上："说呀！"

"国之根本，唯……唯土疆耳。"

"韩兆兴这个狗东西，快把朕的辽东土疆卖给金贼了！"昭武帝气得口齿都不清了，"辽东门户一开，北境再无险阻，金贼长驱直入，就……就杀到京师了呀！"说到最后，语气中已满是恐惧。

"陛下息怒，陛下息怒。"

"息怒？我如何息怒？"昭武帝颤巍巍地倒在椅子里，"辽东已是岌岌可危，又有那叛贼封野，在蜀地起事，连拔七城无一败绩，这是天要亡我大晟啊。"

文贵妃跪在他脚边，小声啜泣着。

燕思空恭敬道："陛下，眼下着急也于事无补，还恐怕伤了身子，臣今日进宫，就是来为陛下分忧的。"

昭武帝看着燕思空，叹了口气："思空呀，你最懂朕的心思，朕就知道你必有良策，你不来，朕也要去传唤你了。"

“陛下对臣信任，臣万死难报。”

昭武帝撑着椅子想起身，一旁的内监连忙上前搀扶，他道：“进来说。”他又想到了什么，随后对脚边的文贵妃说：“爱妃回宫歇息吧。”语气有些不耐。

文贵妃抹着眼泪，深情款款地说道：“臣妾最担心陛下的身体，陛下可务必保重。”

“嗯，先回吧。”

文贵妃早年青春美貌，又会魅惑圣心，深得昭武帝宠爱，但多年过去，色衰必然爱弛，龙榻上的新人来了又去，从未断过，她虽然依旧受宠，但毕竟不如当年了。

几人移步皇宫内院，昭武帝被扶进椅中，许是气的，走这一段路，他已经气喘吁吁。

燕思空道：“陛下，辽东局势刻不容缓，必须马上派能将赶赴前线，再晚就来不及了。”

“朕正有此意。”昭武帝摸了摸额角，于吉立刻过来为他揉按，“你说，派赵将军去如何？”

燕思空苦笑：“眼下也只有赵将军能稳住局势，安定民心了。”

昭武帝摇着头：“朕真是悔不当初，没有听信大臣们的劝谏换帅，要是早换去赵将军，何至于这一败啊，都是……”他突然怒道：“都是谢忠仁那个老东西，他向朕不断保举韩兆兴，他的好外甥！”

“陛下不必自责，韩总督虽尝有败绩，但也曾以小城退金国大军，胜败本是难以预料，只是这个奸贼兵败后竟然投敌，真该千刀万剐！”燕思空义愤填膺地说道。

“对，千刀万剐！”昭武帝狠狠道，“朕已下旨查封了他的家，此罪当……当诛三族！”

“陛下，韩家老小跑不了，当务之急，是马上下旨让赵将军赴辽东，一天，不一个时辰都不该耽搁啊。”

昭武帝颔首：“你、你说得对，于吉。”

“老奴在。”

“马上下旨，命赵傅义为辽东总督，带一万卫戍军，火速赶往前线。”

“是。”于吉躬着身子退了出去。

昭武帝愣了愣，又问向燕思空：“可赵将军走了，卫戍军谁来统领？”

“陛下心中可有人选？”

昭武帝有些犹豫。

燕思空知道他心中已想到祝兰亭，但文贵妃的弟弟亦在卫戍军中当职。他道：“陛下，祝统领身为禁卫军统帅，多年来恪尽职守，护卫皇宫安全，而且，此人还是陛下的侄儿，可谓是不二人选。”

“这个……容朕想一想。”

燕思空没有继续劝谏，因为他知道，新的卫戍军统帅，大臣们必然要参与商议，因韩兆兴兵败投敌，此时阉党自顾不暇，这统帅之位，文贵妃的弟弟是别想争过祝兰亭了。

昭武帝拿起丝帕，擦了擦额上的汗，一副身心俱疲的模样：“思空呀，倘若大晟江山亡于朕手，朕……朕有何颜面去见祖宗啊。”

燕思空忙道：“陛下言重了，此时虽是内忧外患，但我朝国库充裕、粮草足备、兵强马壮，区区蛮夷叛贼，不可能动摇我大晟根基。”

“朕……”昭武帝似乎难以启齿，但看了看燕思空，还是小声说道，“朕害怕呀。”

燕思空安抚道：“陛下不必惊慌，臣等誓与江山共存亡。其实臣以为，眼下最大的危机，未必在辽东和蜀地，而就在这朝堂之上。”

“哦？”昭武帝皱起眉。

燕思空叹息一声：“来见陛下之前，臣听闻谢公公病倒，特意去探望了。”

提到谢忠仁，昭武帝的面容上浮现厌恶和愤怒：“谢忠仁……朕对他恩宠有加，要兵马、要军费，朕一应满足，他却保举出了这么一个孽畜做辽东主帅！”

“臣所指的，正是此事。”燕思空无奈地摇了摇头，“臣以为这才是眼前最大的危机。正值用人之际，韩兆兴投敌，引得满朝文武积怨，如何安抚人心，令大家齐心协力安内攘外？陛下，这才是重中之重啊。”

昭武帝如梦初醒，怔怔地看着燕思空，好半天，才道：“谢忠仁……病得如何？”

燕思空听出了那言下之意，谢忠仁已是古稀之年，若就此病死了，不用他动手，也算解了众臣心头之怒。

他知道昭武帝对谢忠仁还是顾念着主仆之情，毕竟昭武帝冲龄继位，谢忠仁服侍他已有近四十载。

燕思空面露难色，迟疑着不说话。

“怎么？快死了？”昭武帝瞪起眼睛。

燕思空摇了摇头，为难地说道：“臣不敢欺瞒陛下，依臣所见，怕是……”

“怕是什么？”

“怕是装的。”

“混账东西！”昭武帝一拍扶手，“他还敢装病？”

燕思空忙跪了下去：“陛下息怒，臣不敢确认，若谢公公是真的病了，臣不就冤枉他了，但臣忠心于陛下，自是有一说一，不敢隐瞒。”

“朕派于吉去看看。”

“不可啊陛下，就算于公公去看了，也觉得他是装的，也拿他没辙啊。”

“那该如何？”

“臣见谢公公时，谢公公痛骂韩兆兴，说要大义灭亲，恳请陛下诛韩府满门，以谢天下。臣猜测，谢公公早晚要来找陛下的，到时候陛下可亲自试探。”

昭武帝冷哼道：“他这是马后炮，他就算不来，韩家也一个都别想跑。”

“陛下说的是，只是……”燕思空欲言又止。

“你就别磕磕巴巴的了。”昭武帝急道，“有什么赶紧说。”

“倘若依陛下所言，要诛韩府三族，那谢公公……也在三族之内啊。”

昭武帝面色微变，他低着头，思索着什么。

燕思空劝道：“臣知道陛下顾念谢公公服侍多年之情，但陛下也该明白，谢公公才是众臣愤怒的源头。”

昭武帝咬了咬牙：“这个老东西，真是让朕恨得牙痒痒，可要朕杀他，朕又……”

“陛下，若谢公公是装病呢？那可是欺君之罪啊。”

昭武帝依旧踌躇着。

燕思空又拜了一拜：“陛下，谢公公待臣不薄，臣亦对他尊敬有加，但臣是陛下的臣，臣娶的是陛下的公主，臣一身一心，都只忠诚于陛下，臣不能因为私交，罔顾我大晟的安危，臣劝陛下有所决断。”

昭武帝眨了眨眼睛，下了狠心：“若……若他真是装病骗朕，朕绝不轻饶。”

燕思空低声道：“臣有一计，可以试出来。”

燕思空回到府上时，已是入夜。他下朝回府，除吃饭更衣外，大多待在书房，此时虽然已很晚，也并不例外。

来到书房，他一推门，就感到门扉微微回弹了一下，这细小的触动是他和佘准的暗号，佘准来找他了，就在屋内。

他刚要进屋，突然，背后传来一道声音：“燕思空。”

敢在府上直呼他姓名的，除了万阳也不会有别人了。

燕思空把门又阖上了，转过身去，恭敬道：“夫人啊。”

万阳面色凝重，看了看左右无人，低声道：“我有事要问你。”

“天色已晚，夫人还是早点休息吧，有什么话……”

万阳充耳不闻，大步走了过来，就要去推书房的门：“进来……”

燕思空却一把抓住了她的手腕，面色有些冰冷。

万阳讶异地看着燕思空，两人成亲三年以来，燕思空对她毕恭毕敬，从不曾用这种严肃的面目对着她，那攥着她手腕的手极其有力，令她心生一丝畏惧。

燕思空很快松开了手，拔高了音量：“什么事令夫人如此急迫？我尚有公务，可否明日再谈？”

“不行。”万阳落定心神，推开了书房的门，“我现在就要问你，耽误不了你多久。”

燕思空只得跟着进了书房，关上了门。巡视一周，并没有佘准的身影，但他知道余准藏在哪儿。

万阳环视门窗闭合，紧张地吞咽过后，迟疑地问道："我听到消息，说……表哥是不是……谋反了？"她的声音很小、很谨慎。

燕思空知道她要问的定是此事，他在得到封野活着的确切的消息后，又何尝不是回肠九转，昼夜难安。他深吸一口气："是。"

万阳脸上的血色唰地褪了下去，整个人似是瞬时被抽空了，纤瘦的身体都跟着晃了晃，她咬住了嘴唇，精巧的五官都跟着痛苦地扭曲："我流着一半封家的血啊，为什么……我和母妃要如何自处？"最后一句，她问的并非燕思空，而是这杀千刀的命。

燕思空用那沉稳的声线徐徐说道："贤妃娘娘嫁入皇家，就是皇家的人，殿下亦是金枝玉叶的公主，是陛下的爱女，没有人会为难殿下和娘娘。"

万阳眸中闪着泪光："那我就要眼看着父皇和表哥自相残杀吗？"

"当年便已注定。"燕思空低声道，"殿下不要再想了。"

"你叫我如何不想？"万阳颤抖道，"燕思空，都说你精通兵法，你告诉我，谁会胜，谁会败？"

"岂敢妄言。"

万阳上前一把抓住了燕思空的衣服，仰头看着他，激动地低喊："这里只有你我，你告诉我。"

燕思空摇头："殿下心中明白，你我皆凡人，如何能料将来事？何况沙场之上，瞬息万变，胜负难料。"

万阳用那清透的双眸直勾勾地盯着燕思空的眼睛："你为什么会这么说？"

燕思空怔了一怔，突然意识到自己说错话了。

万阳突然声色俱厉："你一向八面玲珑，说话滴水不漏，身为大晟臣子，我的驸马，换作平时的你，该说我军必胜，反贼必败……你肯定知道什么，你到底知道什么？"

燕思空不禁自嘲，他也没料到万阳如此机敏，这三年间，他怕是低估了这位骄蛮的小公主。他镇定地说道："臣失言了。"

"燕思空，我知道你隐瞒了我很多，你和阿力做任何事都背着我，我问你什么你都装傻，你别真把我当傻子！"万阳又咬牙道："我直觉你在暗中谋划什么，你……你让我害怕。"

燕思空轻声道："殿下多虑了，朝野之事，波谲云诡，我不愿将那些污糟之事带回家里，你我是结发夫妻，你少一分忧虑，我便多一分安心。"他顿了顿，口气硬了几分："其他的，你不必操心了。"

万阳能敏锐地感觉到他藏在温和谦恭背后的敷衍和冷漠，她讥诮道："结发夫妻？好一个结发夫妻，你我算哪门子夫妻？"

"我确实不配，但此生亦会竭尽所能，尽为夫、为臣之事，保护好殿下。"

万阳的目光微微闪烁，一些难言的思绪混杂其中，两人僵持了片刻，她突然松开了手，背过身去，低声道："我还会询问你表哥的消息，你要如实禀明。"

"是。"

万阳深吸一口气，头也不回地走了。

燕思空上前去掩好门扉，才道："出来吧。"

柜门被从内推开，一个大活人利落地站了出来，正是佘准。他依旧是那般玩世不恭的模样，调侃道："这小公主果然如传闻中花容月貌，你竟舍得她守活寡，啧啧。"

燕思空正色道："别说些没用的，有什么消息了？"

"你想听哪边的消息？"佘准一只手指北，一只手指南。

"辽东的。"

"当真？"

"快说。"

"辽东的情况你应该也知道，密州被围，卓勒泰的奸细烧了粮草，五天五夜后，韩兆兴带着三个儿子和八千将士降了金，如今是梁慧勇将军在守着广宁，卓勒泰按兵不动。"

梁慧勇……

听到这个名字，燕思空心头微震。当年那一身稚勇的小将，如今已成为能独当一面的大将，若不是梁慧勇关键时刻相助，他早已被韩兆兴抓走了。

“听说那梁将军倒是智勇双全，但没带过几次兵，赵傅义可上路了？”

燕思空摇摇头：“整军也得三五日，他接到圣旨后，已经入宫面圣要求从大同调兵。”

“如今的大同已经不是有封家军的大同，也亏得瓦剌还没恢复生息，否则……”

封剑平死后，大同军备经历了狠狠的削减，兵力大不如前，虽趁机收复了河套，但河套地区时有少量蛮夷劫掠、没有一日太平，已令大同兵饱受折磨。

“但现在可调之兵，也只有大同了，其他地方，不是太远，就是自顾不暇。”

佘准嗤笑一声：“确实如此，那小狼王一路攻城拔寨，令湖广守将闻风丧胆，江南地带，是调不出兵马了。”

“他不会再挺进了。”燕思空道。

“哦？你怎么知道？”

“他看似高歌猛进，战无不胜，其实不过赢在一个‘快’字，趁士气正隆，杀晟军措手不及，现在晟军已经回过神来，正在调集兵马，兵力是他几倍之多，又有坚城险水可守，封家军兵马、粮草都薄弱，又不擅水战，继续打下去，必败无疑。”

“那他会如何？”

燕思空眯起眼睛：“依我对他的了解，他会马上撤兵，转向西北。”

佘准不解道：“为何？”

“他要的，是在湖广掠足兵力和银两，并以不败战绩名扬天下，威慑朝廷，然后，他会转战河套。”

“河套？那可是夷夏交界之处，又穷又乱。”

“那正是他要的。一来四方贼寇，会加入他的叛军；二来能诱降曾经追随封家的大同军，甚至攻下大同；三来，河套有马，天底下最好的马。”

佘准目瞪口呆：“……当真？”

燕思空眯起眼睛：“领兵打仗，他是天生的神将，他如狼一般嗅得到血腥，看得到敌人的弱点。”

“那，假使，你与他交战呢？”佘准好奇地问道。

燕思空愣了愣，说道：“我会赢。”

“为何？”

“我了解他，胜过他了解我，此为知彼；我了解我，胜过他了解他自己，此为知己。”

佘准沉默了。

燕思空甩了甩脑袋：“不说他了，眼下有更重要的事，我要你准备的东西，都准备好了？”

佘准冷冷道：“我们花了这么长的时间，都准备好了。这些罪状，足够谢忠仁死一万次。”

“但只要那昏君有半点不忍和犹豫，这阉贼就可能抓住机会翻身，所以这一次，要豁出去一切，务必置他于死地。”

“你可想清楚了，颜子廉败了，封剑平败了，若你这次也败下阵来，就再没有机会了。”

“这是最后的机会了，倘若那阉贼犯下如此重罪都能逃脱，那我除了眼看着他病老，再也撼动他不得。”燕思空阴狠地说道：“我为这一天，筹谋了十七年。”

“我只是担心，那阉贼老奸巨猾，不会就这么等死，必然会有其他动作。”

燕思空颔首道：“所以我暂时没有打草惊蛇，且看明日吧。”

明日，他要在满是罪孽的谢忠仁身上，再踩上一脚，将那阉狗一步步逼到悬崖边上，直到给予其最后一击！

第三十三章 致命一击

远在襄阳的韩府家眷刚刚接到噩耗，正被抄家擒拿，而在京城的谢忠仁，不甘就此被拖累，装作重病的模样，被抬着去见昭武帝。

他年近古稀，鬓发已经全白，加之这些日子消瘦不少，褪去掌印太监的锦衣玉带，其实与乡野间行将就木的老朽差距甚微，看上去颇有几分可怜。

一见了昭武帝，谢忠仁就在内监的搀扶下，颤巍巍地跪在地上，只是内监一松手，他身形晃了又晃，就要栽倒，喉咙中还发出虚弱的喘息声。

昭武帝皱起眉："行了行了，你就坐在地上吧。"

谢忠仁早年间非常会讨昭武帝欢心，几乎将天子的喜恶摸得一清二楚。但年纪大了以后，脑子不如从前机灵，行动也不再利落，而昭武帝正值壮年，越发嫌他服侍得不好，哪里比得上燕思空聪明又讨巧。再者，一张皱巴巴的老脸和一张玉面俊颜，谁都愿意看那顺眼的，于是昭武帝便愈少见他了。

谢忠仁尚未张嘴泪先流，凄切地哭道：“陛下，老奴……罪该万死啊……”说着就伏下了半身，额头“咣”的一声磕在了地上。

燕思空居高临下地看着那像条狗一样蜷缩于地的老阉贼，眼神冷得如腊月寒冰。

昭武帝肥硕的身体一动，用力喘了喘：“你也知道你该死？你那好侄子快把朕的辽东拱手让人了！”

“老奴该死……该死……”谢忠仁趴在地上痛哭，“老奴……老眼昏花，识人不清，老奴恨不能……清理门户，陛下呀……”

于吉撇了撇嘴，一脸的鄙夷。

燕思空做出于心不忍的样子，小心翼翼地向昭武帝请道：“陛下，不如给谢公公赐个座吧。”

昭武帝冷哼一声，看了于吉一眼，于吉会意，一招手，立刻有小内监抬了椅子过来，将谢忠仁扶坐了上去。

谢忠仁感激涕零：“多谢陛下，老奴万死……万死……”

昭武帝怒道：“别以为朕不敢杀你，朕已下旨抄韩家满门！当初是你，是你一力保举他，朕给他调兵调粮，一年军费数百万，他兵败不说，还叛国投敌，你……”他越说越生气，抓起茶杯就朝谢忠仁砸去，上好的龙井湿了满身。

谢忠仁老泪纵横：“老奴愧对陛下，愧对辽东百姓，但老奴……冒死奉劝陛下，现在……不可杀韩兆兴的家眷啊。”

燕思空眯起了眼睛，心想，这个老东西虽然一时慌了神，但到底没有老糊涂，他也早该知道，事情不会如此顺利。

昭武帝瞪直了眼睛：“你……你还敢给他们求情？你是真活腻了！”

“陛下误会了……咳咳……”谢忠仁剧烈咳嗽了起来，他以袖掩住口鼻，只见上面洒了斑斑血迹，却不知是真的还是装的。

昭武帝皱起了眉。

“陛下……”谢忠仁哽咽道，“老奴绝不会为叛贼求情，只是，他们还有用处。韩兆兴投敌，许是情急之举，心中定是又怕又悔，老奴……咳咳……老奴想修书一封，劝他与赵将军一同，使一出反间……之计。韩府一家老小，哪儿也跑……咳咳咳……跑不了，陛下何必急于一时。”

昭武帝摸了摸胡子，看向燕思空：“思空，他说得有理啊，那韩兆兴家眷尚在襄阳，未必不可为我所用。”

谢忠仁也幽幽地看着燕思空，眼神十分难琢磨，燕思空知道谢忠仁对他起疑心了，不，以谢忠仁的为人，是不可能全心相信任何人的，只是此时更加怀疑罢了。他神色如常，拱手道：“谢公公此计可以一试，只是这信能不能送至韩兆兴手中，韩兆兴又会如何应对，却是不好说。”

“陛下。”谢忠仁哀求道，“老奴……咳咳……老奴时日无多了，愿以残躯规劝……咳咳……韩兆兴……”

燕思空暗暗唾弃，这信还不知能不能送到韩狗手上，即便送到了，一来一回，还要暗中筹谋许多，怕是一年半载就过去了，拖到昭武帝怒意渐熄，他又能起死回生了。

好一个阴险狡诈的天下第一奸。

昭武帝果然犹豫了，他探身向前看了看谢忠仁：“谢忠仁，朕念在你多年服侍的分儿上，姑且再信你一回，但朕若不罚你，无法向群臣、向天下人交代。你说，该如何啊？”

“老奴恳求陛下，让老奴……戴罪立功，之后此事成与不成，老奴和韩府上下都……咳咳咳……任陛下发落。”

“你……你病得如何了？”昭武帝问道。

谢忠仁抹着满脸的泪水：“怕是，服侍不了陛下几日了。”

昭武帝与燕思空对视，眼中显出犹豫之色，燕思空却是目光坚定地回视，昭武帝面对自己的臣子和女婿，竟一时忘了帝王威仪，心虚地扭过了脸去。

燕思空知道这昏君优柔寡断的毛病又犯了，心软了、犹豫了，幸好他对此人知之甚深，早已做了准备，祝兰亭尚未走马上任，还在宫中执禁卫之责，他今日一早就与其通过气了，此时禁卫就在宫门外待命，只需……

燕思空摇了摇头，突然抬手整冠，只听宫门外传来一声凶暴的犬吠声，接着，一只黑毛猎犬闯入了宫中，直冲着谢忠仁扑去，两个禁卫紧追其后。

谢忠仁怕狗，人尽皆知。

果然，谢忠仁看着那疾速奔来的畜生，吓得魂飞魄散，从椅子上跳起来就跑，跑得十分稳健，口中大喊着“来人”，亦是喊得中气十足，哪里像是油尽灯枯之人？

那猎犬是昭武帝的爱犬，围猎时总是跑在最前头，神勇非常，而且很通人性，并不咬人，它将谢忠仁猛地扑倒在地后，就用两爪按住其胸口，大声咆哮。

谢忠仁快要吓破了胆。

禁卫很快就冲了上来，拉着猎犬的绳套将它拽开了，同时跪地请罪：“小的罪该万死，让陛下受惊了。”

昭武帝理都未理他们，狠狠指着谢忠仁：“你……朕看你是老当益壮得很啊！”

谢忠仁吓得扑倒在地，连连磕头：“陛下恕罪，陛下恕罪，老奴这是被惊吓的……老奴……”

“来人……”昭武帝喝道，“把谢忠仁给我……给我抓起来！押送刑部待审！”

谢忠仁瘫坐在地，苦苦哀求，昭武帝面有挣扎之色，但还是看着他被押了下去。

谢忠仁被带走后，燕思空扑通跪在地上，懊恼道：“臣办事不力，向禁卫传达时令其会错了意，求陛下责罚。”

两人昨日商议的，是昭武帝以手触冕，禁卫就放狗吓唬谢忠仁，看他露不露馅儿，但昭武帝适才明显是犹豫了，燕思空留的后手，就是他理冠时，禁卫也要放狗。

昭武帝不耐烦地一挥手：“别说了，朕心烦得很，你回去吧。”

“陛下……”

“滚，都给朕滚！”昭武帝高声叫道，“一个个都不叫朕省心，都滚！”

燕思空磕了个头，弯着腰倒退了出去。

此时他心中翻腾不已，恨不能仰天长啸两声。

谢忠仁被下狱了！虽然以这昏君的性子，睡一觉明日都可能反悔，但谢忠仁下了狱，对此时本就提心吊胆的阉党是个巨大的打击，亦狠狠打击了他们的士气，让满朝文武都看到了谢忠仁颓势已定，必当江河日下，直至灭亡。

他终于等来了这一天！

燕思空连夜策马赶赴景山大营，找到正在加急整军的赵傅义，要他务必在走之前，联合孟铎、蔡中繁、冯闯等人弹劾谢忠仁，而弹劾的奏折，燕思空都已经为他们拟好了。

时任内阁首辅王问语，在任三年，政绩平平，不掌实权，次辅由大理寺卿孟铎兼任，曾经被王生声陷害遭贬斥的蔡中繁，在王生声因新编史一案倒台后被启用。燕思空尚在吏部时，暗中操作将他调回了京，此人政绩斐然，敢说敢做，在孟铎等人的提拔下，如今升任都察院左都御史，又有冯闯、章敏等颜子廉门生故吏和一批江南士族官员，以及赵傅义、祝兰亭等武将，构成了现今对抗阉党的主要力量。

赵傅义翻看奏折，大为惊讶："这些可都是真的？"

"当然。"燕思空正色道，"我花了多年时间搜罗他的罪证，这不过是其中一部分罢了。这件事只能将军去做，几位大人对我十分鄙夷，是不会相信我的。将军与诸位重臣主要弹劾他渎职、擅权和结党营私，将辽东之痛统统归结到他头上，这也是陛下最痛恨他的地方。"燕思空沉声道："将军眼看就要赴任辽东，不惩治阉贼，不足以向辽东军民交代，将军要逼迫陛下有所决断。"

赵傅义郑重地点了点头，将奏折收好："这些只是一部分？何不将他的罪证都罗列给陛下，一击制敌。"

"我们要设一个圈套。"

"圈套？"

“如今谢忠仁已在圈内，诸位大人弹劾他，阉党要救，一时各执一词，争论纷纷，陛下便不知该相信谁，又会犹豫不决。”

“是呀，这样一来，岂不是又让那阉狗有翻身之机？”赵傅义不解地看着燕思空，不知道他究竟打着什么算盘。

“然后，我们再给予他致命一击。”燕思空露出一个阴冷的笑，“我手中尚有他和阉党贪墨聚敛、构陷忠良、草菅人命、鱼肉百姓的诸多证据，将他的党羽一并论罪，这一刀，能把他们扎透。”

赵傅义恍然：“不错，如此一来，他们自顾不暇，且陛下也不会再相信一群罪臣。那这些证据，要交给哪位大臣？定要找一位德高望重……”

“我。”燕思空毫不犹豫道。

赵傅义双目圆瞪：“你？你弹劾阉党？”

“我亦是阉党一羽，由我反水揭发，戴罪死弹，最能取信于朝野。”燕思空目露寒芒，周身戾气四溢，“我不仅弹劾他们，也弹劾我自己，有几件事我亦参与其中，不可脱罪。”

“这……”赵傅义深深皱着眉，“这岂不是搬石砸脚？若陛下要惩处阉党，你当如何？”

“认罪伏法。”

“这怎么行！”

“我牵扯的几件事，罪不至死，加之我是驸马，陛下不会杀我。”

“就算不杀你，将你以阉党并处，也让你吃不了兜着走！假使阉党树倒猢狲散，朝中定然动乱不堪，各方势力伺机而动，不知道又会是怎样一番局面。”赵傅义拍了拍燕思空的肩膀，“思空，你当有所作为，不能为阉党陪葬啊，再说，你还要为元将军洗清冤屈。”

“将军放心，我又怎会自断生路。”燕思空道，“在我戴罪弹劾阉党后，求将军为我做两件事。”

“你说。”

“如之前所言，望将军上疏，将广宁一役的真相上达天听，此事已过去十七年，当年之人大多作古，举证艰难，我担心仅凭我的一面之词，不足以服众。”

“你尽管放心。”

“这第二件事……”燕思空抿了抿唇，“求将军荐我戴罪立功，讨伐叛军。”

赵傅义怔住了：“所谓叛军……”

“小狼王封野。”

赵傅义脸色一变：“你一介文臣，要去平叛？你可知封野一路攻城拔寨，未尝败绩？”

燕思空反问道：“将军以为，谁当领兵平叛？”

“自然是刘安平刘将军，他已整兵赶赴湖广，只要大军一到，封野不擅水战，必败无疑。”

“依将军之见，封野会在那儿等着刘将军吗？”

赵傅义沉默了。

“将军领兵多年，屡立战功，是当世名将，将军对战局看得该比我透彻。”燕思空盯着赵傅义的眼睛，轻声说：“若将军是他，接下来会去哪儿？”

赵傅义叹了口气：“河套。”

燕思空颔首：“河套。要援河套，只能从两处调兵，一是大同，二是中原，大同已非靖远王时的大同，自顾不暇，狄将军身死泰宁，豫州可还有能够抗击封野的将领？”

赵傅义又沉默了片刻，才摇头道：“怕是……没有。”

“我与封野尚是挚友时，常常彻夜论兵，又曾在荆州并肩作战，十分熟悉他的带兵之道。”燕思空进了一步，给赵傅义以压迫，“将军以为，平定这狼王之乱，还有人比我更合适吗？”

赵傅义转过身去，显然并不认同，但又无法驳斥：“此事事关重大，不仅关乎你的性命，也关乎我大晟安危，我不能现在就应承你。”

“将军怕我打不过他？”燕思空沉声道，“我定以和为主，将靖远王之死，全数推到谢忠仁身上，届时再令陛下特赦他，我有把握说服他投降。”

赵傅义迟疑道：“封野刚烈狂傲，绝非易与之辈。”

“不错，可他若有一丁点降的可能，唯有我出马，不是吗？”

赵傅义的两道剑眉拧了起来：“此事，我需琢磨一番。”

“封野的马，尚在离此不远的凌雾山庄，我已着人养了三年，除了封野，它只认我一人，它就是最好的见面礼。”

赵傅义显然耳闻过此事，他深深望着燕思空：“思空，倘若费尽手段，他也不降，执意造反呢？”

燕思空眯起眼睛：“那我就与他在沙场上一决雌雄。”

赵傅义深吸一口气：“当年梁王一战，我知你用兵奇诡，绝非一般的文弱书生，但自己领兵和在后方出谋划策，不可同日而语，封野身长于军帐之内，十一岁参战，十四岁带兵，享誉天下，你恐怕……不是他的对手。”

燕思空挺直胸膛，略拔高了音量：“将军身赴辽东，狄将军战死，刘将军远在湖广，我敢妄言一句，除我以外，无人能平狼王之乱。”

赵傅义紧抿着唇，内心十分挣扎。

“将军啊。”燕思空又哀求道，“若不能出兵，我如何戴罪立功？我怕不是要被贬斥到什么蛮荒之地了。”

赵傅义重重叹了一声：“好吧，我应承你。”

燕思空掩饰住心中狂涌的欣喜和眸中沸腾的野心，深深鞠躬：“多谢将军成全。”

赵傅义远征辽东，祝兰亭一心要扶立陈霂，有朝一日，他助封野中原逐鹿，拥陈霂进京做个傀儡皇帝，则天下尽收囊中！

拜别了赵傅义，燕思空又赶到凌雾山庄，他没有上山，而是径直去了山下的马厩。

马厩的人都得过他的好处，见了他自是毕恭毕敬。

燕思空照例扔下一袋碎银，然后走向最深处的马棚。那马棚又大又干净，用上好的木料搭建，新上的朱漆在黑夜中也十分鲜艳。

燕思空走进马棚，一匹高大火红的骏马正背对着他喝水。

“醉红。”燕思空轻唤了一声。

那正是当年封野在春猎上从昭武帝手中赢来的绝世神驹——醉红。

封野在景山大营当职时，怕醉红影响战马的情绪，便一直将它放在凌雾山庄。他越狱的时候自然不可能骑着这匹扎眼的天山马王，这三年来，是燕思空在照料它。

燕思空还曾去山上找过封魂，但满山寻遍也没有那头巨狼的影子，恐怕已经跟着封野离开了。于是，醉红变成了封野留给他的唯一一样东西。

醉红的耳朵抖了抖，显然是听见声音了，但并没有理会。

燕思空走了过去，抚摸着它矫健的背脊，那修长的、起伏的肌肉像高远的山脉一般，充满了令人敬畏的力量。

醉红鼻子里发出不耐烦的哼声，前蹄也烦躁地蹬着地。

燕思空用手指顺着它粗硬、浓厚的鬃毛：“生气了？”

除了封野和他之外，醉红不让别人骑。这些时日他忙得抽不开身，已经有月余没来看它，它许久没有跑上一跑，憋坏了。

这小脾气，像谁呢?

封野养的狼，像他；封野养的马，也像他。燕思空不禁感到有些好笑，可忆起当年他为醉红取名时的种种，他的笑容又慢慢消失在了脸上。

那时，封野尚年少张扬、意气风发，胸中翻涌的是凌云壮志，眸中盛放的是万里河山，仿佛有无尽的时间为理想驰骋，仿佛摘星揽月，披荆斩棘，无所不能。

七年过去了，一切面目全非。

谁不望一生是少年。

燕思空轻轻将额头抵在了醉红的身上，闭上了眼睛，那有力的心跳一下、一下，令他的皮肤感到微微地颤动，是那么鲜活。

他解开缰绳，翻身上马，骑着醉红跑出了马厩，朝着广袤的草场尽情奔驰。

第一次骑上醉红，那速度吓得他脸色发白，但当时还有封野在一旁，让他安心很多。

如今呼啸而来的狂风如刀子般凌迟着他的身体，而他已一无所有。

他总是得到又惨烈地失去，最后，一无所有。

回到家中，燕思空脚步有些虚浮，醉红并非常人可以驾驭，每次带它跑上一跑，感觉都去了半条命。

此时夜已深，虽然疲惫不堪，但他还有正事要做，他走向那个他三年不曾踏足的庭院，敲了敲他不曾碰过的那扇门。

万阳含糊的声音响起："谁？"

"我。"

屋内顿时沉默，半晌，烛火亮了起来，万阳打开了门，她披着外衣，一头秀发垂肩散落，面上不施粉黛却清灵动人，此时她美眸闪烁，显然是紧张的："你想做什么？"

燕思空拱了拱手："我有一事想求殿下。"

万阳犹豫了一下："进来。"

进了门，燕思空掩上门，万阳后退了几步，她双手用力揪着桌沿，戒备地瞪着燕思空："你想做什么？"

"殿下放心，我不敢不敬。"燕思空单刀直入地说道，"殿下想救封野吗？"

万阳一惊："你、你说什么？"

"殿下若想救封野，便帮我一个忙吧。"

"说清楚。"

"陛下心中虽然顾忌封野，但卓勒泰更让陛下辗转难安，所以如今大部分兵力都已投注辽东。至于湖广地区，刘安平将军已调集大军要去平叛。"

万阳静静看着燕思空，等着他继续说下去。

"刘安平将军手中兵力虽然远不及辽东，但有坚城、险水、盈粮，此前封野连连得胜，是因为没打水战，他连像样的战船都没有，是打不过刘将军的水师的，所以我料想，他会转战河套。"燕思空将自己的猜测告诉了万阳。

万阳思索片刻："你说的不无道理，可这样一来，父皇只会更忌惮他，你要怎么……救他？"

"我打算向陛下请命，亲自带兵去平叛。"

万阳杏目圆瞪："你？你疯了吗？我表哥十四岁带兵，素有天生神将之名，你一个书生，你能平什么？"

"善战者，不战而屈人之兵，我不是去跟他打仗，我要去劝降。"

万阳蹙起一对柳叶般的眉："劝降……你与表哥交恶，你去劝降？"

"我亦与他曾经交好，放眼朝野，没有人比我更了解他，我手上有他的爱马，还有……你。"

"……我？你想求我什么？"

"我想求殿下……"燕思空顿了顿，"假装怀孕。"

万阳脸色骤变，指着燕思空，颤声道："你……"

"一来，陛下会对我更加信赖；二来，封野念及此，至少不会一见面就杀了我；三来，殿下也不用再受陛下和贤妃娘娘的指摘了。"

万阳咬牙道："你好大的胆子，皇室血脉你也敢做伪，这要是被查出来，你吃不了兜着走！"

"这孩子姓燕不姓陈，不分陈家一田一亩。再者，只要殿下配合，便可天衣无缝。"燕思空真正的目的，是担心阉党东窗事发，他罪责难辞，就算昭武帝有意想放过他，也难以服众，但若万阳"怀孕"了，便多了一道保障。不过现在他不能告诉万阳，否则万阳很可能坏他事。

"天衣无缝？你要去哪儿弄个孩子来？"

"这个殿下不必操心，时日到了，我自会命人抱来一个婴孩，殿下喜欢，就放在身边养着，不喜欢，燕家也亏不了他。"

万阳低着头，贝齿紧咬着下唇，心中十分挣扎。

"殿下，这或许是唯一可能救封野的机会。"

"尽管你说得头头是道，可你这人太过奸猾，我不知道你葫芦里到底卖的什么药，我总觉得……"万阳微眯起眼睛，"你还有什么瞒着我，你这些日子早出晚归，到底在忙活什么？”

燕思空苦笑：“我每日天未亮就要上朝，深夜还要处理公务，不早出晚归倒是奇怪了。”

“若你……当真能去找表哥，你有几分把握说降？”

“只有三分。”

“只有三分？”

燕思空叹道：“封野是何其刚烈之人，他怀揣血海深仇，如何能善罢甘休，但眼下谢忠仁已经入狱，只要将一切都推到阉党头上，让封野大仇得报，或许尚有转机。”

万阳冷笑：“我看明白了，谢忠仁刚刚入狱，你就要见风转舵了，燕思空，你真是个……”侮辱之言就在唇畔打转，她却犹豫要不要吐出。

燕思空不卑不亢地说道：“殿下说得对，如此一来，我更要卖力平息狼王之乱，他日阉党一倒，我才不至跟着陪葬。”

万阳怒道：“随便你！但若此事败露，我可不会为你求情。”

燕思空深深一鞠躬：“多谢殿下。”

谢忠仁入狱的第三天，赵傅义就联合孟铎等重臣在早朝之上弹劾他，罗列多项罪状，直指辽东今日的残局皆由他和韩兆兴一手造成，也提起了韩兆兴的前任总兵被二人设计逼走，和构陷广宁守备元卯抢夺战功之事，但这两件事已过去太多年，难以考证，且在二人擢发难数的罪证之中，毫不起眼。

这弹劾来势汹汹，咄咄逼人，但阉党也早有准备，此时谢忠仁已经下狱，阉党真正到了生死存亡之际，为了自保，定然是拼命挣扎，而孟铎等人则死咬不放。

而万阳公主已有三月身孕这件事，就像投入波涛汹涌的大海的石子，甚至没有激起什么浪花，但这一步重要的棋，燕思空已经悄悄走出去了。

就在两派斗得不可开交之际，赵傅义正式启程，赴任辽东总督，为风雨飘摇的大晟王朝抵御北境蛮夷。不久传来消息，封野果然如他所料，带着七战七胜的战绩震慑天下后，放弃了富饶的江南，转而带兵向西北挺进。

而焦头烂额的昭武帝越发依赖燕思空，就谢忠仁如何处置一事，几次三番找燕思空商议。燕思空先让谢忠仁在狱中修书一封，劝韩兆兴为赵傅义做内应，立功赎罪。

这封信能奏效的可微乎其微，只是昭武帝念及谢忠仁服侍多年又已如此老迈，不忍心杀他，所以想借机给他一条生路。

燕思空知道这封信到了赵傅义手上，会是怎样的结果，也知道昭武帝每日面对群臣的愤怒，已经心生畏惧，坚持不了多久了。所以每次与昭武帝商议时，他都悄无声息地更逼近一步。他在等着，等着昭武帝心力交瘁，对谢忠仁的怜悯渐渐被消磨殆尽。

直到有一天，昭武帝说了一句话："朕累了，朝廷如此乌烟瘴气，可还是朕的朝廷？长此以往，都不必等那蛮夷叛贼来谋朕的江山……"

燕思空知道时机已到，跪拜在地，诚挚地说道："臣愿为陛下分忧。"

"你如何分忧？"昭武帝有气无力地说。

燕思空没有说话，在昭武帝看不到的地方，他面上布满阴寒之色。

处心积虑，不择手段，就是为了这一天。

第三十四章 死弹

昧爽时分，在京官员已经整装理冠，离开家门，赶往皇宫参加早朝。

此时天色昏暗朦胧，大半个京城尚在沉睡之中，离宫较远的官员，半夜便需出发，一辆辆马车的车轮碾过青石板路，发出沉闷而单调的声响，偶有小石子飞蹦而起，击打在车厢上，能将车内瞌睡连天的官老爷吓一个激灵。

早朝是每一个在京从四品及以上官员必须参加的任务，寒来暑往，日日如此。

一样的时辰，一样的礼仪，一样的规矩，一样的人，一样的朝服，若朝中无大事，连早朝的内容也大抵一样。

可今天，却注定有许多不一样。

这不一样先从燕府为主人准备的朝服开始。

朝服以玄色为主，绛色为辅，按照品级和职能，官帽上的翎羽、腰带和朝服上所纹绣的图案都有十分严苛的讲究，一点都不能有差错，但朝服的样式均是宽袍大袖，襟怀广博，寓意“服章之美，谓之华；礼仪之大，故称夏”。

朝服需干净齐整，任何人不得亵渎。

可也有一种情况下，能上早朝而不穿朝服。

此时燕思空正在阿力的伺候下，穿上一身内白外红的法袍，头上的乌纱帽换成了獬豸冠。獬豸冠在过去只能由御史佩戴，传闻上古神兽獬豸脾性忠贞耿直，能明辨是非善恶，因而由执法吏员佩戴，以示秉公执法的决心。

此冠流传到本朝，早已取缔，官员一律配统一的乌纱帽，但仍有一种极端情况可以戴上它，并同时要穿上这鲜红似血的法袍，代表该吏员要在早朝之上做一件名震天下、九死不悔的大事——死弹。

所谓死弹，是豁出身家性命，作保举证之真实的弹劾，但凡有一句诬告都要治罪。当一个官员身穿红法袍、头顶獬豸冠死弹时，所有被弹劾的人，只要在京，只要活着，都须位列于前，接受皇上和百官的质询。

一般人难以生出这般鱼死网破的决心，因而如此庄重的死弹，已有几十年不曾见过。燕思空今日之举，必将载入史册——无论对他是褒是贬。

当万阳听到动静赶来时，看到的就是燕思空已穿戴完毕的背影，她呆住了：“你……”

燕思空回过身来，顶冠上浮刻的獬豸露出狰狞的凶相，仿佛吐纳之间，就能吞尽罪恶与黑暗，可他的面色却沉静若水，只有那对漆黑的眸子，正在筹谋着席卷一切的风暴。

身着法袍的他，身形颀长，大片大片滴血般的鲜红将他无瑕美玉般的俊颜衬得越发清冷而肃穆，庄重得不似凡人，令人想要跪拜于他脚下，半点不敢亵渎。

从第一眼见到燕思空起，万阳就知道外界所传非虚，他是除表哥以外，她见过的最好看的男人，可偏偏他……偏偏他是个无情无义、无羞无耻之人。

她的心直往下沉："你要弹劾谁？"

燕思空一字一顿清晰地说道："谢、忠、仁。"

万阳如遭雷击，眼前之人看起来是那么陌生，就像他们是第一次相见，可笑这竟是她成婚三载的驸马！"你、你要弹劾谢忠仁？"

"还有诸多阉党。"燕思空顿了一下，"达一百三十八位之多。"

"……为何？"

似乎觉得这个问题有些可笑，燕思空淡淡一勾唇："阉党作恶多端，人人得而诛之，夫人为何问'为何'？"

万阳轻咬薄唇："你不就其中之一？"

"夫人说得对，所以，我也要弹劾我自己。"燕思空让开一步，将身后之物展示给万阳看。

那是一副刑枷。

阿力拿起刑枷，犹豫地看着燕思空。

燕思空用双手郑重地举起一个厚达半尺的奏折："来吧，给我戴上。"

万阳几步冲了上来，逼视着他："燕思空，你到底想干什么？！"

燕思空柔声道："夫人莫急，小心动了胎气。"

经燕思空的提醒，万阳才想起来，下意识地捂住了肚子。她听到动静就急匆匆赶来，忘了戴上假的孕肚，幸而她体态曼妙纤瘦，并不显眼。突然，她恍然大悟，不敢置信地指着燕思空："你……原来你是为了……"

燕思空安抚地拍了拍她的背："夫人会为我求情吗？"

那深邃的双眸望进万阳眼中，令万阳不寒而栗，她颤声道："燕思空，你是人还是鬼……"

"走在人间是人，走在阴间是鬼。"燕思空勾唇一笑，俯身在她耳边阴恻恻地小声说道："你猜猜看，当我穿过京城，走过午门，踏过金水桥，步入的那个雕梁画栋、富丽堂皇的宫殿，是人间，还是鬼域？"

万阳惊得后退了几步，看着燕思空的眼神，充满了恐惧。

"为夫此去，生死难料，望夫人看在你我结发的情分上，为我求情。"燕思空再次举起了手，命令道："阿力！"

阿力给燕思空戴上了沉重的刑枷，铁器碰撞合扣的脆响声回荡在屋内，使得本就沉闷的空气更如凝固了一般让人难以喘息。

“原来这么沉……”燕思空喃喃道。这东西，元卯戴着它赴刑场，封野戴着它下牢狱，元南聿更是在十三岁的垂髫之年，以单薄的身躯扛着它走过千里的流放之路。

他所受的苦楚和煎熬，又算得了什么？

十七年来，他做梦都想将这东西架到仇人的脖子上，而现在，他就要去实现了。

什么也不能阻止他。

万阳就那么眼睁睁地看着燕思空刑枷加身，双手恭敬地举着死弹的奏折，一步一步地走了出去。

燕思空没有坐马车，因为此刻他已是戴罪之人，他就这么徒步走向了皇宫。

路上，他遇到了早起劳作的百姓，还有和他一样上朝的官员，皆以震惊的目光看着他。愈靠近皇宫，则认识他的人愈多，众人都被他的穿着和面上的肃杀之气震慑住了，竟无一人敢上前询问。

宫中传来景阳钟庄重如闷雷的声响，几百年来，朝代更迭，江山易主，这代表着帝国威严的钟声却不曾一日中断过。

官员们如往常一般鱼贯穿过午门，会聚于太极殿前，御前太监挥舞着净鞭，三声脆响，仪仗军整齐划一地以长枪戳地，声威撼天动地，官员们分列两队走过金水桥，进入大殿。

而这其中，一身红袍、刑枷加身的燕思空在百名官员中十分扎眼，众人窃窃私语，惶惶不安。

当燕思空跨过太极殿高高的门槛时，他突然顿了一下。

身后的官员都跟着他止住了脚步，另一排的官员为了保持队伍整齐，也不得不停下，他微微偏头，小心翼翼地催促道：“燕大人？”

“刀尖林立啊。”燕思空目光空洞地看着这奢华的宫殿，轻声感叹。

那人不解：“……何处？”

“脚下。”

燕思空言毕，跨过门槛，挺直着胸膛，一步一步地走了进去。

昭武帝看到燕思空的时候，脸色骤变，他似是猜到了燕思空要做什么，头顶寒气四溢，脚底却登时发热，生出一种想逃的冲动。

他愣愣地看着百官叩拜行礼，好半天，才轻颤着问向燕思空：“燕卿，你想……干什么？”

燕思空出列，直挺挺地双膝跪地，托高了手中厚厚的奏折，那一页又一页的白纸黑字，承载的是天底下最血腥最丑陋的罪恶。他朗声道：“臣，燕思空，弹劾奸宦谢忠仁与其一百三十八位党羽犯下的三百七十四项大罪。”他微微一顿：“包括臣在内。”

满朝震惊！

昭武帝瘫软在龙椅上，双目圆瞪，半天说不出话来。

燕思空继续道：“弹劾的奏章在此，臣另有一牛车的罪证，令家仆拉至午门外恭候，随时可呈交三法司。”

那是他和佘准花了十几年的时间，精心搜罗的阉党在各地犯下的罪孽，时间跨度长达二十年之久，罪证清晰可考，触目惊心。

一片倒吸凉气的声音，百官各怀鬼胎，有的已经吓得腿肚子直哆嗦。

这时，孟铎站了出来，沉声说道：“陛下，燕大人既戴獬豸冠，披红法袍，以示死弹的决心，按照祖制，陛下应将谢忠仁从狱中提到太极殿，恭听对他的弹劾。”他环视四周：“至于其余官员，除了远在地方的和品级不足以上朝的，大概都在这里了吧。”

昭武帝张了张嘴，脸上的横肉抖了一抖。他抬起手，下旨道：“将……罪臣谢忠仁，提至太极殿。”

谢忠仁被押至了太极殿。他一身囚衣，灰白的头发散乱，双颊深深凹陷，佝偻着背脊，步伐十分缓慢，看上去老态龙钟，想来牢狱中的日子，很不好过。

燕思空定定地望着谢忠仁，脑中闪现的却是他身穿锦衣华服，到哪儿都前呼后拥的画面。曾经这阉贼是多么的风光，多么的神气，多么的重权在握、为所欲为，如今这狼狈的模样，真像一条人人喊打的土狗。

你也有今天！

谢忠仁看到一身红袍、戴着刑枷跪在地上的燕思空，呆住了，那松垮的眼皮下，一对灰蒙蒙的眼珠子转了一转，顿时就猜出了个大概，他的身体克制不住地颤抖了起来。

百官私语的声音就像太极殿上空盘飞着数不清的蚊子，听得人头疼。

孟铎大声道："陛下，罪臣谢忠仁已带到，应令燕思空将奏折呈于御前，或直接宣读。"

蔡中繁也站了出来："臣以为，应让燕驸马宣读。"

祝兰亭也道："臣附议。"

昭武帝点了点头，此时已经有些六神无主了。

燕思空两只手都卡在刑枷里，十分不便，但还是费劲地展开了奏折，在开口之前，他看了谢忠仁一眼。

两人目光相接，燕思空眸中那阴冷的恨意和汹涌的杀气，令谢忠仁遍体生寒。

燕思空将目光移了回来，气势凛然地朗声读道："兵部右侍郎燕思空谨奏，臣铭感天恩，常愧与奸宦共，罪责难辞，今戴罪谏诤，舍身图报，乞赐圣裁铲除恶贼，肃清宇内。今外有夷狄卓勒泰逼境，内有奸宦谢忠仁误国，至国祚危机。无有内贼不去，而可除外贼者，故陈谢忠仁一十八项大罪！罪其一，专权擅政……"

谢忠仁龟缩在一旁，浑身发抖地看着燕思空，不知是气的，还是怕的。

燕思空不卑不亢地宣读着谢忠仁的罪孽，每一项都有理有据、头头是道，满朝文武，光是自己耳闻、目睹以及亲身经历的，就能对上好几项，可谓人事物俱全，听之令人发指。

昭武帝越听，脸色越难看，他额上一层一层地下汗，于吉掏出丝绢要给他擦，他却一把抢了过来，掀开玉旒，颤抖地擦拭着。

那奏折足足宣读了近一个时辰，读到他们构陷广宁守备元卯时，他的声调不自觉地发颤，有一种难以名状的痛几乎冲破胸口喷涌出来，但他生生压住了，他知道此事年代久远，难以考证，不能成为要害一刀。弹劾完谢忠仁，又将他的主要党羽逐个拎出来“上刑”，包括燕思空自己参与的几件见不得人的事，也毫不容情地陈于纸上，而因为是他自揭，手里满是证据，则更能让人信服。

待燕思空说完最后一句“叩请圣断”，他的背脊已然湿透，神志恍惚，双腿因长时间跪着而狠狠发抖，尽管嘴唇惨白，似是要虚脱了，但眼神却不曾涣散，反而更加凌厉地瞪向谢忠仁。

他依然豁出去了一切，倘若这都除不掉谢忠仁，他就一败涂地了。

这时，大殿之上，已经跪下了一半的官员，伏在地上瑟瑟发抖。

谢忠仁好半天才缓过神来，他跪爬到大殿中间，哭喊道：“陛下，老奴冤枉啊，燕思空含血喷人，此人、此人狼心狗肺，欺师灭祖，断不可信啊！”

昭武帝怔了好长时间，才有气无力地说：“众卿，可有话说？”

还是孟铎第一个站出来，大声质问：“谢忠仁，你可知什么是死弹？这獬豸冠、红法袍始于汉唐，流传至我朝，意义重大，谁人敢儿戏？燕大人死弹，必是证据确凿，他岂会为了污蔑你赔上自己的身家性命？”

“胡说！”谢忠仁颤抖道，“燕思空是个、是个见风使舵的小人！颜阁老在世时，病榻前他比他儿子还孝顺；颜阁老病故，他就向我谄媚奉迎。如今见我入狱，又来落井下石，他阴险歹毒，他奸猾巧诈，他……他才是奸佞！”

孟铎道：“燕思空已经自陈罪过，他罪责难逃，他所弹劾之人，亦应由三法司审讯。”他拱手道：“陛下，臣恳请将燕思空所呈之罪证收归大理寺！”

“陛下！”兵部尚书杨玉清喊道，“怎可听燕思空一面之词，就草率治罪，臣冤枉啊！”

众阉党齐喊：“臣冤枉啊。”

燕思空耳边充斥着杂乱的争执声，两派相互谩骂指责尚嫌不够，几乎就要蹦高打起来，他双腿痛麻得将要跪不住了。这些时日为了整理罪证，撰写奏折，他夜不能寐，也想不起来进食，身体从未如此虚过。

读完了这弹劾的奏折，就好像蓄积了十七年的一股劲儿，突然被释放了，这一刻，他再难支撑自己，眼前一黑，栽倒在地……

燕思空醒来的时候，不出意外地发现自己已经被关进了大牢。

他自陈罪状，条条属实，当然要下狱候审，至于谢忠仁和其他人，他知道孟铎等人不会放过这千载难逢的机会，而昭武帝这般缺乏主见的君主，是斗不过那些大臣的。

不过，他仍不敢掉以轻心，他也曾以为，内阁联合重兵在握的亲王一定可以将阉党屠戮殆尽，却不想结局那般惨痛。

他躺在散发着霉腐味儿的、硬邦邦的榻上，脑子里纷乱不堪，他十分想知道，由他一手挑起的腥风血雨，如今是一番怎样的景象，可他已经身陷囹圄，剩下的事，只能交给孟铎、赵傅义等人了，至于他能不能离开这里，关键，恐怕得看万阳。

他看着灰突突的头顶，突然自嘲一笑。

终于，他也进来了。他已竭尽所能，若苍天有眼，就让邪不压正，就让海晏河清，就让他报这血海深仇吧！

在狱中待了两天，除了送饭的，无人搭理他，直到第三天，他见到了孟铎，孟铎要提审他。

按大晟律，无论清白与否，提审就要先鞭十下。

燕思空苦笑道："廷尉大人，我全都招供，这十鞭子可否免了？"

孟铎板着脸看着他："孟某身为大理寺卿，怎可知法违法，燕大人就委屈一下吧。"

燕思空被架在了刑具上，狱卒拿下刑鞭，重重摔在地上，"啪"的一声响，听得人心颤。

燕思空淡淡一笑，未再言语。

狱卒挥起鞭子，抽向了燕思空的后背。

背上顿时燃起了一条长长火龙，疼痛直钻脑门，他狠狠咬住了牙。

鞭子一下一下地抽在背上，雪白的囚衣顿时渗出了一道道血痕，直到十下鞭完，燕思空出了一身的冷汗，牙关都在打战。他知道狱卒已手下留情了，否则现在该是皮开肉绽，站都未必站得住。

狱卒将燕思空放了下来，让他坐在椅子里，他背后疼得厉害，自然不敢靠，只能别扭地前倾。

孟铎道："燕思空，我问你的话，你要如实作答。"

"谢忠仁如何了？"燕思空抢先问道。

孟铎愣了愣，狱卒喝道："大胆，现在是廷尉大人审问你，轮不到你说话！"

燕思空充耳不闻，只是直勾勾地盯着孟铎。

孟铎沉默片刻，挥了挥手："你们都下去，我要单独审讯他。"

"是！"几名狱卒鱼贯离开。

燕思空追问道："孟大人，那阉狗到底如何了？"

"陛下已责令三法司彻查你在弹劾状上提及的每一个人和事，谢忠仁今日被上刑了，他应该……"孟铎深深嘘出一口气，"翻不了身了。"

燕思空眼眶一热，眼泪竟是毫无防备地滚落下来，若不是背后的疼痛令他分外清醒，他几乎以为自己在做梦。

谢忠仁被上刑了，他必遭严审，无论最后他能不能活命，昭武帝都已经完全抛弃了他，正如孟铎所说，他不可能再翻身了。

十七年啊，他终于迎来这一天，他付出的一切，都是为了这一天！

孟铎看着燕思空的眼泪，深深皱起了眉："燕大人，赵将军临行前，嘱咐我们要相信你，助你完成弹劾大事，如今我们都得偿所愿，亦为天下、为万民除掉了那奸贼，可你这些年的所作所为，实在令孟某不解。"

燕思空平静地说道："我与那阉狗，有不共戴天之仇，老师病故后，我苟且偷生，周旋于他身侧，就是为了搜罗罪证，伺机报仇。"

"原来如此。"孟铎感慨一声，拱了拱手，"燕大人卧薪尝胆，忍辱负重，为此不惜背负骂名，实在可歌可敬。”

“万不敢当。”燕思空嘲弄一笑，“我亦是阉党一员，虽然并非出自本心，但也助纣为虐，罪不可恕。只求廷尉大人念我赎罪立功的分儿上，在陛下面前为我求情。”

“燕大人多虑了，若燕大人所陈之罪行属实，则罪不至死，燕大人又是驸马之身，亦有赵将军与祝统领等为你求情，陛下定会从轻发落。”孟铎又道，“我等也会为燕大人美言的。”

“多谢廷尉大人。”

“孟某今日提审燕大人，主要是为了核实阉党的罪行，燕大人如实回答就好。”

“定知无不言。”

孟铎微挑眉：“既是知无不言，不如就从燕大人如何与谢忠仁结仇说起吧。”

燕思空一怔，沉默了。

“怎么，燕大人不愿意说？你与他结仇，定也在你弹劾他的罪状之内吧。”

燕思空深吸一口气：“实不相瞒，下官原籍泰宁。”

孟铎一惊：“你是辽东人？可你……”

燕思空点点头：“二十一年前，韩兆兴丢擎州，陛下下旨放弃辽北七州，我的家人在南撤途中病死饿死，家破人亡。”他闭上了眼睛，那时他尚年幼，如今回忆起来，已经心如止水，可个中痛楚，注定是伴随他一生的梦魇：“我隐瞒出身，改变口音，入朝为官，是怕被阉党察觉。”

“你入朝为官就是为了报仇？”

“不错，但我劝廷尉大人切不可将此事写入案审，否则必会被阉党抓住把柄，斥我假公济私。”

“你放心，我明白。”孟铎看着燕思空的眼神，平添了几分怜悯。

两人谈了足足两个时辰，燕思空将自己知道的和盘托出，以为自己的弹劾增加分量，和那些一牛车都险些拉不下的证据，将会是把阉党送上刑场的助力。

那日审讯结束后，万阳也适时来狱中探望他——腹上微微隆起。

燕思空看到她，心里多少有了底，含笑道："夫人来看我了。"

万阳看着燕思空的眼神极为复杂，她低声道："我越来越看不懂你了。"

"看不看得懂，又有何妨？"燕思空忍着鞭伤，慢慢爬到了铁栏前，"夫人可带了伤药。"

万阳从携带的木篮中拿出了一瓶上好的金疮药，她皱眉看着燕思空："你……伤得可重？"

"皮肉伤，没有大碍。"

万阳抿了抿唇，最终还是没说什么："这是嬷嬷熬的汤药，还有一些你平时喜欢吃的菜。"

"多谢夫人。"燕思空也不客气，捧着碗吃了起来。

万阳看着燕思空狼吞虎咽，几次想开口询问，又欲言又止，最后，她扭头看向一旁的狱卒："你，出去。"

"殿下，探视人犯时，小的是要……"

"本公主探望我的夫君，谁准你一个外人站在这里。"万阳杏目一瞪，"滚出去！"

"殿、殿下……"

"怎么，你是不把本公主放在眼里吗？"万阳大声道，"孟铎若有异议，叫他自己来找我。"

"小的不敢，小的这就下去！"狱卒惶恐地退了出去。

燕思空也放下了碗筷，正色道："殿下，阉党已经完了，此时是清算之时，正好能将封家的冤案尽数推给谢忠仁，倘若陛下有意为封家平反，这就是我与封野谈判的最大筹码，我必须尽快从这里出去啊。"

万阳低声说："我知道，我明日就会进宫去求父皇，但我有一个问题，你必须如实回答。"

"请说。"

"你为何要帮我表哥？"

燕思空毫不犹豫道："我是大晟臣子，平定内乱，为君分忧，还需要什么理由？"

"我不信！"万阳厉声道，"少拿这些冠冕堂皇的话糊弄我，我与你成婚三载，还不知道你是什么人？你无利不起早，谁知道你又在为自己谋划什么。"

燕思空笑道："若我能说降封野，那可是立下重功一件，不仅能令我免除罪责，还能令陛下对我更加赏识。况且……"他诚恳说道："封野是你的表哥，我怎忍心见你受此煎熬。"

万阳心头一颤，她定定地看着燕思空，明眸闪动，显然十分动容。

燕思空一拱手："一切就拜托殿下了，赵傅义将军亦会举荐我出兵平叛，陛下此时为阉党一事劳心劳力，无暇顾及我，只要陛下心一软，此事可成。"

万阳点了点头："交给我吧。"

"多谢殿下。"

万阳收拾起碗筷，迟疑地说道："你……好好养伤。"说完低下头，拿起竹篮，起身走了。

树倒猢狲散，谢忠仁的衰落，一如当年颜子廉病逝一般，将他的整个党派拖入了深渊。

对谢忠仁的审讯尚在进行，对阉党的清算已经在京师与地方同时铺展开来，三年前被迫害、欺压至今的士族一派绝地反击，弹劾、谏诤的奏折每日如雪片般飞进京城，文渊阁的案牍上堆起了一堵墙，等待皇帝批阅的更是多不胜数。

昭武帝处理政务离不开司礼监掌印太监，他有意将于吉提上来，但于吉不识字，一时根本找不到合适的人选，于是将已经开始参政的太子陈椿召了过来，为他分担，才得以从这焦头烂额的政务中喘上一口气。

这本是不合律法的，但现在谁也没心思管这个，朝廷已经快要乱套了，阉党与士族互相攻击，仿佛一夜间又回到了三年前。

孟铎心知此时内忧外患，朝廷乱不得，在与几位重臣商议后，一起向昭武帝进谏，只惩处几位首犯，胁从的诸多官员暂不问罪，此举一来考虑的是大局为重，二来可以收买人心，三是以后这些官员的把柄都在他们手里，可以随意拿捏，不愁大权旁落。

权力就是这样的东西，不在你手里，就在我手里，就算仅是揪住了一个尾巴，也会拼了命地想抓住更多，一旦抓紧了，虽死不愿放手。

对于昭武帝这样懒政几十年的皇帝，早已经被折磨够了，一听这帮大臣要点到即止，岂有不从的道理，十分高兴地同意了，还夸赞他们识大体。

既然胁从不问，首犯就要重重严惩，大理寺缉拿了二十九个阉党的骨干，其中在京十二人，地方十七人，这些人的罪状若是坐实，则按律全是死罪，谢忠仁更是抄家夷族凌迟的大罪。

由于燕思空提供了足够的证据，三法司该拿的拿，该审的审，快刀斩乱麻地将大一批阉党下了狱。

但燕思空最关心的广宁一案，结果却令他并不满意。此案一是年代久远，二是韩兆兴没有归案，无法审讯，尽管赵傅义已经按照燕思空的嘱托，向昭武帝陈明了当年的情况，但他毕竟不曾亲睹，无法作为凭证，而葛钟死前被逼画押的那份陈罪书，燕思空至今不敢拿出来。谢忠仁一案，燕思空已经名震天下，当年的辽东旧人，兴许还有记得他名字的，倘若此时他再拿出葛钟的陈罪书，他无法解释此书来源，反而会暴露他对广宁一案过分关注，有心人一查，就能将他的身份翻个底朝天。

所以他只能暂时捏在手中，待真正手握重权的那一天，他一定要让全天下都知道，当年究竟是谁守住了广宁，守住了辽东。

这些日子朝中虽然混乱，但边关却传来了好消息，赵傅义将军挡住了卓勒泰，首战告捷，虽然仅是暂时退敌，但已是气息奄奄的辽东近年来唯一的好消息了。

此时阉党气数已尽，但因其罪行罄竹难书，牵扯过大、过广，三法司就是没日没夜地办着案，要全部审理清楚，怕至少要耗时一两年，昭武帝终于得以稍事休息，也回过神来，想起了封野。

此时封野已经带着大军从湖广挺进西北，他行军多在黔州府境内，那里地势险要，穷山恶水，多是蛮荒贫瘠之地，本就没什么抵御之力，封野锋芒正盛，到达河套，也只是早晚的事。

朝廷并不担心他拿下河套，原本河套也是瓦剌大败之后才勉强收回来的，但那里夷夏混居，常年动乱，本分的百姓无法生存，更别提开荒种粮，对于朝廷的意义已经远不如几十年前，封野就算拿下河套，也只是能得到好的战马，尚不足为惧。真正可怕的，是河套接壤大同府，大同军曾是封剑平的旧部，若封野诱降、说降了大同军，那他就真正有了颠覆一个王朝的力量了。

此时辽东之患暂缓，阉党之案须从长计议，昭武帝自然开始忧心起狼王之乱。

赵傅义已经秘密上书，荐燕思空为使去当说客，已经升为卫戍军统帅的祝兰亭也同样多次上奏，加之万阳公主三天两头往宫里跑，央求昭武帝放了燕思空，昭武帝原本因谢忠仁一事对燕思空颇有成见，但看着万阳一天天“隆起”的肚子，无奈之下，召来孟铎商议燕思空该如何处置。

孟铎刚刚求昭武帝赦免了一批谢忠仁的胁从党羽，燕思空所犯罪不至死，亦在此列，他自然做了顺水人情，建议削职罚俸，或下贬地方几年。

昭武帝适时提出，将燕思空从正三品的兵部右侍郎，贬斥为正七品的巡按御史，下放河套，去说降封野。

孟铎不知其中厉害，未觉不妥，于是此事就这样定了下来，一如燕思空的计划。

在被关押了一个多月后，燕思空迎来了自己的宣判，只付出了在他看来极小的代价，就得以回到了家中。因为孟铎的照顾，他在狱中除了那十鞭子，没受什么罪，只是日夜茶饭难安，忧心忡忡，消瘦了许多。

尽管其中危险重重，他亦没有十分把握，每日都担惊受怕，生怕一觉醒来一切都倾覆于前，但最终他还是胜了。谢忠仁此时在狱中等待着自己的审判，他大仇得报，将这根植于大晟三十年的毒物一举拔出！

他终于无愧于亲生父母和养父、义弟，也无愧于含恨而终的恩师，他终于能够卸下背负了半辈子的重担，去做他真正想做的事。

三年了，他终于要见到封野了，他将用后半生，实现他和封野少年时许下的雄心壮志！

图书在版编目（CIP）数据

逐王. 鲸波鳄浪 / 水千丞著. -- 北京 : 九州出版社，2022.11（2023.1重印）
ISBN 978-7-5225-1153-5

Ⅰ. ①逐… Ⅱ. ①水… Ⅲ. ①长篇小说－中国－当代 Ⅳ. ①I247.5

中国版本图书馆CIP数据核字(2022)第162421号

逐王. 鲸波鳄浪

作　　者	水千丞　著
责任编辑	李　品
出版发行	九州出版社
地　　址	北京市西城区阜外大街甲35号（100037）
发行电话	（010）68992190/3/5/6
网　　址	www.jiuzhoupress.com
印　　刷	三河市中晟雅豪印务有限公司
开　　本	880毫米×1230毫米　32开
印　　张	14.5
字　　数	400千字
版　　次	2022年11月第1版
印　　次	2023年1月第2次印刷
书　　号	ISBN 978-7-5225-1153-5
定　　价	52.00元